陽光燦爛

趙金禾 中篇小說集

自序

這是我在秀威旗下出版的第二本中篇小說集。

寫了這句話，我有點氣短。

出第二本書算什麼呢，比起那些著作等身或正在朝著作等身邁進的人來說，還不如他們的鞋墊呢，還值一說麼？

我鼓勵自己要說的理由，不是說出書就多麼的了不得，而是從這一刻起，你拿起我這本書的一刻起，你我就是有緣了。

這緣不只是同船過渡的八百年修，而是中華五千年文明的同祖。出身不同，環境不同，受業不同，修為不同，生命中對於美好的追求是同的，對於善惡的認知是同的，我的小說便是一扇大門，為你敞開我的心扉，讓你走進隔著肚皮的人心。

我的呼吸在我的小說裡。

我的生命在我的小說裡。

生活總是感動著我。我也總是問自己，是什麼感動著我？以什麼方式感動著我？尋求感動伴隨我的人生，所以我才寫，為了我，也為與我有緣的人。

我是從五十三歲開始專事中篇小說的寫作。迄今發表六十餘部中篇。多嗎？不多，平均一年也只三部。時間讓我的作品屯積起來，並不居奇，卻是人間煙火，是生活。

我也是一個讀者，我讀別人的小說，也是讀人間煙火，讀生活。這是屬於我的一種小說讀法。

我讀生活，是感到生活需要我們關注。生活平庸也偉大，生活小氣也大方，生活前進也後退。生活太有趣，也太無趣。生活太叫人驚悸，也太叫人驚喜。生活太叫人拍案叫絕，也太叫人悲痛欲絕。把所有的正負連在一起，把所有的悖論連在一起，誰有這種多彩的本領？誰有這種豐富的內涵？誰有這種博大的精深？

生活是萬能的，小說家無論怎麼會編故事，總是逃不過生活的巴掌心。

《紅樓夢》是一部生活史，心靈的生活史。我曾在本書收錄的《請你吃鹹菜》題記寫道：如果你是一個連《紅樓夢》也讀不進的人，請跳過我這個小說不讀（選刊轉載的時候，刪去了題記，我搞不懂）。

我們生活在滾滾塵世中，塵世中的甜酸苦辣都是我們的人生滋味。你讀我的小說，也經歷一下書中的甜酸苦辣吧。如果你對我的表達有些許讚賞，就請你向生活致敬吧。

生活成全了我，也成全了我的小說。我相信克特爵士（Sir Arthur Keith）的話：

> 如果人們的信念和我一樣，認為這塵世是唯一的天堂，那麼他們必將更盡力把這個世界造成天堂。

沒別的。

２０１２年11月30日

於武漢武昌楊園柴東小區

陽光燦爛

自序 3
宣傳部長 7
學習 53
請你吃鹹菜 95
陽光燦爛 173
朝朝暮暮 235
一種經歷 277

宣傳部長

我上班總是踏著那個時間：八點。不多不少。她總比我早。

她已經坐在她的辦公桌跟前看文件，或清理桌面，清理抽屜。她說過清理是生活重要部分。這話不錯。到的是宣傳部長。

經常有人遲到，也不過三五分鐘。她一次次地容忍了。今天又有人遲到。等大家都到齊了，她說，開個會吧。

她說開會就開會。她是宣傳部長。四個男性副部長，剛好是周吳鄭王。她不徵求他們的意見。她說了算。

周說，開會？我跟人約好要出去辦事的呀。

她拉下臉說，什麼話？照你說不開會就不開會？

吳調侃周說，目無組織紀律嘛。

她嚴肅得嚇人，說，不要開玩笑。

吳背著她，對周做鬼臉。

鄭說，我去打開水。

她說，我說過幾次的，叫買個飲水機的，怎麼還沒買？

鄭說，我昨天去買人家關了門。

她說，那麼前天呢？向前天呢？辦事拖拖拉拉，這也是現在開會的議題！

她又說，王部長呢？

王剛好出現在門口。

她說，王瑞，你又遲到。

王把手裡拿的報紙一揚，笑笑嘻嘻說，好事啊。

她還是板著臉。

王說，部長，你的文章發表了，差不多半版呢。

文章是部長的一個講話，我整理成文章投到報社去的。

部長望望我。我不迴避她的目光。她眼裡有些謝我的溫柔。

我坐在我的辦公桌跟前開了電腦。

她說，你還開什麼電腦？

我關了電腦。也關了我的思想，聽她講關於拖拖拉拉的一二三四五。我本可以不聽，她會突然發問。你若是接不上話，她會大批特批你思想走神。我吃過虧，我不裝作認真是不行的。

我有消遣一法：看她是怎樣囉嗦的，怎樣廢話連珠的，怎樣把我們當三歲小孩子啟蒙的。

好在寫作者的生活是沒有多餘的，我想。

認識她的時候倒是有趣的。

她原先是地區報社總編室主任，不是社長總編一級人物，因她的能耐，在報社說話是有斤兩的。我做著縣報總編。縣裡要我去找她辦理地區報紙的縣版。國家不批縣報的正式刊號。地區報社的縣版是一著棋，也是政策與對策一種。

我不認識她，我跟她老公是華師大校友。

她老公出差了。我想我要不要直接去找她。

求不著官秀才在，怕什麼？決定直接找她試試。

午休後的上班時間。長長的走廊有些清涼，把盛夏消解了一些。大樓外的樹叢裡有鳥叫。好一個熱鬧的寂靜處。

我推開一扇虛掩著的厚重赭色門。有一個人在沙發上躺著讀報。

打攪了，請問藍雲主任在哪個辦公室？

那人頭也沒抬地說，隔壁第四個門。接著又說，哦，她來了。還是沒抬頭，看他的報紙。
我聽到長廊裡響起高跟鞋磕地的腳步聲。篤，篤，篤，很有節奏。我轉身，篤篤篤朝我響徹而來。來人高挑個子，面相在長廊的灰暗裡看不清。
我迎上前。
請問你是藍主任嗎？
篤篤篤止了。
什麼事？
有點事。
其實是大事，我輕描淡寫。先簡捷，然後繁複，是我的策略。
她說，好咧，跟我來。
她篤篤篤地走在我前面。黑色的連衣裙無風也飄逸。長長腿的腿肚子露白。我跟在她後面，欣賞起一個模特兒的走步。
她停住開門。我離她幾步遠。
她說請進。我進門之後她隨手關門。開了室內空調。
喝點什麼呢？
我看著她桌上的高瓶黃色橙汁和飲水機裡的清水。
清水吧。
好咧。
她起身替我倒。我坐著不動。我在構思怎麼對她開口說事。
我謝謝地欠身接過水喝了起來。有點牛飲。
她看著我喝。

再來一杯？

我自己來吧。

她不讓我自己來。

我開始小飲，多少像個紳士了。我邊飲邊自報家門，說我是某某縣委宣傳部的。確切說是某某縣報的。我是代表宣傳部來的。我叫金聲明。發表聲明的聲明兩個字。

她笑了起來。她說你就接著發表聲明吧。

對不起，我還要喝一杯。

她又笑了起來。她說好咧，喝吧喝吧，不是酒，不怕你醉。

她見我邊喝邊看茶几上擱著的地區報紙副刊版面，說金聲明這個名字她有點熟，是不是愛寫點詩文什麼的。

我說是的。我高興她「有點熟」。

我說嘛，你在我們的副刊上撞過我的眼睛。常看我們的副刊吧？

我說常看。

好咧，你談談看法：我們的副刊辦得怎麼樣？

我說要聽真話還是聽假話？

她說當然真話。

輪到要說我又不說了。

她說你這人怎麼這樣不爽快？

我說我怕我的爽快讓你不爽快。

嗨，什麼話。

我說，副刊辦得不怎麼樣。

噢？

我說地委機關報的文藝副刊，缺乏起碼的關注整個地區文藝現狀的大氣，只扮演了個農家小菜園的角色，太浪費資源。

她一拍桌子，把我嚇了一跳。

好咧，這正是我的看法！我說我們文藝編輯的眼界啊，小氣！

我們談起了文學，好像我不是來辦事的。終是談到我來的主旨，用了很少篇幅，她一句「我努力替你們辦」管總。

我總在想，後來的她，為什麼不是先前的她。

不符合辦報條件的縣報大都撤了，我們縣報也壽終正寢。

我到縣文聯當了常務副主席。趕巧了，藍雲到縣裡來當了宣傳部長，我自然高興，還跟人談起認識她的那個「篤篤篤」之夏。

有天她找我單獨談話。

她說，你跟人講認識我的那個故事幹嘛？

她單刀直入，揚起的第一刀就把我搞暈了。

我說，怎麼啦，藍部長？

她說，以後不要講這。沒別的，就這。

她起身出門了，我還愣在那裡。

「以後不要講這。」我真有點恐怖。我是什麼問題她沒有定性。是我拿來大旗作虎皮？「沒別的，就這」，夠我想的。

我在描述認識她的過程裡是不是使用了「長長腿的腿肚子露白」這樣的字眼？好事者是不是把我說

成一匹色狼？

有一點我是明白的：我要知趣，不能跟她套近乎。我這豬腦子總算開竅。

其實我只跟王瑞說過。他是我的老同學，也是我的老鄉，是他過的話？

王瑞原來在鄉鎮當辦事員的時候，對我一口一個老哥，有事進城必到我家裡來，把個「嫂子」叫得立了起來。鄉下的土特產也少不了要帶些，回贈他點什麼像打架似的扯著不要。真誠得可以。

當了個副部長就變了，尤其是他分管了文聯這一攤子，我求他支持我得叫他「老哥」。有回我叫他王瑞他不高興，也找我單獨談話：你叫我一聲部長不行嗎？蝕了你的人？割了你的舌頭？連你都不抬舉我別人還能抬舉我嗎？

也是個理。也不是個理。人們做事無論對錯，總要給自己找個理。以後我一口一聲王部長。確切說，應當叫他王副部長。管他媽的，混吃蘿蔔菜，放糊塗點，世人都這樣。

王瑞，這個傢伙。

縣河流經縣城。我每天早晨騎自行車二十分鐘到河裡游泳。七點半趕回宣傳部上班。每天的生活從一條河流開始。

河上一座橋，是縣城與鄉村的握手，繁華與純樸的過度。繁華背後的紛紜與焦慮，取悅與疏遠，呼喚與解救，總是像白天黑夜一樣將我拉來扯去。河水是安撫我心靈的天使。

橋那邊的村人不知道我是誰。只知道我是城裡單位上的人。這不妨礙我跟他們交流。他們知道我就像知道一棵莊稼就足夠了。

我的自行車放在橋頭農民老蕭的小賣部跟前。不用鎖，不擔心。他說我替你義務保管，不見了我賠。老蕭人好，像我過世的大哥。

我從固定的一塊大石頭下水，又從那塊大石頭上岸。出發便是回歸。心靈參與了河水的循環。我像河水的每一頁都是新的。天空是我的國度。白雲是我的思想。流水是我的詩情。天堂不過如此。

在一個九月清晨的河岸，我想到一句詩。清潔的耳朵。冰晶玉潔的上弦月像耳朵。傾聽著天籟。這是福音。聽到福音的耳朵是幸福的。當我們的耳朵塞滿世俗的耳垢，灌耳的只是喧嘩與慾望，還能有幸麼？

鳥在枝頭回憶
那個用耳朵採集歌唱的人呢？
魚在水裡回憶
那個用麵包屑飼養自己影子的人呢？
一束白髮在鏡子裡回憶
去年的山水呢？

這是我的詩人兄弟俊鵬送我的詩句，符合我的心境，讓我追問。追問耳朵，追問記憶，追問靈魂，追問生命。某出版社出了我的一本詩集，叫《我的河流》。這是我的精神家園，也是我的追問。藍部長知道了，對我不滿。

藍部長說這麼大的事怎麼不告訴我一聲呢？

我說這是我個人的事。

她說這是精神文明產品，是我們宣傳戰線上的成績，你應當受到表彰，怎麼說是你個人的事？虧你是文聯常務副主席！

藍雲部長真的是在各種會議上表揚了我。

她要我給她二十本書。
我問要這麼多幹什麼，煮得吃呀？
她說，你這人哪，真是個書生。
我一臉茫然。
她說，我要送給縣委縣政府的頭頭腦腦。你都要簽上你的大名，還要寫上斧正雅正之類的話，明不明白？
我無動於衷。我的讀者不是那些頭頭腦腦。
她說，這也是宣傳工作你知道嗎？做出了成績就要宣傳，這是本份，是義務，也是責任。沒有誰像你這樣書生意氣的！
我不想多說。我說行，二十本就二十本吧。幸好我買了一百本。
她給我開了一份名單。寫給每個人的話，也還要按她的意思。我都依了她，無所謂。如果我處處表現得聰明我就是大不聰明。
我走在大街上，有縣裡的領導跟我打招呼，說金詩人啊，看了你的大作，祝賀祝賀。這的確與藍雲部長的宣傳有關。我收穫到的是什麼？不外乎虛榮。
過了兩天藍雲部長又把我叫到她的辦公室，我以為有什麼大事。
她說一定要有什麼大事才找你嗎？跟你聊聊天不行嗎？
她跟人打交道，張口閉口是工作。「聊聊天」在她嘴裡還是個新鮮詞。尤其是要跟我「聊聊天」，我警惕。「以後不要講這」，植入我的骨頭裡，抹不掉。我在她眼裡只是一顆棋子，她想怎麼擺就怎麼擺。她忽略我是生命的個體，更不考慮我文聯工作的特殊性。她走到哪裡把我帶到哪裡，我成了她的跟班，寫材料的祕書。我煩死了，她不會知道我是怎麼死的。

我等著她發話。

她說，你的詩集，我花了好幾天才讀完。

她能讀完我的詩集，奇聞。我以為她只會讀紅頭文件、報紙社論、領導講話。

我說，謝謝。

她說，我不是要你謝。我是要說說我的感想。

她正兒八經了。她試圖背了好幾首詩，沒有大差錯，更是叫我吃驚。

她說，你感到吃驚嗎？我也原是個讀書人呀，你以為讀書是你們文人的專利呀？說實在話，是你的詩寫得好，不然我才不會讀呢。

謝謝，謝謝。這是我唯一可以揮霍的詞語。

你別以為我不懂詩。我一直喜歡讀詩，馬雅科夫斯基、普希金、華茲華斯、葉芝，我那時候恨不得當飯吃。國內郭小川的詩我尤其喜歡：很抒情，很上口。我還記得他有首詩開頭的句子：我要下去啦，這兒不是戰士長久居住的地方，我要下去啦，我思想的翼不能在這兒飛翔，我要下去啦，在這兒待久了我的心將不免憂傷，我要下去啦，簡直來不及收拾我一小卷行裝……

我洗耳恭聽。難得她有這樣的詩情。

你有的詩我不喜歡。看不懂。你要讓群眾喜聞樂見，像郭小川那樣。

我不能說什麼。我還是點了點頭。我理解她的理解。

我為什麼總是要你跟我一起到基層走走？就是要你深入生活。

她是好意。

她接著說，不能只是關起門來寫詩。她見我一直不作聲，說你在聽我說嗎？

我笑笑。

你只知道笑。你這人真是。

我仍是笑笑。
她說，你怎麼不會說話啊？我真是沒法跟你交流！
我笑得讓她有點煩了。越是在人面前，我越是孤獨，這是我常有的感覺。我變得失語不是我有意對誰不恭。她不能理解，這是肯定的。
算了算了，不聊，你走吧。
我走出她的辦公室，我想我是不是太過分了？許多領導都不把寫詩當回事，而她這樣慎重其事，怎麼就打不開我的話匣子呢？
唉，我這人也真是。

王瑞總跟我說，我一定要向你學習，跟你一起游泳。你看我這一身橫肉，不得了。
我說你少在外頭吃吃喝喝就是了。
他說，是我要吃吃喝喝嗎？這年頭生命在於運動，關係在於走動，吃喝在於推動，送禮在於鬆動……
我接話說，你的工作在於嘴動。
老同學啊，別這樣說我啊，尤其是不能在別人面前這樣說我啊。
我說，你還知道我是你的老同學啊？
我想點穿他過話給藍部長的事。一想也就算了，他是個有口無心的傢伙，犯不著跟他計較。他如石頭，踢他一腳，痛的是我。
王瑞愛我又怕我。愛我，是他覺得我是他同學中的一個驕傲。怕我是擔心我瞧不起他，不抬舉他。
他也維護我。他跟藍部長說過，讓我不坐班，彈性工作時間，給我個寬鬆環境，有事無事不在辦公室耗著。
藍部長一聽發毛了。

都彈性去了我這部長還當不當？你王瑞想拆我的台呀？我對你們不寬鬆嗎？我組織你們打球，看電影，這不是寬鬆？「有事無事不在辦公室耗著」，這是什麼話？是你耗著吧？是不是閒得無聊？看樣子我對你們是太寬鬆了！

這些話像磚頭瓦塊，把個王瑞打蒙了，此後不敢再亂說亂動，成了點頭哈腰的典範。他要跟我一起游泳，也是他心裡憋氣，也是他羨慕我的特別。夏天每天早上他跟我游過一段時間，天氣一變就打退堂鼓。

靜觀萬物皆自得，四時佳興與人同。這是祖先說過的話，我當座右銘。我不想特別。不要特別。內心的特別也是有的，那不是做得人看的。

王瑞說，我有個事要告訴你，你知道不知道？

我說，什麼事啊？

他說，你不知道？

我說，該我知道的我會知道，不該我知道的不必知道。

他看在同學的份上吐露了。

縣裡要招商引資，對本縣籍的個體大老闆百依百順。其父病故，縣裡頭頭腦腦去送葬，大老闆感動之餘，答應在妙山投資一千萬建生態旅遊區。大老闆除了提出合同上的條件，還有一個口頭條件是，要縣裡配一個一流的筆桿子做他的文案工作。

我心裡一緊。

他說，你知道點著要誰？

我心裡在喊：慘了。

他說，要你。

我說，我不會去。

他說，由不得你不去。不過藍部長也不想你去。她一直頂著呢，不然早通知了你。

我得謝謝藍部長。

他說，藍部長也未必頂得住。這個事太大了：一千萬的投資，你想縣裡能放過嗎？能不討好他嗎？

我說，我不是人質。

他說，誰叫你是人才。

果然藍部長找我談話，說的就是這個事。她說她也頂不住，這個事太大了：一千萬的投資，你想縣裡能放過嗎？藍部長跟王瑞的話一樣。

藍部長說，我也不想你去，這也是沒有辦法的事，顧全大局。

我說，我就這麼重要？

人家要一流的筆桿子，不只是寫寫材料，還要從歷史文化的角度挖掘出旅遊資源，包括民間傳說，縣裡的頭頭們也說非你莫屬。我阻擋不住，是你太有名了。

我表示了我的不情願。

藍部長說，文聯這邊你還是掛著，這邊的工資也還是照拿，什麼也不少你的，那邊給你報酬我們也不過問。

我問多長時間，藍部長說要看工程進展，三年三五年也未定。

他媽的。我在心裡罵，也不知罵誰。我就怕這有用之用。我三十大點歲的時候，比我差得差的人都提拔了，沒人看重我，這才成就了我的「無用之用」。

藍部長說，沒有特殊情況我不找你，讓你在那邊安心，也讓你有時間寫詩。

我說，有時間就能寫出詩來嗎？

我馬上覺得我說了不該說的話。藍部長果然來氣了。

她說，我沒吃過豬肉沒見過豬在地上走嗎？

她煩了。我只有閉上我的臭嘴。

縣裡成立了妙山建設生態旅遊區指揮部。我在指揮部辦公室上班。

大老闆姓錢。大家叫他錢總。他除了經常飛往他的珠海總部、武漢分部，在縣裡督陣的時間也不少。他的辦公桌跟我的辦公桌面對面。他說他不想一個人一個辦公室。他跟我說的第一句話就是：我從來不雇用女祕書。

我對他有好感。要我辦的事他總是跟我商量，把我當朋友。辦公室沒有其他人的時候，他不談工作，而談生活人際關係生命品質。是個有頭腦的企業家。

有天我到宣傳部有事，見到了藍部長。她老遠就跟我握手。她跟下屬握手的習慣是不用力的，只是一種伸出手來的表示。她不知道下屬對此不滿，也許她對此忽略不計。

這回跟我握手是緊緊的，是不是距離產生的力度？

她要我到她的辦公室坐坐。她給我倒了杯茶。臉上一直掛著笑。

還好吧？

還好。

錢總對你還好吧？

還好。

還適應吧？

還好。

她不希望我的言語短。我又趕緊加一句「錢總那人還不錯，是我見到的有水準的企業家，不是暴發戶那種」。

她要我注意錢總是不是真心投資。

我奇怪，怎麼懷疑他是不是真心？

藍部長說，錢總的錢遲遲不到位，你可以套套他是不是誠心。

我成臥底特務了。

她說你是縣裡派去的，理所當然要為縣裡著想。

我有點煩了。

有回錢總對我說，我是不見兔子不撒鷹的。

我說你要縣裡怎麼放兔子？

錢總說那段十公里的路要縣裡修好，那條三公里的人工河要縣裡開挖好，那座二十米高的假山要縣裡堆好，那片三百平米的草坪要縣裡植好，假山上的樹要縣裡栽好。這「五好」是前期工程，是合同上寫得有的。先不兌現這個他不會拿錢出來。他是商人，他要講求效益。

一邊與另一邊尋求合作。一邊與另一邊如此對立。一邊在試探另一邊。一邊在對付另一邊。兩邊都對我說真話。

藍部長常有電話給我，說我也要抽些時間到部裡去一下，沒事去坐坐也好，你還是文聯常務副主席麼，要兩頭兼顧嘛。

兼顧不兼顧不是實質。她是要把我抓在手裡，她用我用習慣了，方便，放心。用王瑞的話說，是信得過產品。

文聯的工作不是坐班可以量化的。節假日，以至深更半夜，人家把作品送上門來，尤其是農民作者，你還得留人家住，讓老婆弄得人家吃。老婆說，這就是我嫁給詩人的好處麼？我將心比心，當初我的前輩是這樣待我的。我在指揮部上班，全縣給我看作品的業餘作者沒少到哪裡去。

上頭來了客人，組織部門的，紀委部門的，政府部門的，一到了縣裡，就說要把金聲明叫得來。這成了我的一個大應酬。別人會吃驚，以為我是什麼通天人物。其實他們原先是我的文朋詩友。他們做官做到相當一級，到縣裡來了，自然要找我敘舊。

他們有的說，你想不想調動一下呢？或者說，有什麼事需要我幫忙的麼？是的，他們只要動個嘴巴，我的現狀就會有所改善。

我謝謝他們。我很好。人走到哪裡都只能是景由心造。

藍部長宣稱看重我，說我不唯上不唯下，不重名不重利，不欺軟不怕硬。我暗笑。一世界人表揚我，我也不會說我還要繼承努力。一世界人說我不好，我也不會沮喪。

聽部裡人說王瑞找我找得火起。

他就是這種人，你不把他當回事他就把你當回事。你把他當回事他就做鬼嚇你。人是個好人，整天像沒心沒肝的，把幾杯酒一灌，一根腸子通直屁眼，什麼話都是敢說，沒個彎彎繞。

我打他的手機問有什麼事。

王瑞說，我一直打你的手機，怎麼不接電話？

我說沒聽到。

他說，我的電話你就敢「沒聽到」，要是藍部長的電話你能沒聽到？

我罵他放屁。

好哇，我批評你就是放屁。這年頭開展批評太難了，批評老婆她就亂跑，批評老公他就亂搞，批評上級就官位難保，批評同級就關係不好，批評下級就選票減少。

我說你還有完沒完？到底要說什麼呀？

他說我就想到你家裡去，讓嫂子炒兩個菜，我喝兩杯，說說話，說說只有我們哥倆說的話。就這。

我說，沒有像你這樣討酒喝的。

他說，誰叫你是我老哥的。

我說，算你嫂子倒楣，遇到你這兄弟。

妻總是熱心快腸。只要是我邀請的朋友到家裡，妻都是滿招待的。王瑞是不請自來的傢伙。嫂子也耐得煩，他像在自己家裡隨便。

那是頓晚餐。妻炒了幾個他喜歡吃的菜。我把酒放在他面前，喝多少是多少。好在他從不勸我喝。他自飲自斟。邊飲邊說話，彷彿說話就是下酒菜。

妻要他吃菜，他說嫂子你莫管，我也不是客。

嫂子說，你還客呢，涼了咳。

酒話多與藍部長有關。

他說他在部長會上說了藍部長幾句直話，藍部長報復他。我也懶得問細節，越問他的話會越多，反正陳穀爛米他都記得，說得說不得的都說。

他說他在藍部長手下不會有出頭之日。他想離開部裡。那些提拔起來的是些什麼東西？這年頭大棚把季節搞亂，小姐把輩份搞亂，關係把程序搞亂，級別把能力搞亂，金錢把官場搞亂，手機把家庭搞亂。

妻在一邊聽著笑了起來，說怎麼是手機把家庭搞亂？

我說嫂子呀，你是遇上了我這個好兄長啊，沒讓你瞎操心啊。

妻笑說你莫說遠了，吃菜吃菜。

我說王瑞，哦不，王部長，你是哪裡來的這些「這年頭」？

扯蛋，在家裡叫什麼王部長。

我說，哦，清醒著呢，再來一瓶。

來一瓶就來一瓶，還有嗎嫂子？

妻說，你不喝得說胡話我今天不讓你出門。

又是一瓶啤酒上來了。

王瑞說兄長，你能不能來一點呢？一點點，只一點點？他伸出手指比劃著。

我說不，不能壞了我的規矩。

王瑞說，什麼狗屁規矩？這年頭到處都是錯別字：植樹造零，白收起家，勤撈致富，選霸幹部，任人為閒，擇油錄取，得財兼幣，檢查宴收，大力支吃，攻官小姐。他怕在一邊聽的嫂子不知錯白字錯到哪裡，還一個個字挑出來說，讓嫂子大笑。

你寫詩，寫什麼詩呀？不是我兄弟說你：沒有骨頭沒有肉。你看我說的這些東西，你收集起來，稍稍整理一下，就是二十一世紀中國目睹之怪現狀，可以作為諾貝爾文學獎提名！

有人叫他「這年頭」，成了他的諢名。這年頭的人都是活在自己的狀態裡，各自為「正」。

我每天不可少的兩件事，一是必讀書，一是必游泳。讀書是精神運動，游泳是肢體運動。精神運動不僅僅是精神，肢體運動不僅僅是肢體。精神與肢體互動。

解開皮帶，給日子鬆綁
脫下鞋子，擺掉道路的糾纏
陸地上的一套行不通
用手前行
從一條流走進另一條河流
自由自在（注）

游泳是我的天堂。這天堂是用水建築的。我在天堂裡嬉水。仙女們是不是躲在一邊濯洗秀髮？我的四肢把上帝的浴室攪得一塌糊塗。我的皮膚又光滑了一層。我的心又清秀了一回。大觀園裡的情種賈寶玉只說女人是水做的骨肉，他沒有這天堂的體驗，不懂真正男人是水鑄的剛柔。上善若水，水善利萬物而不爭。老子的話寫在這天堂的水上。我睜眼閉眼都能讀到它。我游在這天堂，游在老子的水裡。形體實實在在，內心空空虛虛，每天都是一個接納萬物的新我。

錢總大清早跟我一起到河邊看過我冬泳。北風凜冽。寒氣刺骨。沙灘上一層霜，像潑撒的細鹽。錢總站在岸上，穿著厚厚的皮衣還緊縮著身子。

我下到水裡，錢總問我冷不冷。

你想我冷不冷？

我沒直接告訴他。等我游上岸了我才說，當我下到水裡，我在心裡說，老子明天再也不游了！當我這會子游了起來，我在心裡說，老子明天還要來！

他哈哈大笑。

他突然說，你等等。

他拿出了手機要為我拍照。

我四周一望，沒有人，我就開始脫下游泳褲，要換上乾衣服。他拍著我的裸體。

我說這不成，我要給你表演一個動作。

我立即做出赤身裸體的大衛雕像。

他連連拍著，連連說好。

我穿好了衣服，他把拍的給我看，我算是全面認識了我的身體。肌肉發達，表情凝重，造型美觀，我還真有些喜歡我。

我說用電子郵件傳輸給我，留個紀念。

他說這可不是紀念，我要拍賣：詩人大衛！

我們倆個哈哈大笑。

有回他跟縣裡的幾個頭頭一起吃飯，還有藍部長，他拿出手機，打開詩人大衛的裸照，讓藍部長欣賞，藍部長看了也大笑。

藍部長說，七十多萬人的大縣，冬泳的只有金詩人一個，真不知道這是他的驕傲還是他的孤寂？

她說出了我想過的話。我以極為讚賞的眼光看著她。她注意到了，故意說，怎麼啦，我說錯了？要你那樣看著我。

心靈的交流，一個眼神也勝過千言萬語。

許多人跟我說過要跟我一起游泳，還沒游到十月就告退了。不知是哪根筋被絆動了，藍部長也幾次說要跟我一起游泳。我只是笑笑。

她說，你不相信？別小看我，我在大學是學校的游泳冠軍，還幾次橫渡長江呢。

我又是暗笑。領導人戲言，沒幾個當真的。

是個星期天，我正想寫點東西。錢總打電話叫我。雙休時間他一般是不打擾我的。他理解文人的自由心態。

憑良心說，錢總對我極好。

我說極好，不是一般的好。重智者智。他的確智，是文化方面的智，不是奸狡那種智。他要聘請我到他的總公司當智囊，給我現在十倍的工薪，還有別的，諸如房子，車子。他不是說著玩的。

我說我只能寫作，別的不行。

他說你小看你自己了。

我說當你的業餘智囊吧，免費。

他見我這個態度，不往深說了。

我不知道他要約我出去幹什麼。他開車到我家門口接我。

車往漢口方向開。

對不起，要你去見見我生意場上的朋友。

我說去武漢嗎？

我只是想讓你見識。你不是說過寫作者的生活沒有多餘嗎？

他還記得我說過的話。

他的幾個朋友都是政界大人物的兒子，有來頭的人。看看他們那派頭就知道。

我說我只見過縣長縣委書記的兒子。

一路說話。我怕影響他開車，他說不影響。他說要是不跟你說話反而我會打瞌睡。他喜歡跟我說話。

車過長江大橋，到了武昌的一個大酒店門口。順利見到了他的幾個朋友。說到他們的派頭，其實沒派頭。他們身上是因骨子裡的優越而滋長起來的放任、灑脫及傲心。

錢總介紹我是他敬重的詩人朋友，而不說我是他的雇員——他們也立即有些敬重之意。

他們先是在房間裡談話，一點也不迴避我。

他們幾個說，我們做得穩得很，我們對你的支持會是一如既往。這次不談別的，純是朋友見面開心。你想讓我們怎麼開心我們就怎麼開心。在北京你聽我們的，到了這裡我們聽你的。

我不想參與他們的開心項目，又找不出理由。剛好長江文藝出版社打我的手機，我新詩集裡的幾首詩要我變動一下，我便理由充分地離開了他們一天，回來跟他們一起吃了晚飯。飯後的項目是去一家豪華的娛樂場所。

我說我有事不去。錢總說有事沒事你也要跟我一起去。你就放下一回詩人架子行不行？他說死了，我不能不去。

娛樂場所門口，停滿了黑色的白色的藍色的灰色的小轎車。保安森嚴。

轉了幾個彎進到大廳。柔柔的燈光，淡淡的異香，漫漫的水氣，似夢似幻。有人坐在吧臺上喝酒，是男女搭配的那種。燈紅酒綠，這個曾經被視為腐朽的代名詞張揚起來，大模大樣起來。

我跟在他們後面。我聽到錢總在跟服務生對話。服務生是一色漂亮小夥子，而不是通常的靚麗女子。

價錢怎麼漲了啊？

您說什麼沒漲？

原來的全方位服務只五百二，現在到八百八了。

客人您發嘛。

我說我不要全方位服務。錢總說我不管你要不要，我只看簽單就是。

下面的程序是，脫光自己身上的衣服，在溫暖的翻水池裡泡澡。翻水在面上鼓泡泡。其衝力之大，若是屁股對準翻水，可以將你掀翻。他們都被掀翻了一回，哈哈大笑。我不做那個試驗。

再下面是到單間單人噴頭上沖洗。

再下面是換上服務生發的寬人睡衣。

再下面是小姐引領到又一個大廳。這個大廳的不同是，有一排排規則的躺椅。躺椅與躺椅之間是茶几。我們先被安置在躺椅上休息。茶上來了，瓜果也上來了。也有小姐上來了，是專門陪客人聊天的。

小姐著一樣顏色的超短裙，男人式樣的背心，趿的拖鞋。她們輕盈挪步，笑容可掬。是那種秀色可餐的味道有男女在椅上躺著聊的。有女人坐在男人腿上聊的。有女人端個凳子坐在男人對面聊的我沒見過這樣的場面。我有喘氣的感覺，我到底是小地方的見識。

我期待下面的故事。不是我想要幹什麼，是我想知道故事是怎麼進行。我不要想像。我是現在進行時。

進入實質性階段了。我們分別被小姐帶進安排好了的單間房。我跟在小姐後面，她身子的扭動看出訓練有素。有音樂迴盪。上樓的時候她要扶我，我說謝謝，不用。她說這地板有點滑。她看到我滑了一下。

我進了屬於我的單人房間。這引領我的小姐就是在一個小時之內專屬於我的小姐。她隨手開了燈，關了門。然後笑著說，請先生脫下睡衣吧。

她要脫了，我趕緊攔她。

我們可不可以不脫衣服？

不脫衣服？

她有點吃驚。

我確認地點頭，她一笑說，好吧，隨客人的意。

房間沒有擺設凳子。

請躺在床上吧，我給您按摩。

我不要按摩行不行？

行，你想怎麼樣都行。

我不想怎麼樣，我只想跟你說說話行不行？

她又是吃驚地看著我。對於我，她好像沒有經驗。

你對你夫人很忠誠，難得。我只一笑。

我的手機響了，是藍部長打來的。她問我在哪裡。我能說我在哪裡嗎？我問有什麼事。

藍部長說，地委宣傳部新調來的秦部長一上任就到我們縣裡來了，他說他早就認識你，點著要見你。你到縣賓館來吧。本來要找你來陪著吃晚飯的，打你的手機一直無人接聽。

我沒聽到。她的來電顯示被別的來電顯示沖得隱蔽了。

藍部長說，快過來吧，２０３房間。

我說，過不來。

過不來也要過來，把別的事放下來。她命令。

我在武漢。

她有點沉不住氣了，說你去武漢怎麼不告訴我一聲？

她忘記我已經是指揮部的人。

是錢總帶我出來的。我不軟不硬說了這句。

她哦了兩聲說，明天能不能回來？

我說要看錢總怎麼安排。

我這回有點堵她。她馬上倒出袖筒政策：以後出遠門要告訴我一聲，你還是宣傳部的人，又不是賣給他了！

她放了電話，感到堵的是我。

我收到王瑞發給我的短信：這年頭社會瘋狂了，綿羊開始吃狼了，貓和老鼠上床了，兔子改吃香腸了，沒外遇是色盲了，有外遇是正常了。你最近正常嗎？

「這年頭」還來得正當時呢，讓我大笑，藍部長的話拋到腦後了。

我回覆「這年頭」說我「不正常」，讓他摸不著頭腦。

我跟小姐進行了一個小時的談話，簽單是五百二十元。此生最昂貴的談話，也是最無禁忌的談話。問得出口問不出口的我都問。答得出口答不出口的她都答。

他們說，你居然沒搞。聽口氣我真正是不正常。

我沒看他們的簽單，我管不著他們。

第二天我回到縣裡之後跟藍部長打電話，說我回來了。沒必要讓她不高興，能順著她就順著點。

她說，你到我的辦公室來一下。

我走到宣傳部大樓，見她站在樓下。到了她跟前，她說走，我們出去一下。去哪裡她沒說。走出大院，她揚手招了一輛的士。我們坐進了車裡。她對司機說，解放山水庫。解放山水庫是縣城河東的水電站。庫區水好，沿大堤的樹林遮天蔽日，是個好玩的地方。情侶們大都愛鑽這裡。水庫岸邊有仿古船，實際上是水上餐館，二十四小時等待著食客。還有水上飆飛的小快艇。

我在仿古船上吃過許多次飯，都是藍部長拉我來陪客人。

車上藍部長沒說話，我也不說話，只聽車子軋著路面的滋滋聲。

下了車，由她付了車錢。我是不管的，我只跟著她走。我的「不管」也有了名。跟頭頭們外出，鞍前馬後的應當是辦事員，如安排食宿、買票、付帳之類。我也不知道從什麼時候起我打出了這個碼頭，就像我從不喝酒，沒有人拼我。頭頭們常說，帶著金詩人外出，他是甩手掌櫃，要別人服侍。沒門，都喜歡他。

走在前面的藍部長上了一條船。船老闆我們認識。她跟一臉笑的船老闆說了幾句什麼我也沒聽。我跟隨她就是。

我們到了一個單間。一張大桌子，靠板牆一溜凳子。把桌面一掀，就是特製的麻將桌。臨水的窗子堪進了清澈的碧水。

小女生把茶端來了，又退出了。藍部長說，地區秦部長說很想見你，他說你是個人才，要我好好待你呢。

我說，他人呢？走了？

她說，走了。你知道我叫你來幹嘛？

我搖頭。

她說，你猜。

我還是搖頭。

你這人，真是沒法跟你交流。

她這回是笑著說的。

許多人想親近她，她反感。我不想親近她，她越想親近。她的親近又常常是讓我想逃離。我也說不清為什麼。不過現在的逃離成分在裁減。

她起身關上了房門，坐下來說，蒙縣長要來的，我在這裡請他吃餐飯。你知道他是不大吃請的。我有事要向他彙報，跟他一說他就說要來要來。他說我還沒吃過你們宣傳部的一餐飯呢。

她看了看手錶，說有的是時間。

我看著窗外汪汪的水面，鱗鱗的波紋，遠遠的綠樹。

她說，我有個事要告訴你。

我把目光收回，看著她。不想讓她再有「真是沒法跟你交流」的感慨。

這是個很不錯的女人。漂亮，有氣質，打得開局面。不能說她不適合當宣傳部長，不能說她適合當宣傳部長，是政界不適合她。她要美麗，許多時候政界不讓她美麗。她要真誠，許多時候政界不要她真誠。她只能是犧牲某些真誠來保持真誠。

最要命的，是她瞧不起一些不學無術的領導幹部，以業務能力自居，而在業務幹部面前，又擺出她是領導的架式，兩頭不討好。她做出了舉縣矚目的工作成績，別人提起的是她的弱點。這個世界的公平多是停留在口頭上，多是一種旗號。

「清理是生活重要部分」，她也應當清理一下自己的頭腦。

我思想打了岔，也還是大體聽她講了些什麼。

她要調走了，據可靠消息，她要到地區當教育局長。她也想回地區，她的家在地區，老公在地區，孩子在地區。作為一個女人，一個人在縣裡兩三年了，很不方便。

她不說她喜歡教育局長這個職務。她的情緒已經表露出她的喜歡。教育局長這個職務畢竟是升了。

再提不起來就沒戲了。早就過了不誘惑的年齡。

我還恭維了她，連說「好事好事」。也不叫恭維，是為她高興。

她說她只跟我一個人講了這事。她信任我，視我為知音。

她說部裡那些人沒有一個能讀懂她。她真為那些人的素質悲哀。這話也是她在部裡幹部會上說過的。這話是不是得罪人，沒有人告訴我，想必以為我是她的紅人吧。

她說有個縣的女宣傳部長，工作不到半年就提拔了。那女部長對她說，當個宣傳部長，我覺得沒什麼事可做，憋死人的。藍部長每天有做不完的事，八輩子的生命都不夠開銷的。

她也勸告我，說我能做好工作又能當好詩人，無論人品文品，都是她敬重的。如此真情表達，讓我動容。我懷疑自己以前對她是不是不夠寬厚。

說到妙山工程，她說錢總跟她說過幾回，對我很欣賞。錢總要她放我跟他去珠海。她勸我不要聽信了真去珠海。縣裡的前期工程費用有些吃不住了，把縣裡財政捅了個大窟窿，不好收拾，眼看要停擺。商場是戰場，我還是希望你做個詩人，寫出好詩。我做你的忠實讀者，不論我調到哪裡。

說了兩個小時的話，所幸沒有人打擾。最後有電話來，是王瑞打給她的。王瑞說他馬上把蒙縣長帶過來。

藍部長又要做一件大事：組織一次全縣農民歌手大賽。歌手大賽不是新鮮事。搞農民歌手大賽，在一個縣裡，無論怎麼說，有意義。她是想要蒙縣長撥點經費。

過了一會兒，船老闆在外面喊「蒙縣長來了」。

該來的也都來了。河鮮海鮮一起上桌了。藍部長在酒席上提出經費的事，表示明人不做暗事。

蒙縣長說，你藍雲說了，我有什麼辦法，多少總要表示一下吧。在我的印象裡，你是沒有向我提過錢的，你這人能體諒政府。

藍部長說，這回我就是不體諒政府啊？

蒙縣長說，我的意思是說，有些人辦事就想找我要錢，而且是獅子張大口，好像我是印鈔票機器。

藍部長說，我懂了，蒙縣長是在堵我的口。

蒙縣長說，堵你什麼口？

蒙縣長問的是個本來話，大家都笑了起來。藍部長也不知道大家為何笑。

蒙縣長隨即會到了意思，說你們些人哪，想到哪裡去了。

大家更發是笑了，說我們沒想到那裡去，你縣長挑明吧，到底是哪裡。

藍部長也會到了意思，說喝酒喝酒。她點著我說，金詩人，你跟蒙縣長端個杯呀，你一直坐著不動，也只是傻笑的。

我說，你藍部長又不是不曉得的，我滴酒不沾的。

她說，今天滴酒不沾也要沾，蒙縣長難得跟大家坐在一起嘛。

我沒有喝的打算。

蒙縣長端起滿滿一杯對我說，一個縣裡沒有幾個名人，這個縣也是撐不起來的。來，我們的金詩人，我敬你一杯。

我朝蒙縣長抱拳說，真的，我是滴酒不沾的。

王瑞說，蒙縣長敬你還能不喝？趕快喝了它。

大家也說，喝了它，喝了它。不就是一杯酒麼？比你寫詩還難呀？

蒙縣長把酒放回自己的面前，雙手在胸前一交叉，端坐著，誰也不看，只看著自己的酒杯，彷彿在作什麼深入研究。

我只是搖著我的頭，說著不喝，不能喝。

王瑞說，你是怕喝了破壞了你的詩意啊？李白斗酒詩百篇，你要是學會了喝酒，你的詩會寫得更好。

我巍然不動。蒙縣長也巍然不動。他不吃菜，不說話，不看人，臉上的表情平靜，如打坐一般，大有不達目的誓不甘休之氣概。

大家也不便喝酒，不便動筷，一個個只是軟硬兼施地圍攻我。他們一致批判我：只顧自己的詩意，把大家搞得沒有了詩意。

藍部長在桌子底下踢我的腳。那是狠狠的一腳。桌面上，她端起王瑞給我酙滿的一杯酒，送到我手裡，說喝喝喝，像不像個大男人！

桌子底下我又感受到她的一腳。這一腳是溫柔的。

我看到她眼裡的那種神態，流露出從未有過的溫柔。

大兵壓境之下，我終於亮出白旗說，我表示一下吧。

我抿了一點。

通不過。藍部長伸手捏住我的杯子，恨不能往我嘴裡倒。

眼看挨不過，我咬牙說，我喝半杯行不行？這對我來說是拼命了！

藍部長說不行不行，大家都說不行不行。王瑞還特別強調說，捨命陪君子，這是老話，沒錯的。這年頭……

我說，別再「這年頭」了，我盡我的心好不好？

蒙縣長仍是那副尊容。有人看了看手錶說，我們的大詩人，足足扯了十分鐘，不要一龍擋住千江水好不好？

看來今天不以我的失敗是不能告終的。我不說廢話，他媽的我也豪放一回：端起酒杯一飲而盡。

藍部長帶頭拍起了巴掌。

蒙縣長這才看了看我的酒杯，說你蒙我呀？

原來酒杯裡還有幾滴。

我二話不說，來了個底朝天。

蒙縣長笑了，連說勝利不容易，勝利不容易。吃菜吃菜。他還往我的盤子裡挾菜。我的頭腦發暈，發脹，感覺頭髮尖在冒火。我什麼都吃不下，什麼都不想吃。沒人在乎我的感覺。要命的還不是到此為止。

陪蒙縣長來的政府辦公室祕書是個有幾分姿色的女流。她立即站起來對我端杯了。她說，我是非常尊敬金詩人的。我也曾經是個詩歌愛好者，只要見到你的詩我都是要拜讀的，可以說我是你的粉絲。她很會說話，說得大家笑。然後她說，我敬金老師一杯。

說著她把滿滿一杯乾了。乾脆俐落。

打死我也是不會再喝的。可是沒等到打，我就徹底繳械。因為大家說，你金詩人只跟當官的喝不跟老百姓喝，是不是太有點那個了？

我一人難敵眾。也許是我不能自已了，我就把王瑞又給我酌滿的那杯酒喝了，又聽見巴掌聲。晃忽中是藍部長在給我挾菜。菜跟我無關。大家跟我無關。我在努力想，我是怎麼落入了陷阱的？

有男同胞給我敬酒了。他們的理由也極充分。我不知道是誰的嘴巴在說，詩人只跟當官的喝，只跟美女喝，不跟我們喝，太說不過去了吧？

那聲音把我送到了雲天霧地。

事後我才知道我吐了，不省人事。藍部長扶我上車，我吐在藍部長身上了。藍部長沒有怪我，她怪自己不該勸我喝的。王瑞說在車上我的頭是枕在藍部長大腿上的，笑我豔福不淺。

以前藍部長是不勸我喝的，還保護我：讓人給我倒白開水當酒。這回她是想讓蒙縣長高興，我能理解。也許是抱歉，也許是我給了她面子，也是實踐她的諾言：她約我明天早上跟她一起到河裡游泳，在第一個路口等她，時間是六點。

第二天早上她果然按時到達。五月的天氣，不是很冷。女孩子們的短裙早上身了。

空氣清新得叫人呼吸貪婪。我們走出縣城，穿越鄉間小路。路兩邊是大片菜地。我每天總是要騎自行車去河邊的。她提議步行，我自然樂意。步行也是我的強項。

我走得有點快，她趕不上我。

她說，你走慢點不行嗎？

我說，到河邊得半個小時，去來就一個小時了，在河裡游不了一會兒就要起來，回去還要洗一下，還要過早，不抓緊，上班就要遲到。

她哦了兩聲說，回去的時候我們坐麻木。

部長說坐麻木，我欣賞她的平民性。在縣裡到了她這個級別，是有專車的。她說別看她是幹部家庭出身，她是吃過苦的。父母受磨難的那個年代，她在鄉下外婆跟前長大，跟農民孩子一樣，什麼都做。外婆還笑她是「小姐出身丫頭命」呢。

我們邊走邊說話。跟她說話也有愉快的時候嘛。我們並行走著。我一直是側著頭聽她說話。我發現她一旦放下架子是挺可愛的。

翻過植滿樹的大堤，靜靜的河面就在眼前了。我見了河水就溫馨，就激情，就忘我。天已經大亮。天光仍是柔和。過了大橋，經過農民老蕭家門口，門還沒開。沿斜坡去水邊，仍是要在我常年下水的那塊大石頭面前下水。

河對面是森森的柳林帶，村子就在林帶那邊。林邊有狗望著我們，幾隻羊在埋頭苦幹，而幾頭黃牛和水牛紳士般的用屁股對著我們，昂起頭作深思狀。

河面騰起乳白色水氣，像是有人在河底架柴燒鍋。

我說，脫呀。

她也說，脫呀。

我很快就脫了，只剩在家裡就穿好了的游泳褲。

她解開了上衣有幾顆扣子，突然說，完了。

不知是什麼完了，把我說得一驚。

她沒有說，只是笑。

我說，什麼呀，完了？

她仍是笑。見我不明白，說我真是沒悟性，還詩人呢。

她見我還是不明白，說，好事來了。

我認真說，事先沒有感覺？

她說，以前有，這兩個月有點紊亂。

我說，沒到醫院看看？

她說，嗨，這算個什麼事？整天忙得瘋瘋顛顛的，要是把這些個事放在心裡，我還活不活？她又突然打住說，我們討論這個幹嘛？你游吧。

我忍不住說，你沒帶紙怎麼辦？

她說沒事，還只是初級階段。

她把解開的衣服扣子扣好，坐在石頭上看著我下水。我一般是游過河又游回來，得二十多分鐘。我不想讓她久等，我今天沒有過河，只是朝上游游了一段，且是側泳，一直看得見她。她像個小女生，一隻腿伸著，一隻腿彎著，也一直在看著我。她的一襲青衣，我想起了丹麥首都哥本哈根的美人魚銅像。

我游得有點猛，想在她眼裡呈現出猛男形象，與平素的悠哉悠哉絕然不同。見鬼，我怎麼會有這個心理。有人在看自己，或者說關注自己，再或者說在欣賞自己，那感覺是會不同的，何況是她在看。

我起水的時候她說，你怎麼這麼快就起來了？

我不說怕她久等，我只說夠了。又加一句：我游得很猛啊。

她說，是啊，你在水裡的樣子比在岸上的樣子瀟灑。

儘管是貶低我在岸上的樣子，她那語氣也還是讚賞。我喜歡聽。

我們真的是坐麻木回城。她把麻木的簾子拉下，不叫人看到。她在麻木裡說遇到個麻煩事。蒙縣長有個侄女想從企業調到文聯來你說怎麼辦？我說這種調動難辦。她說就是呀，文聯是幹部編制，事業單位，他侄女在企業是工人，先涉及到轉幹，再涉及到文聯編制，還要涉及到進公務員系列。我說這個動作就太大了。她說是蒙縣長的祕書跟她說的，這事不辦，蒙縣長答應撥的那筆款子就難辦，這是明擺著的事。辦吧，又太違規了。我說是不是蒙縣長的意思還很難說呢。她說蒙縣長下面的人能不看蒙縣長的意思？

不說還明白，越說越不明白。

我還是為她著想，說穿了也是為那筆錢著想。我說他侄女有不有這方面的特長呢？她說屁。一個屁字高度概括了。只是想來文聯吃皇糧吧。

她也為這事求其次，說能不能先借調過來再說？讓她在辦公室守電話。至於工資，宣傳部先抬著點，也不給你文聯增加壓力。你說呢？

她接著罵了一句「他媽的」。我讚賞起她的國罵，真他媽的。

我和藍部長的友好在深入。後來發生的事情是不是應了一句「親則疏，疏則密」的古話？

有一天藍部長又打電話給我，我正在指揮部上班。

我笑笑的說，藍部長，你老找我有事，錢總會有想法的。

她說，錢總說什麼啦？

我說，說是沒說，他心裡會有想法。

她說，我管不了他心想的想法。我說過你又不是賣給他了。好啦，我只是想問你個事。

我等她問。

她說，你在聽嗎？

我說在聽。我又加一句：我還能不聽嗎？我又不是賣給他了。

她笑起來，說你不會說話，還會挖我的神吶。

她聽說我在《人民文學》上發表了一部叫《學習學習》的中篇小說，一世界人都曉得就她不曉得，她質問我怎麼不跟她說。

我說有什麼值得說的呀？

她說你又是這話，你呀！我說過這是精神文明建設的大事！出作品，出人才，走正路，這是文聯的工作宗旨，你忘了？

我說，這與我說不說有什麼關係？

她幾乎是咬牙切齒說，你真是悶呀，悶得很呀！我真不知道怎麼說你，你呀你！

她沒過多地說我，只說你快點把那本雜誌給我看看，讓我也學習學習。

我只有嗯嗯。

她說，你莫只是嗯嗯的。我還有事，不跟你多說，你今天就給我送過來。

她說得心急火燎，我不急，對她的耐心是考驗，對她的真誠是考驗。哪知她抓住不放了。晚上她的電話打到家裡問我：雜誌呢，怎麼還沒送來？語氣還溫和，沒有慣常的責備。

我實在是沒理由可扯。給她看看也好啊。讓她從我的作品窺視一下我的內心世界也好啊。當我在書架上拿那本雜誌，沒有看到。我問老婆，老婆說她單位的人要看，我借給他們了。幸好是藍部長很忙，她說可以緩幾天再看。

還沒看之前，她在大會小會上也連帶著講，我們縣出了精品，金詩人的中篇小說上了《人民文學》頭條，他為我們爭了光云云。比講我那次出了詩集還甚。

有人問了她看過那小說嗎，她承認她還沒來得及看。這個問她的人，我要是說出來你一點也不奇怪：王瑞。多事就從他起。

藍部長覺得自己再怎麼忙也要看。於是立即給王瑞下命令：你去找金詩人給我把那期《人民文學》拿來給我。

王瑞來找我，我說我手頭的雜誌被人借走了。

王瑞說，哥哥咧，你莫忽悠我，讓我拿去給她看吧。她命令我今天就要給她。

我說，你叫我祖宗也沒用，我手頭沒有。

他說，那我怎麼交差呢？

我說，誰叫你多話的。

王瑞叫苦不迭說，我也是好心讓她《學習學習》，宣傳宣傳你啊。

我說，我不領你的情。

他又是一連叫著我好哥哥，說求你啦，就算你是借出去了，你催人家還嘛。不然部長會說我這麼個小事也辦不成。

我說你去找你嫂子吧，是她借給她的同事了。

他立即要我打電話給他嫂子。電話接通了，老婆說她單位的人在排隊輪著看呢，現在也不知在誰手裡，哪能立馬交得出來？

王瑞傻了眼。我才不同情他呢。他說哥哥呀，這年頭苦幹實幹，做給天看。東混西混，一帆風順。任勞任怨，太難如願……

我說你又來了。

他說，我真是惹事生非。

我笑他只是惹了事，還沒有生非。

他也來了個絕招：跑到老婆的單位，跟單位的一把手把事情一說，一把手馬上召開全體員工會議，終是將雜誌拿到手了。

藍部長連夜看了，第二天見到王瑞說，他這是寫的什麼呀？怎麼宣傳部抓學習是「認認真真走過場，正正規規搞形式」呢？我不同意這個說法。

王瑞把話傳給了我，我說你這才真叫生了非呢。

他說，你那是小說啊，不是通訊報導啊，她怎麼能那樣理解啊。

藍部長開始對我很冷淡了，見了我愛理不理的，有什麼事找我，是公事公辦的口氣。此後她閉口不提這個所謂精品，不提金詩人為我們爭了光。我的光像是被她無言的陰影給抹了。

說實在話，作為朋友，我不想失去她。有時我借她找我公事公辦的機會，向她伸出橄欖枝。我還說，什麼時候再跟我一起去游泳啊？敢不敢？

我激將她。

她說，有什麼敢不敢的。她沒說同意，也沒說不同意。冷冷冰冰。過了幾天她卻是主動給我打電話說，明天早上去跟你游泳去，在老地方等我。

說到這裡，我要趕緊補充一個情節，不然細心讀者會感覺到我寫小說的漏洞。

前面說過，藍部長看了《學習學習》對我有想法，不大理我。怎麼可能還想著跟我一起到河裡游泳呢？原是有件事化解了。

藍部長為了抓好全縣的宣傳報導，她去鄰縣取經。鄰縣的宣傳報導總是在全省數一數二。我們縣遠遠落在後面。她怪新聞科長不努力。新聞科長報帳不出，努力了沒成績。

她也質問分管的王瑞：你們是幹什麼的？人家的工作並不比我們先進，人家的宣傳報導先進，這不值得你們深思嗎？

她之所以要帶我去鄰縣，她知道鄰縣宣傳科長是我的朋友。自然還帶了王瑞，帶了新聞科長。鄰縣宣傳部長出面接待。吃飯的時候，他們的宣傳科長、新聞科長也作陪。席間說起了《學習學習》。我不插話。藍部長也不插話。

他們的宣傳科長說，《學習學習》把學習的不良狀態寫絕了，替我們抓學習的人說了話。

他們的新聞科長說，只有《人民文學》敢發表，哪個地方刊物都不會有這個膽量的。

他們的宣傳部長說，我的一個學生在北京魯迅文學院理論班學習。我聽他說一些小說選刊想選不敢選，一些評論家想評不敢評，只有《作品與爭鳴》轉載了，配發了幾篇不痛不癢的評論。後來傳出話說，對於《學習學習》說任何話都是多餘的，沒有必要的，犯忌的。

他們的宣傳部長接著請大家吃菜，不要光顧說話。

他們的宣傳部長把筷子伸到了菜碗上空，中途停住，改變了筷子方向，直指他們的宣傳科長說，哎哎，我說你呀，你怎麼把我們宣傳部的事都跟金詩人講了？連我們說的什麼話，金詩人都寫進去了，你個內奸啊！

他們的宣傳科長說，人家這是小說啊。

他們的宣傳部長說，呵呵，只有你懂「人家這是小說」！吃菜吃菜，藍部長請吃菜。

這時藍部長一定在想，哦，這小說不是寫我們宣傳部的。

這是我寫小說人的猜測。她鬆了一口氣，我也鬆了一口氣。她對我的態度又好了。

我們還是步行去河邊。天氣暖和些了。她這回穿的是運動服，從來沒見她穿運動服的。我說她很精神。她說你是說我以前就不精神嗎？我說你把運動服一穿更精神。她說別拍馬屁吧，這不是你的強項。這運動服是她讀高中的女兒送給她的，是沒穿過。她說如果不是我，也許她還不會穿。我說，嗯，我還是蠻重要的吶。她說別臭美吧。我感覺我們像是在談情說愛，至少是她把我拉回到我跟我老婆談戀愛時期的那種新鮮感覺。我也看得出她內心的感覺，她望著我的眼神，顯然是掃蕩了我們之間的障礙。

她說，你是真人不露相啊。

我說，什麼意思嘛。

她說，你總愛琢磨意思，討厭。

我只有說，我不是真人，我天天在露相，只是一般人看不出我的真相。

她說，在我面前假謙虛幹嘛？我還不知道你。

想不到她這樣跟我說話。我有些像那天喝醉了的感覺。

我望著天光，清醒著說，如果我死了，我視為生命的作品立刻就會進廢品站。只有我活著，我的喜歡才能活著。事業呀，朋友呀，愛情呀，都是依附在自己生命之上的。所以首先得看重自己的生命。我告誡你，你總讓自己不得閒，就會有閒犯病的。不過能跟我一起來游泳是個好的開始。

我竟然用了「告誡」，我是自然說出的。她也竟然點頭。「以後不要講這。沒別的，就這。」我記起她對我揚起的第一刀。想想吧，這個世界上唯一不變的就是變啊。

我們到了河邊站定，還只顧講話。

我說，脫呀。

她沒像上回也說「脫呀」，她只是笑，笑得不比上回差。

我說，又是好事來了？

她說，傻。一個月能來兩次？

她笑我說的「脫呀」：這是什麼話？

我說你上回怎麼沒笑這話？

她說，我這回想笑就笑了，你把我怎麼樣？

她在我面前全然是個小女生了。

我說，我對老天發誓：我沒有想入非非啊。

她說，請問，誰是非非？能不能告訴我？

隨即我們倆個笑得伸不直腰。她笑出了眼淚，她說是不曾有的。這一男一女是不是瘋了？幸而河邊沒有別人，只有狗、羊、黃牛和水牛。

笑過了，要脫衣服的時候，她又是說，完了！

我說，又是什麼完了？

她說，我忘記穿游泳褲啊。

我說，你這人啊，真混。

倆個人又笑。

她說，你還不知道我這人啊，在個人生活上太馬虎，在家裡還總是要女兒和老公提醒的。什麼時候請你到我住的地方看看，包你會說不像個女人住的，像狗窩。

我說，怎麼會呢？

她說，你還不信。別看我出門還像個樣子，沒法哦，當個宣傳部長，總要講點形象哦。完了完了，你看我在你面前完全沒講形象，不好不好。

我說，這才好呢。

她說，什麼意思嘛。

我說，你總愛琢磨意思，討厭。

她知道我在學她，大聲說，討厭，討厭，真討厭！

我感覺她是對著河水歌唱。

藍部長第三次約我跟她一起游泳也沒游成。我們到了河邊，碰到了農民老蕭。他清早到河邊來挑沙，說是他的堂屋要抹水泥地面。他見了藍部長，對我說，是你老婆？我說是別人的老婆。老蕭的眼神就有點怪怪的。嗨，「這年頭」的人。

我們正要脫衣服，她的手機響了。

等她接罷電話，我說，你游泳還幹嘛帶手機？

她說，我的工作沒有規律，沒有規律就是我的規律吧。你看我要是不帶這手機不是要誤事？

通知她趕到地區去。地委組織部長要找她談話。組織部長曾是她父親的部下，對她像兄長，思想上生活上很關照。那次談話也是關照的一種。

組織部長說，你能力不錯，水準不錯。也努力，也敬業。只是有一個不太好的反映：說你傲氣重。傲骨不可無，傲心不可有。

她忍住了淚，幾乎是吼出一句：在君子面前，骨也不可傲！在小人面前，心也不能不傲！

組織部長笑說，烈女烈女，還是那個烈女。

擬任的教育局長角色，就是被那些反映貴了。以考核為依據的事，組織部長也沒有辦法。這也應了「這年頭」說過的話：這年頭民主評議整死，擇優提拔騙死，混蛋同僚害死。

藍部長從地區回來就把這個遭遇講給我聽了。是她約我坐在河邊講的。她說她一點也不在乎那個教育局長的職務，是尿包打不死人脹人。

我不想安慰她。她也不是要我的安慰。

我還是說了一句莊子說過的話：外重者必內拙。我立即覺得我說得不妥。我這不是顯然說她「外重」嗎？

我等著她反駁我。我也等待著向她做出解釋。

她什麼也沒說。她望著河水的緩緩流動，輕輕吟詠：上善若水，水善利萬物而不爭……夫唯不爭，故無憂。

她是不是開始清理自己的頭腦了？

她突然說，怕是我不再能跟你一起游泳了。臉色戚戚。
為什麼？就為不能當教育局長嗎？我故意如此說。
她一笑說，看你說的。是我想辭職。我老公是做生意的，做得還可以，他也要我幫他。他總說這破宣傳部長有個什麼當頭。
我說，辭職不好。我不想說理由。
她說，是的。正遇到沒當教育局長的鬼事，顯得我小氣。
我說，不錯。
她說，顯得我看重那個官兒。
我說，不錯。
她說，任其自然吧。
我說，不錯。
她說，你就會「不錯」嗎？
我說，這個世界本來就有許許多多的誘惑，能叫正常人變態變異變節，能做到不錯就是好的。你沒注意，在我的語彙裡，「不錯」就是境界。
她說，你一下說了這麼多話，少有的呀。
我笑。
她說，又傻笑。不過我喜歡你那個傻笑。
她伸出一個指頭，將我的額頭一撮。
我捉住了她的手，覺得她的手有點發燙。
我說，你是不是在發燒啊？
她說，沒有啊，你胡說什麼。

我帶著我的胡說過了三天，她病了，住進了醫院。

其實她有十幾天一直在發燒。每天夜裡有那麼一會子怯寒，她想著是蓋少了，多蓋點就是。多蓋也仍是那樣，只是不至於讓她失眠。白天照樣風風火火上班，沒有異樣感覺。她雙休回地區家裡，是他老公要她到醫院看看她才去了。

去了就不能回家了，醫生要她趕緊住院。

她已經燒得居高不下。一般的藥沒效果，用的是進口藥。一天打一針，一針幾千塊，療效也不是特別好。治病不在於好藥，在於對症。她燒得轉了病，白血病那種。

我去地區醫院看她，人瘦變了形。精神狀態還是不錯。我跟隨部裡周吳鄭王他們一起來看過她。這回我是單獨來。

去看她的人很多，一撥撥的。還有地區電視臺的記者扛著機子要來採訪她。她笑說你們原先做什麼去了？我看我這頭不是頭臉不是臉的，能上鏡呀？別醜化我了吧。

事實上她原先就謝絕過他們的採訪，她跟我說過。地區報社要採訪她也不敢再提。她在報社的權威還在。

好不容易清靜了，看她的人都走光了，只有她老公守著她。她拍拍她的床沿，讓我坐過去。

她握著我的手說，真的是再不能跟你一起游泳了，哪怕一次。老天怎麼那樣不作美，三次都沒有如願。

她老公在一邊黯然。我的心也沉沉的。我還是強說，有的是機會。

也許是她對老公經常講起我，她老公跟我在同學的份上又親了一層。

她老公說，我出去一會。

她輕輕點頭。

她老公是想讓我跟她單獨說說話。

她說，我知道我這回病得不輕。我是從來沒吃過藥打過針的呀，更不用說住醫院。

她望著天花板。

她說，我在想你說過的話。

我不記得說過什麼話。

你說過：如果我死了，我視為生命的作品立刻就會進廢品站。只有我活著，我的喜歡才能活著。事業呀，友誼呀，愛情呀，都是依附在自己生命之上的。所以首先得看重自己的生命。我告誡你，你總讓自己不得閒，就會有閒犯病的。不過能跟我一起來游泳是個好的開始。是不是這樣說的？我記得一字不差吧？我是過後默記在筆記裡的，你不知道吧？我在病床上就想到這些話。

她的眼角湧出了眼淚。

我說，要不要我來陪你幾天？我們說說話。我不只是會說「不錯」，你會發現我是很會說話的，而且多話。

她笑了說，我知道。

我說，我陪你幾天吧。

她剛說了聲「好」，又說，不不不，你還有事要忙，你還要寫作：寫詩，寫小說——你是不是會把我寫進你的小說啊？

我說我一不小心有可能寫進去的。

她說，正面人物還是反面人物？

我說，是個人物。

我又強調說，是個人物，真的。

她拍了拍我的手說，你才是個人物。

我反過來拍拍她的手。

我避開我要流出來的眼淚。

她注意到了，笑說，幹嘛幹嘛呀？我跟你說，母親給我抽了個籤，是上上籤呢，好得不得了。

我說，我不信籤，我信你的堅強。

其實她也不信的。有回上頭宣傳部門有幾個人到縣裡考察，有人跟她打招呼說，要招呼好些，讓他們高興。那幾個人要到妙山寺抽籤，她怕他們抽到下籤或下下籤不高興，就叫王瑞去妙山寺讓寺主把下籤和下下籤都取了出來，他們抽到的全是上上籤，個個高興。他們回去遇到車禍，差點一鍋熬。

我回到縣裡的當晚做了個夢。她篤篤篤地走在我前面。黑色的連衣裙無風也飄逸。長長腿的腿肚子露白。在她後面欣賞起一個模特兒的走步。她的清脆的聲音：好咧，好咧。她的神態活鮮靈動。

我說你病好了，祝賀你。

她不見了，我找不到她。我呼喚著：藍雲……

我從來沒有叫過她的名字，在夢裡叫出來了。真實又不真實。

老婆說，你說夢話。在喊誰啊？

我如實告訴了老婆，老婆翻了個身說，睡吧睡吧。

我睡不著。我感覺老婆也一直沒睡著。

注：摘自友人趙俊鵬詩句。

學習

縣委宣傳部有個理論科，趙起赳早就想往那裡調的。宣傳部也想要，就是廠裡不放他。廠裡說，要麼你就辭職，別無二法。想想也是，廠裡規定死了，不准往縣裡跳。要跳不都跳走了？廠雖是中央辦的，多半是這個縣裡的人，哪個都有些了關係的。縣裡跟廠裡也有約：即便廠裡放人，縣裡也是一個不接收的。

趙起赳去跟宣傳部說，那邊的東西我都不要了，我就那樣過來行不行？宣傳部說，不行的，宣傳部不是個可以隨意招人的單位，要正斤正兩調過來才行。

理論科的向科長是極為欣賞趙起赳的，是向科長提出來要他，部長才同意的。向科長就跟趙起赳出主意說，你老婆在哪個單位？趙起赳說在學校教書。向科長說，是外縣人不是？趙起赴說，是外縣人。向科長說，哪裡？趙起赳說，黃陂人。向科長說，你黃陂有沒有抵手的關係呢？譬如說縣委裡頭？教委裡頭？趙起赳說，有是有，我不懂你這意思。向科長說，你先讓你老婆調回黃陂，找個理由，隨便到哪個單位都可以的，暫時的。隨後你也就有了個理由：照顧夫妻關係，你也回黃陂——也只要你的手續過去了，我們再把你和你老婆一起調過來。

趙起赳這才懂了，只是有顧慮，說，這很複雜，過程也不會很短的。

向科長說，你現在只想一條，是不是堅決想到宣傳部來搞理論？

趙起赳說，還用問。

向科長說，這就是了，也只有這個法。

趙起赳回家跟老婆一說，老婆說，若說我不願意呢，我落個不賢慧，若說我願意呢，也是個謊話：一動百搖的，該是幾大個麻煩。趙起赳說，那就算了！老婆說，什麼算了不算了的，我還沒說完呢——真算了你還能安心？你還不恨死我了？有什麼辦法，只有成全你就是了，一個屋裡只能突出一個重點！趙起赳聽得眼淚汪汪的。老婆笑說，感動了是不是？只想以後你也做點子感動我的事看看。說著，老婆也是眼淚汪汪的。

不到半年，夫妻兩個就相繼調到黃陂去了。又是個不到半年，夫妻兩個就一起調回縣裡了，趙起赳自然是如願以償。宣傳部長跟他談話說，調你來，真正是不容易的。如果不是你對理論工作的熱愛，你也不會費那個周折，我們也不會作那個努力的，是不是？趙起赳點頭。部長說，你寫過不少雜文，我也讀了些，不過呢，理論科的工作跟廠裡的宣傳工作不太一樣的，不光是寫文章，這裡有這裡的規律，還得你慢慢摸索，多請教向科長，向科長是有經驗的。趙起赳也還是點頭。宣傳部這樣調他，很是煞費苦心的。他也感到壓力，怕搞不好，很是謙恭。

老婆的工作也安排得不錯，她不想再教書，教怨了，就到文化館去當了會計。那個會計也不複雜，好當。她能幹，做帳的事，也是一學就會的。工作倒也比教書輕鬆多了。文化館也剛好有一套空房子，就搬進去了。辦公和上班都是在一個院子裡，照料一下家務也方便。只是趙起赳比先前在廠工會要忙些，他那時只負責辦個文學小刊物，廠內發行。一個季度才一期，一期也不過四萬字，他手下的作者多，自己也寫點，不費事的。時間由自己支配，不坐班。一年的辦刊經費是五萬，由他調用。他曲線調出來，在大街上見了廠長書記就彎路，總像對不住人似的，他想，他們在背後不曉得是怎麼樣說他哩。硬是抵了面，廠長書記還是挺大度的，總是說，要是你感到不如廠裡，你還是回來吧。趙起赳就只是笑笑，也是笑自己的小心眼。

其實，理論科的工作也不是像部長說的要「慢慢摸索」，也談不上什麼規律不規律的，打雜的事多，再就是要堅持按時上下班，有事沒事都要坐在那裡，像菩薩，是有人說的，一杯茶，一支煙，一張報紙看半天，沒得錯的。還一個叫他吃驚的，就是理論科並不怎麼有「理論」。他以為理論科常常是在探討理論問題，又吃透上頭精神，又注重下面實際，不斷有理論成果，挺理想的。向科長說過，我們這裡主要是搞幹部正規化理論教育。趙起赳想，那才好，教育人的人，先學一步，勝人一籌，逼著自己學，就不能夠懶惰了。那曉得他不能去摸書的邊，除了打雜，就是忙於填表，忙於統計，忙於寫彙報材料。全縣幹部應學人數，學的內容，學的次數，考試成績，自學情況，培訓情況，學習安排情況，撰寫論文情況，記錄情況，心得情況，向上反映情況，向下通報情況，這情況，那情況，沒完沒了的情況，枯躁無味還不說，他也不能顯出不耐煩。有時向科長說，怎麼樣？慣不慣？他只說還行。他不知道向科長並不滿意他這個答覆，向科長心想，我好不容易把你弄得來，你不說滿意，只說還行，是不是就搞皮了？不再新鮮了？向科長也不好說什麼，只是經常給他灌輸「一個人要知恩圖報，一個人不能不講良心」。趙起赳意識到什麼，也就說「對對對」，便開始檢點自己的行為。他打定主意，科長叫他做什麼，他就做什麼，維護科長的權威。家裡弄了什麼好吃的，他就要給科長送去點子。家裡來了貴稱些的客，他也請科長作陪。逢年過節，也總要給科長送點什麼的。科長對他也很是關照，他家裡要是有個什麼事，需要耽誤些上班時間，他也還是掌著上班，科長就說，你回家處理事吧，給你一天假夠不夠？有時派他出個差，補助費也寬鬆點。他只想按規矩辦事，科長倒是說，你這人！他就不好說什麼了，多個幾塊錢的事，若是硬說不要，也會叫科長不好下臺，只有先拿著，以後曉得招呼就是了。

向科長坐辦公室的時間也不多，來點個卯，對趙起赳說聲「我有事」，就出去了，沒說是什麼事，趙起赳也不問，一成一天也見不著科長的人，趙起赳成了守老營的。但科長給他分配的任務是一個接著一個，又具體，又細緻，彷彿是計算好了的，叫他不會有一點空隙，八小時之內，把他牢牢釘在辦公桌上。他辦事也有個習慣，要麼不辦，辦就要辦好，不喜歡拖拉，擤了鼻子腦殼空，向科長越是鞭打快牛。

有一天，辦完了事，趙起赳就坐下來翻了翻書，向科長進來了，劈頭一句說，完了？趙起赳曉得科長是問他手頭的工作，就說，完了。趙起赳就把那些統計材料給他，他隨便看了一眼，就往自己的抽屜裡一鎖，看著趙起赳手裡的書說，看什麼書呢？趙起赳把書的封面朝向科長一亮，也一笑。向科長說，哦，魯迅的《朝花夕拾》。就坐下來跟趙起赳談魯迅，談魯迅的雜文。向科長說，你調來宣傳部這多時，還沒見你寫雜文哩。趙起赳想起部長說過「不光是寫文章」的話，就說，寫還是要寫的，把工作理順了再說。向科長說，也沒什麼大不了的，就是那麼回事，你是聰明人，還把你難倒了？趙起赳笑說，也還有個過程。向科長說，倒也是。都是些雜七雜八的事，也沒什麼規律——要說規律，沒規律就是規趙起趄就笑著點頭。向科長又說，我以前也是喜歡寫點文章的，不知怎麼搞的，現在人變懶了。趙起趄趕緊說，主要是忙了。向科長說，那是一個的原因，主要的還是人變懶了。又說，今後在你的影響之下，說不定我還會揀起來的。趙起趄順著說，肯定能揀起來。今後我們還可以合作——科長出點子，我執筆。向科長來神了，當即說，好哇，一言為定。趙起趄說，一言為定。

這是最為融洽的一次談話。以後向科長真的常常給趙起趄出點子，但那些點子一般化，不新穎，是些老話題。但趙起趄又不好說那些點子不好，試圖說過一次，向科長就反駁說，老話題可以寫出新意嘛，問題是看怎麼去寫嘛。趙起趄就只有說，那是，那是。向科長出過的點子，趙起趄一回也沒採納，正在向科長不滿意之時，趙起趄就另外定了幾篇，發表出來署上的都是趙起趄和向科長的名字，而且向科長的名字還在趙起趄的前面。事先趙起趄並沒有告訴向科長，發出來了，趙起趄也沒有聲張，而是向科長在外面聽人家說「拜讀了向科長的大作」，向科長回來問趙起趄，才得以證實。向科長說，個傢伙，你隨便署上我的名字，那是侵犯姓名權啊。他那聲音和語氣，都表明高興趙起趄的如此侵犯。趙起趄就說那幾篇文章也算是向科長的點子，是從向科長那裡受到的啟發，向科長也以為真是，便常常做著有意啟發狀，趙起趄也就常常裝作接收狀，彼此倒也是親近狀。

向科長也還是沒忘記給趙起趄佈置新的工作任務。這天向科長對趙起趄說，我們今年幹部正規化理論教育的任務很重，學習要達標，上頭要檢查的。除了抓一般的幹部學習，還要抓縣委中心小組的學習。上頭強調，縣委中心小組的學習一定不能流於形式，是上頭檢查的重點，地區的傳真都發來了。

向科長就把傳真給趙起趄看，是全地區檢查的時間安排。趙起趄說，離檢查還有幾個月哩。

向科長說，你還不知道！說起來有個縣委中心學習小組，實實在在是個形式，首先是學習時間不能保証，不是你有事，就是他有事，總到不齊的。到了的，也是坐不住，出出進進的，這事那事，找上門來的事，也不能說不接待，學習會就變成工作會。饒不談工作也是七扯八拉，有時還扯些子葷的！

趙起趄說，扯些子葷的？

向科長說，怎麼？你以為他們是聖人哪？所以連個學習記錄也沒有的，別說是學習心得，撰寫論文。檢查起來，你看怎麼得了！所以縣委緊急作了個決定，一個季度集中學習一次，一次拿出三天時間。學習內容，學習方法，由我們安排。

趙起趔說，由我們安排？

向科長說，在近就要安排一次，越快越好。又說，不僅學習安排，還有生活安排。

趙起趔不懂，說，安排生活？

向科長說，問題就在這裡：要錢。錢哪裡來？財政不會為這事給錢，這是肯定的，只有去化緣──靠我們去化。

趙起趔說，我們去化？

向科長說，不是我們去化哪個去化？你還指望縣委去化？這就是現實！我們得找些子企業化，找些子單位化。三天的生活費，還有晚上的娛樂，還有材料紙、筆記本、筆，都要備齊。你要懂得那個集中的意義──是要用錢的！到哪裡去集中？縣委當中有人說，乾脆到三陂林場的林秀賓館去集中，也好讓他們清靜個幾天！你想想看，要真是到那裡去，那就還有住宿費，我算了算，總共沒得個幾千塊錢是下不來的。

趙起趔說，怎麼是這個學習法！

向科長說，你不懂吧？都是這樣的，別個縣也是這樣的。

趙起趔說，那怎麼辦呢？

向科長見趙起趔急起來了，就笑說，你也別急，魚有魚路，蝦有蝦路，我們也不是完全沒得路。

趙起趔就突然想到原先的廠裡，效益一直是不錯的，全省同行業當中，數一數二，在全國輕紡系統，也是出了名的先進。他很想為縣委的中心學習小組作點貢獻，去找找廠長書記。細一想，自己是那樣從廠裡出來的，還好意思找他們說這個事？

向科長說，我們科就我們兩個人，老楊抽到小康工作隊去了不算，千斤的擔子也只有落在我們兩個人肩上了，也不能指望別個，你說呢？

趙起趔感到自己不能不表態了，就說，我把這事放在心裡，只要有機會，我就做這方面的工作。

向科長說，不能等機會，要去找機會。你想，已經是屎到屁股門口了，不急怎麼辦？接著就講了新聞報導科如何會找人要錢，給人家寫篇稿是多少多少錢。宣傳科也是利用宣傳人家如何如何穿人家的袍子打滾。就連祕書科也會用給人家蓋章子拉些關係，一年也能搞點子錢的。向科長說只有我們理論科窮，窮則思變，也要想些法創收，不然我們的工作也不好開展的。

趙起趔是個極聰明的人，一聽就知道是要自己就範。他想不到搞理論還要搞錢，簡直糊塗了。難怪人家說，錢不是萬能，沒錢萬萬不能的。強調的還是「沒錢萬萬不能」。他在廠裡哪管這個，什麼都是上頭安排好了的，他只管做事，做好他的事，哪還操錢的心。他現在才曉得什麼叫後悔。他不讓自己後悔，當他對自己說「不要後悔」的時候，那後悔的情緒就在其中了，那後悔就已經在身體裡生根了。

晚上趙起趔跟老婆躺在被子裡，趙起趔跟老婆說起這些事，老婆說，叫花子背三斗米，自討的。不過她是笑著說的，不是埋怨，不是生氣，不是火上加油，是調侃，是親暱，是溫馨。他就覺得，在這個世界上，只有老婆是知心的，什麼話都可以跟老婆說。趙起趔就說，我可怎麼辦呢？老婆說，向科長又沒逼你去弄錢。趙起趔說，還要怎麼逼呢？他那意思不是比逼人還狠哪？老婆說，你就裝點糊塗好不好？趙起趔說，我裝得出？老婆說，他是科長，正斤正兩的歸他操心！趙起趔說，話哪能那樣說呢。老婆說，其實我也不習慣文化館那個要死不活的狀況，說起來是文化人，做起事來，一點不「文化」的。趙起趔說，怎麼「不文化」？老婆說，說起來也傷神，算了，不說也罷。趙起趔不好接話，只說，管它呢，你做你的事。老婆說，這是個生態環境，也是個心態環境，能說管它不管它？虧你還是個搞理論的，狗屁。趙起趔笑說，粗俗粗俗，從你嘴裡放出「狗屁」來。老婆就笑著揪他的臉，說，你還理論起我了！兩個人就絞在一起。他們四歲的孩子睡在床裡邊，老婆朝孩子望了望，小聲說，別把孩子弄醒了。他的動作就小了點。哪知孩子突然像哭不像哭的哼起來了，他倆就摒住呼吸，停止了動作。睡在隔壁房裡的母親說，你們聽到嗎？孩子是要阿尿的，叫他起來。又說，乖乖，你自己起來阿，他們睡死了。孩子說，沒睡死，在動。他倆就忍不住笑出聲來。

離向科長跟趙起赳說錢的事只幾天，向科長就笑問趙起赳，有影兒嗎？這突如其來的發問，趙起赳還沒會過來，就反問，什麼有影兒？向科長有些不悅，說，你這人，我還能問什麼影兒呢！趙起赳還沒意識到，也不好再問，就只有像個傻子似的望著向科長。向科長說，籌錢的事，你忘了？趙起赳只得老實說，還沒影哩。向科長說，這個事不能再拖了，月底可能就要集中，縣委書記給我定了時間的，你看，還沒有影，這怎麼行呢！

聽這話的意思，就是一板子打在趙起赳身上了，趙起赳跑不脫了。

向科長說，這是中心學習小組的第　次慎重其事，只能搞好，不能搞差，是縣委書記笑說的：夥計，那幾天，我們把我們就交給你了，由你安排啦。你看，連退路都沒有的！在你心裡，要把這作為一個頭等大事。當然，在我也一樣。我最近也遇到個忙事，省裡要編一本書，是學習輔導材料，點著要我寫一章，一萬字，要我儘快拿出來，你看這不是攪在一起來了？我也是沒辦法，籌錢的事就落在你頭上了。這對你來說，也不是什麼壞事，你到宣傳部來，這算是個大動作。平素的事再多，再煩，也顯不出個高低來，這回把這事辦好了，就是立了大功，既考驗了你的組織能力，也考驗了你的公關能力，也是奠定你在宣傳部的一個地位，對你今後有好處的。中心小組學習的事，我也想以你為主，也是個鍛練你的機會。你以前在廠裡，只曉得廠裡的些事，可以說是比較封閉的，你接觸接觸縣裡些領導，你就覺得又是一番天地了。

趙起赳發現自己也是沒有退路了。他能有什麼法？是向科長說的，先前比較封閉，就只有求助於老婆了。老婆也為他愁不過，就到自己原先工作過的城關鎮中找文校長。文校長說，你江老師在學校的時候，不像有些人，今天這個事，明天那個事，總有些子麻煩事找到我頭上。你江老師還總是為領導擔擔的，我就佩服。你江老師說的這個事，也是沒辦法才來找我的，對不對？你江老師說吧，要多少？

江老師說，一兩千行不行？

文校長笑說，到底是一千還是兩千？

江老師說，文校長看著辦吧。

文校長就說，就兩千吧，你江老師回去叫趙起赳開個條過來，我簽字領錢就是。

江老師回去跟趙起赳一說，趙起赳很是高興，學著瓊瑤小說裡的語氣說，我好感動好感動啊。

趙起赳在向科長手裡拿了收費單據，填上了「兩千元」，按向科長的意思，在收費理由一欄寫上「宣傳費」，再讓老婆拿給文校長。文校長看了說，寫個什麼「宣傳費」呢？我們也不需要做什麼宣傳，不做宣傳還付宣傳費，叫我也說不出，不如寫上「贊助費」還好些。贊助縣委學習理論，是好事。江老師就拿回去讓趙起赳重開了「贊助費」。文校長接了條子，當即就在上面簽了字：同意。然後說，你江老師直接找張會計就是了。江老師就到了財會室，只見一個丫頭坐在那裡，沒見到張會計，就跟丫頭說了一會兒閒話，又問了問張會計到什麼地方去了，什麼時候能回，那丫頭叫她明天再來。她起身出門，那丫頭還叫著「江老師好走」，很客氣的。

錢雖沒拿到手，向科長還是表揚了趙起赳，一下子就搞到兩千塊，向科長笑說自己晚上睡覺都睡得著些的。第二天江老師又去了鎮中，又沒有見到張會計。那丫頭說，應該是要來的，也不知道怎麼沒來。江老師到另外幾個辦公室裡坐了坐，跟過去的同事講了些話，就告辭了。過了一天，江老師又去，還是沒見著人，老師們就問江老師到底有什麼事，當著大家的面，江老師也不好明說，只說「有點事」。有人建議她到張會計家裡去找，她就去了。

張會計果真在家裡。江老師說了情況，不得已，也是不好意思，把那條子拿出來，張會計看也沒看，就把條子擱在桌上說，先放在我這裡，過兩天聽我的信好了。可是好幾天都過去了，也沒有消息。向科長催促趙起趙，趙起趙就催老婆，老婆也不好去催張會計。她被趙起趙催煩了，就說，逼命？這不是你口袋裡的東西，說拿就拿的！怎麼這樣呢？你曉得我去了多少回？為你的事，真是把個人都搞賤了的！

趙起趙就只有不作聲，老婆一天不理他。晚上是各睡各的被子。他摸透了老婆的脾氣，在火氣頭上不去碰她。他小心，不多事，第二天一大早就起來，燒開水，拖地，弄早點，送兒子到幼稚園。兒子對媽媽說，爸爸今天特別愛勞動。老婆就暗自發笑，氣也消了，還是又去催了催張會計，最終得到的消息是，文校長已經退下來了。文校長也曉得自己要退，退之前，就做好事，簽了好些張那樣的條子，學校其他領導人就用了個心計，讓張會計躲著，也把那些條子壓著，等文校長退下來的手續一辦，就重新規定「政策」，拒付文校長簽的任何條子。江老師就一直蒙在鼓裡，別人也不好對她點穿。

趙起趙不能不跟向科長彙報，向科長很不高興，反說是趙起趙沒抓緊。趙起趙有些子氣，也不好表現出來，就只有不作聲。他這才覺得向科長不是那麼近人情的。別個科的人有時也談到向科長，問他覺得向科長這個人怎麼樣，他聽出問話裡有話，也只說，挺好的。別個科的人就笑，說，挺好的？那意思是明知他在說假話而又不肯拆穿。趙起趙就又說，科長叫我做什麼我就做什麼，聽科長的不就是了？別個科裡的人又笑說，對，要乖。相處長了，宣傳部的人覺得趙起趙不錯，又和氣，又謙恭，又守規距，每天早滿早就來了，一來就抹桌子，倒痰盂，拖地，拖了辦公室還拖走廊，天天如此，弄得別個科裡的人不好意思，也總是搶著拖。部長在會上說，趙起趙同志來了把我們的機關作風都帶好了。這一說不打緊，反而說得趙起趙再做那些事就不自然了，偶爾不能早點來，也有個心理負擔。在有些人的眼裡，好像他就是為了表揚的似的。時間再一長，跟他搶著拖地板的人也不再搶了，他就還是堅持，部長又在會上表揚，他就惱了，說，再表揚，我就什麼都不幹的！真的有幾天他就不拖地板了，也不早滿早來了。別人對於他的惱也似乎忽略不計，別人該怎麼樣也還是怎麼樣。他不拖地就沒人拖，灰塵積得很厚，走過去走過來腳板印都留在地板上了，隨處亂丟紙片。後來是趙起趙實在看不過眼，就又開始拖地了。別人也司空見慣了，趙起趙要是有個什麼事沒來，地板就沒人拖，礙了眼，有人倒還在心裡犯嘀咕：趙起赳怎麼沒拖地呢。

宣傳部的人極願意親近趙起赳，也常常到他辦公室坐坐，諸如中美關係問題，海峽兩岸關係問題，香港回歸問題，陳希同引咎辭職問題，鄧小平的健康問題，本縣財政拮据問題，機關創收問題，人心浮躁問題，社會倫理題，女人男人問題，都是他們的話題。有時也也免不了要談起向科長這個人。那當然是關起門來談，趁向科長不在辦公室的時候。他們說向科長這個人是很不好共事的，當科長五年，科裡就進來過五人，出去過五人，平均是一年一進一出。進來也都是他要來的，出去也都是他不要的，也真說不清楚是他不好還是人家不好。說人家不好，未必是個個不好？說他不好，領導就是相信他。他想調哪個來，就能調哪個來。他想要哪個走，就能要哪個走。那些進來的人，大都是沒幹滿一年就想走的。只有老楊幹了三年，向科長沒想他走，他倒是想走，所以一說要抽人到鄉下去「奔小康」，老楊就報名去了。宣傳部的人說，看你趙起赳怎麼樣，你也是他要得來的，看你能不能管長就是。趙起赳想，我抱著本份走，不管他怎麼待我，我也不會去得罪他的。

向科長對趙起赳說話開始生硬了，是領導的架式，是權威的架式。先前向科長對趙起赳那種和氣的包裝，也貿然取消了。向科長說，我說趙起赳呀，你現在要抓住主要的東西！什麼是主要的東西？那就是縣委中心學習小組的學習安排！你還有時間坐在辦公室跟他們閒談？

趙起赳心裡就一驚，向科長一次都沒有撞見他跟宣傳部的人在辦公室閒談的，怎麼就曉得他閒談？可見向科長在門外聽著而沒有進來。向科長也是不是聽到他們談他的話呢？趙起赳倒真是覺得有些不妥，雖然他們談起向科長他不曾插嘴，究竟是在辦公室裡談的，是當著他的面談的，他插沒插嘴，脫不了干係的。他自覺有些子理虧，向科長的言語重些，他也只是聽著，不反感。活該，他想。

向科長說，難道你沒有壓力嗎？你要我怎麼樣提醒你呢？我說了好多回了，明說暗說，你都沒聽進的！我現在再說，這些天你可以不到辦公室來，你就去籌那個錢的事，那是頭等的大事，我說過的！你不要作我的指望，我也跟你說過的。為那本書稿的事，人家幾天一個電話的逼我，我也抽不出時間來跑那個事！我再把話說白些，你只當是幫幫我個忙怎麼樣呢？不說我是你的科長，不說我對你如何如何，只說是一般的同志，算我求你怎麼樣呢？

話說到這個份上，趙起赳只有認了，真的著了急，頭腦發脹了，耳朵根也都開始發燒了。他真狠不得從自己的口袋掏出幾千塊錢來，可惜他不是個富人，沒那個力為。從先在廠裡，趙起赳很是個人物，寫也能寫，說也能說，做也能做，廠領導把他當個寶。打雜的事不找他，只讓他搞業務。廠裡有些子大事，廠長書記們也還要把他請去提幾個錢的意見，他要麼就不說，一說就打得人的耳朵響，廠長書記們也是樂意聽的。那些中層幹部更發是巴他，寫個材料什麼的，必定請教他，他也不拿架子，不耍花槍，真誠待人就是。他的名氣讓工人們仰面看他那就不消說，想寫寫畫畫的，以至做著文學夢的青工，總是趙老師前趙老師後的喊得立起來了，他們拿出自己的習作要趙老師指正，他的話就是權威。其實，他也不是個紅不是個黑，普通的工會幹部一個。他要走的時候，廠裡說，我們真捨不得你走，老實說，我們要用你——你是不是等不得啊？那個話是有些子玩笑的味道，捨不得他走倒真的，要提拔他一下也是真的，只是他不想當什麼官兒，即使把個廠長他幹，他也還是要選擇搞理論。

趙起赳對老婆說，真真真是你說的，叫化子背三斗米！

老婆說，還說這話，有個屁用！

夫妻倆就搜尋記憶，看有沒有自己的哪個熟人、親戚、朋友，是當廠長或經理的。想了半天，老婆倒是想起有些過去的學生家長是拍板人物，但現在也不好去找人家，時過境遷，要是現在她還是在當老師，也好說些。老婆這邊就沒得路了。還是趙起赳七想八想，想到一個姓郝的，是他的同學，當了百紡公司的經理，也是好多年沒聯繫，找到頭上去，曉得還認不認他這個同學呢，況且不是什麼好事，是找麻煩。想從前，郝對他好，總是主動找他玩，郝的素質差，他還不大熱呼的，現在要錢就記起人家，好意思上門啟齒？

老婆說，我原先在學校的時候，常在百紡那個拐角碰到他，他上班我也上班。聽說這個人不怎麼樣。我也不喜歡這個人的。

趙起赳說，怎麼不喜歡呢？

老婆說，我也說不出，他那個味，大不咧咧的，不好，我不喜歡。

趙起赳說，我也不是去提他的幹，管他呢。就這個路，不妨一試，反正是求不到官秀才在。

他就給郝經理打了個電話，說有個事想找他談談。電話是郝經理本人接的，他知道是趙起赳，就跟過去一樣熱熱烈烈的說，老同學，來來來，來玩玩吧，敘敘舊，現在就來。又說，你在哪裡？我派車來接你。趙起赳忙說「不用不用」，可是郝經理說，恰恰我現在有空，來來來，跟我客氣什麼！郝經理就真的派車把他接去了，雖然只有一二十分鐘的路。

到了百紡公司，郝經理把他領到一個有地毯的也很是豪華的小會議室，開了空調，還跟著進來一位漂亮小姐，給他倆泡了茶。小姐退出之前，對經理說，郝經理，還有什麼事嗎？郝經理大大咧咧的嗓子收小了，溫柔著說，你去安排一下。小姐點點頭，就去了，還反手關了門。趙起赳就說，先聲明，我不在你這裡吃飯。郝經理說，什麼話！不吃餐飯讓你走了？趙起赳說，在外頭吃飯，不慣。看到一大桌菜我就飽了，回家總還要吃的。郝經理說，你以為那個慣哪？我們這些人也是沒辦法，吃飯喝酒就是工作。就拿喝酒來說，原先我也是滴酒不沾的，生意上的客人來了，不喝不行。為了練那個酒勁，睡覺的時候把酒灑在枕頭上，把酒含在嘴裡，就這個艱苦勁兒，以後酒量就出來了。

郝經理說得哈哈大笑。趙起赳一點也不覺得好笑，但他還是陪笑。說話當中，趙起赳幾次提到那個實質性的問題，郝經理幾次都攔他說，不說那，不說那，現在不說那。郝經理就講他的公司，他的酸甜，他的苦辣，及他的業績。趙起赳似乎聽懂了郝經理沒明說的意思，自己就明說，我給你寫篇文章吧，就是報告文學，在文聯辦的文學刊物《楚風》上發一發，你看怎麼樣？

趙起赳想著在《楚風》上發是十拿九穩的，他的雜文，在《楚風》上是有專欄的。哪知郝經理連連擺著手說，不行，不行。

趙起赳說，怎麼不行？你是不是小看《楚風》是個內部文藝刊物啊？告訴你，縣裡四大家的領導是人手一冊的，你就是發在《人民文學》上，絕不可能人手一冊的吧？縣裡的頭頭腦腦看重《楚風》，是因為《楚風》寫的是縣裡的人，縣裡的事。寫你，實際上是你生存環境的一種建設，你想，是要這個建設好還是不要這個建設好，不是明擺起的？

郝經理就笑說，你還真會說服人嘞。

快到吃飯的時候，郝經理出去了一下，進來說，我已經派人請江老師去了，我還強調了，一定要請得來的，我們等她。趙起赳想不到郝經理還有這一著，也不能阻攔了，由他去。是那個漂亮小姐去請的，江老師也真被小姐請來了，江老師一來就說，我真是不來的，我家裡還有事，還有一老一小在家裡。

郝經理說，這還不好說？去去去，去把那一老一小也接來，不就是多一兩雙筷子麼？

那漂亮小姐真的要去，江老師攔住說，不行的，不行的！

郝經理說，怎麼不行？是吃飯啊？又不是做壞事啊？又指示漂亮小姐說，去去去，去接來！

江老師說，家裡我都安排好了的，你要去接，那我就走的！

郝經理這才說，好好好，依你的，依你的。

說著就走到江老師跟前，說，握個手，我們還沒握過手的，雖然我們認識很長時間啦。

江老師不想給他手握，但他的手已經朝江老師伸出來了，遲遲沒能收回去，江老師才勉強把手抬起來，郝經理就握著不放，接著還用兩個手握著不放，還是江老師試圖抽幾次，才把手抽回。

吃飯是在百紡公司旁邊的酒樓。在飯桌跟前，郝經理還把江老師的手膀子一捏說，來，跟我坐一起。江老師也不好說什麼，就順便坐了。在郝經理另一邊就坐的，是那位漂亮小姐。趙起赳就挨著老婆的另一邊坐了。還有公司的兩個副經理在座。趙起赳不怎麼喝酒，但郝經理不住的勸酒，還要兩個副經理和漂亮小姐跟他喝，其中一個副經理見趙起赳是個不能喝的樣子，就替他求情說，算了，真的不能喝就不喝。

郝經理就說，什麼真的假的，你還聽不聽我的？

那個副經理笑說，好好好，聽你的。就又對趙起赳說，你端個杯，表示一下。

郝經理說，表示？沒有那一說！

江老師也說，他是不能喝。

郝經理把江老師的手一拍說，沒你的事，這是我跟他的事。又對趙起赳說，還想不想我給你贊助的？

趙起赳一聽，什麼也沒說，就端起杯，就呲牙裂齒的喝了，很難受的。

郝經理說，好，到底是老同學。

漂亮小姐就給趙起赳倒酒，趙起赳說不能再要，漂亮小姐說，門杯是要倒起來的。漂亮小姐跟郝經理倒酒的時候，倒得很淺，一點一點的，不像是給別人倒那樣一沖，生怕倒多了的，生怕經理消受不了的。哪知郝經理說，倒滿倒滿，這杯我要跟江老師喝的，滿心滿意的喝！接著就朝江老師端杯說，來，我們還沒有在一起喝過的，今天就滿心滿意的喝一回。

江老師說不能喝，從來沒喝過的，實在是不能喝，喝了過敏，渾身起紅點，癢得很的。郝經理就笑說，不要緊，癢就撈撈，叫趙起赳撈撈，就不癢的。趙起赳聽不過耳，還怕他說出些鬼話，就接話說，這樣，我代一點。郝經理說，不能代不能代，你是你，她是她，她生伢你不能不代呀，是不是的呢？這時，郝經理就動武了，他一手接住江老師的頭，一手端杯就要朝她嘴裡灌。江老師望著趙起赳，要惱也不便惱，只有像趙起赳那樣吞藥似的，一咬牙吞了，立即就咳了起來，臉也紅起來。郝經理伸手在她的背上輕輕拍了兩下，笑說，好看好看，比打了胭脂還好看。趙起赳只得忍受著郝經理的粗俗。吃完飯到分手的時候，郝經理說，你說的那個事，放心，我照辦就是。接著又朝江老師一伸手說，再握握手。江老師是決意不再給他握手的，但他去拉起她的手，就又是雙手握住了。江老師突然大叫一聲「哎喲」，原來是郝經理用勁過大，把她的手捏得生疼。她一叫，郝經理就鬆手了。

江老師抽回手說，你個鬼人！

郝經理笑說，握個手算什麼，就這麼鬼叫的。

回到家裡，趙起起和老婆都不談那頓酒席上的感受。在趙起起心裡，簡直想跟郝經理一刀兩斷，如此沒有格調的個傢伙！細一想，生活當中，有幾多不是粗俗的呢？這樣一想，趙起起也就平和些了，他當晚就埋頭寫了關於郝經理的三千字多字的稿了，《楚風》也答應發，他把稿子交給郝經理核實一下事實，郝經理說，真有你的！我就那樣跟你隨便聊了一下，也沒見你做個記錄什麼的，你就寫了這麼多，不簡單，不簡單！

趙起起說，你也別說那麼多，你看了就給我，等著要哩。

郝經理說，好的好的，謝謝你花了腦筋。什麼時候再把江老師叫上，我們再去喝幾杯。趙起起不接他那個話，就告辭了。

對向科長，趙起起也沒再事先說出郝經理要給錢的事，怕的不落實，跟上回一樣，又叫向科長惱火。事情辦成了，再跟向科長說也不遲，他也不想事先去討那個好。若向科長再問起有不有影兒的事，他就只說在加緊進行中。他到辦公室去的時候，心情也愉快些，見了別個科的人，話也多些，早滿早的去拖地、抹桌子、倒痰盂，那就不消說了。過了幾天，怎麼就不見郝經理回話，趙起起有些心慌，就打電話催問了幾次，要麼就是說郝經理不在，要麼就是說郝經理剛出去有事去了。趙起起想晚上到郝經理家裡去，又不知郝經理的家在何處有天晚上他把電話打到郝經理家裡。

接電話的是郝經理的老婆，問「是誰呀」，趙起起報了自己的名字，又加了一句，宣傳部的。郝經理的老婆就哦了一聲，說，你等一下。大約是離開了電話機，趙起起聽到話筒裡的聲音：趙起起，宣傳部的。也隱隱約約聽到郝經理的聲音：就說我不在。有漸近的腳步聲，接著就聽到郝經理的老婆說，他剛剛出去了哩。趙起赳怔了怔，本想立即把話筒一壓，又想說幾句絕情的話，細想也沒有那個必要，人家不接你的電話是人家不想接，那是人家的事。自己有事求人家，是自己要求。人家也不是該給你的錢，硬是要給得你，生那個氣有什麼用？趙起赳就反而和氣的說，對不起，打擾了。要放下電話，郝經理的老婆搶著說，能不能跟我說？待他回來我再跟他說？趙起赳說，那就算了，謝謝。這才將電話壓了，他還在電話機旁邊怔了好半天。

哪知第二天趙起赳在大街上碰到了郝經理，郝經理老遠就跟趙起赳打招呼，趙起赳也只是冷冷的應付，也不提昨晚打電話的事。郝經理偏說，聽我老婆說，你昨晚打電話給我的，我剛出去了。趙起赳只是冷笑。郝經理又說，你那稿子我還沒來得及看——你不曉得我這一段幾忙啊。

接著就說他如何忙的。趙起赳只有耐著性子聽。又過了幾天，郝經理終於打電話到宣傳部，對趙起赳說，你這篇文章寫得很好，確實寫得很好，寫的也是事實，但我想不能發。趙起赳沒料到這一著，心裡一沉，就問，為什麼？郝經理說，跟你明說吧，我們是老同學，也不是外人。電話那邊停了停，好像在選擇詞語，然後說，單位裡有些子麻煩事，有幾個人操蛋，雖然不是什麼大不了的事，但嘀嘀咕咕的討人嫌。我想讓這稿子緩一緩再發，不然更發是添麻煩，請老同學諒解。不過還是歡迎你來玩，飯有你吃的，酒有你喝的，也還是把江老師叫來，在老地方，怎麼樣？趙起赳啞了。郝經理又說，錢的事，稍遲點，我給就是，只不過是稍遲點，好不好？趙起赳硬著頭皮說了聲好，就把電話壓了。

向科長不斷問趙起赳籌錢的事，趙起赳除了說正在加緊進行，又說，希望是有的，只不過是稍遲點。向科長要他抓緊些，還引用毛澤東的話：抓而不緊等於不抓。

有天趙起赳正在午睡，有人敲門。

趙起赳說，誰呀？

門外說，我。

趙起赳聽出是郝經理，就說，你怎麼來了？

趙起赳就起來了，老婆也還在睡，他隨手關上了臥室的門。郝經理一進來就說，我想了想，還是應當支持你的工作，作為老同學，你找我也是頭一回，不管我有什麼難處，我也應當為老同學盡點子心意，不然就太說不過去了是不是？

這叫趙起赳有些子手足無措，也有些子不敢相信。他突然記起似的說，哦，我給你泡茶。見郝經理還站著，又連說「坐坐坐」。郝經理仍站著說，不不不，我說幾句話就走的。又說，你不是說你籌錢是為縣委中心學習小組的學習嗎？

趙起赳說，是啊。

郝經理說，是不是這樣，縣委到林秀賓館集中學習的，食宿我包了，還包括晚上的娛樂活動，至於筆呀，筆記本呀什麼的，那也是小意思，全包了，你看一共得多少錢，到時候我一筆劃過來就是，好不好？

喜從天降。趙起赳狠不得擁抱他一下。郝經理那個大大咧咧的聲音也變得不怎麼討厭了。

郝經理問起了趙起赳的老婆，說，汀老師呢？不在家？

趙起赳就想起了那天那個酒席上的郝經理，討嫌郝經理的情緒也就上來了，但臉上還是帶著笑，含含糊糊的嗯了一聲，郝經理就又談起吃飯喝酒的話題，趙起赳就轉移話題說，我寫的那個文章呢？

郝經理說，文章不發算了，放在我那裡，算是留個紀念。要發呢，那就以後再說，我會好生保存的。

趙起赳想了想說，這樣也行得。

待郝經理走了，趙起赳就趕快到臥室裡對老婆說，你聽到了嗎？老婆不理他。他隔著被單拍著老婆側身睡的屁股，裝睡。老婆說，什麼事啊？睡也不讓人睡的！趙起赳說，郝答應給錢了！老婆說，不就是答應給錢嗎？你以為我沒聽到？趙起赳笑說，我說你是裝睡嘛。老婆說，那樣大聲武氣的說話，吵得人睡得著的！趙起赳的嘴巴就貼在老婆的嘴巴上了。

中心小組的學習計畫，就要著手安排了，學習內容，學習方式，三天的時間怎麼分配，包括晚上的文娛活動，也要考慮進去。這些事，也是趙起赳做。待趙起赳把安排拿出來了，向科長說還要拿給縣委看才能定下來。向科長要趙起赳跟他一起去找縣委書記。

趙起赳說，我就不去吧？

向科長說，去去去，怎麼不去呢？一起去。今後還能不跟領導打交道？把領導認熟了，對我們有好處的，不說別的，只說請個示，彙個報，領導也爽快些的。我以前就吃了這個虧的，你去找他，是他午睡時間，你還得在門外等，不能進去打攪的。等到他午睡起來了，他還得慢慢洗頭臉，上廁所。待你要開口說話的時候，他把他的包一夾，就往門外走，好像看都沒看到你。你上前說「我有點事要跟領導彙報一下」，他還是走他的，理都不理的。你要是跟著他說，他就說一句「我有事，以後再說吧」。你看，冷得人受不受得了呢？要是人熟了，關係好，那就不一樣了，那就還要請你坐，請你喝茶，問你這問你那，你說是打攪了他的休息時間，他說沒關係的，有事只管來找。你看，這是不是溫暖些呢？

趙起赳就跟向科長一起去了，在縣委辦公室見到了縣委書記。縣委書記一見向科長就說，你來啦？你遲來一步我就出去了。

向科長笑說，趕巧了。接著就把跟在自己後頭的趙起赳介紹給書記。書記只是哦著，叫「請坐」，便問向科長有什麼事，向科長說是為中心小組學習的事。書記又是哦著，問準備得怎麼樣了，向科長就作了些詳細彙報。書記連說，好的，好的。向科長也說到學習地點，書記又連說「好好好」，書記說在機關大院裡是不行的，干擾太多，坐不下來的，只是到林秀賓館的費用大些，不好辦的。向科長趕緊說，這個不用書記操心，我拉贊助，有人願意出。他們說，多少不該出的錢都出了的，支持縣委學習，倒是個正經事。

書記笑說，你口裡的話吧？

向科長說，怎麼是我口裡的話？向科長就朝趙起赳一指說，叫他說，是不是的呢？趙起赳就順著向科長說了個「是」，到底理不直氣不壯，聲音小得聽不出，只能讓人感覺得到。

趙起赳也一直就為自己說出的這個「是」失悔。他可以不作聲，可以只是笑笑，也可以不搖頭不點頭，跟著撒那個謊，自己作賤了自己了！接著向科長跟書記說了好些話，趙起赳一點也沒聽清，直到書記站起來了，握著他的手，說著告別的話，他才曉得談話結束了，該走了。出門之後，向科長說，你怎麼木頭木腦的？應當不斷插話才是，放活些，一點都不大方的，日後要你單獨出面，看你怎麼搞！

趙起赳想，郝經理的那筆錢不是我單獨出面搞的？

三陂林場離縣城三十里。山，水，林，路，風景確實是好。唐朝大詩人李白在那山上住過，修復了些遺址遺跡，再把那些遺址遺跡一圈，就可以收錢了。林場出錢修的那個小巧別緻的林秀賓館，一半在水上，一半靠山。除了上山遊玩的人偶爾過個夜，一般沒多少人來住的。縣委的一些子重要會議，倒是常拿到這裡來開，會議精神的貫徹，也常常被稱為「林秀會議」，像遵義會議、廬山會議那樣的叫法。這回的林秀學習會，因為是由郝經理出錢，也著實想表現一番的郝經理帶著幾個人，頭兩天就住在林秀了。生活的規格要高，小姐的服務要好，方方面面，點點滴滴，都親自過問。在那三天的學習時間裡，郝經理的張羅就更發是不消說的。每頓飯，也不見郝經理跟領導們一起坐桌子，只見他在廚房裡指指點點的。領導要他上桌子，他也不，只說還有事要安排。晚上的活動也由郝經理花錢請來縣裡的漂亮小姐陪領導跳舞。不會跳的領導，就由小姐教。那些領導也樂意，他們說，要是在別的地方學，我們也沒有那個工夫。饒有那個功夫，也還沒有那個勇氣。在這裡學會了，也可以出去對付對付的。到外頭去了，人家請我們跳，我們總是像個苕樣，呆著看人家跳，就覺得太不會瀟灑了！那些原本想坐車回縣裡睡覺的領導人，也不回了。

學習討論的時候，也免不了說起跳舞。有人說那是很高尚的活動，很優雅很文明的。有人說那純粹是性吸引，「男的跳出三條腿，女的跳出礦泉水」，跳出鬼來的不在少數。一說就說遠了，總是要縣委書記撥亂反正說，夥計們，我們再要言歸正傳了。可是一扯就又扯到了工作上，扯些傷腦筋的扯皮拉筋的事。縣委書記又說，不談工作，不談工作，現在是學習，談學習。有人就說，這叫理論聯繫實際嘛。縣委書記說，理論聯繫實際也不錯，但你們也總要理論理論啊？有人就接話說，沒辦法，我們這些人也就是愛講個實際，離開了實際，我們就沒話說了。有人就乾脆提議說，要理論理論的話，就讓向科長給我們輔導輔導怎麼樣？

向科長和趙起趄作為旁聽，掌握情況，自然也是一直在坐的。向科長曾經分吋趙起趄，要做好詳細記錄。向科長也就免了自己集中精力動手動腦之苦。他坐累了，就隨意出去看看山水。只要站在林秀的樓頂上，四下一望，那些風景也就盡收眼底。好一個僻靜的地方。哪曉得領導人在那樣提議的時候，向科長就在樓頂上觀風景。領導提議之後，朝向科長坐的地方望了望，沒見向科長的人，就說，哪裡去了？趙起趄就趕緊說，剛出去。又加了一句，剛出去解手去了。趁大家一笑，他立即起身出門。他曉得向科長在哪裡，就直奔樓頂，把向科長叫下來了。

中心小組的學習也自然包括宣傳部長，部長是常委。部長見向科長進來，就說，到哪裡理論去了夥計，領導們要你跟大家講講哩。向科長笑說，講什麼啊？我又不是領導？領導們就笑起來，說，學習面前人人平等，更何況你是專門搞理論的，我們不聽你的聽誰的？部長也說，那你就講講吧。部長覺著向科長是他手裡的一塊王牌，是拿得出手的。讓向科長講講，也是顯示一下強將手下無弱兵。

向科長還是笑說，講什麼呢？

縣委書記說，就講學習鄧小平同志的建設有中國特色的理論嘛，我們平素忙，也學了一些兒，不在一堆兒，學了一點兒，不在一塊兒，你就跟我們系統系統吧。也真是這個事，書記概括得有趣，大家就笑。

向科長其實不怎麼會講，有人說他是茶壺裡的湯圓，有貨倒不出來。他也曉得藏拙，一般是不講的。應當說這回是不一般，但他還是不想講。他清楚自己，沒人清楚他：他也沒怎麼坐下來好生學習的，他只叫人家學，組織人家學，自己好像也沒有那個學的必要。檢查也沒人來檢查他，考試也沒人來考他。他組織人家編書，或是人家組織他編書，也只是收集資料，再就是「剪刀漿糊」的事，沒入骨髓。外人看來，了不得，那是著書立說。內行看來，便是不值一提的。縣裡領導喜歡他，部長看重他，到底也只是看重他沒自己的頭腦，只有領導意志。他在理論科執政，就想依樣畫葫蘆，讓理論科的人沒自己的頭腦，只有他的意志。此時，他捅了捅坐在他旁邊的趙起超，小聲說，你可以講講。

趙起超一驚說，我講？他感到不可思議，也感到太突然。

向科長仍是小聲說，我也想讓你在這種場合鍛煉鍛煉。不待趙起超再說什麼，向科長就大聲說，讓我們的趙起超講講吧，他的理論修養是很不錯的，寫也能寫，說也能說，很有一套的，是我們從棉紡廠挖來的。他一個「挖」字，把大家說得笑了。趙起超的腦子頓時呈現出一片空白。那些領導人在等著他講，部長還帶頭拍起了巴掌。

趙起超不能不講了。他放下手裡的筆，臉紅紅的，就站起來，乾咳了兩聲。有領導人笑說，是不是要先喝口茶？大家就又笑。縣委書記說，坐下講，坐下講。趙起超還是站著，想了想，就由著腦子裡突然出現的東西講起來了。

他說，關於學習，我也講不好。誰都知道，我們需要學習，但是怎麼學習，好像從來就是個值得研究的問題。我聽說行政單位評職稱，一位高級政工師——起先我也不懂這「高級政工師」是個什麼意思，後來才知道，就是相當於高職稱的思想政治工作者——這位高級政工師居然說出馬克思是法國人。我還聽說，對科局級以上在職幹部進行一次馬克思主義常識性測驗的時候，問《共產黨宣言》的作者是誰，有答毛澤東的，有答周恩來的，有答鄧小平的。答是馬克思的，也只一半人，這一半人當中，還大都抹煞恩格思。這實在是觸目驚心。正是那些科局長，總是煞有介事的談改革開放，談改革開放形勢下堅持發展馬克思主義！馬克思在九泉之下真會感到悲哀！想想叫人要哭！

說著，趙起超的眼淚就湧出來了。他想馬克思生前多難，漂漂泊泊，流離顛沛，去國懷鄉的痛苦與他同行還不說，那些機會主義分子利用他的聲望，兜售其奸。現在的一些人不也是時時將馬克斯主義掛在嘴巴上，行為上連一點人味都沒有的！

領導們聽著趙起趟的講話，特別的安靜。他的眼淚也感動著一些人。可是向科長寫了個條子給他說，你怎麼說這個？叫你講建設有中國特色的社會主義理論！

趙起趟被向科長這個條子襲擊了一下，便惶惑了，頓時出了一身冷汗。於是趕緊接著說，我有個深深的體會，縣委領導都是大忙人，都還能坐在這裡學習，那真是不容易的，我想不到會到得這麼齊的——不僅到齊了，還精力這麼集中，很是讓我感動的。他稍停，醞釀了一下所謂感動的情緒，他想到自己為這次學習受的苦，也把老婆受了苦，就真的讓自己的情緒上來了，不過那不是感動，而是哀怨。

部長這時也笑說，好啦，你再講特色理論吧。

趙起趟一聽，就又遭到打擊似的，慌神了。他怕自己再有不當，就說，我只是談個感想，就這些，不講了。

向科長拿眼睛橫他，一散會就把他叫到一邊說，你是怎麼搞的？

趙起趟決定堅守逆來順受。

向科長說，要你講那些子問題幹嘛？你是什麼人？你不知道你是個什麼身份！你以為能夠在這裡坐著就跟領導平起平坐了？你還談感想哩，有你談的感想？哪些話該說，哪些話不該說，連這個也把不住，是哪回事啊？不是我說你，看來你是癩蛤蟆過沙灘，還要夠操！

向科長很生氣，氣得還有話沒說，最後只說，真叫我失望！

趙起趟一直看著眼前的樹林子，看著林梢上的藍天，才將科長的尖銳化為平和。

事實上，中心小組的學習也還是閒扯，一扯就還是扯到工作。最後一個下午，縣委書記乾脆說，我們就挪用這個半天專門談工作吧，也是沒有辦法，有些子事堆在那裡，不理一理也不行的。

整個下午談的就是機關辦企業的事。縣委書記和縣長曾經帶著一幫子人去外地考察了的，外地機關辦企業有成功的經驗，縣委縣政府決定把那些經驗在縣裡開花結果。

縣長說，大家是知道的，我們的財政只能是保吃飯，連許多正常的開支也要壓縮了。從下個月起，我們的工資也只能發個百分之六十，餘下的就靠自己去弄，弄得到，你就可以吃飽飯，弄不到，你就只能吃個半飽，或者只能是吃稀飯。弄好了，你不僅有飽飯吃，還可以吃肉喝湯，沒人干涉的。

書記說，我們縣裡的財政弄到如此地步，吃虧也在於我們過去的弄虛作假：每年只曉得邀功，報產值，報利潤，報得越多越好！功是邀了，任任的也提起走了，給我們留下的是個大窟窿，填都填不滿的——莫說我們這一任填不滿，以後多少任也填不滿的——我就敢把話說得這裡放著的！經濟基礎這麼薄弱，幹大的又幹不起來，幹小的又無濟於事。人家鄰縣為跑項目，跑垮了一輛桑塔拉。我們縣裡也是跑垮了一輛桑塔拉，那是為跑官，為自己的官能夠做得更大些！好啦，我現在不說這些了，老說前任的壞話也沒意思，人家現在的官比我大，有朝一日，話傳到人家口裡去了，我這官不就是到頂了？

大家就笑。趙起赳發現書記是敢說的，很對胃口。三天的學習結束，都有車來接。書記上車之前，還跟趙起赳打招呼說，你坐哪個的車？就上我這車吧？趙起赳很感動，說，不。書記就上車了，還對他說了聲「再見」。趙起赳還有些子善後工作。他也讓向科長先走了。到他走的時候，就沒有車了。按說就只有再歇一夜，第二天大早再搭班車回城。趙起赳突然起了個奇怪的念頭：他想步行回城。不就是三十里路麼？打三個小時走又怎麼樣呢？多少年沒有步行了。走一走，試試自己的腳勁，也練練自己的意志，不壞的。邊走邊清理自己的思想，邊走邊檢視自己三十二歲的人生，也好暢快的。他還想，現在幹部，還有像他這樣步行的麼？一些人的車，動不動就是幾十萬，只當是個人的。不好說這該不該，至少覺得他這走夜路的行為是很讓他自豪的。

看得見縣城裡的燈火。路也算是好走。柏油路。五月的天氣也好，涼涼爽爽的，不知不覺不緊不慢走了三四個小時。在家門口，他就輕輕敲門，屋裡傳出老婆的聲音，誰呀？趙起赳就故意不作聲，就再敲。老婆又說，你想故意嚇我呀？你以為我不知道是你呀？你那個腳步聲瞞得過我呀？

趙起赳就笑說，老婆就是老婆。

老婆說，說什麼呀！深更半夜的，還大些聲氣，廣播！

趙起赳聽到老婆趿著鞋，門開了。路燈的光亮，被窗架切割著，還是看得見老婆穿著的衩褲背心。老婆的體溫直朝他撲來。他進了門，把提包一丟，就把老婆抱住了。老婆說，門！他才記起門沒關，就隨手關了門。老婆任他親了一氣，他還不鬆口。老婆說，你身上都臭了，還不去洗！又說，吃了麼？趙起赳說，吃了。老婆就去給他打水，邊說，天還沒黑的時候，我在大街上看到你們向科長，你怎麼就這晚才回？我還以為你今天回不了哩。趙起赳只說有事暫住了。他洗的時候，老婆也站在一邊，看著他洗，也一邊跟他說話。

媽和兒子都睡著了，趙起赳說話的聲氣也好大，老婆說，你說話不會溫柔些麼？別吵醒了他們！哪知媽早醒了，在床上說，起赳回來了？老婆代答，回來了。趙起赳也跟著喊了一聲「媽」。媽說，吃了嗎？趙起赳說吃了，媽說早點睡。就不再說話了，是怕把孫子吵醒了又麻煩。

兩個人上了床，就緊緊抱在一起。小別勝新婚，倒真是的。也只別了幾天，也不是別得很遠，老婆問他在外頭幾天的情況，他沒說上兩句，就要騎上去。老婆說，慌了？他只不作聲，只顧動作。老婆也不作聲了。兩個人配合默契雲雲雨雨，完事之後，他才詳細說了中心學習小組的那些事兒。當他說到向科長要他講講的事，老婆聽後說，糟了！

趙起赳說，怎麼糟了？

老婆說，你還不知道哇？

趙起赳說，什麼「你還不知道」？

老婆說，把馬克思說成是法國人，不就是你們向科長呀？

趙起赳很是吃驚，說，他？

老婆說，那還是我們沒回黃陂的時候，他到黨校講課講出來的，那時候我們文校長也正好在黨校學習，是文校長回來說的，還能有假？

趙起起便怏怏的說，這是有些糟。又說，我只是聽到傳說，也沒傳是哪一個說的。

老婆說，別個都說，你們向科長一時講這個理論，一時又講那個理論，有時是這個理論跟那個理論打架的。

趙起起說，也情有可原。

老婆說，怎麼是情有可原？

趙起起說，這也不能怪他，都是上頭的精神，有時候是這樣說，有時候是那樣說。譬如現在說的，黨政機關辦企業，其實中央三令五申說了這個事：不許辦。現在縣裡又叫大張旗鼓的辦，你說怎麼辦？領導要你講黨政機關不能辦企業的理論，你講不講？再後，領導又要你去講黨政機關可以辦企業的理論，你講不講？這兩個理論是不是打架？

老婆說，那當然要聽中央的。

趙起起說，實踐是檢驗真理的標準啊。

老婆說，所以有人把你們搞理論宣傳的好有一比。

趙起起說，怎麼比？

老婆說，口，呂，品，器。

趙起起說，怎麼講？

老婆說，口，一張油嘴，就是出你們嘴巴一說。呂，兩個口，就是對外一套，對內一套。品，三個口，就是對上一套，對下一套，自己內心也還有一套。器，四個口，就是上一套，下一套，裡一套，外一套。

趙起起笑說，是你的創造吧？

老婆說，我要是有那個本事，我不就到宣傳部去了？

兩個人笑著又抱在一處了。

第二天早上，趙起趙多睡了一會，也就是說，沒有按時上班，向科長就找上門來了。向科長笑說，還沒起來呀？趙起趙也笑說，昨晚回來晚了。他沒說他是步行回來的。向科長也沒問他是怎麼回來的，只說，是不是跟老婆搞晚了？趙起趙就笑，末後說，有什麼事呢？向科長說，有事，到辦公室去說吧。就先走了。

趙起趙隨後去了辦公室，向科長說，我一上班就接到地區的一個電話，要我們縣委中心學習小組的學習情況。他見趙起趙只是聽，就說，你記一下。接著就說要以下的這麼幾個情況：一是學習的內容，二是學習的體會，三是學習筆記，四是領導人撰寫的理論文章。向科長要趙起趙寫個彙報材料。還要附上一兩個人的學習筆記的影印，再就是縣委書記或是縣長一篇學習體會或是一篇理論文章，也要影印。是理論文章，還要註明字數，發表在哪家報刊上，什麼時候發表的，是內部報刊發表的還是公開報刊發表的，是地級省級或是中央級，產生了什麼影響。

趙起趙說，這是怎麼說呢，到哪裡去偷呀？向科長笑說，偷倒是偷不來的，也還是要想個法才好。趙起趙說，這能想什麼法？向科長說，你說不想怎麼辦？還非得有想法不可的，人家縣裡彙報的都有，偏我們縣裡沒有，上頭會怎麼想？我們縣裡領導人會怎麼想？倒顯得我們不會辦事！趙起趙說，那依你說能有什麼辦法？向科長說，我說你腦子幾笨嘍！趙起趙說，我是笨。向科長說，我們不能去偷，能去造呀？你以為好多東西都是真的呀？都不是在那裡摸腦袋——也就是說在那裡造呀？趙起趙說，怎麼造呢？向科長說，你不曉得外面的世界！不過也難怪，你原先一直在工廠裡，封閉得很。

向科長搖了搖頭，就又說，我不信你們廠裡就沒得個造的事？趙起趙說，造沒造我不知道，我只知道我們廠裡都是硬指標，造了假就沒得飯吃的！向科長說，行了，不說你們廠裡了，還是說我們的事：

我們要學會應付，要說經驗，這也是一個很重要的經驗。你不以為然是不是？現在的好多事情，你按真的去做，都做不通的。就說縣委中心小組的學習，大家能夠坐在那裡，這就很不錯了，還要怎麼樣呢？對於這個彙報，我們也明曉得是怎麼回事，我們也不能不裝作認真的對待，這就是有人說的：認認真真走過場，正正規規搞形式。

趙起趙說，那我真是不懂。

向科長說，我說你真是從另外一個星球上來的！

向科長指示了具體辦法，叫趙起趙先去摸一下底，看縣委領導人當中哪個有比較好些的學習筆記。向科長說，再一個——估計學習體會、理論文章是沒人寫的，這就要你代勞了。趙起趙沒有思想準備，說，我代勞？向科長說，這也是常事。給領導人代勞寫文章，署名是領導的，稿費也是領導的——我也代過不止一回兩回了。要是好些的領導呢，他還跟你說一聲，說稿費寄來了，雖然不一定給你，你也不會去找他要，但心裡也好過些的。再說，領導人的講話啦，報告啦，都不是別人代勞？有位領導，對於別人代勞寫的報告，看也沒看的，就到會場去照念，念完了，他就把那報告拿在手裡一揚說，我不同意這個觀點！說得哄堂大笑——你聽說過這事沒有？趙起趙心想，有這種事！向科長說，我給你兩天時間吧，這兩天你也可以不來坐班，你就在家裡炮製。

趙起趙也不能不按向科長說的辦。兩天過後，趙起趙完成了任務，向科長看了笑說，是那麼回事。那兩天趙起趙也是太累了，想休息一下，向科長答應了，可是趙起趙剛回到家裡，向科長就又來找他了，說是部裡要開會，重要的會，部長說是誰也不能缺席的。趙起趙就又跟向科長到部裡來了。

為替領導寫論文，除了兩個白天，趙起趙還熬了兩個夜，所以一坐在會議室裡就打起了瞌睡，迷迷糊糊的在聽部長講什麼，一句也聽不真切。他突然發現大家紛紛卸下自己的耳朵。那些耳朵像螺旋燈泡似的，擰在腦袋的兩邊，兩手一擰，耳朵便鬆動了，耳朵也就輕輕巧巧的卸下來了。他這才明白，耳朵原本是可以卸的，對於有些人的廢話、空話、大話，不能不聽且又不耐煩聽的時候，卸下耳朵是妙不可言的。他也抬起雙手，試圖把自己的耳朵也卸下來，大約是不曾卸過的緣故，他費了好些子勁。叫他吃驚的是，他的耳朵居然有那麼多的污垢，他用手帕輕輕擦拭，像擦拭著杯盤碗碟一樣。耳輪耳孔裡的髒物，沉積得讓人難以置信，髒物附在耳朵上成了厚繭。他動用了小刀，又怕傷了耳朵，影響聽力，就十二萬分的小心。他只見部長的嘴巴在動，且還做著手勢，面部也極有表情。他看得出，部長見聽眾都在卸耳朵擦拭，要生氣也不便生氣，擦拭就是為了更清晰的聽人講話哩，能說人家什麼呢？

突然有人把趙起赳的肩膀一拍，把他嚇了一跳，就醒了，問，什麼事？部裡的人就一陣哄笑。部長說，還問什麼事！睡得呼呼大鼾！又說，你昨晚上幹什麼去了？開會睡覺！振作起來，振作起來！趙起赳感到惱火的是，向科長也跟著大家笑，不替他解說一句！要是說一句「他熬了夜的，為趕寫上頭要的個材料」，也就不一樣了。真不知道向科長是個什麼心思！

趙起赳打瞌睡也似乎沒什麼損失，部長講來講去，原本就是他知道的，各科局，包括部辦委，都要辦企業的意思。這個會是落實縣委縣政府關於辦企業的文件精神，文件後面還附得有部辦委和各科局年內必須完成利潤指標，部長在會上念本系統的：宣傳部三萬，衛生局八萬，文化局五萬，廣播事業局五萬，報社八萬，文聯兩萬。念得大家都笑起來。

部長說，你們覺得好笑嗎？年底是要結硬帳的，這可不是鬧得玩的！

文聯主席說，還不是鬧著玩！說個不好聽的話，婚都沒結，戀愛都沒談，孩子的終身都定了——年利潤多少多少！我們文聯只三個人，一個搞文學，一個搞音樂，我搞行政，現在要我們去辦個什麼廠，賺純利兩萬！我的天，要我去偷還是要我去搶啊？

文化局長說，大躍進又來了！

衛生局長說，有些企業家都沒經受住經濟大潮的衝擊，也都沉沒了，我們文化人去前仆後繼啊！

廣播局長說，我搞不清楚，中央關於不准黨政機關辦企業的文件還管不管用啊？

報社社長說，好啊，我擬定發專版，介紹你們的成功經驗啊，不過我要收費，不然我的那個八萬怎麼完成啊？

大家哈哈笑。

部長手敲著桌子說，醜話說在前頭——這也不是我說的，是縣長縣委書記都強調了的：哪個單位不行動，單位負責人就地免職！免職幹什麼？到企業幹活——這也不是我說的，我只是照實傳達。

會散了，向科長和趙起赳回到辦公室，也還議論這個事。向科長說了個內幕，他說縣裡學的是江南地區的經驗，人家搞得早，黨政機關都有自己的企業，富有得很。有些科局連國家的工資都不要的，靠的是他們的企業。趙起赳說，照你這樣說，他們跟中央文件對著幹還幹對了？向科長說，你又是不明白。現在是改革開放，開得好就放，開得不好就不放。趙起赳說，有些子事，真是說不清楚。向科長說，說不清楚是清楚，說清楚了反而不清楚。趙起赳說，這是什麼理論。向科長說，模糊理論。

辦企業的形勢逼人。宣傳部幾乎是兩三天一個會，把所屬文化局、衛生局、廣播局、報社、文聯的頭頭召集攏來，逼他們上架。部長說，按三分之一的比例人員分流，跟工作脫勾。縣委也制定出對分流出來辦企業人員獎勵政策，不是副科局級的，可以享受副科局級待遇。年輕的，可以作為重點提拔對象。他們在單位的一切待遇不變，但還要按他們給單位創造利潤的多少，給予獎勵。在入團入黨方面，也要給予優先考慮的。他們這些頭兒說是說，笑是笑，真正討論起來，也都還是說這些個舉措的英明，也都還是說堅決貫徹落實。他們報項目，報投資，報行動過程，報得很像回事，到底是真是假，只有他們自己心裡有數。縣委那邊也是兩三天一期簡報，期期有行動排行榜。縣委還指示宣傳部，要調動宣傳手段，做好關於辦企業的宣傳報導，要寫報告文學，要拍電視專題片，要配合這個中心，要申明人義。

宣傳部內部也在為如何辦企業大想其心思。部長說，我們搞企業，困難是有的，所以我們要動腦筋，熟人託熟人，朋友託朋友，親戚託親戚，關係託關係。有人說，我們成「托」派了。部長說，我們可以採取入股的方式，可以採取合營的方式，可以採取獨資的方式，也可以採取取息的方式。資金的來源，可以貸款，也可以自籌，也可以穿著別人的袍子打滾。

部長說縣委辦公室那邊是每人集資兩千元，我們宣傳部也想按這個數集資。辦公室祕書小胡就叫起來，說我的工資總共還不到三百塊錢，還只發給百分之七十，想想能有幾多？愛人單位也不景氣，每個月只發五十塊錢的生活費，兩個人加起來，也只兩百多塊，還要養一個小伢，叫我哪裡來的兩千塊集資呢？向科長笑說，你有一個辦法。小胡說，什麼辦法？向科長說，你可以去不夜城當伴舞女郎啊。小胡說，見你的鬼，別個說正經的。向科長說，我說的不正經呀？大家就笑。

部長接話說，我還真告訴你們一個事哩，你們聽了不知作何感想。向科長就問，什麼事？部長說，組織部打算辦桑那浴，他們已經貸了二十萬，地點也選好了，就是開發區的那棟人樓。宣傳科長就驚呼，我的天哪！部長說，怎麼啦？宣傳科長說，組織部跟桑那浴聯繫起來，我還真的一時不能適應！新聞科長說，這事我也聽說了的，也算是個爆炸性新聞。副部長說，還有個新聞你知不知道？新聞科長說，什麼新聞？副部長說，他們在招聘按摩女郎的時候，就犯了愁，不敢招本縣的，就跟外縣搭成了個協議：他們那邊的按摩女郎到我們縣裡來招，我們這邊的按摩女郎到他們縣裡去招。你們說，這是什麼意思啊？

副部長又面向宣傳科長說，你說你不適應，我說我感覺得是在做夢哩。部長說，我說你們不管人家，只管自己。只要不是犯法，什麼都可以搞的。什麼叫開放搞活？你們還是搞宣傳的呢，這麼僵化！

話題又回到部裡搞什麼項目上來。新聞科長說，我想過，辦個什麼工廠，肯定是不行的。我說我們辦個餐館最好。宣傳科長笑說，你就想著吃！滿處採訪滿處吃，把個嘴巴吃油了！新聞科長說，你別打岔，聽我說完。部長笑說，好，你說。新聞科長說，你們莫看街上的餐館多，但各有各的路子。我們也有我們的路子，現在我們算個帳：我們宣傳部的招待費一年少說有七八萬，對不對？我也還摸了一下，廣播局每年是上十萬，文化局每年也是上十萬，衛生局每年達到十五萬，報社吃人家的比較多，但被人家吃掉的也有五六萬。文聯窮些，但也差不多要吃掉一萬。你們算算，這是多少？將近五十萬，且還不說文化局廣播局衛生局所屬單位吃掉的數字！

經他這一說，大家已經聽得來神了。新聞科長說，還有，還有我們跟縣裡一些單位的關係，包括跟一些企業的關係，也肯定能拉些吃客來的，不說是全部，也會有一部分的。這樣算起來，是不是一筆很大的數字呢？

宣傳科長說，慢著慢著，你能保證衛生局文化局廣播局他們能到我們的餐館裡來吃呀？

新聞科長說，你才說得笑人！

宣傳科長說，怎麼是笑人？

新聞科長說，這還不是我們部長的一句話呀？只要我們部長說「你們支援一下」，哪個下屬單位不聽？副部長笑說，到底是搞新聞的，點子就是多。由此大家也說起了一些單位利用行業之便做些「創收」的可惱之事。新聞科長說，要說，我們也是利用行業之便，但不是損人利己。部長拍板，這事就定下來了。商議由誰來承辦的時候，新聞科長主動報名，部長同意了，也還要求其他的人報名，結果報名的人超過了半數以上，趙起趄也報了名。部長說，大家的熱情高，但也不能都去辦企業，我們再研究決定吧。

向科長背後對趙起趄說，你報個什麼名呢？我好不容易把你弄得來，是叫你去辦企業的呀？趙起趄說，我看那些報名的有點像赴湯蹈火的味道，我穩著不報不好。向科長說，其實是好多人不想在宣傳部幹，覺得在宣傳部沒意思，你聽過「口、呂、品、器」的說法嗎？趙起趄說聽說了。向科長說，你不要受那個影響，要說沒意思到哪裡也沒意思，要說有意思到哪裡也有意思，這個世界的精彩也好，無奈也好，我看都是平均分配的，到底還是看個人的感受。趙起趄就點頭。他覺得向科長有時說起話來很是有水準的。向科長說，我是希望你能在理論方面幹出點名堂的。趙起趄就想，這樣下去，哪能幹出名堂？不倒退就是好的！向科長說，但是，我還是要提醒你。趙起趄顯得很虔誠的聽他說下文。向科長說，我對你怎麼樣你是知道的，我也不求什麼回報，我只要是發現你在背後搞了我的檯子，那我就是不客氣的！趙起赳就突然想起自己那回講過「高級政工師」以為馬克思是法國人的話，那正是點了向科長的筋，他無法解釋，連道歉也不好說的，他就只有聽著，尋思今後注意些就是。

有人喊趙起赳去接電話。電話是郝經理打來的。郝經理問他晚上有沒有空，想請他到不夜城去坐一坐，說是想跟他講個事。趙起赳礙著他給過錢的面子，晚上也就去了。郝經理已經迎候在不夜城門口，跟那很能引人注目的禮儀小姐站在一起，也一樣引人注目。郝經理把趙起赳領進不夜城的一個包廂裡。起先，包廂裡只有經理和他，他一坐下來就問，什麼事啊，要在這裡談？郝經理一笑，說，也沒什麼事，叫你出來瀟灑一下，不然你出得來？能到這個地方來？我聽說你老婆管你管得緊呢。趙起赳笑說，哪裡的話。

不一會兒就進來一個少婦，打扮得很是妖嬈，是郝經理辦公室的祕書，總是跟著郝經理的。她一進包廂就對郝經理說，都來了。郝經理說了聲「好」，就起身對趙起赳說，跟我來一下。趙起赳就跟他一起走到另一個大點的包廂裡，那裡有四個人，兩男兩女。女的都很年輕，面孔不是看得十分真切，從五官上看，漂亮無疑。衣著一動就是飄飄然的，人也顯得飄然若仙，再加上那暗香浮動，趙起赳已經是又自在又不自在了。所謂自在，這倒是一種享受。所謂不自在，是他從來沒到過這樣的地方。從先一天到晚生活在廠區，那個廠區是個小而全的自給自足的世界。郝經理介紹說，兩位男士是上級主管部門的領導，是來公司指導工作的。兩女士呢，是公司共青團的書記和副書記，是來陪兩位年輕領導的。

接下來就是跳舞。趙起赳會跳，但不常跳。廠裡也辦舞會，他只是跟老婆跳，很少跟別人跳，或是單獨去舞場跳的。那兩個年輕女的跟他跳，郝經理的那個祕書也跟他跳，他就有些子不習慣。也由不得他不習慣，一個曲子連著一個曲子，那三個女的不讓他歇氣，他也忘了問郝經理要跟他說什麼。過了一會，就見那梯形舞臺上，出現了一位衣著透明坦露無以復加的女士，拿著麥克風，很有氣勢的說，現在，請攜手自己的舞伴，跳一個「浮斯」。話說完了，那聲音還在大廳裡亂竄。趙起赳不知道「浮斯」

這個詞是什麼意思，只見燈光立即滅了，連坐位旁邊的蠟燭也被服務小姐吹滅了。只是樂隊旁邊亮著幾顆沒什麼意義的小紅燈，趙起赳就一怔，愣在那裡，還沒回過神來，就有一位女士上前來牽住他的手，將他往舞池裡帶。他已經是身不由己。透過可觀的黑影，他看到那一對對的人兒，都是雙手抱腰、雙手勾頸的臉貼臉。從他身邊蕩過去的一對，已經是歪著頭嘴咬嘴了。他的舞伴幾乎是在帶動他在舞池裡滑行。他試圖跟他的舞伴說話，使他的舞姿處於正常，可是那舞伴的雙手勾在他頸子上了，胸脯也擠壓過來了，他的心就開始了亂慌亂跳。他既不能逃竄，也不能就範，更不能配合，真怕碰到熟人，好在他在縣裡的熟人不多。他又試圖跟舞伴拉開點距離，舞伴像怕他跑了似的，把他勾得緊緊的，而且那臉也磨蹭上來了。他的臉沒有退路，恐懼襲擊著他，別無選擇的選擇，就是硬著頭，任她的臉貼上來。那一刻已使他驚心動魄。

趙起赳找了個理由，提前退出了不夜城，回到家裡，也還不到十點。老婆還沒睡，就問他，去哪裡了？趙起赳說，不夜城。老婆說，好哇，玩出來了。趙起赳就說是郝經理請他——郝經理有事跟他談。老婆就沒再問什麼了。

在城南公路旁邊的湯家灣，縣公安局在那裡查獲了一個暗娼窩點，郝經理也被扯進去了。郝經理找到趙起赳說，他只是到那個地方去看了看，沒搞那個事。郝經理說有人就利用這個事打擊他，尤其是那些個跟他爭權奪利的人，巴不得攆他下臺。郝經理說從先不想宣傳自己，現在是坐在磨子上想轉了，不宣傳人家不理解，宣傳自己也是宣傳企業形象。所以郝經理就把趙起赳原先寫他的那個稿子給趙起赳了，讓趙起赳趕緊投出去發表。郝經理原本是要在不夜城跟趙起赳講這事的，因為他先不先逃走了，沒講成。第二天才專門來找他的。

老婆聽到這裡說，你答應他了？趙起赳說，你以為我那麼蠢？誰叫他把手指頭伸到人家嘴裡去了的，到底是有辮子人家抓，這時候發表吹捧他的文章，不是惹火上身？老婆說，算你聰明了一回。趙起趔有些不服氣的說，怎麼是算我聰明了一回？老婆說，為了幾個錢，差點沒叫人家爹和娘，連我也搭著醜了的。

後來趙起趔從組織部門打聽到，郝經理不僅是去了那個地方，也搞了那個事，而且也不是一回兩回的。那個女的已經被公安部門收審，說得有名有姓有地點，還有情節。趙起趔罵道，混帳東西！

有天趙起趔剛上班，他還是早到的，可是向科長卻已經在辦公室裡坐著，臉色很不好，見趙起趔來了，就起身去把門一關說，麻煩來了！趙起趔說，什麼麻煩來了？向科長說，郝經理的事你曉不曉得？趙起趔故意說，什麼事？向科長說，你還不知道！縣裡潮成一股水的！趙起趔知道支吾不過，就哦了一聲說，你說的是湯家灣那個事吧？向科長說，可不是！趙起趔說，聽說了，聽說了。還聽說縣裡有一幫子人陷進去了，是不是？向科長說，還是不是！趙起趔說，陷得深不深？向科長說，那還談！人家有的搞了就搞了，把幾個錢，一走了事，生怕露了底的，他倒好，還給人家名片，你說蠢不蠢？這倒是沒聽說的，趙起趔真是有些吃驚，就問，其餘的人沒給名片，那是怎麼知道的呢？向科長說，你不知道那些婊子幾精明的，她們把你的身份打聽到了你還不曉得訊哩。她們也就想著有朝一日敗露了，好徹底交待，好坦白從寬的——都是抽了雞巴不認人的些傢伙！

向科長好像很氣憤，大有責怪那些婊子不是柳如是李師師杜十娘之狀。向科長說，縣長縣委書記知道郝經理的事之後，很是惱火。因為有人也告縣委中心學習小組在林秀賓館用了他的錢，是想坦護他等等。縣委書記找了部長，說你們怎麼不看對象的要人家的錢？這下子搞得多麼被動！部長當時就找到我，批評我，說怎麼弄成這樣！你看這不是麻煩來了？

趙起趔想，這就是「斧打鑿，鑿於木」了。向科長接著就說趙起趔不慎重，沒有從更多的方面去想，也是出於沒經驗。這回向科長說趙起趔說得很是客氣，趙起趔聽了仍是很不舒服。他想怎麼是我不慎重呢？我一點一滴都跟你彙報了的，你慎重你為什麼不阻攔？為什麼不說不要人家的錢？何況我事先是不知道他有那個事，那麼你知道不知道呢？想必你是知道的，你睜隻眼閉隻眼，你只想著要那個錢，你從多方面想了的？你不是很有經驗麼？

趙起趄沒把想的這些話說出來，他還顧及他們之間的關係，但他又不甘心不說點什麼，或者是解釋解釋，說說他曾經壓下寫郝經理的那個稿子，就足以證明他有過的慎重。可是沒等他說出，走廊上就又有人喊向科長接電話，向科長出去一會就回來了，竟然惱著臉說，夥計，你是怎麼搞的，把事情越搞越嚴重！趙起趄被他這話鎮住了，不知自己又做錯了什麼事。向科長說，電話是部長打來的，他在那邊開常委會，看到報紙，上面登了你寫郝經理的文章！趙起趄說，有這事？向科長有些氣，說，你自己做的事不知道？還說有這事！趙起趄就翻桌上的報紙，其實報紙昨天下午就來了的，他們還沒來得及看。也真是叫趙起趄感到意外，他看到地區報和省報在同一天登出了那個稿子。起先他還以為是別人寫的，直至看了全文，才曉得那確實是他寫的，而且署名是「趙起趄」。他就愣住了。向科長說，這是怎麼說呢？這時候報紙還登出這樣的搞子！趙起趄突然就回過神來，一拍桌子說，媽的！真他媽的不是東西！

向科長被趙起趄嚇了一跳，說，怎麼回事啊？趙起趄就把郝經理怎麼樣答應去採訪他，怎麼樣答應給錢，又怎麼樣突然變卦壓下他的稿了，再接著怎麼樣突然願意出錢供縣委中心學習小組到林秀賓館學習，以及後來請他去不夜城，等等事實，都講出來了。向科長還是提出疑問：這稿子是怎麼投出去的呢？趙起趄說，一定是那狗東西給我稿了之前，就抄寫了兩份同時投了出去，以我的名義。他怕向科長不信，就從自己的抽屜裡拿出了那個原稿，而且是他抄寫得整整齊齊的稿子，讓向科長看。向科長說，既是這樣，那你的責任就小些，不過這又怎麼說得清楚呢？人家看到的，是你署名的文字，也實實在在是你的文字，那人家會怎麼想呢？一方面在查處他，又一方面表揚他，怎麼說呢？你不是你個人，你是宣傳部的幹部，出這樣的事，你說這不是麻煩有多大？

趙起趄只有失悔當初不該去找那個狗東西的，要是聽老婆的話也好了。向科長說，這樣，你現在寫個詳詳細細的材料，把那個過程寫出來，部長說明天就要的，部長說要跟縣委領導有個交待。這事該怎麼處理，以後再說。你也不要有什麼包袱，工作照樣搞，吸取教訓，要搞得更好。

向科長乾淨撇脫，出了事都歸趙起趄兜著。趙起趄不敢回去跟老婆講，他什麼事都是要跟老婆講的，這是夫妻間的重要交流。這事他只有悶在心裡。但老婆也總是問那個事怎麼了？他不想說，他心煩，回答老婆的也總是直挺挺的那個話：你管它做什麼！把老婆也搞煩了，老婆說，噫喲，是我要管哪？你不是我屋裡個人我還問你呀？連問都問不得啊？我要是曉得問不得的我也不得問，我發了瘋啊？我只說，你以後還要不要人理你的？你也別再把你那些破事爛事拿回來煩人就是！是關心你的個話你還煩不過，我討賤不是？

趙起趄任老婆憤怒，只不作聲，採取慣常的迴避方針。晚上他就做夢，在夢裡哭了一回，自己把自己哭醒了，也把老婆哭醒了。老婆就拍著他說，怎麼啦？怎麼啦？是不是我白天說了你兩句，你就傷心了？趙起趄說，做惡夢哩。老婆說，做什麼惡夢啊？趙起趄說，夢見你不再理我了。老婆說，好啊，我就是惡人啊。說著就故意揪他，他也故意叫哎喲，兩個人就又親熱了。

早上過早，總是由趙起趄負責。早上不想在家裡弄，老婆想多睡會兒，趙起趄想跑跑步，跑完了，把兒子往幼稚園一送，自己就在早點攤上吃點什麼，再給母親和老婆帶點什麼回去，老婆才起來。原先在學校裡，老婆也總是起早床的，學生要早自習，她也得進教室看看的。趙起趄說老婆調到文化館之後就變懶了。老婆說是這樣的，人在有目標的時候就特別的勤奮，人在沒得目標的時候就特別懶散的。趙起趄想著自己在廠裡的時候，自己也確實有目標，也確實特別的勤奮，到了宣傳部，目標都是別人的，沒得自己的，也無須有自己的，在骨子裡也是懶散的，別看表面上他也是挺緊張的，那緊張是由於向科長在他頭上舉著鞭子。

那個早點攤是他經常光顧的，攤主也對他特別的關照。他要了一碗豬肝米粉，攤主給他碗裡的豬肝，多出人家碗裡的幾倍。他有時就不想到那個攤上去吃，怕吃得人家賒本，不好意思。攤主反而說，沒事，你只管來，不來倒是怪我弄的味口不好。這天早上，他剛在那裡坐下，那一碗豬肝米粉就端上來了，好香的。只見旁邊坐著的一個人說，我是先來的，你怎麼不給我？攤主陪笑說，好，我馬上給你弄。不一會也給那人端來了，那人說，我不要。攤主說，你不是說要的麼？那人說，我只想要幾個包子。攤主就依了那人。那人吃了幾個包了，把嘴一抹就走，攤主說，喂，你還沒給錢哩。那人說，我不是沒吃你的米粉麼？攤主說，你這個人才怪吶，你沒吃我的米粉吃了我的包子呀？那人說，包子是用米粉換的呀？攤主說，米粉是我的呀？那人說，米粉是你的我沒吃你的呀？攤主說，那你吃了我的包子呀？那人說，包子是以米粉換的呀？攤主急了說，你這人怎麼這樣？粉又不是你的！那人說，你這人怎麼這樣？是你的粉我又沒吃你的！攤主說，沒吃我的粉吃了我的包子呀？那人說，吃了你的包子是米粉換的呀？攤主曉得已是遇到個無賴了，說，算了算了，你好走，走遠些發財！趙起赳要上前打抱不平，被攤主用眼色制止了。那人毫無愧色，就那樣走了。攤主說，這種人，纏他不贏的。

趙起赳吃完了，要帶兩碗回去。攤主一邊給他弄，一邊問他，你是在宣傳部理論科是不是？趙起赳說，是呀。攤主說，你們在拉贊助是不是？趙起赳就一驚，說，拉贊助？攤主說，縣委中心學習小組的學習需要贊助是不是？趙起赳就說，你聽到些話？攤主說，聽到些話。趙起赳趕緊問，什麼話呢？攤主見趙起赳有些個緊張的神色，就笑了，說，不是聽到什麼不好的話，你別搞錯了，是我的一個親戚，也算是個小小的法人代表，他昨天來我這裡吃東西，一起來的還有幾個人，說起縣委中心小組的學習，他們說要是找到他們，他們也願意贊助的。趙起赳說，沒說別的什麼？攤主說，沒說別的什麼。

上班的時候，向科長對他說，我們的形勢很好。趙起赳說，什麼形勢很好？向科長說，有好幾個人找到我，為中心小組學習的事，願意給錢，他們說，這也是個接觸縣委的機會，花那幾個錢，買個熟悉融洽也是好的。趙起赳不接話。

向科長說，你寫的那個彙報材料，和那些個附件，地區認為不錯的。地區也馬上要搞個領導幹部學理論統一考試，我已經弄到個標準答案，到時候也好辦的。趙起赳也不接話。

向科長突然說，你是怎麼啦？

趙起赳說，什麼怎麼啦？

向科長說，你的情緒好像不佳？

趙起赳一笑說，沒什麼。又說，身體不太舒服。他撒這個謊，也是讓向科長易於接受。

向科長說，我這兩天的身體也是不大好。編寫那個鬼書，光熬夜，把人搞傷了的，結果是吃力不討好。趙起赳這才問一句，怎麼啦？

向科長說他編寫的那個章節被退回來了。他發著牢騷說，還要我改一下。接著向科長就故作輕鬆的說，寫的那些天，正熱，說個不好聽的話，有時洗了澡，熱得不敢穿衣服，就那樣把門一關，光著身子伏案寫起來。哈哈，編輯先生是不是從我的稿子裡聞到股臊氣？又打起哈哈笑。笑過之後，把話題一轉說，你是不是要幫我個忙呢？

趙起赳心裡一緊，說，幫什麼忙？

向科長說，幫我改改。

趙起赳簡直有些憤怒，還是克制著，顯出來的仍是不高興。向科長也看得出來，所以就說，你也莫嚇不過，工程也不是很大，只是加強一下理論方面的論述。他們嫌理論薄了，要充實些。

趙起赳想一口回絕，驚天動地的說個「不」字，那個「不」字到了嘴邊，說出來的卻是：我先看看再說吧……過後，他為他說過這話而特別的不舒服！他完全變得不是他自己了，恨死自己！再一想，也是找到一個退路，是說「先看看再說……」，這是留有很大的餘地，於是又說自己身體不舒服，頭暈，一寫字就頭暈，他跟向科長請病假，說聲「對不起」，就推個乾淨了。向科長明知是趙起赳不願意，也只有恨恨的在心裡。

到了領導幹部理論考試那天，其實沒有一個縣委的領導參加，參加的也都是一般幹部。說起來是趙起赳監考，一看那陣勢，叫他怎麼監？全都是相互抄答案。縣委領導交上來的那些答卷，也全是祕書代做的。他真是覺得沒意思透了。他跟老婆說他真想離開宣傳部。就在說了這話的當天，向科長就告訴他，部裡決定的，三分之一人員分流辦企業，按比例，科裡也要抽出一個人來。向科長說，抽你，還是抽我？趙起赳就說，我。向科長歎口氣說，唉，這個搞法也實在是不怎麼樣，你看，一方面業務工作需要人，一方面又要把人抽出去，我也實在是糊塗了！

後來趙起赳發現向科長一點也不糊塗。有人告訴趙起赳，部長不傾向抽理論科的人，因為已經抽出一個「奔小康」去了。是向科長主動說要抽的。趙起赳聽了就愣了好半天，回家跟老婆一商量，就乾脆寫了一個申請，雖然很不甘心，還是交給了向科長。意思是說，我哪裡來，就還是讓我哪裡去吧。向科長把這申請交給了部長，部長說，他是不是有情緒？

向科長說，他這人不行。

請你吃鹹菜

柴水蓮嫁給趙大安，是一段歷史。大安一家人下放，放到草坪灣，住在水蓮家裡。那是個有些年頭的土房子，磚縫裡灌風，夏天倒是涼快，冬天要用稻草堵著，比沒有房子好。大安一家在那個屋裡住了一個冬天和一個夏天。除父親趙喜鵬母親包悅男之外，大安還有個叫小安的弟弟，一家四口，差不多占住了那房子的一半，把水蓮的妹妹水香弟弟水生及水蓮父母擠成另一半。兩家像一家，倒也和睦。

那時已是十二三歲的大安，跟水蓮一起上學，還能幫水蓮家做些子事，逗水蓮父母喜歡。城裡的孩子嬌生慣養了的，能有大安這個樣，那真是不錯的。小安愛跟水蓮的弟弟妹妹打架，大安揍小安，水蓮護著小安，說大安的不好，說水香和水生的不好。事情要是鬧得大人知道了，大人各說各的孩子不懂事，向對方的大人陪不是。

有天大安跟著水蓮去放牛，他們兩個在春天的草坪上打滾，青草沫沾在身上，相互拍打著，把草沫拂掉。水蓮感到背上好癢，伸手抓不夠，要大安替她抓。大安把手伸到她的襯衣裡頭，抓了一處，水蓮又說另一處癢，大安替她抓另一處。接著水蓮感到渾身癢，癢得難忍，連叫「哎喲」，把襯衣脫了，身上起了紅點點。抓得到的地方由她自己抓，抓不到的地方，還是要大安替她抓。抓了一會子，水蓮又覺得下半頭身子癢。

大安說，可能是蟲爬了。水蓮直跺腳，好害怕，想把蟲子從褲筒裡抖出來，邊跺邊問大安，出來了嗎？出來了嗎？大安看著跺腳的地方說，沒呢，沒呢。水蓮解開褲腰帶，提著褲子，讓大安看她褲子裡面。

大安先是不敢看，見水蓮那個著急的樣子，一前一後的看了。看了後面不打緊，看了前面就有些子想法。肚皮白白的，肚臍眼窩窩的，癟癟的小肚子下面還凸起一處。他知道再往下是個什麼地方，怔住了，不敢再看。

水蓮說，你看哪，快看哪，有蟲沒有哪！她把提著的褲子還往下抖著，大安看到了她的整個下身，沒有見到蟲子。大安說，興許是蟲子早跑了。

話音剛落，聽到一個聲音說，你們在幹什麼呀你們？聲音很是嚴厲。水蓮那時只十歲，原是不懂什麼，不能在人前光屁股是知道的。她不避大安，是覺得大安是哥哥，是她家裡人，被另外的人看見了，她覺得是不好的，所以趕緊提起褲子，繫著褲腰帶說，蟲子，爬了蟲子……

她說得有些結巴，讓那看到的人更發嚴厲了，說，蛋殼還沒掉的小東西，就曉得這些子事，長大了還得了？我不告訴你家裡人捶死你們！大安嚇哭了。

那個大人真的把這事告訴了兩下的大人。大安的父母要大安跪下，打大安。水蓮的父母並沒有說水蓮什麼，反而勸大安的父母說，小孩子家知道什麼？水蓮身上真是蟲爬了的呢，你們看看不是？水蓮的父母把水蓮身上的紅點點露出來，又說，大安替她看蟲還看壞了什麼不成？孩子們親親熱熱的，純純淨淨的，一點歪心思都沒有的，都是大人七想八想的！

一番話把大安父母的氣說得消了，一切又是和好如初。在水蓮和大安的記憶裡，那個美好無比的放牛的事，是不能複製的，年齡越大，回憶越甜。

大安家算是城裡的殷實戶，有自己的房子，也有些子積蓄。房子的一半租給了人家，大安的父母用租金接濟水生上了學，水蓮父母也總給些糧食大安家，平素鍋裡碗裡，也不那麼分彼此的。大安一家回到城裡之後，兩家像親戚一樣走動，逢年過節，水蓮的父親要帶著水蓮到城裡來，給大安家裡送些子土特產，大安的父母總要回贈些給孩子穿的衣服，或是布料，再加上些城裡時興東西。

水蓮的父親總是講禮性，不要。兩下也總是像打架的，扯來扯去，水蓮的父親若不帶走那些子東西，是不能出屋的。有時是水蓮單獨來，帶著父母的問候。她來了，總是要當天回去，大安家裡人總要她歇一兩夜。大安和水蓮的婚事，就是在這些個一來二去之中，自然就成了。

大安一家沒嫌過水蓮是鄉下姑娘。她在城裡沒有戶口，沒有工作，都不計較的。大安的父母說，養不起個媳婦，還算是個人家嗎？

大安讀完初中下了學，進了農機廠當工人。水蓮也在廠裡做小工。幾年之後，農機廠不景氣，正式工人的工資都難得發放，水蓮做小工也做不下去，乾脆待在家裡，家務也是要個人做的。

他們在父母跟前住，後來是廠裡覺得大安實在是個有奉獻精神的厚道人，給他分了一個套間帶小廚房小衛生間的房子，離開老窩了，騰出空房好讓小安以後成家。

他們日子苦寒些，倒也恩恩愛愛的。後來生了個女兒，叫趙好好，是爺爺取的名。開始全家人反對，說這個名字不好。爺爺說，你們曉得什麼好不好？我取這個名字有四個理由。爺爺是當老師的出身，總是能講出些子道道的。

爺爺說，其一，意思好，這是不消說的。其二，吉祥，千人百眾的叫，好好，好好——不是吉祥？其三，通俗，明白，曉暢，悅耳，又好記，又不見雷同的——你們見過幾個叫「好好」的？其四，表達了我們全家的願望：好好！往後的日子好，一代比一代好，世世代代好，是不是的呢？你們哪個能說出不好的理由反駁我吧，我講民主，只要你們說得出理由！

一致通過。趙好好成了爺爺奶奶的心肝寶貝肉，基本上是由爺爺奶奶帶大的。大安水蓮也感到「家有一老是個寶」的優越性。夫妻倆越是對爺娘敬重，爺娘越是對他們照應得好。只是到小安成人之後，才顯出恆古定論的「難斷」的家務事來。這是後話，也是這部小說必然要發生的故事。

小安是農校中專畢業，分到農業局辦公室，打了兩年雜，調到縣政府辦公室，做了殷縣長的祕書。後來殷縣長到地區當了專員，小安到農業局當了個副局長，是全縣最年輕的，唯一沒到鄉鎮鍛練的，也沒有大專文憑的局級幹部，一帆風順。

小安的對象是幼稚園老師，叫戴玉琢。介紹人也是幼稚園的老師，小安的姑媽趙英。原本的同事，趙英和玉琢變成了那麼個關係，她還是喊捎英喊「趙老師」，別個說，怎麼不喊姑媽？她只一笑，臉一紅，直到玉琢結了婚，她那一聲「姑媽」還喊不出來，沿襲著喊「趙老師」，姑媽也不計較。別個老師說玉琢「不曉得事」，姑媽說，喊個姑媽我就多長塊肉？喊不喊我也還是姑媽。

這番話說得開明，在族人當中說話，應當是喊姑媽的，玉琢也還是內外無別地喊著「趙老師」，趙英的哥嫂，也就是玉琢的公公婆婆，聽著不順耳，公公當著玉琢的面說，你連姑媽也不會喊嗎？虧你還是當老師的，沒個規距。

玉琢進得趙家門來，這是公公第一次惱著臉跟她說話，她的臉頓時像潑了血的，恨恨的說，怎麼啦？喊老師喊不得？你是當過老師的人，不知道老師這個稱呼的崇高嗎？我不喊「姑媽」姑媽就不是姑媽？姑媽沒說我什麼的，偏你就說！你做上人的，就想要個權威是不是？公公氣得眼翻白，說，老子！老子！要說的氣話沒說出來，打又打不得，罵又罵不得，只有是「老子老子」的。

玉琢心裡早窩著火，對公公「諄諄教導」的那個樣子，一直不滿。此時一聽公公「老子」前「老子」後，玉琢冒出一句說，我有我的老子！那意思是「不認你這老子」。過門不多時的媳婦，竟然說出這個話，還有個上下不成？

公公想狠狠鎮壓，玉琢不留給他鎮壓的時間，話一說完，背起她的小腰包，揚長而去，公公只有一聲聲空發狠，罵她「個賤女人個賤女人」的，把自己也搞得個聲嘶力竭的。

婆婆說，你這是何苦呢，跟她一般見識！趙英勸哥說，你也是的，計較這個做麼事！這麼長時間了，你也不是不曉得她這個人，能擔待些就擔待些，只要不是礙大面，過針過線的做麼事呢？不傷神哪？哥還是哼哼著說，我就曉得不是個好東西的，個賤女人！還沒結婚的時候，她就在屋裡淌進淌出的，沒個禮性，個賤女人！要曉得是這麼個東西的，我許她進門的，個賤女人！

一口一個「賤女人」，婆婆聽著也不順耳，就說，你怎麼也像個潑婦？你只顧說你的，當著妹子的面，不是傷了妹子也是傷了妹子，你這不是說妹子做媒做錯了？妹子不是為著你姓趙的好？打破碟講碟，打破碗講碗，說那些子無油鹽的話做麼事？我看你不許她進門的——你說倒你的！真是混帳有多的！

嫂子說著，望望趙英，趙英不再作聲，臉上也無表情。做哥的雖是在氣頭上，也還是清醒的，他聽了婆婆的話，接著說，妹你也莫見怪，我也不是說你做媒做錯了。趙英這才說，我曉得我是多管了閒事，弄得你們吵吵鬧鬧的，失悔也失不轉來，我只求你們今後別再吵吵鬧鬧，實在要吵要鬧也可以，只是別當著我的面！

趙英曉得，哥對玉琢聚著氣。自從結婚之後，小安和玉琢在家吃住不說，不給家裡一個錢。小安在行政上，平素不是請人吃，就是被人請去吃，在家裡吃飯的日子不多，小安對玉琢也有交待：每個月給點錢在家裡，不論多少，不說是生活費，只當是孝敬，也是應該的。

小安月月的工資都交給玉琢，由玉琢去安排，玉琢不作這個安排。哥嫂並不在乎，水總是往下流的，為人一生一世都是為著下人，日後兩腿一伸，百麼事都是他們的，哪個還帶進棺材不成？哥嫂想得通，只是覺得玉琢這個小女人不懂事，她下班回來，往自己的房裡一鑽，蹺起個二郎腿看電視，或者聽音樂，再麼就是躺在床上養神，飯熟了喊她才出來，在飯桌上翹腳舞手的吃，喜歡吃的死吃，不喜歡吃的死不吃，也不管別個。吃了把碗筷一丟，又鑽到她的房裡去，不管別個幾忙，她做個沒眼睛看的，油瓶倒了也不扶，好像這不是她的個家，是哥嫂背後說的，她把這個家當飯館，當旅店。嫂說過，遇到這麼個東西麼樣辦呢？又不能起個早床去丟了它，只有將就點，只當是前世欠她的，今生討債來了。說到底，也是作自己的兒子看。

嫂子有時跟趙英說得三把眼淚四把流的。趙英勸解說，她在家住不長的，我觀她不是想在家裡長住的打算，她要出去住的，出去自由些，如今一些小夫妻都是這樣的，她還例外了不成？我諒她到現在沒搬出去，是還不到時候。到時候你看吧，我說錯了你打我的嘴巴。

農業局做了新樓房，一套三的，要分給小安一套，小安不想要，說我家有房，還要做什麼？現時住房緊張，讓給別人好了。玉琢聽說了，跟小安吵，堅持要。

小安說，住在家裡，老人什麼都照顧了，不是福哇？玉琢說，我不要那個福！小安說，你看，我們成家了，還靠父母養著，這到那裡去找？玉琢說，我願意出那幾個錢，我又不是出不起，還靠著老人，說起來也不好聽，我早就想搬出來的！你爸那個婆婆嘴，比婆婆還婆婆，我受不了，我見著就煩！小安說，你怎麼這麼說話？玉琢說，我就這麼說話，你才曉得我是這麼說話的？

小安不作聲，臉色沉了。玉琢曉得自己的話說陡了，就柔聲說，我不是說擱不得你爸，兩個人，想法做法都不一樣，住在一起彆彆扭扭的，想發個脾氣也不能的，想大喊大叫也不能的！我也不能說你父母的不是，我只有不作聲，只有一回來就往自己房裡鑽！你父母賣我的拐，說我橫草不揀直草不拿，只是飯來張口，搞得你姑媽也對我不滿，你說我還在這個家裡待不待得住呢？我不騙你，我做夢也想搬出去住的，狠不得即刻就搬！

玉琢說激動了，說動情了，一副淚眼汪汪的樣子，好像受了天大的委屈。小安心軟了，理解她，歎息她，只說，到時候你莫後悔就是了。玉琢嬌聲說，要後悔就後悔不該跟你結婚的！小安說，你莫又說得脹人！玉琢雙手勾住小安的頸子說，又脹你什麼了？男子漢大丈夫，聽句話也聽不得？你天天晚上不讓別個睡，總是把別個壓著，連氣都喘不過來的，你就不想想別個脹不脹的！

她這溫柔的歪理邪說，達到她的目的。倆老想著妹子說過的話，也讓他們搬，倆老圖個清靜，心裡頭到底是有些子不舒服的。

說起來有兩個兒子，一個個都不住在家裡，前後兩重的屋，中間是個天井，天井裡還有棵很大的也不知是哪輩人栽的柿子樹，倆老整天只聽著樹上的鵲子叫，屋裡空蕩蕩的，心裡空蕩蕩的。一日一日的望兒子長大，望兒子成人，成人娶媳婦，添孫，這下倒好，一個個都巴不得離開娘老子。是娘老子的不開通呢，還是兒子媳婦們不懂事呢，說不清的。

不過搬出去只是搬出去，不是斷絕往來，倆老經常到他們那裡去，他們經常回來看看倆老，倒也親熱。趙喜鵬說，這就是「親則疏，疏則密」的道理。包悅男說，我不曉得你的「瘦也好肥也好」，我只曉得這樣也好。

尤其是節假日，兩個兒子兩個媳婦，還有好好，都回來朝拜，一朝就是一整天。「你想吃什麼？他想吃什麼？」婆婆這話問到臉上，弄好的飯菜送端到桌上，他們才入圍。吃了也還是把碗筷一丟，看電視的看電視，談國事的談國事，倆老忙死了也情願，水蓮想做個幫手，倆老也不讓的。

後來玉琢生了個兒子，也是爺爺取的名字，叫趙真真。爺爺在文化方面的權威是沒說的，也是沒有不認同的。小安說：「媽，產假我想讓玉琢回來住，你老就要大大的辛苦呀。」媽笑說：「見你媽的鬼！什麼大大的辛苦？不回來你還想叫她到哪裡去？我也不能厚一個薄一個，水蓮生好好的時候，我是麼樣照護的，我也就麼樣照護玉琢。不說是生兒子的貴稱些，起碼也是你們工作人說的——一碗水端平吧？」

玉琢生真真很順，發作了，一溜就生下來，不像水蓮生好好難產：口吐白沫，四肢抽筋，差點把人都丟了的。真真生下地，婆婆打五個荷包蛋她吃了，外加一碗雞湯，水蓮那會子還不曉得魂在哪裡。玉琢在醫院裡觀察了一天，沒事，婆婆把她接回來了，小安開了車來，她都不坐，走路雄赳赳，像是上山去打老虎的。

在月子裡的事，是粗事，也是細事，婆婆大手大腳的，做起事來麻麻利利，又周周到到，潤潤貼貼的。玉琢也是活該有福，有依靠，一應要用的東西，婆婆早準備好了，養就了她的懶散。婆婆不指望她，也是貴稱她，該洗的、該曬的、要用的、備用的，有條不紊。發奶的東西，補人的東西，禁忌的東西，絲絲不亂。小安也不用操心，有個什麼事，婆婆就指示爹爹，爹爹的配合也極佳。涉及到用錢的事，也不找小安要。小安要給，媽就說，要你的錢做麼事？老子又不是沒得，到真正沒得，你還怕老子不找你要的？小安笑說，到時候我沒得了，用完了。媽說，沒得不剝了你的皮。爸在一邊笑說，實報實銷吧，到時候再算！媽說，算他媽的個屁，跟他們算得清？前生作了孽，這生該他們的。

玉琢聽了這些話，只當沒聽到的，不接個話，無動於衷。孩子拉屎拉尿，都是婆婆幫忙換片子。孩子在玉琢手上，輕塌塌的，像攤泥，怕孩子從手指縫裡掉下去似的，抱著都害怕。孩子哭哭啼啼，不舒服，在婆婆手上，孩子綿綿巧巧，人模狗樣了。給孩子洗，逗孩子笑，啊啊啊的說，我孫孫好，我孫孫乖，我孫孫長大是個棟樑材。孩子的小雀雀伸展了一下，尿起來，尿成小弧線，落在婆婆臉上，婆婆喲一聲，唱歌似的笑說，個小東西啊，壞壞壞啊，隨處小便啊，不該不該啊。玉琢這才忍不住笑，油然生出幾分驕傲。

玉琢住滿了產假，像是做了一個多月的公主，婆婆把她招呼得沒有話說。她簡直是一個多月沒有下床廳，百麼事都是由婆婆包攬，她的任務只是張嘴吃，人蓄得白白嫩嫩的，腰身也漸漸鼓起來，孩子的奶水倒不是很充足，是她自己說的，吃的東西都長在自己身上了。

她過這種生活過出了滋味，上了班，不大想回到農業局那邊去，通過小安試探著對媽說，媽，我們想請個保姆，你老看可不可得。媽說，我看你是混說，這點子小，保姆怎麼帶？你們真是狠心，還沒架式就想撇脫，那你們要孩子做什麼？

小安說，玉琢要上班，不能老把孩子丟在你老這裡呀？媽說，你這是什麼話？我是你什麼人？你還把老娘看外呀？莫說是你老娘現在身子還硬朗，饒是不硬朗，拼著命，也要帶一帶的呀？小安笑說，那就謝謝媽了。媽說，要你謝，只莫惹氣老娘慪就是萬幸。

玉琢一直住在家裡，到孩子大些，她才帶著孩子晚上回農業局那邊睡覺，白天還是把孩子丟在婆婆這裡，吃飯也還是在婆婆這裡吃，只是早上不過來過早，自己又喜歡睡個懶覺，一搞就早上不吃，快到時間了，慌慌的起來，梳洗也來不及，蓬著個頭，把孩子往婆婆那裡抱，又慌慌的去上班，常常遲到，園長說她幾回，也好不了多少。

園長請姑媽說說她，她反向姑媽訴苦，說小安一搞就出差，家裡事都丟給她一個人，孩子雖是婆婆帶著，還有其他的事都得她自己來。看她急的那個樣子，姑媽反而笑了，說，如今的青年人哪，也真是！還只一個孩子就這樣生憔，這樣頭不是頭臉不是臉的，要是像我那樣養了三個呢，是不是要急得跳樓？

玉琢說，我哪能跟趙老師比？趙老師是什麼人我是什麼人？姑媽一臉正色，冷冷的說，我不跟你說這些話！一代總要比一代強些！年年輕輕的，要上進，莫搞得我臉上無光！這算是姑媽給了玉琢點顏色，玉琢才好些。

玉琢和小安長日長時在家裡打暫，水蓮有些子想法。有天對大安說，我們也要回去吃。大安說，你是怎麼啦？水蓮說，我不怎麼啦，我說我們也要回去吃！大安說，你就是這個樣！水蓮說，我是麼個樣？你說我是麼個樣？他們的條件比我們好些，還在老人跟前刮呀刮的，老人認了。我們呢，老人想了想我們嗎？我們主動讓出來，讓老二成家，也怕再拖累老人，儘量不去增加老人的麻煩。縱然是我們節假日回去吃了喝了，哪回是空著手回的？他們呢，哪回不是空手大巴掌？老人也還是笑嘻嘻的，不計較，也是好的，可是老人反倒嫌我們帶的東西不好，說什麼「是哄人的」，你說公不公！

大安不喜歡這樣爭爭講講的，也不好說水蓮無理，只有壓她說，讓你聽到了！水蓮說，我沒聽到好好聽到了，好好還說假話不成？大安說，聽孩子的！水蓮說，好好不是不懂事，快上幼稚園了的！他們倒是沒哄，他們坐正了——我說你好像不是親生的，好像是從那個地方揀來的，這樣把人不當人！手掌是肉，手背也是肉，何況你是老大，你麼樣就石滾軋不出個屁來呢？

水蓮總是嚼大安，大安只有不作聲。農機廠不景氣，大安會擺弄家用電器，常常有人把電視機收錄機什麼的送到家裡來，請大安修，人家提些禮物來，有的還給錢，不虧待他的。大安老實本分，人家給多給少，不計較，都願意找他。

生活雖是緊緊巴巴，苦寒著過，也過得下去。只是水蓮的娘屋裡老來人麻煩，還有些子趕情達禮的，漸漸有些子撐不住了。大安不願意找父母叫苦，也不好不聽水蓮訴苦，只有硬撐著。該節省的節省，不該節省的也節省，弄得不是人過的日子。

該上幼稚園的好好也不能上幼稚園，交不起那筆錢。哪怕是一個老姑婆和一個幼嬸嬸都在幼稚園裡，也是不能夠平白進去的，饒是學費可以減半，或是全免了，單單的生活費月月要拿出來，也是不能夠的。

好好非常想上幼稚園，姑婆帶她去幼稚園玩過好多回，那些木馬，那些鐵梯，那些許多好玩的東西，都叫好好不想離開，離開了想再去。有時好好就偷偷從家裡溜出來，一個人過馬路，一個人找到住在幼稚園這邊的姑婆家，要姑婆帶她去幼稚園。

姑婆說，誰跟你一起來的？她說是一個人，姑婆嚇壞了，抱起她送回去，還要哄她說是去幼稚園，不然她又哭又鬧，踢腳舞手的，不肯回去。姑婆狠狠的說水蓮和大安，這麼大意，不看好她，怎麼能讓她一個人去大街上走呢？看嚇不嚇人的！

好好聽了格格笑，說我不怕。水蓮吼她說，你不怕死，大街上那些車，撞不死你的！好好還是格格笑，說車怕我，見我就讓。姑婆聽得眼窩濕了。水蓮抱著好好哭。邊哭邊把那些子艱難說給姑媽聽，姑媽陪著流眼淚。姑媽回去跟哥嫂說，哥嫂這才把好好上幼稚園的錢包了。

哥嫂讓趙英帶話，叫他們兩個也回來吃飯，至於生活費，有就把兩個，沒得就算了，把多把少不論。這話，水蓮聽了倒生起氣來，說還提生活費呢，還沒回去吃就提生活費呢！他們兩個在屋裡吃喝把了生活費的嗎？都還不是白吃白喝呀？獨跟我們提生活費！

姑媽笑說，你曉得他們沒把生活費呀？水蓮說，把！把什麼？我看連甜言蜜語也沒把過的！聽玉琢在外頭跟人說「要是把生活費，才不在屋裡吃」呢。

姑媽說，她口裡的話，要面子，你又不是不曉得她這個人！

水蓮說，她能去要這個面子？是有那個事她才說，不是那個事說了有個麼用？我說做上人的厚一個薄一個，氣不氣人呢？大安是普通老百姓是不是？小安是當官的是不是？

姑媽說，你瞎想，做老人的怎麼會是這樣呢？你也不要窄想了，把量放大些。水蓮說姑媽你老不曉得，有些子話我不想跟你老細說，說了是這些人扯是非，我只吃在心裡就完了。我也作姑媽看，把量放大些子。我只說人心是肉長的，不能做得太過份！

她硬氣，不回去吃。節假日回去那是節假日，平素還是單單過。姑媽倒是找過小安說，安兒，你是在外頭跑的人，不能說沒得些子關係，你能不能替你嫂子找個事做做，或者是把你哥的工作調換一下呢？

小安笑說，姑媽，是他們有這個意思，還是你老口裡的話？

姑媽說，見你媽有鬼，問這個幹嘛？你只說幫不幫這個忙吧。小安仍是笑說，姑媽，他們怎麼不直接跟我說呢？姑媽說，姑媽跟你說還不行哪？小安說行是行，只是怕他們不願意。嫂子那個心性我也是知道的：硬氣。要不是他們自己的意思，搬起他們的腦殼說話反倒不好。

姑媽說，什麼好不好的，你這是救他們，他們只怕是貓子掉了爪，巴不得呢，只是不好意思開口罷了，你還拿架子呀？要他們親口跟你說呀？你個狗東西！

姑媽去跟大安他們說，小安願意給水蓮找個事做，或是給大安調個工作，只不說是自己提起的。大安對水蓮說，你還總是說他們，你看，總歸還是想著我們。水蓮動了心，覺得到底還是弟兄，嘴上說，照你這樣說，我是個亂嘴亂舌的了？我只跟姑媽說過，還在那裡說了的呀？還「總是」呢，沒見你這樣敗葬我的！

水蓮高了興，不讓姑媽走，要留姑媽吃飯。姑媽不，水蓮說，我就曉得的，姑媽是兼我們窮，我們沒有那個力為特地的去請姑媽姑爺，今天遇上快吃飯，姑媽偏要走，叫我怎麼想？我也沒弄什麼好吃的，好歹姑媽也是不能走的！

她一面吩咐大安，去把那條魚煎了，煎給姑媽吃。煎得黃亮亮的，姑媽喜歡吃那樣煎的魚的，她做姑娘的時候就知道的。大安領命去了廚房。水蓮笑對姑媽說，剛給人家整好了一台機子，人家給了錢，又送來一大條魚——現在的魚也不便宜的，五六塊錢一斤呢。人家是見我們好，有事就找到我們頭上，還幫大安拉些子事做。姑媽曉得的，我們沒什麼東西謝人家，你說昨天我去送了點子什麼給人家，姑媽？姑媽笑咪咪的說，什麼？水蓮笑說，鹹菜。姑媽說，什麼鹹菜？是你自己做的呀？水蓮說，我自己做的。就是把白菜幫子洗淨了，放在罈子裡壓的。姑媽今天也嚐嚐我做的鹹菜，要是姑媽覺得好吃呢，還可以帶點回去。

在廚房裡弄魚的大安插嘴說，姑媽還沒吃鹹菜的，你以為是什麼好東西！

水蓮說，是不是好東西，姑媽今天吃了就曉得的，不是我吹呀姑媽，只怕是姑媽吃了還想吃的。

姑媽想著當年水蓮她媽媽做的那個鹹菜味，已經是在吞口水了，說，好哇，你把你媽媽的手藝學到手了，還沒聽你說起過呢。水蓮說，哪說到這頭上來呢，是大安說的，也不是什麼好東西，只是都喜歡吃，只要是吃過了的。我才將說了的，我給人家送去的鹹菜，人家吃中了，今天還來要呢。

吃飯的時候，除了煎的那條魚，還有幾個小菜，味道倒也不錯。那碗鹹菜，吃在口裡，清清脆脆的，酸酸嘰嘰的，滋滋潤潤的，是真的好。那些喝酒之人，吃膩了大魚大肉，對這鹹菜的嚮住，沒說的了。姑媽說，你這個要是拿到市場上去賣，會是俏貨的。水蓮笑說，那倒不一定。市場上也不是沒得，人上有人天上有天呢。

吃罷飯，姑媽臨走，水蓮用個大碗給姑媽裝了一碗帶走，姑媽欣然接受。大安收拾碗筷，水蓮把姑媽送出門，還送到大街上，姑媽要她轉去，她才站住說，每年過春節，我總是想請姑媽姑爺來家裡坐哈子，姑媽姑爺也總是愛護我，不要我勞神。我現在把話說在這裡放著，今年過春節，無論如何，一定是要請姑媽姑爺過來的。姑媽說，我還是那個話，要你們勞那個神做麼事，又不是外人，硬是要禮尚往來呀？水蓮笑說，請你吃鹹菜呢。姑媽連忙笑說，行啊行啊，吃鹹菜吃鹹菜。方才分手。

離春節還只個把月，春節前，小安給水蓮找到個事，在農業局所屬的一個公司站櫃臺，一個月有兩三百塊錢，能抵擋一陣子的。小安說，至於哥調工作的事，年後再說。

大安已是很感激，對小安說，我的工作調不調無所謂的，廠裡有事，我就去做，沒事也好做自己的事，落得個散淡自在。我替人家修電器弄的幾個錢，也跟在廠裡上班差不多的，有時還要好些，還不算人家送些子的雜七雜八。再說調個單位也不容易的，你縱然有些子關係，還是要你去求人，求得好就好，求得不好搭面子。光叫你去做這些子事不好，我覺得。要說現在也不是有蠻好的單位等著我去享福的，人家接受了我是蠻大的人情，我心裡倒還不安。你嫂子的事，也實在是沒得法，略微是要有個法，我也不得麻煩你的。雖是自己的兄弟，好說話，你也有你的好多正事要操心的，自己屋裡的事把你纏著，怎麼是好？我也想得穿，什麼事總是要靠自己去做，況我現在還有事做，這個事也不會衰的，即到衰的那一日，再找兄弟你也不遲，何必把些事擠到一塊，讓你去分心呢？

這番話，小安聽著貼心，也是個實情，就說，好吧，以後有個麼事，只管說就完了。他也想不到，近乎木納的兄長，說出的話，能打得他的耳朵響，能鑽到他心裡。

春節一溜就到了，按慣例，大年初一，趙英跟丈夫金銳帶著孩子們去她娘家拜年。趙英的老娘在世的時候，一家人要在娘家玩三天，只晚上回來睡，第二天一早又要去的。老娘過世之後，情形淡一些，趙英只是大年初一在哥嫂那裡玩一天，也是趙英的孩子們漸漸大了，他們有自己的同學，有自己的朋友，也要去串門，不可能一連在舅舅家裡待上幾天。

初一是最熱鬧的。這一天誰都不出門，只是自己人在家裡熱鬧。外人也曉得這個規距，只來拜個跑年，拱拱手或握握手，說聲「恭喜恭喜，恭喜發財」，便要往別處跑了，多餘的話也不說的。

趙英，嫂子，再加上水蓮，玉琢，湊成了一桌麻將。春節的菜都是現成的，到該弄飯的時候，嫂子下場，大安或是小安頂替。沒上場的，負責領著好好和真真玩，要他們兩個不吵不鬧，又要他們兩個不跌不傷，還要他們兩個不干擾那場麻將，不是容易事。

他們兩個一會子要玩氣球，一會子要吹糖人，一會子要放炮竹，一會子要吃東西，一會子又要出去看稀奇。有時是這個要這樣，那個要那樣，敷衍得不好，這個哭那個嚎的，對付他們兩個還真要本事。

這個本事只有姑婆有，連玉琢的能耐也嫌不足，她要麼就是講狠，講打，要麼就是放任，不管，到不能收拾的時候，只有姑婆出面。姑婆往他們面前一站，跟他們在一起，就沒事了，弄得姑婆不能順利上麻將場。

姑婆說，我這大年初一，哪是來玩哪？是來上班，比上班還磨人的！好好，真真，你們說，哪個給姑婆工錢？兩個小傢伙抱著姑婆的兩條腿說，搶著說「我給我給」，逗得大人笑。

姑爺是個作家，除了大年初一不寫，其餘時間是要寫的。即便是在這天，他也不肯浪費時間，不是拿著本書看，就是聊天，注意生活素材。玉琢喜歡讀點書，有些小聰明，愛跟姑爺談讀書，談寫文章。小安喜歡跟姑爺談政治，談經濟，談社會，談形勢。水蓮和水蓮的婆婆包悅男喜歡跟他談家務。

大安不怎麼喜歡談話。只喜歡做事，看事做事。沒事做，才坐在姑爺跟前，聽姑爺談話，也不插個嘴，別個談得笑，他也不笑。這會子打的打麻將，看的看電視，領著孩子玩的領著孩子玩，大安在一邊聽著姑爺跟小安說話。

小安說，我不想在局裡幹了。姑爺說，怎麼啦？小安說，我覺得我們局裡的一把手太沒意思。姑爺說，怎麼沒意思呢？小安說，略微遇到些子難事，他就躲，就把我推到前頭。姑爺說，這是鍛練你麼？小安說，鍛練！姑爺說，不是麼？

小安說，我只舉個例子：他住家二樓，他常常躲在七樓去打麻將。起先我們不知道，他家裡人也不知道。有回是他把提包一提，洗漱的用具，以及換洗的衣服，包括短褲頭，都塞在包裡，對老婆說出差，對辦公室裡人也說出差。其實是去七樓打麻將，打了三天三夜不出門，回到家裡人都瘦了一圈，老婆吃了一大驚說，你病了？你說他怎麼說？

姑爺笑問，怎麼說？小安說，他說「太忙太忙，人都累垮了的！」想想吧，跟這種人共事，能有好的？大安想，真是各有各的難處。

又有人來拜跑年，他們起身應酬了，又接著說話。小安說，我有可能離開局裡，有人已經向我吐露了。開年之後，有一批年輕幹部要充實基層，說是有我，雖說還沒有公布，我想我是跑不脫的。姑爺說，很有可能的，你也得有這個思想準備。

在麻將場上的姑媽聽到了，插話說，怎麼？安兒你要下去呀？小安說，還說不準。姑媽說，真真又小，那怎麼搞？玉琢提醒著姑媽說，我打的個八萬，趙老師你要不要？不要快取牌，你管他下不下去呢，他詠著下去當鄉鎮長呢，才玩人，還操心真真小不小的！

小安笑說，你又來了，打你的牌，集中精力，莫輸了又怪我。玉琢說，怪你，怪你怪不了那麼多。又對姑媽說，趙老師你打的個什麼呀？怎麼不作聲？姑媽說，你是做麼事的人？你怎麼不看著？我打的個白板，你要也不行，下家已經取了牌。玉琢說，真是的，白板我正要碰。說著亮出一對白板，姑媽說，歸你背時，哪個叫你不看著的。玉琢說，趙老師巴不得我輸是吧？姑媽說，今天要你個鐵雞公拔毛。在一邊看牌的公公趙喜鵬見玉琢喊姑媽又是「趙老師趙老師」的，哼出一聲，撇著嘴，走開了。

姑媽有三個孩子，兩個女兒都是大學生，小三是兒子，當兵回來之後，被金銳的朋友要到南方去了，沒能回來過春節，只是打了幾個電話回來。兩個大生回來了，沒有在舅舅家待得很長，她們拜見了舅舅舅母及老表們之後，到同學家串去了。舅母攆著她們兩個說，早點回，回來吃飯，莫去麻煩人家。

舅母說，她們像一對雙胞胎，小時候兩個人長得又蠢又笨，見了我就纏著「要到外婆家去，要到外婆家去」，如今是又聰明又好看，把幾個表哥表嫂都比下去了！又說，不過呢，也是趙家血脈，我看著就是喜歡的。到了吃中飯的時候，她們兩個還沒回來，舅母說再等等，趙英說不等，曉得她們玩到哪裡去了。舅母說，這兩個伢，過年也不回來吃個團圓飯。於是下令說，吃吃吃，我們拿得吃，她們兩個回來了再跟她們弄就是了。

一個大大的圓圓的桌子，好好和真真兩個小傢伙也上了桌。趙英的嫂子在廚房裡忙，趙英的哥不住的往桌上端菜。嫂不時跑出來說，味道怎麼樣？還可以吧？眾人就說「不錯不錯」，還學著經常播出的電視廣告詞說，味道好極啦！

哥除了端菜，還站在一邊看著他們吃，還不住的叫著趙英和金銳說，揀得吃，揀得吃，莫住筷。那碗魚，你看煎得怎麼樣，英你怎麼還不動筷呢，那是你嫂特為你煎的，曉得你喜歡吃魚的。你嫂子邊煎還邊說，別的菜馬虎點不要緊，這碗魚要是不煎好，英連飯都吃不進的。

趙英笑說，我就那樣嬌慣呀？嫂子還當我是小時候啊。大家笑。嫂子在廚房裡聽到了，把頭探出來說，你還不曉得呢，小安接了你這個代，一味的喜歡吃魚。姑媽跟小安說，安兒，你怎麼不吃呀？筷子指向魚碗。小安笑說，我要讓給姑媽吃。姑媽笑說，現在要你讓，有這多菜，要是獨獨只這碗魚你讓不讓？小安笑說，讓，怎麼不讓呢？是姑媽，又不是別個。姑媽笑說，話說得好，把這個魚背賞給你。

說著，姑媽把那魚背上的厚實肉揀給小安。小安站起來，舉著滿滿一杯酒說，敬姑媽。趙英的哥在一邊說，瞎鬧，姑媽不喝酒，你又不是不曉得的。小安說，姑媽喝一口湯，或是喝口白開水，行不行？姑媽笑說，行，我喝湯。姑爺說，你姑媽深刻體會到湯比白開水好喝。玉琢說，到底是姑爺，說出話來就是不一樣的。大家笑。

席上只小安能喝酒，其餘的跟姑媽一樣，只會喝湯。接著小安逐個跟姑爺大安水蓮玉琢喝，他們只正兒八經的喝一口湯，他自己來真的。最後小安忽視兩個小傢伙，兩個小傢伙說，我也要喝。大家笑。

小安真的跟兩個小傢伙碰杯，兩個小傢伙不喝湯，要喝真的酒，指著小安面前的酒瓶說，要，要這個。大人攔著，不給他們倒，他們不依。姑婆用筷子頭蘸點酒，讓兩個小傢伙添一下，他們不，要像大人那樣端起乾杯。小安說，讓他們試試，不然不曉得厲害。兩個小傢伙試試了，辣得臉鮮紅，同時咳嗽起來，水蓮兩隻手同時拍著兩個小傢伙的背，說，這是為什麼這是為什麼？

玉琢吼著真真說，哪個叫你要喝的，怪鬼。真真被吼得哭起來，姑婆將他樓在懷裡哄著。好好到底大些，忍著沒哭，也是忍出了眼淚。姑媽說小安，就是你！你看不吃虧呀？又說玉琢，你吼個麼事呢，個大年初一的，兩歲的孩子不懂事，你也不懂事？

玉琢說，你不曉得，給點顏色就開染行才嫌人的！又說小安，他也是的，總喜歡依著他，跟他媚得玩，媚出水來也就不管帳的，硬是被慣壞了的！

婆婆跑出來說，我說你呀，一搞就著個孩子吼，還動不動就打，照著個頭打，虧你還是幼稚園老師，那個教育方法——不是我大年初一說你，我早就有想法的，要是把個孩子的腦子打壞了你去哭天？說罷，氣著進了廚房。小安笑著對玉琢說，好吧，老泰山動了氣吧？

玉琢不服氣地瞥了小安一眼，正要說話，只見大門被推開，進來兩個人，打頭的竟是地區的殷專員，原任縣長。玉琢立刻站了起來，望著大門那邊笑。廳屋被幾扇古香古色的花格子門關著，只有開著的一扇正對著玉琢，正好能夠看到大門，小安問，誰來了？玉琢笑說，你們真猜不出是誰來了。

趙喜鵬斜著身子一望，驚叫著說，喲，是殷專員來了！這才是稀客嘞！說著，殷專員通過佈滿花草的院子，跨進了廳屋，席上全體放下筷了，也都站起來，帶著深深的笑意相迎，含在嘴裡的東西不便咀嚼，只有穩住不動，包括金作家。

小安離開了桌子，跟殷專員握手。殷專員望著站起來的大家說，你們坐，你們坐。同時，一眼看到了金作家，就說，你好你好，我們縣裡的才子，金作家也在這裡。

金作家這才伸過手去，跟專員握了握，也說，你好你好。專員笑說，我不好，我大年初一還得滿處跑——我是來縣裡作安全檢查的，昨晚就有幾個縣的劇院出了問題，戲剛演到一半……專員說到這裡又突然止住不說了，改口笑說，大年初一，要說吉利話。你們繼續吃吧，我不打攪了，我到縣裡來了，就想著來看看我們的老趙。又對老趙說，你好吧？又上下一打量說，好像是胖了些。

趙喜鵬笑說，吃不愁，穿不愁，不胖沒有理由。專員笑說，好好好，說得好。你也是養了個好小安，我一到縣裡來，就問起小安，縣長縣委書記都說小安在局裡幹得不錯的，看來他們都很關注他，我也高興。

說著專員要走。包悅男聽說是專員來了，想出來見，因鍋裡正炸著東西，丟不下，耳朵一直聽著專員在說話，直至專員說要走，她趕忙把鍋端到一邊，連連揩著油手，跑出來說，我正在弄菜，不能出來跟你說話，你說你就要走，我才慌裡慌張的跑出來，連鍋都丟在一邊的——不許你走，隨你麼樣說，我是不許走的，一定要吃點東西再走！也不光是你一個人，還有這位跟著你來的同志，人家也是第一次來，又是個大年初一，哪能讓人家連口水都沒喝呢？

大家附和著說，喝兩杯喝兩杯。趙喜鵬說，隨便，我曉得殷專員喜歡隨便的。殷專員也爽快，說，好，小安，拿酒來，大年初一，我敬大家一杯，祝大家身體健康，闔家歡樂。大家站起來回應，也祝殷專員身體健康，闔家歡樂。殷專員又說，我還有一句，那就是恭喜大家發財。

大家舉杯，表示了意思。小安給專員遞上一雙乾淨筷子，要專員吃點菜。專員笑說，小安知道的，我喝了口酒就要吃口菜的。於是接過筷子。大家紛紛讓坐，專員就近站到桌子旁邊，看了看桌上的菜，說，吃什麼好呢？他獨看上了放在旁邊的一碗鹹菜說，這個，我吃這個，我走到哪裡，就點著要吃這個的，嚐嚐你這個味道怎麼樣。

他揀了一筷子放進口裡。包悅男說，你怎麼吃那個？那是個什麼好東西呀？專員嚼了嚼鹹菜說，嗯，怎麼這好的口味？清清脆脆的，酸酸嘰嘰的，滋滋潤潤的，我吃過許多地方的鹹菜，還沒見過有這麼好吃的，是老嫂子做的呀？包悅男把水蓮一指說，是我大媳婦做的呢。

水蓮見殷專員讚揚自己做的鹹菜，很是高興，竟然說，你老要真是覺得好吃，我送點子你老帶回去好不好？大安望著她，心想，你要人家帶這個，你真是個鄉裡人！趙喜鵬也這麼想，說出來了。他說，你真是說得出口，送鹹菜給殷專員！哪知殷專員說，好哇，有不有？有我就要，在老趙這裡，我不怕丟面子，連鹹菜也要的，只是有一條，替我保密，別把這事傳出去就是了。說得大家笑呵呵的。

水蓮真的就起身，小聲對婆婆說，我帶來的還有吧？都給他，以後我再給你老帶些來。婆婆連說，好好好。喜孜孜去弄了個塑膠袋，把剩下的裝好，殷專員的隨從替殷專員接過來。婆婆說，夠不夠？不然就叫她回去再拿些來。

殷專員笑說，還談夠不夠呢？以後有機會，我想吃，再來拿。說得大家又笑。大家起身送專員出門。有輛藍色小車停在街口，專員和他的隨從上了車，大家回屋，各就各位，免不了把殷專員作為話題。

趙喜鵬說，人家殷專員大年初一還來看望我們，真是講禮性，人家有人家的事，要是不來過不得百把年？這樣說覺著不得要領，又說，小安也真是要好生學學，不要忘記殷專員對你的栽培。現在工作上的同志，有幾個是有私人感情的？殷專員有人情味。人就是要講人情味，像我們今天一屋人坐在這裡，熱熱鬧鬧，就是人情味，一搞就是翻眼六猴的，那是個麼樣子？

玉琢聽了這話心裡不受用。「一搞就翻眼六猴的」，這話只有是針對她的，要不是大年初一，又當著這麼多人，她要反駁幾句的。水蓮也在想，公公的話其實是在抬小安，作賤大安。當官的兒子，當老百姓的兒子，都是兒子，怎麼一說起話來就是「小安小安」的呢？要是個天官，還不知道怎麼樣呢！

姑媽看出玉琢水蓮兩個人的神情不對，猜著是哥的那幾句話沒說好，就岔開對金銳說，哎，你怎麼跟專員熟的？金銳說，文革期間，我跟他一起在縣報導組，我還是他的組長呢，你忘了？

趙英哦了一聲說，看來他對組長還是挺尊敬的。金銳說，官越大，對人越親切，這是巧門，是贏得群眾好感的巧門。又笑對小安說，你說是不是？你把殷專員的學著點，日後你官做大了也用得上的。

小安笑說，姑爺的魯迅筆法用到我頭上了。喝酒喝酒，我來用李白筆法——斗酒詩百篇，姑爺，你老還是喝湯，我喝酒：再敬你老，祝你老寫出傳世之作。姑爺說，好，也祝趙副局長的官運亨通。姑媽笑，說你們聽聽，一老一小，倒是相互捧起神來了。

小安笑說，不是不是，我這是跟姑爺相互鼓勵。姑媽笑說，你也真是學出來了，原先你也是跟大安一樣，石滾都軋不出個屁來的。玉琢插嘴說，現在不用石滾軋，屁就出來了。大家笑得一哄。

大年初二，趙家小字輩的邀著一起到姑媽家拜年。姑媽還怕小安不能來，頭天還特為說，小安，我不管你有多少應酬，你不來跟姑媽姑爺拜年，姑媽姑爺爭是不爭的，只看你自己想著好不好。

小安到底還是按時來了。他們一進門，首先是好好和真真喊著姑婆姑爹，說「拜年」，也喊著大姨小姨，說「拜年」，逗得姑婆姑爺很是開心。兩個大學生就忙著倒茶送煙。小安剛坐下來，屁股還沒坐熱，他腰裡別的那個東西響了起來，他覆了機，那個東西又響了起來，又去覆機。電話那頭說，是縣委書記找他，要他趕快到縣委招待所去一下。

小安走到姑媽跟前說，姑媽，實在是沒辦法，我得請個假。姑媽說，去去去，快去快回，等你吃飯。小安說，不等，到吃飯的時候你們吃就是了，我出去了還怕沒得飯吃？

小安要出門，真真要他抱，不讓他走，扯著他的衣角不放。小安哄他說，爸爸去跟你買好東西。玉琢看著兒子纏他，不管，小安對玉琢說，喂，你怎麼無動於衷的？玉琢說，叫我怎麼有動於衷？小安說，你管管呀？玉琢說，他要他爸也錯了？姑媽走過來，哄住了真真，小安才脫身。

玉琢要打麻將。她，大安，水蓮，還差一個，她要姑媽上。姑媽說，你們吃不吃？玉琢說，到吃飯的時候，隨便弄點什麼吃，硬要十大碗八大碟呀？姑媽說，你想我有十大碗八大碟啊。玉琢說，那才好。像昨天小安他媽做的十大碗八大碟，以為蠻好吃？我看著就飽了，過後肚子又餓了。

姑媽說，你真是，這話千萬莫當著你媽說，她好心好意弄得你們吃了，你們還說這說那的，叫她傷心。玉琢說，怕什麼，我說的是真話，要我說假話好些呀？

水蓮怕玉琢說出多的來，就說，打牌打牌。姑媽說，我不上，叫你姑爺上。玉琢說，不要姑爺不要姑爺，贏了他的錢還倒叫人不舒服，又慢，像捉蟲的，倒如今還是那個水準，我真不曉得是怎麼寫出小說來的，連打麻將都不行。

水蓮說，各習各一門，叫你去寫寫看，你還不是像捉蟲的？玉琢說，是倒是，也不能是那樣笨哪？姑媽笑說，這是你跟姑爺說話，有這樣說的？姑爺笑說，沒事沒事，她說的也是個實話。

大女兒在一邊說，有回，我爸跟我們一起打得玩，我爸聽了頭，是八九筒的靠，胡七筒，但七筒被我妹槓在地上了，他還在心裡叨念著「我還可以胡十筒呢」。他覺著十筒還沒見面，一定會有十筒的。到末了，我媽胡了，我爸還滿處翻著牌說，十筒呢？怎麼一張十筒也沒看到呢？你看，天下的麻將跑出個十筒來了！我爸就是這水準！她說得幾個人哈哈大笑。真真竟然接話說，我都曉得的，麻將裡沒有十筒。玉琢笑說，你看，真真都比姑爺強。

姑媽上了場，說，這是你們要我上場的呀，飯吃晚了莫怪我就是。玉琢說，有麻將打，不吃飯也可得的。又說，趙老師，我把話說在前頭，打一二四，莊上帶兩點，我們贏了呢，只當是你給我們壓歲錢，我們輸了呢，只當我們是孝敬了趙老師的。姑媽笑說，行得行得，我也正想你們孝敬孝敬呢。玉琢笑說，我們還想壓歲錢呢，是不是水蓮？水蓮也只有跟著說是。她應當叫嫂子，她沒這個意識，水蓮不計較。

姑爺站在姑媽後面看，還指指點點的。姑媽說，笑話，豆芽菜還要屎澆。姑爺又去站在玉琢後面看，看到玉琢要打一張牌，說，放炮。但牌已經落地，她想收回去，姑媽說，牌落地生根，不起拿起來。姑媽胡了。姑媽對姑爺笑說，你這人，真是人家說的，看牌看四方，嘴巴長又長，這方受了氣，就去看那方。姑爺聽了說，怎麼說怎麼說？再說一遍再說一遍。姑媽又說了一遍。玉琢說，快去記下來，寫到小說裡頭，又可以賺稿費了。

正說笑，有人敲門，玉琢說，別是抓賭的來了。姑媽說，胡說，是年下，哪個去做那個事。姑爺去把門開了，是個後生，姑爺不認得，後生說，你老新年好。姑爺笑說，你好你好。後生說，請問你老，我姐在這裡嗎？姑爺說，哪個是你姐？

水蓮一聽聲音，就說，水生？後生進門喊了聲「姐」，也還對屋裡的人說了聲「你老們新年好」，對姐說，姐你出來一哈。姑媽說，這是你弟弟水生呀？長這麼大了，我還是好幾年前見到的。又說，坐，坐呀，就在這裡玩，我就去弄飯的。水生說，不不，不麻煩你老們，我跟我姐說幾句話就走的。姑媽說，什麼事呀，過年呀，還這麼趕忙的？水蓮也說，是個麼事，你說。她見水生的神色不對，也一時有些子心慌。

水生說，媽病了，要姐趕回去一下。姑媽說，現在就趕回去？水生說，嗯，現在。水蓮的臉一下嚇白了，說，不會有什麼事吧？水生只說「不會」。水蓮紅著眼圈對姑媽說，那我就只有走了。又對玉琢說，也不能陪你玩牌了。玉琢說，也真是的，吃了飯再走不行哪？

姑媽感到出了事，水生不好在這裡明說，也不好先不先把姐說得嚇住了，姑媽盯了玉琢一眼說，那就趕早走好了，以後有的是玩。又對水生說，趕得上班車嗎？水生說，我是騎自行車來的，我可以帶姐。

大安說，我呢？我去不去？水蓮一聽火了，大聲武氣的說，你還問去不去？你想你去不去？好好在一邊說，我也要去。水蓮已經是抹著眼淚說，乖，我們一起去。水生說，哥哥騎自行車帶著好好，我騎自行車帶姐。

姑爺說，騎自行車騎到什麼時候去了？水生說，都是柏油路，一兩個小時，一溜就到的。姑爺說，要是小安在這裡就好了，他可以弄到車的。玉琢連忙說，叫他到哪裡去弄？水蓮一聽說，哪個說要車的？玉琢也覺得自己沒把話說好，就說，要是平素有個麼事，找他用個車算個麼事呀？現在是春節，就不好去麻煩人家司機。

水蓮不再接話，只要玉琢給公公婆婆遞個話，說「我家裡有急事回去了，來不及跟他們說」，就出門了。他們走了好遠，姑媽還喊著水蓮說，有個麼事，帶信回來說哈子。

水蓮和大安匆忙回家拿了臨時換洗的衣服，還想拿點子孝敬父母的東西，水生說，什麼都不用拿。水蓮說，到底發生了什麼事，你跟我直說。水生說，沒什麼，只是病重。催他們快走。

公路上，拜年的人流動。女的穿得清清爽爽，男的穿得整整齊齊，小孩子穿得花花綠綠。水蓮望著坐在大安後面的好好，心酸地想，我的好好說起來還是城裡的孩子，還是穿的去年過年穿的衣服，春節前姑婆姑爺提前給了她五十塊錢的壓歲錢，說是給她買套衣服過年穿的，也沒捨得跟她買，留著那錢過生活。好好也懂事，拿著那錢，對媽媽說，這錢，我明天再給你好嗎？好好把錢放在自己的口袋裡熱了一夜，第二天才交給媽媽說，我不要新衣服，媽媽買米買菜。她聽著這話，眼淚一漫。

她看得出，沒給好好做新衣服，姑媽心裡有數，初一裡見了好好只說，好好真漂亮。說著姑婆摸摸好好的頭，背過臉去了。她曉得姑媽在為她的日子難過，又悄悄塞了十塊錢給好好。

水生蹬著車，見姐好半天不作聲，就說，姐，你也不用難過。我曉得瞞你也是瞞不住的，也要想開些，老人也總是要走那條路的。水蓮雖是猜到是這個事，未經點破，她的悲傷還是積蓄著的，壓抑著的。水生現在一說，等於是為她開通了管道，心裡一湧，哇的一聲，伏在水生的背上嚎啕起來。

水生慌了神，怕她晃下來了，連忙停下來勸她。她坐在路邊的枯草地上痛哭了一陣，好好也陪著她哭。大安勸也不是，不勸也不是，只有任她。水蓮知道這不是個哭的地方，聽了水生的勸，又趕路，也是一路眼淚不斷線。到家，眼睛早已哭腫。

聽得水香說，姐回了！水香奔過來，接著姐，兩個人同時放悲聲。有人接過大安手裡的自行車，有人趕忙過去牽著好好的手，還有人上來扶著她姐妹倆。灣裡幫忙料理的人也很多。有人在給灣裡人發白毛巾，鞭炮也不斷的炸得響，分不清是孩子們玩的鞭炮還是親朋送禮來的鞭炮。

母親睡在堂屋裡的地上。地上墊了兩塊門板，門板上墊了棉絮和被單。母親穿上了老衣，被打扮得整整齊齊上路。水蓮一眼感到的，母親的身子怎麼就突然的縮小了，只占了門板的那麼一點點地方。母親的個頭是很大的，像男將的塊頭，也像男將那樣泥裡水裡做了一生，養了他們三個。父親一生是聽母親的，沒有男將的氣魄，作主的事，是母親。灣裡人說父親享的是母親的福，沒錯的。母親這一去，所以父親哭得死去活來，比任何人都傷心。

一張黃表紙，蓋在母親的臉上。那張紙就是陰間和陽間的界限。陽間是向上的一面，陰間是向下的一面。母親在陰間，被那張紙與陽間隔開了。水蓮一下子撲到母親身邊，也一下子揭開了那張黃表紙，好像能讓母親一下子回到陽間。母親的臉色並不難看，跟平素差不多，只是瘦些。她大半年沒有回來了，母親就這樣撒了手，連一句話也沒有。她哭叫著「娘呀我的娘呀我回來看我的娘呀我苦命的娘呀為兒女操心一生一世沒享著兒女福的娘呀」，在場的人感到撕心扯肝。父親聽了，更發是用頭撞地，不是有人及時扯住，能撞死。

母親是到塘裡去洗菜，滑到塘裡淹死的。她沒讓自己喝水。也許是喊了「救命」的，那口塘離灣裡很有幾步路，再加上不斷的有炮竹聲，喊了也聽不見。母親的身子重，沉下去了。別個家裡人來洗菜，發現菜都浮在塘裡，水邊還擱得有桶，有筲箕，曉得大事不好，有人掉到塘裡去了，到把母親撈起來，人救不轉來。

弟弟妹妹怕遭姐姐埋怨，說了母親的死因，強調說，我們要去洗，媽說要你們洗個麼事，你們去玩，過年不玩什麼時候玩？爹也說爹去洗，媽說你跟我待在家裡，哪裡也不能去，灣下的大人小孩來拜年，沒個大男人在屋裡，那不是輕慢了人家？

水蓮不怪哪個，只說是「定數」。這是寬慰他們，也是寬慰自己。按照水蓮的意思，要讓母親在家裡停三天，灣下的老人說，風俗也是這樣，也讓亡靈在屋裡過三天年，最好還是及時送她上山，這年下鬧鬧哄哄的，也鬧得她不能安靜，下人們看著她還沒落土也不好。再說個不好聽的話，多停一天，是多一天的打發，何必呢，心盡到了就是了。這也是為活人著想。水蓮一聽，眼淚又是涮涮直漫。灣下的一個老人也讓出了自己的棺木，打算在大年初三入土為安。

這天天快煞黑，一輛吉普車開到灣裡來了，車上下來的是小安，小安的父親母親，還有穿得很花俏的玉琢。水蓮見了玉琢有些吃驚，心想，她怎麼也來了？還這樣一身打扮！接下來，水蓮是一陣傷心的哭。她的公公婆婆想起當年下放到這裡，虧得這家人的照顧，也眼淚巴沙的。他們進屋給去了的人磕頭，還跪下燒紙，水蓮的父親讓水蓮拉公公婆婆起來，公公婆婆執意不肯。水蓮水香水生也陪著下跪。水蓮的父親又是哭得不省人事。

水蓮過後聽人說，玉琢並沒有進屋，只是跟司機一起，站在車子旁邊說著話。掌事的人拿過一條長板凳，讓他倆坐，也接過遞上來的茶，只是不喝。有人問水蓮，那個女的是誰，水蓮說是妯娌。到吃晚飯，小安說他們是在城裡吃了晚飯來的。水蓮曉得玉琢想打麻將，安排人跟她打，她欣然同意。

小安說，到這裡來打什麼麻將！玉琢說，人家紅白喜事守夜，不打麻將怎麼過呀？水蓮說，是的，是個熱鬧意思，平素接玉琢來還接不到呢，她來了，也是看得起我這嫂子。我是沒空，不然也要陪她的。玉琢說，不要你陪，你去忙你的，我也不是外人。

小安不理玉琢，去參與父母跟水蓮父親的談話。他見大安在忙這忙那的，走攏去說，有不有麼事要我幫忙的？大安說，你歇著，都料理好了的，沒事。小安看到好好跟灣裡那些孩子玩得開心，喊著好好說，好好。好好答應著，朝小安一笑。小安說，一笑就完了？好好就喊了一聲「二爺」。小安說，好生玩。好好又玩去了。

小安的母親在說下放的事。那會了小安還小，很怕熱，晚上在稻場上乘涼，常常是水蓮的母親給他打扇，趕蚊蟲。村子是在山腳下，夜裡有豺狼出沒，水蓮一家把竹床擱在外沿，把小安一家的鋪板擱在靠裡頭，豺狼要真是來咬人，咬的就是水蓮家裡的人。小安的母親講得流眼淚，其餘的人跟著流眼淚。水蓮的父親反過來勸小安的母親，說倒叫你們來傷心，真是不該。小安的父母也勸他，說是人業已去了，傷心也傷不轉來，何況還有水蓮的弟弟妹妹還沒交待，還要幫帶，要是把自己弄病了怎麼是好。

說到水蓮的弟弟妹妹，水蓮的父親也有一堆的話。他說，操的就是這個心，水香已經大了，好些處的人上門提親，因為家裡還少不了她這個幫撐，遲遲沒應允的。好在水香也知事，總是說「挨幾年再說」，雖說是「挨」，也不能老是挨呀挨的，愁的就是日後白麼事沒得給她的。水香跟水蓮一樣，一小在家裡做個死，出嫁總不能只讓她光人走出去，縱是她不爭不講，做老人的也是面子上無光。把個水生限在家裡也不行，他人大心也大，覺得種個死田划不來，想到外頭去撞一撞。外頭也不是有銀子有金子只等著去揀。做生意要資本，找工作要關係，搞得好就好，搞得不好塌個大窟窿，還不如種田踏實些。

小安的父親說，也是這個理。水蓮的父親說，他要聽這個理的！他就為這個跟我鬧氣。原先是他媽媽在，也還好說點，他媽媽不在了，還不曉得他死不死這個心。小安的父親吐露說，小安要到你們這個鄉裡來當鄉長，年前就聽到說的。他來了，能照應的照應一下，也是可能的，是不是？水蓮的父親說，那好那好。

小安反感父親。他知道父親是為有他這個兒子高了興，也不能這麼高興法，人還沒來，就說那個話，他是來徇私還是來秉公的？很不中聽。於是說，還只是傳說呢。水蓮的父親說，無風不起浪呀。又說，年年輕輕的，有出息，我那水生沒法比的。我就高那個興，說起來我們的親家有個某人在做某事，感到伸展了一大截的，不說是要照應的話。

小安想，這話比父親說得好。又說了一會兒話，小安對父親說，爸，我們是不是該走了？父親一看表說，是該走了。於是起身，從衣袋裡掏出一個信封，裡面裝有幾百塊錢，遞給水蓮的父親說，這是我們的一點子意思。又回過頭來對水蓮說，裡面也有你姑媽姑爺的意思。水蓮一聽，覺得姑媽姑爺不表示是可得的，是說得過去的，想著姑媽姑爺真是貼心，眼淚又直漫。

小安的父親說，我們本想買點子什麼東西送來的，一想還是不買東西好些，用得著的你們自己去買。水蓮的父親推讓著不接，小安的母親說，不是外人，只是一點意思，幫不上大忙，你老把客氣一講，倒還見外了。水蓮的父親就接了說，把你們也拖欠了，你們來也只是乾坐了會子，飯都不吃，這真是。小安的父親說，我們也只能是來看一下，不能做點麼事。

玉琢早已上了麻將桌，司機坐在她背後看牌。小安走過去說，手氣怎麼樣呢？我們該走了。玉琢正輸了，雖是輸贏不大，麻將癮大。她聽小安如此說，就說，走？我還沒過到癮呢。

當著那麼多人的面，小安不好說她什麼，水蓮見機說，這樣吧，讓她在這裡，你們回去。水蓮的父親也說讓玉琢在這裡玩一玩。玉琢的婆婆本想說「把個真真一個人丟在屋裡，就放得心下？」待看得玉琢那個賴著不想走的個樣子，也就不說了。

小安把手一揮，對司機說，國，那我們走。國起身了。小安走了幾步，又回頭對玉琢說，你明天怎麼回？玉琢說，叫國來接我不行呀？國說，小安今天把我借來，明天還借呀？玉琢說，喲，把你借得用一下，你就俏起皮來了？國笑說，你看你看，我成了個什麼東西了。玉琢說，那我就搭班車回，也是一樣的，個破吉普車，有個什麼了不起的呀？

同桌打麻將的鄉下人，聽玉琢的口氣，斷定是個狠女人，所以都笑說，放心，她在鄉下吃不了個虧的。臨上車，小安的母親還問水蓮，好好呢？水蓮說，玩去了。小安的母親說，城裡伢到鄉裡來了，玩得新鮮。就又囑咐注意點，別讓她玩傷了，要叫她早點睡覺。這時的大安在大爐子旁邊幫忙掌勺子，給那些守夜的人做宵夜。

水蓮叫著他說，大安，媽他們要走了。大安只朝這邊望了望，說，慢些走，晚上車開慢點，我們過兩天就回的。說罷，還是忙自己的。

一切料理妥了，大安水蓮才回城。水蓮跟大安一起去謝了姑媽姑爺，姑媽姑爺勸慰了他們一些子話，水蓮仍是二把眼淚四把流的。她說她跟大安商量好了，要請姑媽姑爺吃餐飯。姑媽說，你這是酬客哪？水蓮說，不管姑媽怎麼說，你們也一定是要去的，這是我年前就說過的話。也是趁兩個表妹在家裡，一起到我那裡去玩哈子，哪裡就過份了？

姑媽說，那你請不請玉琢小安他們？水蓮說，請是要請的，只是以後再請他們，我不想讓玉琢跟你老們在一起，我說個不該說的話，玉琢蠻討人嫌的，有她在一起，那個味就不一樣了，我跟你老們在一起，我就感到那個味是不同的。要說起她的話，真是說不完的，譬如這回到我那裡去，哪裡是去看我們呢？完全是為了去玩，在鄉裡人面前擺樣子：亮著她的金項鍊，人家問她得多少錢，她看著我家那房子說，你們說這房子值多少錢？人家說這土磚房，不值什麼，不過兩三千塊錢吧。她說她的那金項鍊就那個房子的價吧。人家一伸舌頭，她就說這是人家送的，說送的人也真是送太不夠意思。人家問怎麼不夠意思，她說送金項鍊也不送個墜子，自己配了這個雞心墜子，也花了我一兩千。人家只有瞪著眼睛望她，姑媽姑爺說說，你看她是不是個東西？

姑媽說，真不是個東西。姑爺說，這也是一種人吧。水蓮說，算了，不說她，說她也受累的！又還是忍不住說，她是個中專生，是個當老師的，怎麼是那個味！姑爺笑著插嘴說，那是個什麼味？水蓮說，我也說不出，但我曉得，感覺得到。

姑媽說著姑爺：你又想撈什麼素材？你自己還體會不到，當什麼作家？去去去，你還是去寫你的，我在跟水蓮說話，你就別插嘴好了。姑爺做個很聽話的樣子回到了書房，把個水蓮逗得笑了。

這裡姑媽又說，我勸你們還是請他們，總是勞了一道神的，不過是多兩雙筷子，再說小安也還是不錯的，在一起是個熱鬧意思，你先請了我們沒請她，到她口裡去了又是這這那那的，縱然再去請了她，她也還是有說的！她生就的那個味怎麼辦呢？她娘老子都不能改變她的，你還想改變她？我們也不能說不跟她往來，只要小安待得住就是了，你說呢？

水蓮點頭。這樣定下了。請的日子是初八。到了那天，小安不能來，他已背起行李下去了。縣裡還開了個大會，歡送那些下派的人。水蓮沒想到小安這麼快就下去的，只好以後再請他，其餘的人都在初八去了水蓮那裡。大安的爸媽也在廚房幫忙。

那房子是在沿河街。院牆外面是田地。田地過去不遠，是河堤。河堤的斜坡上是一片杉樹林，姑爺每天早上跑步，總是沿著那田埂，跑到那片樹林子裡做靜功的。那裡成了個早鍛練的場所，城裡的人都喜歡去那裡。

兩個大學生依著四樓的窗口朝那裡看。大女說，這裡看上去像一幅油畫。大女是美術學院油畫系的，她的眼光是油畫。二女是大學中文系的，對爸說，爸，當農民在田裡做事的時候，你從那裡跑過，他們望你或不望你，你內心是個什麼感受？爸說，答記者問啦？二女說，爸說說嘛。爸說，你這個問題問得有意思。告訴你，我總是有種不自在的感覺，人家在那裡體力的幹活，一身臭汗，我在那裡輕輕鬆鬆的跑步，也是一身臭汗。我想人家心裡會說，有那個跑的，來跟我一樣挖兩鋤頭！二女說，我想人家會說，吃飽了撐的！父女大笑。

窄窄的客廳裡，擺開了麻將桌，玉琢、趙英、趙英的哥哥及水蓮，剛好湊成一桌。大安和大安的母親堅守在廚房裡。他們聽到姑父父女三人在那樣開心的笑，就問，笑什麼呀，看到什麼好笑的呀？兩個大學生說，沒看到什麼好笑的。她們的爸說，笑你們一個個麻壇精英。趙英邊碼麻將邊說，把年一過不能再打了，年後公安局要大抓一傢伙的。玉琢說，他們抓他們的，我照樣打我的。姑媽說，喲，你幾大狠氣在哪裡？把你抓了，懲款還不說，還要送到鄉裡去勞動個幾天，你不怕的？

玉琢笑說，怕？那些個抓麻將的，我哪個不熟？他們怕我啊。姑媽說，你好大口氣，不怕涼了牙齒。玉琢說，你不信？姑媽說，不信。又說，我這也是被你帶壞了，一搞就拉著我來。玉琢冷笑著說，我拉著你來？手腳長在你身上，你不曉得不來呀？

姑媽有點惱，覺得她說話一點上下都沒有的，就說，你這是說真的還是說假的呀？水蓮趕緊說玉琢：取牌取牌。玉琢沒再作聲。公公說，玩也是要玩，不能玩傷了人。水蓮曉得這是針對玉琢說的，公公背地裡說過幾回，說玉琢只顧打麻將，連真真也不管，自己身上倒是穿得油光水滑的，到屋裡去一看，連個狗窩都不如的，不像是個做家的樣法。

玉琢也曉得公公是在借題發揮，朝公公橫了一眼。公公一抬頭，剛好迎接了這一眼，公公想說「你還不服是不是」，只說出個「你」字，被水蓮接過來說，玉琢，你還愣著，歸你打牌。這才把個緊張的氣氛緩解了。

他們打的是么半帶兩點，雖是不大，倒是挺認真的，輸贏都是會現的，一點都不含糊。水蓮忘了給玉琢五角，玉琢就說，你還欠我一點。水蓮哦著將一點還給她說，再不欠吧？玉琢說，親兄弟，明算帳。

兩個大學生看在眼裡，對她們的爸說，爸，你說給我們一人買一個電腦的，說話算數啊。爸說，你們兩個的腦袋是誰給的？兩個大學生說，電腦做電腦說，人腦做人腦說，「親兄弟明算帳」啊。她們的爸笑罵她們：混帳，你們！父女們又是哈哈人笑。

要吃飯了，麻將收場。姑媽贏了水蓮的，哥哥和玉琢沒贏沒輸。姑媽把贏的都給水蓮了。水蓮不要，姑媽塞給了好好。飯桌上，玉琢和姑爺坐一起，姑爺吃著那碗鹹菜，玉琢不住的給姑爺挾魚肉，姑爺笑說，玉琢今天怎麼對姑爺這麼關照呀？

玉琢說，什麼時候沒有關照姑爺呀？姑爺說，什麼時候也沒有這麼特別的。姑媽在一邊插嘴說，有所求呢。玉琢笑說，求什麼呀？她不承認。姑媽笑說，不老實。玉琢仍是笑說，趙老師言重了。姑爺說，你們說什麼呀？玉琢笑說，我跟姑媽說過。姑媽馬上插話說，喲，現在改口叫姑媽了，叫趙老師不是挺好嗎？玉琢說，別打岔呀。

玉琢就說起她不想在幼稚園當老師，想調個地方，到縣報社去，想請姑爺幫個忙。姑爺說，我能幫什麼忙？玉琢說，社長是姑爺的老同學，也是姑爺的老鄉，再加上姑爺的名氣，你去跟他說說，還能不買帳？姑爺說，你給我出難題。兩個大學生說，你還不知道哇？我爸從來是怕去求人的，他只曉得寫他的小說。玉琢說，姑爺為我這事去求一回嘛。這個事我也是跟小安說了的，我說我支持你下鄉可得，你要幫我調出幼稚園，調到報社，他說是也只有找姑爺。

姑爺說，我怕是幫不了這個忙。玉琢說，只要姑爺出個面就行了，別的姑爺就不管，好不好呢？姑爺說，在幼稚園好好的，幹嘛要離開幼稚園呢？姑媽說，我也是這樣說她的，論她的條件，比幼稚園其他人強：有水準，有經驗，又年輕。教育局的人都說她是個苗子，只要她好生幹，會給她些擔子挑的。

玉琢說，無非是當園長吧？我才不稀罕呢。我想去當記者，那個工作能更廣泛的接觸社會，能學到更多的東西，也更能發揮我的能力，我覺得。姑媽說，莫說得好聽，我曉得你：你就是坐不住，想滿處跑，除了打麻將坐得住。玉琢說，姑媽恥笑我呀。姑媽又在心裡說，你在幼稚園動不動就吼孩子，打孩子，還虧你是做母親的，一點愛心都沒得的，你走了，幼稚園巴不得。

過了上十天，小安跟玉琢一起到在姑媽家裡來了。玉琢手裡還提得有些子東西。姑爺一見就說，怎麼？學會了這一套？小安趕緊說，哪裡哪裡，這是人家鄉裡的同事送給我的一點豇豆，我就拿來給你老們煮飯吃，味才好呢。姑爺笑說，那倒是我頂喜歡的。姑媽說，以後凡是人家送你剝豇豆，你拿來好了。小安笑說是是是。

坐下來之後，姑爺問了些小安到鄉裡任職的情況，小安一一稟報，並要姑爺作「指示」。姑爺說，看來，你這頭開得不錯的。你要我作「指示」，我是寫小說的，叫我「指示」我小說裡的人物可以，我不瞭解你那個環境，也不能亂發言，我只說，自己收穫的，從來就是自己播種的。你懂嗎？小安說，懂。玉琢說，到底是作家說出的話不一樣。

姑爺說，你也不要調侃「作家作家」的，這是人生啟示。說個笑話的話，我曾把這話用在我的一些小說裡，有評論家評論說「金銳黔驢技窮，有時是一句話用了又用」，哈，「用了又用」，也只有這麼一句，就是黔驢技窮？這說明我對於這話入了骨髓不是？姑媽也笑說，安兒，我也說一句，你莫學你姑爺不謙虛！

小安問兩個表妹是不是到學校去了，問姑爺又有什麼大作問世，問姑媽身體好不好，末後還是姑媽笑說，安兒，再不說別的了，把你今天要說的主題說出來吧。小安笑說，沒什麼，沒什麼，還是玉琢的那個事，她說跟你老們說過的，我現在只是來落個實。要說主題嘛，是來看看姑媽姑爺。姑媽笑說，見你媽的個鬼，要你來看。不過這話還是說得好聽的——這就看你姑爺肯不肯動腳啦。說著就朝小安做眼色。

玉琢聽得出，姑媽在關鍵時候還是在為著她的。其實她對姑媽是挺敬重的，姑媽在幼稚園雖不是個園長，是一般的園務辦公室人員，姑媽的為人，姑媽的能力，姑媽對後起之秀的幫撐，對園務工作的影響力，都是絕對的權威。因為是玉琢對幼稚園工作的不熱愛，對姑媽的敬重就顯不出份量。

金銳只得去找他的老鄉。老鄉說，你說了的事，還有什麼說的呢？照辦就是，不過你要跟玉琢帶個信，讓她請我這做伯伯的吃餐飯，你做姑爺的陪同，看行不行？金銳說，看你說的，還有不行的？老鄉說，就這麼定了。

事情原本這麼簡單。姑媽跟玉琢一說，把個玉琢喜的。她連忙著手準備請客。姑媽出主意說，也把社長的老婆請得來玩一玩。請客的那天小安也從鄉下回來專門陪同。起先是打算請母親在家裡做得吃的，後來一想，在家裡也是麻煩，也不一定弄得好，如今人的味口大了，倒不如去賓館請，帶卡拉ＯＫ的，搞得像樣些。

金銳想不到他的老鄉那麼喜歡唱卡拉ＯＫ。社長的老婆說社長關起門來在家裡練唱了好多時間呢。金銳不敢恭維的是，唱得跑調，更談不上唱出韻味，只是敢唱而已。社長說他也只是為了適應形勢，來了客人，要陪同，要唱。過去陪同只是喝個酒，如今還要陪唱卡拉ＯＫ。你不會唱人家會唱，你像個傻子那樣坐在一旁，單單的人家唱，也嫌氣氛不夠。

社長想不到玉琢很會唱，真正是唱出了水準。社長對玉琢說，好，以後我就拜你為師。這一句話，確認了態度。那一桌花了四百塊。唱卡拉ＯＫ去了一百塊。玉琢過後對姑爺說，那四百塊錢，她並沒有出，是國給她出的。姑爺問國是誰，玉琢說國是城關派出所的一個小頭兒，小安的朋友。姑爺說，他私人出嗎？玉琢說，看你姑爺說的，哪有是私人出的，他既是頭兒，不就是簽個字的事？姑爺說，你真有些子好朋友！

玉琢聽出那語氣不是讚揚，就說，怎麼啦？姑爺又覺得點明了也無用，就說，沒什麼。玉琢說，我曉得姑爺的意思，姑爺也是少見多怪，這樣的事，算什麼呢？小菜一碟，你還沒見過大的呢。所以難怪寫不出轟動的小說！姑爺也挖苦她說，你懂小說！玉琢說，我怎麼不懂？我以前還寫過小說呢。姑爺說，你拿我看看。玉琢說，只是沒發表。又說，既然今後要幹文字這一行，我也還是要學著寫的，姑爺是門內師呢。姑爺說，最好饒了姑爺吧，你那水準。

七月裡，幼稚園學期結束，玉琢到了報社。報社也真是要滿處跑，真真交給婆婆照管，她一門心思在外頭了。外頭有飯吃就在外頭吃，外頭沒飯吃就回到婆婆那裡吃。婆婆也接受了這個事實。玉琢擻脫了，人也越發顯得少嫩了。公公婆婆也不好說什麼，只是水蓮有時愛在大安面前嘀嘀咕咕，說玉琢怎麼怎麼的，大安總不大願意聽，水蓮去找姑媽說，姑媽不好說水蓮的不是，只說玉琢的那個工作不比在幼稚園安定，玉琢那樣也是出於無奈。

水蓮說，我不是要個麼樣，我只是氣不過，她得了便宜唱雅調。姑媽說，怎麼唱雅調？水蓮說，她常在我面前說「老傢伙的飯菜做得一點也不好吃，越來越差了，像是有意這待承我，要攆我走似的」，姑媽聽聽，這是什麼話？還一口一個「老傢伙」！她在我面前挑，說你莫看老傢伙的表面好，心裡才不好呢，說是看她生了個兒子才把她這麼當人的。那言下之意是我生了個好好，不是兒子，就不把我當人了？我不相信老人會說那樣的話。姑媽說，她胡說八道。水蓮說，她口裡的話，十句只能聽一句，還有半句是不能用的！

水蓮還說玉琢又奸又狡。有回玉琢手裡提著好多蘋果，迎面碰到水蓮，水蓮正牽著好好，玉琢還跟她說了幾句話，玉琢搭口都沒說把幾個蘋果給好好吃的。水蓮說，不是人沒吃過蘋果，而是她那躲躲藏藏的奸狡樣子！好好拿眼睛望著蘋果，我把好好手一扯，好在好好懂事，不望了。待她走遠了，我的好好才說「媽媽我要吃蘋果」，我就下狠心給她買了好些。

好好在一邊接話說，媽媽，你記錯了，不是買了好些，你只買了一個，人家不賣一個，你還跟人家吵呢。水蓮笑罵好好：個鬼東西，你還揭老子的底。姑媽聽著心酸。知道好好喜歡吃蘋果，姑媽家裡總買得有蘋果，只要好好一來，姑婆拿出來給好好吃，所以好好也總是對媽媽說「我要到姑婆那裡去玩」。其實是要吃蘋果。

小安在鄉下幹得不錯，報上報導過他「新官上任三把火」政績，縣電視臺的本縣新聞欄目裡，有關於他的畫面，姑媽姑爺看了喜歡，常常議論「小安是有出息的，就是沒多讀幾年書」，接著就要感歎大安的「機會不好，耽誤了」。

有天晚上很晚了，小安來了，姑媽姑爺問他這晚來了，有什麼急事？小安的臉色並不開朗，不是以前的樣子。姑媽說，怎麼啦？像要下雨的？姑爺說，是不是工作不順利？小安說工作很順利，只是家裡有些子不愉快。姑媽趕緊問，什麼事？小安欲言又止。姑爺去給他倒了杯茶，他喝了幾口，就說，我真是不好說。姑媽說，在姑媽面前，還有個麼事好說的。小安說，我這話也只能跟姑媽姑爺說，也不能跟爸媽他們說，更不能跟戴玉琢說。

姑媽說，到底是麼事啊？小安說，別人跟我說，她跟國有一手。姑媽心裡一驚，表面還是平靜的說，是瞎說吧？怎麼會呢？縱然她是愛玩些，愛打扮些，也不至於那樣做吧？小安說，我也不是嫌她愛玩愛打扮。我也沒抓住她的什麼把柄，我也只是聽說。有一條，我是再不准她到舞廳去跳舞的。一跳跳到深更半夜，把個真真丟在屋裡不管，姑媽姑爺說說，那像個什麼樣子？

姑爺只是默默點頭。姑媽表態說，那是不像話！又加追一句：要真是那樣，那是不像話！小安說，怎麼不是那樣呢？一點也不假的。我來之前還說了她的，她還有些子不受頭的，反正我是說了她的，我說你以後再跳，我就有我的法的！她見我惱了，才軟下來，說要是陪個客什麼的，社長找到我頭上了，你說我跳不跳呢？我還是說不跳！她一副老實樣子，也叫我心軟了，我也是不大信她會跟國做那個事。

小安心善，漸漸說得平和了。姑媽勸了他些話，叫他不要輕信，也要有肚量，自己是一鄉之長，弄得不好人家笑話。小安最後的意思是，要姑媽找個機會跟玉琢談談，讓她注意些，自重些。後來玉琢也常常到姑媽家來，不是來談工作，不是來談思想，是來拉姑媽湊腳打麻將。姑媽偶爾應邀，有事不能去，玉琢也不急於走，而是坐下來跟姑爺談話。有姑媽在旁邊，那些話題比較一般，姑媽不在旁邊，那些話題既廣泛，又深入。一老一小有得一談的。

有天姑爺問玉琢關於跳舞的事，玉琢說，我曉得的，小安跟你們說了的。姑爺不置可否。玉琢說，我還是依了他說的，有時也不是由我跳不跳的，他就不理解。姑爺說，那就要好說，好生解釋。玉琢說，我是好說，是好生解釋，他心裡總還是不滿，總還是有疙瘩。姑爺你說說，社長叫到頭上來了，我能說不？有回社長要我陪省裡的一個老頭跳，我就是七不願意八不願意的，社長還對我有意見呢。再說是社長接收了我，我不好不聽他的，潑他的面子，是不是的呢？

玉琢有玉琢的理。姑爺說，你也應當理解小安。玉琢說，我理解，我要是不理解我也不會依他。總起來說，我也覺得小安是不錯的人，也是屬於優秀的那一類，我還是愛他的，要是換了別個，怕是我早就跟他拜拜了。姑爺聽出她話裡有話，挑明說，我也聽說了，你是不是喜歡上另外一個人？玉琢並不迴避，說，也不是那樣說，只是玩得好而已。

姑爺故意問，誰？玉琢說，你不認得的。姑爺說，你只說是誰。玉琢說，跟小安玩得蠻好的，派出所的個小頭目，叫國。姑爺說，哦，曉得了，我有時上街，碰到你跟他在一起走的那個瘦瘦的，臉長得像刀片組成的，個子還挺高的，是不是？玉琢說，作家真是會形容。又說，莫以為我跟他就怎麼樣了。姑爺不會是那種世俗眼光吧？

姑爺不說出也不說進，只帶笑。玉琢說，國是他的朋友，凡是他的朋友，我都是不怠慢的。我只不過跟國談得來些，有好多共同點，在一起總是有話說罷了，比跟小安在一起叫人快活多了。跟小安在一起沒得話說，要說也是找話說，說的也只是些家庭啦，孩子啦，父母啦，真是沒意思！

姑爺這才說，我說你這情緒很危險。玉琢說，我也覺得是危險，不過我還是能夠自制的，小安雖然沒說我什麼，他不准我跳舞，其實也有這個因素。他跟我吵過幾回的，他還動手打了我——這個可能沒跟你們說吧？有時我就想，我巴不得跟國有個什麼才好呢！國要是很主動，我想我也會做出好事來的！太氣人了，把我的眼睛都打腫了，有好幾天我都不好意思出門的，姑爺曉不曉得這些個呢？

玉琢說得哭了起來。姑爺還是勸她，說些「人正不怕影子歪」的話，玉琢止住哭說，他再要是打我，我就要鬧翻了他的！正說著姑媽回來了，見玉琢眼淚巴沙的，就說，這是為麼事咧？玉琢只有支支吾吾的，姑爺幫忙打掩護，待玉琢走了，金銳才告訴趙英。

趙英說，個賤女人，你跟她說什麼呀說！我早就意識到了的，那個國經常跟她在一起，我又不是沒看見的！每天跳舞也是跟他去跳，她說是陪客人——聽她的！不是那樣小安敢打她呀？打了她還那樣綿巧呀？我說了：一個男人和一個女人到了那個程度，饒沒事也離有事不遠的。我們幼稚園的人也都曉得，老實說，叫我臉上也無光的，她還有臉到這裡來說！金銳笑說，她不來說，我也就沒有那麼好的素材，是不是？趙英學著他的腔調說，是，怎麼不是呢？說著噗哧笑了。

趙英常常到哥嫂那裡去看看，有時是跟金銳一起去。哥嫂年紀大了，三病兩痛的總有，趙英有時提點子東西去，哥嫂也總不叫她放空回，小安從鄉下帶回來的也好，自己買的也好，總有回個手的。一來二去的，倒是越來越親熱。以前老娘在世，嫂子對老娘有些子刻薄，姑嫂常常失和，把個哥夾在中間，不好說話。趙英當然是對哥有不滿，總是說，你也要老的，你也有兒子，我看日後你兒子怎麼待你吧，你就是你兒子的榜樣！嫂子在旁邊聽著，只有閉言不出。後來是哥嫂的兩個兒子大了，不是這事就是那事的，也總有些子事找趙英，或是找到姑爺頭上，從來都是不推不辭地替他們維持好，哥嫂覺得最親的也還是自己的妹子一家。

玉琢漸漸顯出對哥嫂不孝的形景之後，趙英在心裡說，報應來了不是？不過趙英也還是為哥嫂好，對玉琢不瞞。趙英從來不挑起這些話來說，只是在哥嫂對她說起的時候，她才說幾句該說的話。有時是哥嫂一起逛到她這裡來了，還氣喘喘的上到她的五樓，來跟妹子訴玉琢帶給他們的苦處。

嫂子說，你真是要替我去說說這個女人，她太不像話了，她完全不把她的個男人放在眼裡，小安那天回到城裡來，被人家叫去喝酒，喝醉了，回去倒在屋裡，吐了一地，像個死狗了，她沒眼睛看似的，不管他，還是去跳她的舞，把個真真往我那裡一丟，乾淨撇脫地走了，你說是不是人哪？後來是真真要回去睡，我送他回去，才撞見了，小安已經是不省人事，我趕緊去叫大安。後來還不是大安把小安背到醫院去灌腸的？醫生說，再遲來一步還不行呢。就是這麼個東西！我是前世作了什麼孽，要遭到這樣的報應啊？說著牽起衣服角揩眼淚。

哥這時反在說嫂子：都是你！都是你慣壞的！你從一開始就是十個手指把她捧著，說話都是細聲細氣的，生怕她飛了的，弄得水蓮也說你厚一個薄一個，你說是不是？嫂子一聽火了，顧不得自己的傷心，衝著哥說，你還說我，你沒說說你自己！你總是在人面前吹噓小安，不說是把大安壓著，大安聽了怎麼想呢？好像大安不是我生的，是從大橋底下揀來的！我聽你吹小安我就有氣的，你這不是在縱著玉琢呀？玉琢是太丈著小安比大安強，才那樣有狠氣的你曉不曉得？

哥也火了，說，這都是你口裡的話，我才不是那樣呢，只有你自己——你看著她是生了個兒子，你就那樣！你說你有氣，我也有氣呢——好好就不是我們的孫子？嫂不承認，說哥是「胡說」。哥說嫂是「胡說」。趙英說，你們都少說兩句行不行？還相互埋怨，還大聲武氣，也不怕隔壁鄰牆的聽見了好笑！過去的事不說，說了也沒用，只說現在！不是我說你們，你們也該拿個正！他們也不是三歲的小孩子，他們是養孩子的人了，當說的就要說，還那樣籠著糊著哄著做麼事！

趙英說的些子話，哥嫂也還是入耳的。金銳也適時的剖析說，玉琢是屬於現代派的那種人，享受現代生活的意味很濃，有時也在抗拒現代生活的誘惑，不然還要糟。哥說，照你那樣說，她還是在努力克制自己啊？金銳說，是這樣。哥說，那也是你口裡的話。金銳接著往下說，你聽我說，小安在政界，還要圖個發展，他不想讓他的家庭生活影響了他，不管玉琢怎麼樣，他還是控制得住的。在大的事情上，玉琢還是服他的，所以他們不會有大的波折，至少目前是這樣，你們也不要過於的擔心。

嫂子說，不擔心才好呢。金銳說，至於大安，本份，屬於那種隨遇而安的人，多少高人想達到這個意味還不能夠呢。嫂子笑說，那是姑爺在抬舉他吧？金銳說，不是抬舉，是真的。再說水蓮，她是農村人，吃苦耐勞，勤儉持家，識大體，只是嘴巴碎些，心裡有話裝不住，一根腸子通其屁股，做人倒是真誠的，所以跟大安是配對蠻好的。只是說他們窮些，是「第三世界」，你們要扶持些。依我看，他們活得實在，人情味濃，《天仙配》那曲戲裡唱的：夫妻恩愛苦也甜。

嫂子笑說，經你這一說，那我不是沒氣慪了？金銳笑說，就是嘛。趙英也笑說，他呀，他當然是不慪氣喲：有人弄得他吃，弄得他穿，百麼事不愁，只想著當他的作家，還有什麼慪的？

趙家平靜了一段日子。趙英到哥嫂那裡去，或哥嫂到趙英這裡來，也不再說起玉琢的長短。哥嫂的心情舒暢了些。尤其是哥，每天早上起得早還不說，還要去城東河堤的杉樹林子裡走一圈，在秋天的清晨裡，跟他差不多年紀的人說笑著去來，有些老年人的耳朵裡還塞著個耳機聽新聞。

金銳早起跑步也常常碰到哥，跟他打個招呼，哥就跟別人介紹說，這是我妹夫，是個作家，專門寫書的。人家說「曉得曉得」。哥問：怎麼曉得的？人家說「看了報紙」。哥問「報紙上怎麼說」？人家說報紙上稱金銳是「五十歲的『新秀』」，寫散文寫雜文寫小說三管齊下，「震撼半壁河山」。因為哥沒看到這張報紙，問人家是什麼報，是哪天的報。哥去找到那張報紙，一看署名是戴玉琢，就說，她還曉得吹棒姑爺呢。

有天早上碰到哥，哥邀請金銳跟他一起過早，去一家餐館吃牛肉豆絲。那個餐館在個背街，房子很破舊，擺了十幾張桌子，人都坐得滿滿的。兩塊錢一碗，是金銳搶著掏的錢。金銳吃了幾口，感覺著那個味道非常好。哥說這都是拆骨牛肉熬出來的，原湯原汁，一點也不摻假的。這拆骨肉又爛，又鮮，又是低脂肪，高蛋白。說辣也不是很辣，說不辣也還是有些子辣呼呼的，吃了叫人冒細汗，舒服得很。這豆絲也細活，你看這青白色，是摻的綠豆。有的做豆絲是摻的黃豆，黃豆沒得綠豆好，綠豆做的豆絲味長些，所以我差不多是天天來的。

金銳呼呼啦啦把那碗牛肉豆絲吃完了，一點水也喝得不剩。人越來越多，而且桌上的蒼蠅也越來越多，有人在嫌，有人在罵，還是想到這裡來吃。廚房那邊已排起了隊，收拾了的碗筷都丟在大盆子裡，服務人員來不及洗，那些吃客卻是自己去洗一個碗，拿著碗排隊，讓那個衣服穿得髒兮兮面相卻是長得不難看的小姐往那些碗裡盛。金銳就想，人家說好酒不怕巷子深，真是沒得錯的。這麼個髒兮兮的地方，有人偏要來，有的還是些有頭有臉的人物。金銳也想天天來。

金銳還在等哥慢慢吃。哥邊吃邊問他「她在屋裡吃麼東西呢」，這是指趙英。金銳說，怕是還沒起來呢，等我回去之後問她吃什麼，再給她弄，還是給她買，待她作了指示，她才慢慢起來。她過個早，不曉得弄得我幾難，這不吃那不吃的，不像我，好吃不好吃無所謂。

哥說，是的是的，我跟你是一樣的，她跟她嫂是一樣的。這不，我吃了也得回去管她的。正說著，聽到一個聲音說，你老們也在這裡吃呀？兩個人都抬頭一看，見是水蓮的弟弟水生。哥說，你怎麼早滿早從鄉裡來了？吃了嗎？我去給你買。說著就要起身。

水生一笑說，我是送豆絲來的。水生朝門口一指，那裡停著一輛自行車，車架上梆著個大筐子，筐子裡裝的就是豆絲，堆得有些滿。有一個人進來說，喲呀，你今天怎麼來晚了？差點把人的雞巴都急彎了！你再要遲來一步，就要停擺了！得虧昨天還剩得有些子，不然今天開不了門的！

原來水生就是給這家餐館供豆絲的。他說他是這兩天才開始跟這家餐館掛上勾的。他不知道搞不搞得長。說著他去卸下那些豆絲。臨了，水生去弄了兩個塑膠袋子，裝滿了豆絲，一人給了一袋說，拿回去炒得吃，趁新鮮。他們兩個說著「不要」，那袋子已到了他們手裡。水生要去忙自己的事，剛轉身，又說，要是碰到我姐，就說一聲，說我等會子要來的，也送點子豆絲來的。

他們答應著離開了，還一路議論著，說水生「這倒是個門路」。哥愁起了大安，說大安也要找個門路才好，大安老是那樣兩頭不落地，怎麼是好？金銳說，看吧，看我能不能給他想個法。兩個人才分手。

金銳回到家裡，看到水蓮正在家裡坐著。水蓮見了金銳說，姑爺早鍛練了的？趙英看到他手裡提得有豆絲，說，你怎麼想到買這個？金銳把碰到水生的事說了，水蓮說，我曉得的，我爹在家裡搞豆絲加工，我爹做豆絲原是不錯的，在我們那個地方有名的。姑爺說，水生說等會子要到你那裡去的，也說要送些豆絲去。水蓮說，好好喜歡吃那，尤其是炒得吃。姑媽笑說，我也喜歡吃，好好是接我的代了。

金銳說明天早上帶趙英去吃牛肉豆絲，問趙英去不去。趙英說不去，她不喜歡吃那個水煮的，吃了嘞酸水。金銳去給她炒豆絲，問水蓮吃了沒有，水蓮說吃了來的。姑媽問她吃的什麼，她說是剩菜剩飯一煮，加點油鹽，好好也喜歡吃。我也喜歡吃。

姑爺聽著心裡酸酸的。他想，那個生活，要是我，一天也過不下去的，水蓮還說喜歡吃！於是說，水蓮，你那裡，一個月下來，能不能拿個三四百塊錢？水蓮笑說，哪有那麼多！姑爺說，多少？水蓮說，二百就是到了頂的。姑爺說，我想出面讓大安調個事做，你看怎麼樣，你回去跟他說說。姑媽說，你姑爺主動提出來幫別個找事做，少有的。水蓮說我曉得，把頭低下來了，再抬頭，眼眶裡已是濕潤潤的。

不一會姑爺把豆絲炒好了，端到桌上來。姑媽說，水蓮，你還吃點。水蓮說「不吃」，姑媽還是說「吃點吃點」，叫姑爺去拿個碗來，勻出一些。姑爺說，我炒得有多的，是打算水蓮吃的。接著把那一碗盛出來了，水蓮雖然是講著禮性，還是把那大一碗吃了。她走了之後，姑媽歎惜水蓮，掉眼淚。

金銳說，所以我才想著要給大安調個事做的。又問，她這早跑得來，又是為麼事呢？趙英說，她說玉琢昨天跟她說，玉琢和小安想把家裡的老屋給拆它，想改做成樓房，問水蓮他們願不願意，要是願意，商量著一起做。金銳說，願不願意呢？趙英說，你想願不願意？她們吃的都顧不上，還去做樓房，那不是發了瘋？他們有錢，他們發起燒來，也不替大安他們想想！金銳說，他們有錢？趙英說，你關著門不出屋，你不曉得外面的世界！人家說「秀才不出門能知天下事」，你百麼事都不知！

金銳不反駁，只是笑。趙英說，小安這一年下去，就發財了！他抓了幾個像樣的鄉鎮企業，抓出些名堂，人家什麼不往家裡送？只是不送白粉不是妓女就是！金銳說，我昨天倒是看到一篇報導，說內地一個政府官員代表某機構到深圳去談判做生意，談好了，官員就是不簽字，對方不明箇中原因，派了兩個漂亮小姐陪他玩，我也不記得是一個還是兩個，漂亮小姐的任務，就是要弄清那個官員為什麼不簽字。

趙英說，你不用說了，我曉得了。金銳說，你曉得什麼了？你看了那報導的？趙英說，沒有，我猜也猜得出：那個官員不簽字的原因，就是要講條件。金銳說，對了。思路大體不錯——那官員什麼條件都不提，還是衣冠楚楚，相貌堂堂的，只是在跟兩個漂亮小姐跳舞才和顏悅色。跳了幾天，跳上了床，快活夠了，才對兩個漂亮小姐說，我當了將近四十年的官，都是白過的，今夜我才算是過了真正的人的生活！

姑媽罵：混帳東西！金銳說，天一亮，官員打電話給對方說，我簽字——你說，這不是送妓女呀？趙英說，腐化到這個地步，怎麼得了？昨晚我還聽到廣播裡說，陳錫聯生活腐化什麼的，一個人腐化是一天兩天的事？出了王保生的事才牽出他的腐化，怎麼就沒有一個慧眼呢？怎麼都是事後諸葛亮呢？我越想越糊塗的！

金銳不想討論別人的問題，還是回到原來的話題上說，小安已經變成那樣了哇？趙英說，為人不做官，做官是一般。金銳說，我不信小安是那樣。趙英說，你不信是你不信。你要走出去看看，你要深入生活，不然你能寫出個什麼東西來？金銳笑說，我是生活在真空裡呀？你深入生活，我深入你嘛。

趙英大笑，說你還邪了！金銳也大笑說，我邪什麼了？兩個人心照不宣地笑在一起。

水蓮回話說，大安不想調換工作。大安說就那樣好，廠裡不景氣，上不上班無所謂，倒還自由些，替人家修理家電也有的是時間。水蓮說大安想找幾個人合夥搞個家電維修店什麼的，姑爺說這想法好，人們的生活水準提高，家電是個發展趨勢，維修自然也是得跟上去的。我們不像某些發達國家，用壞了一丟，再賣新的，不說我們是浪費不起，就是浪費得起，也不得那樣浪費，我們有我們的民族傳統：物盡其用。

不久大安真的跟幾個人把那個店搞起來了，不過不叫店，叫公司。是大安牽頭，別人見他為人忠厚，本份，辦事穩當，讓他當了經理，腰裡也別起了ＢＰ機。水蓮笑他是「腰裡別著個死老鼠，假充打獵的」。他說，我以前也在心裡笑人家，其實那是個好東西：有個麼事，無論我走到哪裡，我們的人一呼，就聯繫上了，以前是我們沒進入那個狀態，所以才說不好。

水蓮說，我聽人說，那個東西，外國人把它叫「臭狗屎」。大安說，那是說它討人嫌。在我們這裡也開始討人嫌了，一些中學生也有，老師上課，它也叫起來。在那些需要安靜的場合，也亂叫一氣。有人把那個東西當好玩，玩味的那種，淺薄得很。

水蓮發現大安會說了，就笑說，你現在的屁不要石滾軋了！大安說，其實我不是不會「屁」，只是不需要我「屁」的時候我才不「屁」，「屁」了也沒有用的。水蓮笑彎了腰，說，我還沒發現這麼個連「屁」直「屁」的人！大安要抓水蓮，水蓮不避，兩個人正要摟抱一下，大安腰裡別著的那個東西嘀嘀嘀響了，大安要出門，水蓮說，真是個臭狗屎！

是小安呼大安。大安去回了電話回來，水蓮問，什麼事啊？大安說，小安他們還是想拆了老屋做樓房，要我們表態。水蓮說，我們表態！我們表態沒得錢！我們不像他們，有人往屋裡送！大安說，說那些幹嘛？水蓮說，要表態你表態吧，我是不表的！你以為做個房子是小孩子「辦家家」，容易啊？你沒算算，得幾多錢？為你那個「臭狗屎」的些事，已經是借了一屁股的債，還想到哪裡去借？大安說，我們這不是商量嗎？水蓮說，商量！商什麼量？我曉得你，你是想做，是吧？大安笑說，你就是這樣一炸雷，你還要不要我「屁」兩句呢？

水蓮哧的一聲笑了，說，你「屁」呀？大安說，我老早就在想的，我們有自己的老屋，這樣花錢住在外頭，也不是個事。聽說馬上要實行房改，這住房得買下來，少說也得個幾千塊，有買這的，我們何不回去住呢，那是一個錢也不花的。

大安說，小安他們也是這個考慮。他們條件好些，想重新做，我們條件差些，不想重做，他們肯定是要做的，那就是說不管我們想不想做。水蓮說，他們怎麼就這麼霸道？大安說，也不是霸不霸道的事，他們有他們的想法。他們說，要是能一起做呢，那更好，要是我們不想做呢，他們就做他們的，把我們的一半留給我們。水蓮說，他們說做就做，他們說不做就不做，由他們說了算？兩個老人還在，得老人說才算！大安說，老人也不好說出說進，只要我們不是敗家，怎說怎好的。

水蓮說，那是欺窮——他們做，我們不做，一家不像一家，兩家不像兩家，成個什麼樣子？虧他們說得出，那不是叫我們難堪也是叫我們難堪！我說老人也應當拿正，也應當想到我們現在是怎麼在過！大安說，我也是不想難堪：你做我也做，不過是多扯些債罷了。又笑說，反正是蚤子多了不癢，債多了不愁。水蓮說，你說得倒輕巧！大安說，天無絕人之路，活人不會被尿脹死。水蓮說，好哇，我們娘倆沒得飯吃就找你！她把好好拉過來摟在懷裡親著。好好說，我不光吃飯，我還要吃肉。說得大安水蓮笑起來。

又是到了春節的時候。一家人都添了新衣。給姑媽姑爺拜年，不再是空著手。水蓮說，今年請姑媽姑爺吃飯，決不再是請姑媽姑爺吃鹹菜的。姑媽說，我還是喜歡吃鹹菜，別的你最好儉省些，是那樣我就去，不是那樣我就不去。

春節過後，趙英已經有好長時間沒回去看哥嫂了，有天她跟金銳說一起回去看看，金銳說，你不知道哇？趙英說，知道什麼？金銳說，老屋拆都拆了的。趙英聽了一驚說，拆了？已經拆了？金銳說，我還以為你曉得的，我見你沒說起，我也就沒說的。趙英就怔怔的，接著就突然捶起了桌子說，我真是想不通，怎麼就不跟我說一聲呢，不打個招呼呢？我真的就是「嫁出去的姑娘潑出去的水」？就這麼乾淨？憲法上也沒說「嫁出去的姑娘」就不能有繼承權，老屋還有我一份！金銳說，哎喲，你還動起干戈來？你從來不計較那些事的，現在還計較起來了？你還指望分你個一磚半瓦呀？趙英說，不是計較不計較，凡是總要有個禮性，跟我打個招呼，我肯定不得要，打個招呼也只是把人當個人，說起來還是有我這個妹妹！

金銳任她去說，他知道趙英也只是說說而已。可是趙英這回並沒有「而已」，她想著父親的早死，想著母親拖兒帶女的創業，潸然淚下。趙英的三個孩子也是母親幫忙拉扯大的。母親起病的時候，是在趙英跟前，趙英金銳都要送她上醫院，母親不，母親堅持要回老屋，怕的在外頭死了。母親死在老屋，是完成了她創業的一生，圓圓滿滿。趙英常常回老屋去看看，何嘗不是在寬慰母親的靈魂呢？如今老屋拆了重做樓房，趙英好像無法再尋回母親了，所以傷心。

金銳不去勸她，怕的絆動她的那根筋，反而麻煩了。過了幾天，還是趙英提起來，對金銳說，我們什麼時候還是回去看看吧。金銳故意說，我不去，要去你一個人去。趙英說，怎麼啦？金銳說，他們做房子，連個招呼也不打個，他們眼裡還有我們啦？趙英說，你說話簡直不怕涼了牙齒，與你什麼想幹？要你這樣挑起來說？金銳說，你莫搞錯了，我這是為你喲。趙英說，要你為我！我不說什麼，你還說起來了。金銳暗笑，說，我還不是聽你的呀？

老屋的地基早已清理，開始打樁灌漿，地底下已經伸出粗粗的鋼筋。原老屋的面積有一百八九十平方米，現在看著，就那麼一點子，真是「屋不占基」。哥站在小街對面屋的廊沿下，看著那幫人施工，像個監工似的。

哥見了他們兩個，迎過來說，你們來了？又說，沒地方你們坐。金銳說，不坐。趙英說，我們總說來看看的，現在才有點時間來。哥說，要你們關心。趙英見哥又黑又瘦，說，你怎麼像變了相的？哥說，那就不提，從拆房的那一天起，一應事務都是我的，日裡夜裡，吃不當餐，覺不當時。雖然連拆帶做是包給人家去了，但如今的人做事，你們是曉得的，能哄則哄，能騙則騙，你不盯著點你就吃虧。這做房子又不比是別的事，馬虎點就馬虎點，百年大計呀，能馬虎的？

趙英說，他們呢，他們都不管哪？哥說，他們！說他們！小安在鄉裡，他忙他的去了，叫他怎麼管？玉琢才懶得管呢，不過她也常來看哈子，穿得像個大小姐的樣法，生怕身上沾了一點灰的，只是老遠的看哈子，像看新奇，日後是她的房子，她想看一日一日的是怎樣做起來，見了我連個話都沒得說的！大安倒是來替我幾回，他也是要忙他的生活，是我不讓他來的。是水蓮見我這樣看不過眼，天天送飯我吃，也把你嫂接到她那裡去住。至於我，這對門屋裡讓我擱了個鋪，也好照應些。這屋成了，我不掉一身肉還下得了地的？

正說著，水蓮送飯來了。水蓮老遠跟姑媽姑爺打招呼說，姑媽姑爺都在這裡？姑爺笑著點點頭。姑媽說，你這是送的個什麼飯啊？是中飯又太晚了，是晚飯又太早了，中不中傍不傍的。哥笑說，我才說了的，不就是這樣？也不怪他們，是我自己把自己的生物鐘搞亂了。

哥接過來吃飯。菜有青菜煮千張，有蘿蔔燒肉，還有鹹菜。姑媽笑說，生活還不錯嘛。哥接話說，她總要弄點肉或魚的，我就喜歡些青菜，再就是這鹹菜。

哥邊吃邊跟金銳說話。水蓮趁機把姑媽拉到一邊說，姑媽，我也是想幾時到你老那裡去談談家常的，也總抽不出時間來。這咱碰到了，也正好。姑媽說說，看是幾氣人啊。姑媽就笑說，又是麼事氣人呢？水蓮說，你老不知道！這地基剛好是一百八十平方米，一家八十平方米，不多不少的。他們要做三層，我們只能做兩層。當然，三層是三層的錢，兩層是兩層的錢，各出各的錢，這沒得麼事，問題是誰做前頭，誰做後頭。他們說他們要在前頭，他們說前頭是臨街，三層做在前頭好看些。我就知道他們是怎麼想的：前頭的門面可以出租。他們把尾巴一翹，我就曉得要拉屎！他們就諒我做不起三層，姑媽你說，氣不氣人？

她眼圈紅了。她朝姑爺和公公那邊看了看，他們還在說著話，沒注意這邊。她換了個姿勢，把背對著那邊，繼續說著那些子事，不容許姑媽有個插嘴的餘地，姑媽只是不斷點頭，不斷「嗯嗯」，讓她一直說下去。

水蓮說，是我急了，跟他們說，我要做三層，我在前頭做！大安說我「發了瘋」，我是發了瘋，氣得人發了瘋！大安是老大，應當由老大來選，普天下是這個理，老大讓了，那才是讓了一說，怎麼他們就先不先的說他們要做在前頭？我不服那個黑桿子稱，我偏要在前頭做，我曉是不做三層，我也要在前頭做，看他怎麼樣——他當了官就狠些？

她一氣之下說了好些，回頭見公公的飯已經吃完，她用手揩了揩淚痕，裝出笑來，走過去拿碗，還跟姑爺搭話說，讓姑爺姑媽一直站著說話。哥也笑說，八月裡就可以請姑媽姑爺在新屋裡坐的。

離開之後，趙英把水蓮說的話過給金銳聽，金銳說，哥也說了些子話。趙英說，怎麼說？金銳說，哥說還是水蓮他們讓了步，兩層做後頭，條件是做前頭的要幫後頭的三千塊，而且哥嫂還拿出積蓄，一家幫五千塊，餘外還多幫後頭兩千塊。水蓮前後一想，哭了一場，也就算了。

趙英說，水蓮他們也是遭孽。金銳說，你不也是遭孽呀？趙英沒聽懂，說，我遭什麼孽？金銳笑說，你個「潑出去的水」不是遭孽？趙英這才笑說，你還提那！又說，你還莫說，我要我一份也要得，不過我也想穿了：沒意思。我一向大度，不跟哥嫂他們計較，哥嫂覺得我這個妹不錯，才時時放在心裡，才有個什麼來找我說。按說，他們是哥嫂，大些，我有個什麼事，該去找他們說說才是，現在倒過來了，也可見是有意思的。你當作家的，是挖掘人物內心世界的，你說我說的是不是內心世界？再說我要真是要了，那還能有手足情？狗屁情都沒有的！我要了，在那地腳上跟他們一起做房子，跟他們住在一起，我的天，那還能有我的安靜日子？不說別的，就是那兩個小傢伙，成天往你屋裡鑽，姑婆前姑婆後的吵你，你能不讓他們吵？

金銳笑說，你的內心世界真是叫你自己挖掘了！趙英說，那不是可以當作家了？金銳把聲音壓小了些說，可以當作家的老婆。

話說水蓮回到家，見水生在門口，就說，怎麼，屋裡沒人哪？水生說，我才敲門，沒人。水蓮哦了一聲說，你哥出去了。

水生現在也是好了，那個牛肉豆絲餐館由水生承包了，水香也來餐館幫她哥的忙，他們在城裡也租得有住房，老父親還是在鄉下做豆絲。

水生進屋了，水蓮說，不是有什麼事吧？水生說，沒什麼事，來坐哈子。水蓮笑了，說，我被嚇怕了，總怕有個什麼事，你一般也不來，來了也總是有事的，我心裡就總有些子慌的。

水生笑說，像你那樣總想著出事還行？怎麼就不想著有好事？姐笑說，好事，當然，但願。你的生意還可以吧？水生說，總不是破絮包腦殼朝前撞，也不怕把頭撞破的。水蓮說，有你這樣想就好。水香呢？她怎麼沒來？你那生意不是上午十點鐘就差不多了嗎？水生說，那是的。說著自個笑了。

水蓮也笑說，想到什麼好笑的？水生說，姐還不曉得呢。姐遞給他一杯茶，說，你不說我怎麼曉得？水生說，水香在跟人談戀愛呢。水蓮笑說，到城裡來了幾天，就慌了的！水生說，談也談得，二十三歲了。水蓮說，你呢？你沒想你二十幾了？水生說，我不慌，我想先立業，後成家。水蓮說，志氣倒是不小，要是媽在，單聽你這話，也就高興死了的。說起媽，水蓮就難過。

水生說水香談的對象是個武漢人，在武漢做事。水蓮說那是怎麼認得的呢？水生說，那人出差到我們縣裡來，一連幾天去我們那裡吃牛肉豆絲認識的。水蓮笑說，怎麼這快就談起那個事呢？水生說，細事我就不曉得，我只曉得我一接電話就是那個說著武漢話的人，聲音倒是蠻好聽的。水蓮說，你個鬼，小心她上當受騙！水生說，我說姐，你以為二姐蠢哪？我提醒過她，她說「豆芽菜還要屎澆」，她得意著呢。水蓮說，個小蹄子，還瞞著老姐！水生說，二姐也不是瞞著，才將也是說要來的，一出門，那個傢伙就找她來了。水蓮笑說，你也要對人家客氣點，別「那傢伙那傢伙」的，「那傢伙」成了你二姐夫你不認了？

姐弟哈哈笑。水生順便提起個話說，姐，我想到個事，不曉得你幹不幹。姐說，什麼事，你說。水生說，我能不能在你那兩層樓上再加兩層？我們一起做，我出四股之三的錢好不好？姐一笑說，你怎麼想到這個頭上了？水生說，我想著這樣姐弟能長住在一起，我也算是在城裡落了個腳。說直點，我也是省了個地腳費，但我還是想多出錢為姐擔待些，姐說呢？

姐把臉一沉說，不行。一口回絕。水生想不到姐這樣不留餘地，說，怎麼不行？姐說，你個蠢傢伙，你沒想想，你是我娘屋裡人，我不會說麼事，親弟弟嘛。你也不想想，我是在婆屋裡，你來跟我婆屋裡人攪在一起，長日長時的，那裡沒有個磕磕絆絆的事呢？磕絆起來，是說你還是說我？再說你也是曉得些的，玉琢是饒人的個角？那張嘴巴扯東搭西的，不用我細說你也是看到些子的，你跟她擱得一早晨的！我是沒辦法，實在是分不開，要是分得開，我還不是想避得遠遠的呀？水生笑說，欠缺是有，也不至於那樣吧？水蓮說，你姐是麼時候看錯人的呀？

水生不作聲了。水蓮走到他跟前說，不是姐不願意，你懂不懂？水生說，懂。水蓮說，那你說借錢給姐做房子，到底借幾多呢？水生說，我說了的，八千，還反悔呀？水蓮說，過個幾天就要的。水生說，我明天送過來。水蓮說，想不到姐還要找你借錢，姐混得真是不如人。說著眼圈紅了。水生說，姐怎麼這樣說？我不是姐在城裡，我還敢攬那個生意呀？姐說，我也沒幫到多少忙。水生說，姐給我壯了膽，就憑這個，價值就是沒法算計的。

水生就起身要走，水蓮說，吃了晚飯再走不行哪？水生說還有事，水蓮說，爹的身體還扎實？水生說，不扎實怎麼辦？做豆絲他還是個大當家呢。水蓮說，我也是好些時沒回去看看的，等房子做起來了，我再回去看看，再接爹來玩。水生笑說，那除非是不做豆絲，不做豆絲不是造了我的孽？水蓮笑說，哦，你還繫著爹。

水生出了門，水蓮又叫住說，你叫水香今晚來哈子。水生答應聲「是」，走到大街上去了，水蓮還依門望，望著他那男子漢的背影，喜得抹起了眼淚。

晚上水香來了，水蓮一見就說，真是越長越俏了，連老姐都瞧不起了。水香扯著姐的手笑說，不是的。水蓮打趣說，不是「底」是幫子。好好從屋裡跳出來，喊著姨說，姨好漂亮。水香說，你個小東西，曉得麼事叫漂亮！婆婆也從屋裡走出來了說，你來了。水香說，伯媽好吧？婆婆說，我有個麼事不好的，吃得睡得。好好插嘴說，所以奶奶身上長了好多菜。水香不懂這話，笑問，怎麼是「長了好多菜」呀？奶奶先笑了，說，吃飯的時候，她媽總是往我碗裡挾菜。有回蒸的蒸肉，她媽又給我挾肉，還說，你老粗些吃菜呀？好好就問，那是肉哇，怎麼就叫「菜」呀？她媽說「肉就是菜」。第二天，我碰到個熟人，說我長胖了，一身肉。好好在一邊聽了就說，不對，奶奶長了一身菜。「長了好多菜」就是這樣來的！水香笑不止。伯母說，你坐會兒，我要去一哈，去超市買點子東西。水香說，媽，幹嘛現在急著去？我不是說了我明天去買就是了。媽說，我也順便出去走走。

伯媽出門，好好要跟著去，水蓮吼住說，不許去，在家寫「一二三四五六七八九十」，大寫的。好好很乖回到房裡。水香說，好好真懂事了。水蓮說，你以為她小哇？馬上就要上學前班了。水香吃吃笑說，上學前班就是大嗎？水蓮說，你沒想想，我們就是沒讀到多的書，他爸爸也是，不然她爸也不是像她二爺那樣當幹部呀？水香說，姐呀，你還在被子裡困呢，如今是說沒得用的才去當幹部！你沒聽說？家長教育孩子的時候說，你現在不好生讀書，看你怎麼辦？只有去當幹部！

水蓮笑說，你什麼都曉得，只怕日後上了當，人家把你賣了，你還替人家數錢！水香笑說，你說什麼呀，姐。姐說，我帶信叫你來，就是要跟你說那個事的。你老老實實交待。水香說，哥呢，哥不在家呀？水蓮說，哥在家還不出來見你？他忙他公司的事去了，一吃了飯就出去了的。怎麼？你是想讓你哥也聽聽？水香笑說，我是不想哥聽到，哥聽到了也要說我的。水蓮說，他現在也開化了，你以為還是從前哪？

接著水香說那個武漢人的事。她說那個人還是很樸實的，那個人也是農村人，那個人也就喜歡樸實。那個人是中央廣播電臺駐武漢的記者，他是到縣裡來採訪的。那個人三十三歲了，還沒結婚。那個人說「如今的姑娘太浮華，太珠光寶氣，太缺乏另外的一些東西」。那個人一見她就喜歡上她。

水蓮說，一口一個那個人那個人的，他沒名沒姓呀？水香笑，說他的名和姓不重要嘛。水蓮說，他不嫌你是個鄉下姑娘呀？水香說，他說他只嫌我對他不熱情。水蓮說，只幾天，他要你怎麼熱情，真是的！

水香說，他有個大學的同學在我們縣裡當局長呢。水蓮說，他帶你見過那局長嗎？水香說，見了，他們兩個還一起去吃了牛肉豆絲呢。水蓮說，要真是那樣子，我也喜歡。哎，那他不是要大你整整十歲呀？沒等妹答話，姐又說，不過也無所謂，爹差不多也是大媽十歲的。想了想，又說，你要把事情搞穩當些，不要做那些子晃蕩事。我們隔壁住的一家人，有個大姑娘，大白天被人叫出去，一去無回，幾個月了，人不見影不見的，是死是活哪個曉得？妹笑說，姐莫說得嚇我。姐說，不是說得嚇你，是叫你多長個心眼。

末了水香問姐，你還做得有不有鹹菜？姐聽了心裡就一驚，說，怎麼啦？你想要吃鹹菜？你跟他有了那個？水香看出姐那個緊張神態，臉紅紅的說，姐瞎想些什麼呀！姐說，你莫跟人家一樣，先不先就做出那些子事來。水香說，姐！看你說的！她解釋說，那回水生從你這裡拿了點子鹹菜，放在那個碗櫃子裡，那些吃牛肉豆絲的人去揀些在自己碗裡，覺得特好吃，都去揀，我乾脆把它端在桌上，用小碟一碟一碟的裝好，那些人搶著要。那些買了豆絲帶回家去吃的人，也把鹹菜揀了些回去，所以我跟水生說「就讓姐給我們多做些」，不知水生來跟姐說了沒有？

水蓮說沒有。水香說，他是忘了。我的意思是，姐供些子鹹菜，那生意更發是湧了。水生說，還是要給姐辛苦費的。水蓮笑說，說那個話！水香說，親弟兄明算帳呢。水蓮說，那帳跟你們算不清！你記不記得你們小時候？爹媽都要做田裡的活，我領你們滿處玩，我又能大你們幾多呢？你們一個要我抱，一個要我背，不然你們不走路的，我沒得法，把你背一路，再轉頭來把他抱一路，你們不曉得你們有幾重的！要說把錢，先得把那個時候的保姆費把得我是不是的呢？

水香想著姐真好，不禁眼窩熱熱的。

夏天過了，房子做起來了。大安小安搬回來了。小安的房子裝修得像宮殿一樣，家俱也換了新的。大安沒裝修，家裡也還是那些子舊東西，就那樣住進去了。水蓮睡在床上，看著雪白的牆壁，聞著新鮮的石灰味，說，住著這新房子，到底不一樣，而且，是自己的，自己的！大安說，還不能說是自己，借了那些錢，要是沒得錢還，這房子不就是人家的呀？水蓮說，水生是大筆，其餘的也是親戚六眷，照說不會逼我吧？大安說，逼是不會，也不能拖長。就說水生，他賺幾個錢不易，再說那錢也不都是他的，他也找人家挪了挪，到時候能讓他夾腳？水蓮說，那倒是。大安說，所以我就在想，怎麼還帳，要是按我們這個樣子下去，十年都還不清的，不是叫水生為難？

這樣一說，水蓮心裡像壓著個鐵砣子，攤不開，好半天不作聲。大安說，我就曉得你這人。水蓮說，我怎麼啦？大安說，愁心大。水蓮說，別個沒愁，你又挑得別個愁，別個愁起來，你又說別個不該愁，到底要我怎麼樣呢？大安說，我要你既要正視現實，又要樂觀起來。

水蓮還是愁悶悶的說，叫我麼樣樂觀得起來呢？說起來你是跟人家合夥做了個生意，也只是保個本的生意有個麼做頭！姑媽姑爺想給你弄個好點的事做，你也鴨子死了嘴巴硬，我看你以後還硬得下去的。大安說，你只要想著「活人不會被尿脹死」就行了。水蓮苦笑。

說到尿，大安要下床阿尿。阿過之後，抱著水蓮親起來。水蓮說，還有心思。大安騎在水蓮身上，一面動起來一面說，這也是慶賀搬遷新居。水蓮說，變痞了。大安說，跟自己的老婆痞，正大光明。水蓮說，還正大光明呢，去跟人家說，去向全世界說！

好好睡在自己的房裡，聽到爸媽還在說話，插嘴說，媽媽，爸爸怎麼變痞了呀？大安放輕了動作，朝好好那邊說，還不好生睡，大人說話小孩子插嘴！水蓮譏笑他，你不是正大光明嗎？

因為小安是在前頭，是臨街，有兩個門面。一個門面立馬租出去做了商店，另一個門面玉琢也要租出去，小安不許。玉琢也是夜裡睡在床上跟小安說，你不想把那間門面租出去，是個什麼理由？小安說，你這人哪，那還要我細說？玉琢說，我要你細說嘛。

說著也就偎著小安。小安說，不是明擺著的？做房子之前，就跟老大講好了的，暫時留給老大做走道，待他們後頭抵牆的人家那個小賣部拆遷了，他們再從後頭開門，現在就把那間租出去，他們出進就自然不太方便，縱然老大和嫂子不說什麼，老娘老頭也會不依的。

玉琢說，你還管他們！房子是我的，我想怎麼樣就怎麼樣，哪個也管不著的！再說走路，租出去了就不能走？有個什麼不方便的？讓他們有個路走就是好的，要是不讓他們走呢，他們還不是要從後頭開門？還不是要走人家的那個小賣部？小安說，話不是你這樣說。玉琢說，我就是這樣說。小安笑，你扯橫。玉琢說，我就扯橫。

小安去親玉琢，玉琢攔他說，你跟我說清楚。小安說，以後再說。玉琢讓他親了。這時，真真在隔壁房裡喊起媽媽來。玉琢大聲說，喊什麼呀喊？真真說，我睡不著，我要起來去跟好好姐姐玩。玉琢吼著說，我看你是昏了頭！現在是什麼時候了？深更半夜的！還不睡，小心你的屁股又起包！小安說她：深更半夜的你也吼，吼慣了，也不怕隔壁三家聽到了！真真教媽媽一吼，不服，哼哼起來，還是小安走過去跟他慢說好說，才安靜了。

小安回房間，又鑽進了玉琢的被子，玉琢已經是脫光了衣服在等他。他們慢不經心的做著事，還一邊說著話。玉琢說，酬客的事，你要放在心裡呀。小安說，我在鄉裡，你看我該是幾忙，你就全盤主持好了，我授權。玉琢說，要你授權。你以為我不行是不是？小安說，我老婆還有不行的。玉琢笑說，你別說好聽的——你怕我把你推下去是不是？小安笑說，那就太殘酷了。接著就都不說話，全然進入了角色。

運動過之後，小安還接著他們說過的話說，時間由你定，到時候我回就是，如果不是特別的走不開。玉琢說，那你是絕對要回的，我不管你有不有特別的。小安說，好，老婆第一，工作第二，好不好？玉琢說，你沒想想呢，我們做房子人家趕了情的，這還是一個方面，另一方面，還有不曉得我們做了房子的，我們也不能說去登廣告是不是？說起來你的人緣好，你在外面玩得轉，你以為人家都真是不知道你做房子？不過是裝不知道而已，這回就是不能放過：一個個的下請帖，請他們來吃喜酒，看他們不來的。既來了，就不怕他們不有所表示，有的還是你過去幫得有忙的，欠得有情的，這回能不還情？不還有：你過去的同事，你現在的同事，打過交道的，還要打交道的，正在打交道的，那人數還少了？不瞞你說，我想了想的，這回請客，不說撈多的，少說也要淨落個五六萬，做這房子的錢不就回來了？小安笑說，噫，你這當記者的，什麼時候學會算帳了？玉琢說，我是沒吃豬肉，也是看到豬在地上走的。

在同一個時間裡，住在一樓樓梯間八平米內的趙喜鵬和包悅男老倆口也在說話。樓梯一頭高一頭低，低處那邊放東西，不走人，免得撞頭。高處那邊擱鋪，留下人打轉身的地方也不多，不過也不必多，「一尺高床，晚上睡個覺就是了」，這是趙喜鵬的話。進樓梯間的那個地方，安了水池，安了鍋灶。倆老單獨起火，「哪個也不靠的」，這是包悅男的意思。

老倆口也是一個說一個應的。他們覺得天下人養兒養女也就是這樣，總是顧兒女，一天天的望兒女長大，望兒女成人，望兒女成家，望兒女發達，把兒女望出來了，有個樣法了，自己也老了。明情是這樣，也還是這樣望，也還是這樣含辛茹苦，這便是做人。倆老看得穿，也不傷悲，住在樓梯間就住在樓梯間，水總是往下流的，只要他們好。

老倆口這樣想，覺得好受了許多，幸福了許多。

玉琢他們酬客，因為不是在賓館裡，就需要人幫忙，大安水蓮是全力以赴。一樓的前頭屋裡是三桌，後頭屋裡也是三桌。前頭的二樓三樓各擺了兩桌，後頭的二樓也擺了兩桌。一餐是十二桌，上午和下午都是輪翻著來人，一連輪翻了三天，總共是七十二桌下地，跟在賓館請客便宜不少，跟玉琢預料的還要樂觀。這個氣勢簡直叫水蓮他們不敢請客，不說他們不會去張揚，饒張揚也張揚不到那個份上去，相比之下會顯得冷清，顯得寒酸。

不請也不行，自己的親戚都趕了情的。水蓮原說不受情，不管是哪個，一個也不受，後來還是姑媽說「是個熱鬧意思」，她才接受了。大安在這些事情上隨她，她說請客他就去張羅。姑媽送小安他們只送了一百塊，而送水蓮他們是兩百塊，叫他們不跟玉琢他們說。水生水香送了五百塊，玉琢他們沒送，因為是彼此彼此。大安的一些同事都是送的二十。水蓮那邊的一些同事也都是手頭緊，連二十都拿不出來，有八九個女的合起來，給水蓮賣了　副極好的麻將，他們是想著一個家裡應當是有一副麻將的。人來客往沒事做，玩玩麻將，繫得住人。

請客的那天，水蓮也請了她們。她們不好意思來，水蓮說，有個麼事好東西你們吃呀？請你們吃鹹菜罷了。她們都曉得她做的鹹菜好吃，又見她說得那樣誠懇，都來了。客人雖是不多，也有七八桌，也鬧了一整天。玉琢也來跟人家打了一整天麻將。過後她跟水蓮說她這一天贏了多少多少，水蓮只是望著她笑笑，心裡說就記得個麻將。姑媽說起來是做客，實際上也是幫了水蓮一天的忙。她曉得姑媽是心疼她，心疼弱者，前後一想，鼻子酸酸的。

請客的事忙過了，水蓮一盤算，叫做沒賺也沒蝕，也真是姑媽說的「熱鬧意思」。不過水蓮突然感到有個事情不對勁。她問大安，玉琢他們請客的時候，是不是你舅舅屋裡的人沒來？大安說，是沒來。水蓮又問，是不是一個也沒來？大安說，是一個也沒來。又說，你問這幹嘛？水蓮說，我們請客的時候，舅來了，兩個老表也來了。你想過沒有？舅家做房子，我們表示了的，兩個老表生孩子的時候，我們也都表示了的，所以我們做房子他們都來表示，為麼事玉琢他們請客，他們一個也沒來呢？

大安說，你說為麼事？水蓮說，這不是很清楚的事？大安說，我不清楚。水蓮說，先前，我們要給舅那邊表示的時候，我問過媽，我說我們是跟小安他們一起還是各表示各的？媽說各表示各的。舅那邊請客，請了我們兩個，也請了他們兩個，這好像他們也表示了的對不對？這回那邊一個也不來，這說明麼事呢？

大安說，你說說明什麼事？水蓮說，說明媽說各表示各的根本就是假的！我們是我們表示了，他們卻是媽替他們表示的，是以他們的名義表示的，所以那邊請客還是請小安他們，小安他們既然沒趕舅那邊的情，所以這回也就沒驚動舅那邊，舅那邊也肯定曉得這裡面的原因，也睁隻眼閉隻眼，做個不曉得的。你再明白了嗎？

大安說，既然媽是以他們的名義表示了，舅那邊怎麼曉得不是他們表示的呢？水蓮說，媽你還不曉得？她高了興，她身上的肉也可以割得你吃，要是若煩了她，她什麼事不跟你端出來？你想，玉琢對媽只那個樣，她有個麼話還愁不跟舅他們說呀？大安說，那倒是。水蓮說，我就曉得，你媽你爸對待他們和對待我們不一樣的！說著泣濡起來。大安只有不放屁。

水蓮把一些子事吃在心裡，不到吃不住不往外吐。後來發生的一件事，是她聽到外人說，你媽說「玉琢不講良心，人家送的一箱箱的蘋果，自己吃不完，寧可放爛了，一撮箕一撮箕的往垃圾堆裡倒，也莫想吃得到她一個的」，你媽還說「白疼他們了，做房子的時候，說起來是一家幫五千，餘外還多幫後頭兩千，實際上也多幫了前頭兩千呢」。水蓮聽到這些話，也不能去跟老人抵白，跟大安說也無用，跟娘屋裡人也不好說得，只有跑去跟姑媽說。說得眼淚流。

水蓮說玉琢從來不掃樓梯。說玉琢經常邀人來打麻將，一打就是一整夜。說好好到玉琢房裡去看彩電，玉琢還有些子不高興。有一回，是個人白天，我看到她的房門虛掩著，我去拿我的熱水瓶——她自己懶得燒水，一搞就到我這邊來拿，拿了也不還，總要我去拿。我見客廳裡沒人，就問人呢？我順便朝她房裡一瞄，看到她跟那個國抱著躺在床上，雖說是沒脫衣服，國壓著她我是看得明明白白的。姑媽說說看，這成麼事了，是不是丟人現眼！

姑媽聽得火星直冒，忍不住咬牙說，個賤女人！個賤女人！又問，末後呢？水蓮說，兩個人慌忙坐起來，玉琢還蓬著個頭髮，臉上像潑了血的，好半天說不出話來，那個國也是紅著臉，低著頭走了。

姑媽怔怔的，發了一會子呆，就說，你看怎麼得了！又罵「個賤女人個賤女人」的。末了又說，水蓮，這個賤女人不顧面子，我們也還要顧面子的，算了，說到這裡就止了，再不去說她，也別到外面去說！水蓮說，我到外頭去說，不光是醜了她，也是醜了我呢！姑媽說，是的是的。

姑爺沒參與談話，他在書房裡看書，後來就是做出看書的樣子，水蓮講的那些話都進了他的耳朵。水蓮走了之後，金銳說，我料到會發生這種事的。趙英說，你都聽到了？金銳說，我還能放過這些素材呀？趙英說，你還總在想著你的素材！這事不氣人呀？金銳說，氣人是氣人，也是無可奈何。趙英說，怎麼是無可奈何呢？是小安不如人？是這個家的人不好？還是缺吃少喝？她圖的那一頭呢，個賤女人？

金銳說，瀟灑唄。趙英說，像這樣瀟灑呀？金銳說，對於她的瀟灑，我可以用一個「短」字概括。趙英說，什麼「短」字概括？金銳說，你想想，她的裙子越來越短是不是？她的褲子越來越短是不是？她的袖子越來越短，到短得沒有袖子，穿背心，是不是？她的領口越來越短，短得沒袖口，露出乳溝，是不是？她上衣的下擺越來越短，短得露出肚臍眼，是不是？她的頭髮越來越短，短得跟男人一樣，是不是？趙英啐他說，你還真是觀察得細呀！

水蓮請客的時候，讀者注意到了，水香沒有來幫姐的幫，所以我也一直沒說她的話。她原是到武漢去了，那個武漢人把她接去了。

水蓮也覺得那個武漢人不錯，說話穩重，見人也總是個笑相，不像一些青年人，只是個繡花枕頭，外頭好看，裡頭是糠，水蓮也就放心了。

水香去了上十天，回來先是到了姐這裡，姐說她把人玩瘦了。水香笑說，那就莫提。水蓮說，「莫提」是個麼事話？水香說，是吃了玩，玩了吃，這裡那裡，像旋磨子的，把人都累死了的。吃的也都是些她見都沒見過的東西，譬如說魚吧，端到桌上來，魚的身子已經是黃亮了的，酥鬆的，澆頭佐料也都是齊全的，吃起來不曉得是幾鮮嫩，可是魚頭魚尾還是活的，魚的嘴巴還在一張一合，魚的尾巴還在一動一動，真不曉得是麼樣弄出的。天天那樣吃，餐餐有花樣，哪裡就吃得下呢？說個實話，我只想吃姐做的鹹菜！

水蓮笑水香是得了便宜唱雅調。水香說，真是的呢。姐你不曉得，他家原是個大家族，上輩是弟兄姊妹七個。他爺爺是個有名的中醫，以前是專門跟大官看病的。聽說他爺爺也有意思得很，把中醫傳給了七個子女，一個人只傳一行，有專門治肝病的，有專門治心臟病的，有專門治肺病的，有專門治腎病的，就是說，七個子女七個樣，日後就不會相互搶飯碗的。

水蓮說，那還真是有意思。水香說，他那幾個叔叔姑姑輪流請我們出去玩，請我們吃飯，還有他的那些子叔伯的哥哥姐姐弟弟妹妹們陪同，好玩的地方都玩到了，好吃的地方也都吃到了，人反而瘦了。姐，你說我是不是個賤命呢？水蓮笑說，賤命賤命，真正的賤命。

大安回來了。水香喊了一聲「哥」，大安說，你回來了？水蓮說，才到屋呢。又對妹說，只顧說話，你吃了飯麼？水香笑說，哪想吃呀？餓個三天，肚子裡的油水怕是還不能餓起走的。水蓮笑說，莫說得醜。水香說，就是嘛。水蓮對大安說，你去下點素麵給她吃，把點子青菜。水香說，好，少下點子。又說，我還要鹹菜。水蓮說，還少了你的鹹菜。

大安去弄。姐妹又接著說話。水蓮說，你才將說的，我還覺得是像做夢的。水香說，姐，我也是覺得像做夢的。他們那個家族太有錢了，家家都有小汽車，有的不是一輛。他的那些叔伯弟兄，有的就替我們開車，有的就像人家說的保鏢跟著我們，手上戴的都是大戒子，手提的電話一人隨身帶一個，有天我們的車子陷在下水道裡，又是下著大雨，他們就把手裡的那個東西一呼，就來了一些子人，硬是把個車子抬起來了——那個東西也真是好。姐你還想不到他們那些姐妹們穿戴的，隨便的一件衣服，也是千把塊，一雙鞋子也幾千塊！我們鄉裡人比不得，比了就不想活的。

水蓮說，他的家裡呢？水香說，情況比那幾家差點子，也差不到哪裡去，也許是他家裡人比較的樸素些。他們家裡人見了我，喜歡得不得了。水蓮笑說，你吹吧？水香說，怎麼會呢，你想想呀姐，要是不喜歡，怎麼那些家都輪流請呀？

水蓮聽得感動，就說，想不到我的個傻妹還有那個狗屎八字。又說，你沒在那些人面前出洋相吧？水香說，看姐說的，我雖是沒見過多少世面，也還是曉得自己該怎麼做，不亢不卑的，本性是麼樣就是麼樣，他們家裡人說，就是喜歡我那個本性。其實，他們那幾家對自己的子女都是管得很嚴的。他三叔的女兒在學校讀書，找了個男朋友，男朋友是鄉裡人，他經常到他三叔家裡去，三叔家裡人不喜歡。那男朋友住在賓館裡不走，錢由三叔的女兒付，當然是不在乎的。三叔說那個鄉下男的是看中了她家有錢，沒別的。三叔也看出那個男的沒什麼出息：把鄉下人的好的都丟了，把城裡人的壞的都學了，要是那男的真是不錯的話，也可以培養他，也不會計較他是城裡人或是鄉裡人。他三叔以為把女兒說服了，三叔到賓館裡去找那男的談話，說你走吧，我女兒不想再見到你了，不過我還是願意給你一些錢，是看在你跟我女兒曾經是朋友的份上。那男的說，你女兒不願意見我，我要她親口跟我說。三叔馬上跟女兒打電話，剛剛跟女兒說了兩句，女兒就在電話裡尖叫著說，我要跟他！我要跟他走！弄得三叔趕緊把電話壓了，氣得三叔回家恨不得把女兒狠揍一頓。他三叔去找黑社會的朋友，黑社會的朋友去了賓館，也找到那男的說，你走吧！你走也得走，不走也得走！你只想一個問題：是好腳好手走呢，還是殘廢著手腳走？說著就拿出一把槍，擱在桌子上。那男的被嚇住了，才走了。水蓮也叫著說，我的媽呀，怎麼是那樣！

麵下好了，大安端上桌子，水蓮看著水香吃。水蓮說，有錢的人家就是那個樣呀？水香邊吃邊說，我還沒說完呢。他三叔的女兒情緒不好可想而知。慢慢得了神經上的毛病。他三叔請來北京的一個年輕的大氣功師，天天跟女兒調理，調理了個把月，哪曉得他們兩個人就調理上了，談起戀愛來了。那個大氣功師不想回北京了，也不想再修練功夫了。有天他三叔對那個大氣功師說，謝謝你，你的任務已經完成了，你可以走了。強霸霸的把那個大氣功師送走了，女兒的毛病就益發重了，以後無論麼樣治也治不好。水蓮歎息說，有錢人家怎麼是那個樣！水香說，就是那個樣，講門當戶對。水蓮說，那我們跟他們不是門當戶對呀？水香笑說，大概是怕他們家族再出一個神經病吧？姐也笑了。

大安聽到姐妹倆的談話，插嘴說，我早上買菜回來，從縣委大院門口路過，看到我們廠裡的人都在那裡靜坐。水蓮說，幹嘛？大安說，他們找政府要飯吃。水蓮說，找政府要飯吃？大安說，我還沒跟你說呢，廠裡已經是好幾個月沒工資發了，幸好我早打主意了，沒指望廠裡。有些是兩口子都在廠裡的，不就是倒了大楣？水蓮說，那真是。

大安說，我聽說張大發，曉得張大發吧？個子瘦瘦的，眼睛大大的，見人很客氣的？他有個兒子，在上小學一年級，兒子總是吵著媽要吃肉，他家連油都吃不起的，連米都買不回的，哪還吃得起肉呢？有回兒子跟他媽打肉案路過，兒子硬是放起賴的要他媽買，他媽就想著買五角錢的肉，算是個意思，哪曉得那個狗東西屠戶不賣，說只賣五角錢的肉，沒得那個事。屠戶說這話還不打緊，還說「你還長得不錯呢」，這話裡有話，她聽了很氣，跟屠戶吵起來，所有的屠戶都為著屠戶，浪笑著，說「要吃肉容易，只說幹不幹」。她氣哭了，再加上她兒子又拿著一塊肉不走，她就打了兒子，兒子哭，她也哭，回到家裡，她跟張大發一說，張大發直打自己的臉，說自己一個大男人為什麼不中用。兩個大人一氣，商量一起死了算了，這樣活著也沒得意思，把兒子留在世上也是造孽，就去買了幾斤肉，煮了一鍋，鍋裡下了鬧藥，一家人就這樣吃死了。

姐妹兩個聽得流眼淚。好半天大安才又說，他們在那裡靜坐，不光是這個事激起來的，還因為是廠裡的頭頭把廠裡收回的款子吃了喝了些不說，還拿去把得自己的親戚做生意做塌了，團不了圓，才氣憤不過上街的。水蓮說，那些人落不到好的！惡有惡報，善有善報。大安笑說，我們的水香是有善報了。水香也笑說，我姐遇到了我哥，不也是善報呀？都笑了。

玉琢好像成天的沒事做，不是滿處晃蕩，就是邀人打麻將，國也邀人跟玉琢打，桌面上都是幾千塊錢的輸贏，水蓮看到了幾回，也不避避，膽子不小。不過水蓮也是多餘的擔心，抓麻將的也不會抓到這裡來，何況有國在這裡。國是派出所的，他是抓人家麻將的人。有天水蓮對婆婆說，媽，你老要說哈子，看是個麼樣子，一搞一個晚上，嘩嘩嘩的麻將聲，叫人睡都不安神的！

提起葫蘆根也動，婆婆說，這是怎麼說呢？一個人要自覺，要知趣，要曉得哈數，老是要人說還是個人？我也不是沒說，要她聽得進的，只看小安說她怎麼樣！我也不曉得小安曉不曉得這些事，我也不好在小安面前說這說那的，說得好就好，說得不好反而生煩。

水蓮說，有些子話，我也不好跟媽怎麼說得，我想媽的眼睛也是看事的，媽要精點心才好。婆婆聽了這話，竟然落下淚來說，我的兒，我也曉得你想說麼事，我怎麼沒看到呢？我又不是瞎子！那個女人並不收斂，我看有一天安兒是要送在她手裡的！

說到這個份上，水蓮不多說了。她倒是有個設想，對大安說，我們辦個老年活動中心好不好？大安說，你怎麼想到這個事？水蓮說，老年活動中心打麻將的不是多數？我平素上街買東西，看到西門河街有兩個老年活動中心，北正街也有兩個，不都是老年人在那裡打麻將？我們這中山街還沒有的。大安說，那你就說錯了，原先哪條街都有的，全城二三十處都不止，因為都是在打麻將賭錢，聚集的也是些子青年人，所以大都停止整頓了。

水蓮說，我們也辦一個，反正我們樓下有那幾間房子，現時又沒得人住，租也一時半刻租不出去，空著也是空著，辦個活動中心，可以利用起來，聽說玩半天的時間，或是玩一個晚上的時間，交五角錢，多的也交到八角或一塊，反正多少也是個進項。

大安想了想說，也行。又說，不過我也不能幫你多少忙，你看我那一攤子！水蓮說，你總不能說完全不管是不是？大安說，那是的。水蓮說，爸媽總可以幫哈我吧？大安說，那是的。水蓮說，這話要你去跟爸媽說，我不大好說。大安說，那是的。水蓮見大安那個言聽計從的樣子又出來了，就說，你不光「那是的那是的」，你還要有主意！大安又冒出一句「那是的」，水蓮恨恨的說，我把你呀！也哧的一聲笑了。

水蓮把她的想法跑去跟姑媽姑爺說，姑媽姑爺也很是贊同。姑媽知道辦那些手續的是幼稚園孩子的個家長，姑媽只跟那家長一說，那家長也熱心，就替水蓮把手續辦了，只等發執照。水蓮著手準備桌子凳子麻將牌等等，公公婆婆也是全力以赴的。玉琢出進看到這些動靜，就免不了要問問，水蓮原本是不想告訴她的，怕她先不先就生事，玉琢問到她臉上來了，不說也不好，就說了。玉琢聽後只是一笑，冷不冷熱不熱，醋不醋酸不酸的，叫水蓮想了好半天。

過了好幾天執照還沒下來，水蓮去跟姑媽說，是不是要請請客？姑媽說，別慌著，我問問再說。姑媽上班的時候，那孩子的家長來接孩了，姑媽把那孩子牽在手裡，那孩子的家長來了，就問執照的事。那家長說，趙老師你放心，沒事的，只是執照剛好用完，新的正在印，也要不了多久，一印好我填好送到你趙老師手裡。那家長還說，也不一定要等證，反正手續都辦好了的，先搞起來也可以的。本來是整頓期間，不發新證的，我們破了個例。

水蓮聽了姑媽的回話，很感動，覺得越是要請人家吃一餐才好。姑媽說，請一餐也可得，不是說人家沒吃過東西的，這也是個禮性：看重人家。人家要是下你的卡子，敲你兩下，你還不是要受著？商量的結果是姑媽出面去請，但人家不好意思來。姑媽對人家的孩子也都照應得挺好的，人家還要感謝姑媽呢。

說先開張就先開張，也無須放炮竹，只是用紅油漆寫了一個大牌子掛在臨街的門口：中山街老年活動中心，敬請光臨。後來發生的事，就是由於這塊牌子引起的。應當說這塊牌子掛在這裡有什麼問題呢？連作者寫到這裡，也覺得太平常了，甚至覺得下面無故事，便想著心思，能有些子波瀾，能有些子情緒或情趣，讓讀者接著看得下去，而不至於虎頭蛇尾，前功盡棄。哪曉得玉琢走出來了，這是作者也料所不及的。

她看到公公在那裡釘牌子，往那裡一站說，不要釘，不要釘！公公沒有會到她的意思，說，怎麼啦？玉琢說，取下來，取下來！把牌子取下來！公公待在那裡了，說，什麼？你說什麼？把牌子取下來？玉琢不含糊的說，是的，是我說把牌子取下來！

公公還站在一張椅子上，那個拿錘子的手還舉在那裡，他被玉琢的話震撼了，身子一晃動，得虧他的另一隻手還撐著牌子，牌子也已經固定在牆上了，所以才沒有從椅子上掉下來。玉琢對於公公的這個驚險也無動於衷，只顧對那牌子怒目而視。

好半天公公才緩過氣來，看到了玉琢那個仇恨的眼神，也看到了她的內心，不想跟她衝突，想大事化小，小事化了，從椅子上下來，叫著玉琢的名子說，戴玉琢，這樣掛著蠻好的，怎麼說要取下來呢？

玉琢還是沒好氣的說，好是好，只是沒想著這是掛在什麼地方！公公故意一笑說，怎麼啦？這不是我們家的地方呀？玉琢的聲音放大了說，我們家？你做老人要搞清楚：這前頭是我的家，他們搞老年活動中心，他們的家在後頭！這個牌子怎麼可以掛在這裡？

公公一時被這話噎住了。隔壁那間被租出做生意的主人是個好心的中年婦女，她在櫃檯裡聽到玉琢的尖叫聲，也聽出了原委，走出來和解說，那邊要是不好掛，就掛到我的門面這邊來……還沒等她說完，玉琢狠狠的衝著她說，掛到你的門面這邊來？你的門面在哪裡？哪是你的門面？噢，租得你去了就以為是你的了？你就有這個權？你以為你是什麼人？你就這麼作主？

幾句磚頭瓦塊般的話，甩得她閉言不出。公公的手已經是氣得打顫，還是忍著不發作，還是跟她好說，說先掛幾天再說好不好呢？玉琢出語乾脆，說，不行！一天也不行！半天也不行！一個小時也不行！現在就要取下來！不取我就把牌子砸了球！

她這樣跟公公說話，那個中年婦女也聽不過耳，勸她說，有話好說，有話好說。玉琢說，什麼有話好說不好說？這房子是我的，我說准掛就掛，我說不准掛就不能掛，別以為我狠，我這是維護我的權利！

說著，玉琢上到椅子上，雙手抓住牌子，用力一撬，把釘子撬起來了，把牌子丟在地上。過路的人聚集起來，玉琢對著圍觀者反反覆覆申明她的觀點，想證明她的言之有理。聽的人聽清楚了是怎麼回事，或是一笑，或是搖搖頭，走開了。再走過來的人再聽，聽到的也還是那些了話，也是一笑或搖搖頭，走了。一撥撥的人走攏來，一撥撥的人走開，像看猴把戲的。

水蓮和大安不在家裡，對於這事的發生全然不知。婆婆出去買了菜回來，看到這個形勢，也正碰著玉琢在惡言惡語，忍不住惡氣往上，平素積攢的不滿，一下子爆發了。她也顧不得體統，把手裡的菜籃子朝地上一丟，幾個雞蛋滾出來流著黃水。她上前就抓住了玉琢的領口，另一隻手指著她的鼻子尖說，你！戴玉琢！你說你像不像話？前後是弟兄伙裡，你為麼事就不准把牌子掛在前頭？這牌子是要你背著還是要你駝著，礙了你什麼事？你到底是仗哪個的勢，是哪個把了你的狠氣，你這樣不好施人？莫說是自己人，就是世外人，也不會是像你這個樣法的！你說你萬不萬惡呢？叫眾人說，你萬不萬惡？

婆婆一氣慣通的說著，想不到玉琢用力一擺身，掙脫了婆婆的手，她胸口的扣子也掉了兩顆，領口露出了好大一片白肉。她大叫著說，看哪，打人哪！撕領口哪！這就是做上人的人哪！她還連罵上兩聲「老東西，老東西」，接著趁勢把自己的領口拉大一些，露出了乳溝和上半邊乳房。圍觀者更多。

婆婆被人扯開了，在一邊出粗氣，玉琢說別的她沒聽見，罵出的兩聲「老東西老東西」，清楚入耳，火冒三丈了。她變得明智了些，不再去抓玉琢，而是面對眾人說，你們聽聽！你們聽聽！大家都是街坊，幾十年的住在一起，都曉得我們趙家是個什麼樣的人，戴玉琢就是這樣一口一聲的「老東西」！我們是她的什麼人？接著又對玉琢說，戴玉琢！你也要想想，你自己是個什麼人？你還在那裡惡！惡個什麼呀惡？是不是要我說出好的來？要不要臉哪？講不講臉哪？你不是婊子你跟婊子差不多你曉不曉得？你只差沒有明著偷人！老子的兒子不在家，你做了些子什麼事，你是烏龜吃亮瓦蟲，你心裡是明白的，你還在那裡能呀能的，能什麼？自己沒阿扒稀屎把自己照哈子，自己是個什麼東西！

聽眾譁然。婆婆等於是撕破了玉琢的臉皮，玉琢自然是受不了，大哭著說是婆婆造她的謠，說婆婆不安好心。一氣之下，她叫了一輛停在街口的麻木的士，到三陂鄉去找小安去了。

玉琢走了之後，把真真丟在家裡，真真哭著要媽媽，婆婆顧不得自己在慪氣，只有去哄著他，哄了好半天才把他哄住。

人已散去，公公婆婆也平息下來。公公將那塊丟在地上的牌子揀了起來，又去搭凳子，把牌子再釘上去，並且說，老子偏要掛這牌子，看再敢給老子取下來，老子跟她拼了！公公一口一聲老子，很解恨似的。婆婆攔他說，你先放著，放著！公公說，她一鬧就怕她？婆婆說，那才怕出鬼來了！掛也是要掛的，是哪個取下來的，就叫哪個去掛！

婆婆說是這樣說，心裡想的是等小安他們回來再說，總要評個理才是。那個女人是個好東西，你掛上去她又扯下來，不是做不到的！又想，我這回破了她的臉，看她還有臉去找小安說的，小安回來，我不說得小安聽就是好的！

大安水蓮他們回來了，婆婆把發生的事情跟他們說了，說到傷心處，痛哭流涕的，水蓮也氣得眼淚流。大安說出也不是，說進也不是，只有不作聲。接著是水蓮越哭越傷心，比婆婆還傷心，婆婆反過來勸她說，你也莫著急，我們「老東西」還沒有死，叫他把這碼頭打下來了還反了天的！

水蓮有一肚子話，她想講的人，只有是姑媽。於是她起身就出門，大安說，你哪裡去？水蓮說，我到姑媽那裡去坐哈子。她抹了抹眼淚，又說，我一哈就回的。婆婆對大安說，好，讓她去，讓她去跟姑媽說說也好，她不去我也是要去的，讓姑媽來評評理，看普天下有不有這樣的事！

到了晚上，天要黑還沒黑，小安跟玉琢一起坐著鄉裡的吉普車回來了。車子開進了巷子，正好停在家門口。小安他媽見小安從車裡下來了，也還是像平常那樣跟小安打招呼說，平兒這早晚回來了？小安並不作聲，一下了車就原地不動，像生了根似的。母親已經看到他那個氣氣呼呼的個相，就說，是不是她去找你回來的？還沒說完，見玉琢也從車裡下來了。母親還是對小安說，平兒，你先別氣吁吁的，你回來正好，我也有話跟你說，你進來說……

小安突然截住母親的話，冷笑著說，我還能進來呀？這還是我的家呀？我以為不是呢！既還是我的個家，怎麼就沒有了主權呢？怎麼就隨便往門口釘東西？雖是弟兄，哪個認了我這弟兄的呀？那個牌子能掛不能掛是另一說，怎麼就不該跟我打個招呼呢？他是老大，我是老二，我小些，我就小得不把我當事嗎？你們做老人的人就是這樣主事嗎？

他爸沒有像他母親那樣到門口去迎接，聽到小安的這番話，從屋裡衝到門口來，大聲說，趙小安！你還是不是姓趙？你還是不是我的兒子？虧你還說得出口！那是幾大的一回事，還安得上「主權主權」的，叫人聽了肉不肉人？麻不麻人？怪他們怪不上，要怪只怪我不該是你的老子的！老子當了家，老子說要掛在這前頭，你就反了？你就計較沒跟你說？你聽著：跟你說也可，不跟你說也可，老子還沒死，老子還有口氣，你就想當「一人爺」呀？

哪曉得小安這回不示弱，也衝著他老子說，別「老子老子」的！認理，不認「老子」！這話說得有些子急，他爸還在只顧說自己的，沒顧上他說的什麼，母親在一邊聽著不受用，她繞過車，衝到小安面前，指著小安說，你你你！你個乖乖兒！你說的什麼話呀你！你大了，你翅膀硬了，你當了鄉長了，你就可以不認老子了不是？你聽你媳婦的一面之詞，跑回來問廉恥是不是？你媳婦是個什麼東西，你曉不曉得？

接著就要說出好的來，小安不等母親說，硬著脖子說，這媳婦我認了，認了，認了，又怎麼樣呢？這樣一說，把他媽怔住了，好半天說不出話來，接著就只曉得「你你你」的，聲音由大變細，由細變無，人的身子站不住了，先是頭一歪，身子朝後硬硬的往下倒，小安和玉琢站在旁邊，並不伸手去扶一扶，幸虧做生意的那個中年婦女是想扯勸，剛好走到她跟前來，正好將她抱住了，不然頭部磕在石板地上，要出人命也未可知。

包悅男已是不省人事。街坊圍攏來的人，趕緊把她抬到屋裡，一面去叫街道衛生所的醫生來，打了一針，慢慢醒過來，才發現尿阿在褲子裡了。她再哭沒勁，直至被人扶去洗了，換了衣服，才又哭起來。

大安一直是守在媽的身邊跟著媽哭，小安玉琢根本沒攏邊，沒管母親的死活。他們最後把真真拉上了車，走了。大安要去攔他們，說既然鬧到這樣，就該把話攤開說，不必都憋著。他爸說，還跟他們說個什麼？讓他們去，有本事的就永遠別回來！大安也曉得農業局那邊的房子裡還有他們的一套行李和些子舊家俱，讓他們去了，心想讓他們避開一時也好。

發生了這麼大的事，水蓮沒碰到。姑媽留她吃了晚飯，她回來的時候，姑媽姑爺也只當是逛了路的，跟她一起來了。姑媽聽說了又發生的事，也生氣了。姑媽曾勸水蓮「把量放大些」的話，這會子也變得沒有量似的，拍著桌子說，他怎麼這樣呢？他是說人家的話的人！又對嫂子說，我說你去！你去找他的上級評評理，看有這樣對上人的沒有！哥也在一邊說，對，是要去找他的組織，找縣裡領導！姑爺抱著不激化矛盾的宗旨，說，我看什麼時候還是把小安他們叫回來，坐下來，心平氣和，把話說開，不就完了？上人總歸是上人，也沒什麼好計較的。不過順一口氣。

嫂子說，這樣也可得，到時候你要來！姑爺笑說，我來，我作為聯合國特使。嫂子笑了，說，別個硬是慪死了，你還說笑話！趙英也說，他就那個人！金銳趁此把話轉到別處，讓大家輕鬆。

第二天，小安玉琢竟然沒要人叫，都回來了。門口做生意的中年婦女跟他們打招呼說，你們回來了？玉琢說，怎麼不回？這是我的家，怎麼不回？中年婦女知道她是在找小話，便不再多說，怕的她又借題發揮，生起事來又是不得了。

他們兩個牽著真真上樓。婆婆剛從房裡出來，見到他們，他們也不理婆婆，婆婆也不便理他們，只望著孫子笑，想跟孫子打招呼，哪知孫子見了奶奶把頭一車，還說了一句「你不是我奶奶」。婆婆驚呆了，看著他們上了樓，好半天都說不出話來。她又是氣得身子發抖，叫水蓮去把姑媽姑爺叫來了。她朝樓上喊：趙小安！戴玉琢！你們下來！姑媽姑爺來了！他們是來看你們發狠的！

姑爺笑說，嫂子，這就是你的不是了，我們是來監督和談的，你還沒開始就放起槍來了嘛，哪還叫誠意呢。嫂子還是惱著個臉說，好，我不放槍，看他們下來的！姑媽說，那還反了！姑爺笑說，我去喊。要上樓，嫂子說，你還上樓？是不是還要打轎子去抬啊？金銳笑著朝她擺了擺手，還是上樓去了，不一會小安玉琢隨姑爺下來了。

坐下了，起先誰都沒說話，氣氛也還是冷冷的。

這時真真也下來了，在玉琢跟前纏來纏去，玉琢煩了說，去去去，那裡好玩哪裡去玩！真真要往街上跑，爺爺趕緊去把他拉住說，能到街上去亂跑的？真真一用勁，擺脫了爺爺的手說，你也不是我爺爺！

姑婆說話了：真真，這是誰教你這樣說的？真真說，不用你管。小安起身了，走到真真跟前，威威武武的說，小心你的屁股開花！上樓去看你的電視！真真嘛著嘴上樓去了。小安又坐下來，好像是在等姑媽或是姑爺開口說話。玉琢坐在他旁邊，蹺起個腿子，一閃一閃的，一副滿不在乎的個樣，姑媽見了就來氣，想狠狠說她幾句解恨，又覺得說她是把她當起人了，只是對著小安說，趙小安！我說你還是不錯呀？你姑爺去喊你下來，你還算是買了面子呢，你還算是曉得認個人呢！

小安曉得姑媽這幾句話的來頭，並不作聲。姑媽接著說，我不想說你！說你你也是聽不進的！你連生你養你的娘老子都不認的人，你還認我這姑媽不成？我這姑媽又沒生你養你，也沒有財產留得你！我現在來，也不是要把話你聽，也不是要問你的廉恥，只想請你趙鄉長說說——因為你大小也總算是個領導，我現在不能把你當個趙家的什麼人——你就說說，你還要不要娘老子？你還認不認弟兄伙裡？只要你說一句，是「要」還是「不要」就成。你說，你現在就說！

姑媽是問到小安的臉上了，小安一直不作聲，一直聽著。玉琢想作聲也不好作聲，因為姑媽沒跟她對話。哥嫂聽了，也像六月天裡喝了涼水那樣爽心。金銳在心裡也佩服趙英說話的狠氣，表面上不動聲色。

姑媽又叫著「趙鄉長」說，你敢說一聲「不要」嗎？敢說一聲「不認」嗎？你既不說，那說明你還是要的，還是認的，是不是？那好，那我這姑媽就是來勸你的，勸你行善莫行惡！勸你要行得正坐得穩！勸你走出去莫叫人家指你背心骨！勸你莫往趙家臉上抹黑！也勸你記住姑媽的話——聽老人言，免得吃虧在眼前！

姑媽邊說邊觀玉琢的神色，見玉琢的臉紅一陣白一陣的，也就覺得夠了，便對著金銳把手一揮說，走！我們走！要說的都說了！要聽得進的，一句兩句就聽得進！要聽不進的，說多了也是白說，反把自己搞賤了！

金銳想不到趙英來了這一著，也就起身跟著趙英走了，哥嫂也充分理解這舉動，只說要他們再坐會子，趙英不。小安也還是站了起來，送姑媽姑爺出門，還叫著姑媽姑爺說，你老們好走。這一聲叫，倒把趙英的眼淚叫出來了，想著「到底還是骨肉」，想著才將她那番話也是不是說狠了些。

掛牌事件發生之後，玉琢再也沒回來，一直住在農業局那邊的房子裡。小安從鄉下回城，也住在那邊。老倆口又為這事去找過姑媽姑爺，說他們當真是不像話了，不回來住，是什麼意思？到底是老的錯了還是他們錯了呢？是老的錯了老的認錯，是他們錯了，他們怎麼還那樣強著不回來呢？

做老的就是這麼個樣，小的鬧得老的傷了那麼大的神，到頭來老的還想著小的，真是「可憐天下父母心」。有天姑媽在大街上碰到小安騎著自行車擦身而過，小安一個剎車，從車上跳下來，叫了聲姑媽說，上班哪？姑媽說，嗯。也問他一句，回來有事？小安說，縣裡開會。

姑媽把他拉到一邊，說了他爸他媽說的意思。小安說，姑媽，我說老實話，住在一起搞不好的。戴玉琢那個人的性子你老是曉得的，我爸媽的性子你老也是曉得的，搞不攏的，不如分開住的好。

姑媽想想也是，把這話過過去了，氣得嫂子哭了一場。玉琢總想把這邊的房子出租，老的就是不准，說是「租了哪個來，就不准哪個進門」，所以一直不能落腳。

先前，玉琢吃了飯把碗筷一丟，百麼事不管，孩子由公公婆婆帶，連自己的衣服也多是婆婆給她洗，她要到哪裡去就到哪裡去，沒有個牽掛的。現在好，住在那邊，事事得靠自己來。公公婆婆退一步想，讓她有個自立的意識也好。可是她沒有這樣的意識，家裡搞得連狗窩都不如，要洗的衣服一件一件，鞋子東一隻西一雙的亂丟亂放，被子也是從來不疊的。灶屋裡倒還乾淨，那是她很少自己燒火做飯。到同事家去混飯吃是經常的，再不就隨便到館子裡去賣點子什麼東西吃。去採訪人家，被人家請吃也是吃的一大來源。真真有時是被她帶著，有時是塞到哪個同事家裡，有時也送到她妹那裡去。把個孩子東搓西揉的，婆婆早就聽說了，一想起來心裡就隱隱作痛，哭那個不做家的女人狠心。

好在小安還時時回來看看父母，有時也帶點子東西回，倆老倒不稀罕東西，只總是追著問真真的情況，直到小安作出種種保證「帶好真真」，才讓小安出門。

水蓮的老年人活動中心已經開始活動。經玉琢那樣一鬧，外面的人清楚了趙家情況，同情大安水蓮他們，來參加活動的也特別的多。兩間小房，一間大房，有時是擺滿了十二桌麻將紙牌和棋類。一人平均收一塊錢，一天下來能有個四五張錢，除去茶水費，電費，管理費，還加些子雜七雜八的打點，淨落個兩三張錢也是很可觀的。可是還沒開張到第五個日眼，就遭到城關派出所執法隊的突擊檢查，一下子就帶走了四個人，說他們看上去很年輕，不滿五十歲，不應當到老年人活動中心去打麻將，問他們是不是在賭博，賭多大。搜他們的衣袋，一共搜出二十八塊四毛。問他們的賭資是不是藏在老闆那裡，要他們老實交待，要罰他們一人三百塊才放人。

這四人當中，一人有親戚在派出所，那親戚使了個計策：拿出三百塊錢在手裡，對其餘的三個人說，他已經交了，收據已經開了。接著亮收據，可以走人了。那三個人心裡有數，不揭穿，也不交錢，只說，關吧，你們想把我們關多久就關多久！他們已經滿四十九，夠得上五十的線，詐虎他們賭錢，那是陰謀。

有一個看守他們的人，倒像是被他們三個看守似的。他們那樣坐著，坐到深夜一點多鐘，看守說，我認得你們三個。他們說，怎麼認得呢？看守說，我曾經跟你們三個人的兒子都是同學。他們就說，那好哇，你要看個面子，放我們走吧。看守的說，這樣子，我做個出去有事的，你們就溜。他們三個又說，那不是要追你的責任？看守一笑，似乎想多說兩句，想想又沒說，只說，就這樣。說著他出了門，他們三個也就溜了。

第二天晚上，那四個人還是來活動中心打麻將，也不怕再帶走。他們講在派出所的經歷，大安他爸聽了大為惱火，覺得那是派出所故意來找岔子，不明白究竟得罪了誰。

正思量，派出所又來了幾個人，這幾個人跟昨天來的幾個人不同，是穿的便衣。那幾個人說，誰是老闆？趙喜鵬朝前一站說，我是。那幾個人說，我們來查查，看是不是有青年人在這裡賭博。趙喜鵬說，我還想看看你們的證件呢。那幾個人拿出證件，趙喜鵬看了看說，不是冒牌的就好。那幾個人也沒計較他這話，而是指著一個穿著紅衣服的婦女說，你，跟我們走。穿紅衣服的婦女站起來說，我怎麼要跟你們走？你們要請我吃宵夜呀？那幾個人說，你很年輕，你為什麼要到這裡來？穿紅衣服的婦女笑說，你們再看，把眼睛睜大點子看，看我到底有幾大年紀？

說著她就站在日光燈的最亮處，像個模特兒的走動，最後一亮相，又一笑。那幾個人一時愣住了，穿紅衣服的婦女說，你們是看著我穿的紅衣服是吧？告訴你們吧：我老婆子今年六十八，我的兒子姑娘比你們還大呢。大家哄哄一笑。

他們趕緊走了。說來也怪，第三天他們又來了，一來就說，你們還沒拿到執照，怎麼就開業了呢？趙喜鵬說，誰說的？他們說，你不管誰說的，有執照你就拿出來看看！趙喜鵬說，你們真要看？他們說，真要看！趙喜鵬說，要是我有呢？他們說，有就有，沒有要罰款！趙喜鵬說，你們這樣三番兩次的上門擾亂，有不有罰你們一說呢？他們說，我們是執法！趙喜鵬說，你們是打著執法的幌子吧？

他險些要跟他們吵起來，還是大安水蓮跟他們說好話，把執照拿出來給他們看了，他們才走了。

姑媽上街買菜，碰到水蓮也買菜，姑媽問到「中心」活動的情況，水蓮把連著幾個晚上發生的事說了。水蓮也講得哭，說老是叫人這樣不安心，怎麼叫人有心思搞得下去呢？姑媽想，這裡面一定有名堂，就說，你也別著急，還是我去打探打探，看是怎麼回事，我們那裡有好些學生家長是派出所的。水蓮含著眼淚說，是不是還要請那些人到屋裡坐哈子？姑媽笑說，還是請人家吃鹹菜呀？把水蓮說得破涕為笑。

姑媽打探到派出所在外面執法抓賭的，都是臨時招聘來的青年人，沒經過些嚴格訓練，有時也亂來，曾經開除了兩個的。姑媽說，請請他們也好，一頓兩頓飯也是可以打發的。水蓮就照辦。他們來吃了喝了之後，還一人發了一盒阿詩瑪的煙，都喜笑顏開。

他們說他們那幾天也不是情願來的，只因是一個女的打電話給他們的頭兒，頭兒催著他們來，說是某某街，某某門牌號碼，是某某人的家，有青年人聚賭，無執照辦老年人活動中心，等等。趙喜鵬問：你們的頭兒是叫國吧？他們反問：你老認識國？趙喜鵬冷笑說，認識！怎麼不認識呢？燒成灰都認識的！

他們笑說，哦，那都是熟人熟事的，更好說了。趙喜鵬又問：你們曉不曉得那個打電話的女人是誰？趙喜鵬指著大安和水蓮說，就是她的妯娌，他的弟媳，我的二兒媳婦！他們一驚，說，怎麼會是這樣？趙喜鵬從頭至尾的說了，他們才都哦著說，是這樣。

這次請客的效果很好。以後一直平安無事。他們當中也有人請大安去修家電，大安不要他們的錢。一來二去，大安竟跟他們交上了朋友，一遇上縣裡的統一行動，他們總是提前通知他，讓他小心些。他們有時還說，要是人數少了，安插幾個青年人也可得的，不然一個晚上能搞得幾個錢呢？他們說得也很貼心，大安水蓮不那樣做，說「本份些好」。

水蓮有時邀請姑媽晚上來玩玩麻將，興五角錢一倒，或抹個「二四六」（即兩角四角六角）。姑媽照樣把茶錢，水蓮不要，姑媽說，這也叫做點子貢獻呢。別人都喜歡跟姑媽「搭班子」。姑媽乾脆，不拖泥帶水。有回是她做莊，一取上手就是六對，打一張牌就聽了頭，回頭抓了塊牌胡了七對，她竟然說，不算不算，這胡的不算。這是十全十美，世上哪有十全十美的事？那三個人說「沒有不算的理」，她堅持不算，結果就不算，在麻壇傳為佳話。

話說趙喜鵬聽說了國在參合他們家的事之後，心裡總像是塞著個草把子的不舒服。有天他找到國的家裡去了，國的老婆正好在家，他說，請問，這是國的家嗎？國的老婆問他有什麼事。他說有事找國。國從裡屋走出來，很客氣的跟趙喜鵬打招呼說，你老來了？請坐請坐。趙喜鵬說，我不是來坐的，我有話跟你說，是在你屋裡說呢，還是我們到外頭去說？

這話來得很陡，在國的老婆聽來，很是奇怪。國的老婆說，你這人像是要來吵架的！趙喜鵬說，這就要看國的了：說得好呢，我就不吵，說得不好呢，那就要吵，不是小吵，是大吵！

國一聽這話，感到有些子不妙，笑說，你老到底有什麼事，就慢慢說，怎麼會跟你老吵呢，你老說笑話。

趙喜鵬說，我不是說笑話，也不是你要跟我吵，是我要跟你吵！國的老婆在一邊發火了，說，你這人才真有味得很，你還找上門來吵架？到底是為麼事你這大的狠氣呀？這是我的家，要吵出去吵！

趙喜鵬說，是你的家，也是國的家不是？你能說不是？我今天就是特為找到國的家裡來的！國走到老婆跟前耳語了幾句，大意是說，這是個瘋老頭，你避一避，我來對付他就完了。老婆也真的走開了，國對「瘋老頭」發狠說，我告訴你，你不要胡來，當心吃虧！

趙喜鵬大聲說，我胡來？到底哪個胡來？你在我屋裡打麻將一打就是一通宵，輸贏是上千塊，這是我胡來？我家開辦老年人活動中心，原本沒得事，一個人夥同你，天天來找我家的岔子，這是我胡來？還有，你戴著紅帽徽紅領章，你跑到人家的床上去了，這是我胡來？

這幾句把個國說得怔住了，他趕緊和顏悅色的攔住趙喜鵬說，你老怎麼這樣說？怎麼這樣說？哪有這樣的事？哪有這樣的事？

國害怕了，他想用他的聲音攪亂趙喜鵬的聲音。趙喜鵬仍是大聲武氣的說，你是怕我說還是不怕我說？你是聽我說還是不聽我說？國顯然是小聲說，聽你老說聽你老說。趙喜鵬說，好，你聽著：戴玉琢再在我屋裡生事，我就找你！國強笑著說，看你老說的，那我怎麼管得了呢？趙喜鵬說，你管得了！你聽他的，她也聽你的！國說，我只不過跟小安是朋友。趙喜鵬說，對！是朋友！我今天就找上你這朋友了！不找第二個人，還非找你不可了！你只說你認不認這個帳？逼視著國。國說，我只能說幫忙說說。趙喜鵬說，不是說說，是上到你頭上去了！不然你莫說我胡來，到時候看是你吃虧還是我吃虧的！

趙喜鵬說完走了，把個國搞得上不上下不下的。趙喜鵬算是出了個總氣，心裡特別暢快。他的肚子有些子餓了，慢步到牛肉豆絲餐館跟前了。水生正在裡頭忙，見了他，忙上前打招呼說，你老來了？接著也就大聲朝裡頭喊：水香。水香在裡頭應聲，水生說，下碗豆絲出來，單單下，不把辣的，是大伯來了。

水香出來了，跟大伯見了個面，進去弄去了。不一會就弄出來了，水香端到桌子上。大伯一聞就笑說，好鮮。

水生水香坐在桌子旁邊看著大伯吃。大伯說，你們去忙。他們說也忙得差不多了，沒事。大伯問著水香：你怎麼還沒走呢？水香一笑說，往哪裡走呀？大伯也一笑說，還說往哪走，你以為大伯不曉得呀？水生替水香說，快了。水香嗔她哥說，哪裡就快了？趕我走哇？水生笑了，哄著小孩子似的說，好好好，不快了，不快了。大伯也覺得好開心，截至想著玉琢，心裡又像是被什麼東西堵了似的，不好受。

吃了東西出來，見街旁邊站著一堆人，在議論什麼。那些人見了趙喜鵬，陡然不作聲。那些個神色是騙不過他的：好像與他有關。從旁邊經過，人家還是跟他打招呼，客氣倒是客氣，只是沒有平素自然。可能是議論他家裡的事，玉琢和小安那樣在街上放潑，哪個不知不曉的，外頭說長道短也是有的。趙喜鵬這樣一想，也不在意，還主動跟人家多說了幾句話。直至回到家裡，看到婆婆坐在房裡哭，大安和水蓮也都在她身邊勸婆婆冷靜些冷靜些，趙喜鵬見了說，又是為麼事呢？水蓮的眼睛本來就紅紅的，這一問，也把水蓮問得哭出聲來。趙喜鵬煩不過說，死了人哪？水蓮和婆婆哭得更發狠了。

大安把爸爸拉到一邊說，這也是想不到的。他爸說，什麼想不到的？大安說，小安……他爸急問，小安怎麼啦？大安說，小安被抓了。他爸感到當頭一棒，不過還一連問了三問：怎麼抓的？為什麼抓？什麼時候的事？還沒來得及聽大安說，暈過去了。

當然又是一陣慌亂。待他醒過來之後，他的情緒好些了，別個再要跟他說小安的事，他就擺擺手，意思是叫不說。過了一天，他也不打聽，也不聽別個說。婆婆流著眼淚說，你想死啊？他說，我不是想死，我是想多活幾天，讓我安靜吧。

他一連在床上躺了幾天，不怎麼吃東西。妹和妹夫來看他，他才掙著坐起來，歪在床頭，跟他們說著話。他流著眼淚說，他們那一代人，我們管不了啦！我們這一代人，也快走到頭了！我也沒有多少親人，就你們！你們好，我看著喜歡。你們的一個孩子，一個個，都有出息，也是你們教育有方，我怎麼就要遭這樣的報應呢？我覺得我今生還不壞，大概是我前生沒做到好事啊！

說著拍打自己的腦袋，恨不得不活。妹和妹夫都勸說，事情已經發生了，不用再擔心。他說，我擔心！我只擔心我怎麼就不早死！早死早享福去了！妹和妹夫說，其實也沒什麼大不了的事，只是說他受賄五萬塊錢，把錢交了就放人。他叫著說，天哪，我不信！我不信我的兒子會做那個事！妹和妹夫說，你先不說這個話，這話傳出去也不好，慢點人家說是不肯認罪的。

他說，哪裡來的五萬塊錢啊，我又不是不曉得他們！縱然有錢，也丟到房子裡去了，這害人的房子啊！妹和妹夫說，你也別著急，水蓮和大安他們也湊了點，我們也湊了點，再加上玉琢去賣了首飾和項鍊，總共也差不多有四萬，還只差萬把塊。趙喜鵬趕緊說，這萬把塊不愁，我們老的有，有那個數，叫他媽趕快拿出來完了，還等什麼？說著要叫大安他媽，妹和妹夫笑說，嫂還怕你不願意呢，背著你早拿出來了，交都交出去了，說是這兩天放人的。趙喜鵬默不作聲了。

正說著，外頭有人叫：小安回來了！接著聽到小安他媽的哭聲：我兒回來了！這房裡的幾個人都出來了，他爸也掙著起來，大家見小安一下子瘦了許多，眼睛也大了許多，原先的單眼皮也變成了雙眼皮，還是精精神神的，且還一個勁兒說著「沒事沒事」，寬慰大家的心。

他媽記起似的說，那個小女人呢？她哪裡去了？小安笑說，說是去接我的，錯過了——我是縣裡的小車把我接回的，她可能還在路上走。他媽咕了一句：我說呢。大家問些子詳細情況，他只說他進去吃了些子虧，七十二小時就那樣面壁站著，像整小學生的，沒吃也沒睡，要他交待問題。

周圍的人聽得眼淚流，而小安就像講著別人的驚險故事，還笑笑嘻嘻的。他說他才算是曉得了：那個地方不是人待的。他媽聽不下去了，一個人跑到房裡去關著門哭。他去勸母親說「經一事長一智」，不是什麼壞事，好在是他的身體好，不然那還真有些子受不住的。小安說著這些話的時候，眼眶也熱熱的，好在沒有人看見。

不多時玉琢牽著真真回來了。她進門的那一刻，好像是難以邁步，截至看到屋裡的那些人都叫著說「玉琢回來了」，她才進來。婆婆也從屋裡出來了，見玉琢眼淚雨淋似的，心也軟了，還是強著不跟玉琢說話，可是玉琢竟然出口叫了她一聲「媽」，聲音很細，但聽得清楚，婆婆又哭起來了，也不忘響響亮亮的應了一聲，哽咽著說，你怎麼才回？小安好早就到了屋的。

真真撲在爸爸懷裡。小安指示真真說，叫爺爺奶奶。真真叫了「爺爺奶奶」。小安又指示說，叫姑婆姑爺，真真叫了「姑婆姑爺」。小安一一指示，真真一一照辦。水生水香也趕來了，小安指示真真叫「叔和姨」。大家坐下說話，和和睦睦的，好像什麼事不曾發生一樣。

婆婆對著玉琢和小安說，你們還要在那邊住多久？還不打算搬回的？玉琢只是低著頭，不好作聲，還是小安說，我們說了的，過幾天就搬回來的。小安也還用真真的話說，真真也總是吵著要搬回來呢。真真說那邊吵人，巷子口總有炸米泡的，有回我教他兒歌，念「太子山，高又高，太子山上紅旗飄……」，他剛一背「太子山……」，炸米泡的炸得一嗵。他又從頭背，背著背著，又是炸得一嗵，結果他背成了「太子山，嗵！高又高，嗵！太子山上炸米泡，嗵！嗵！」大家笑得拍手跺腳。小安他媽笑出了眼淚。小安他爸說，你又來了！小安他媽說，我是高了興呢。

我的小說寫到這裡，其實可以結束。想不到一時有很多人到家裡來看望小安，一起又一起的，有縣裡四大家領導，有農業局的幹部，還有縣直各局的頭兒們，三陂鄉的幹部們來來去去更發是不消說了。凡來的都是提著東西來，沒有空手的，像是歡迎凱旋歸來的英雄。

地區殷專員派車接他去地區玩了三天。小安的形象沒有因去過那個地方就受到損害。小安的姑爺，也就是我們的作家金銳，百思不得其解。他問小安，小安說，虧你老還是作家，這麼簡單的事怎麼還想不出？姑爺承認說，想不出。小安說，是的，人家送了我五萬塊錢，我為了我那個鄉的鄉鎮企業，也都送給了別人。跟姑爺說實話，還不止送了這些。我只去了一兩年，我的鄉鎮企業搞很不錯是不是？是我有日天的本事？憑的就是關係！我打點了人家，我不能說出去，我都擔待著，所以人家給我的是明顯的，我一點也不瞞著的，去路在我這裡斷了，我要是都捅出來，就坦白從寬了嗎？不，那就是死路一條！我現在吃了虧，我也報帳不出，但上下左右都是明於心不明於口的，姑爺你老說說，我是好還是壞？有時我連我自己都不曉得我是什麼人！

小安說得哭了起來，在姑爺面前嚎啕大哭，姑爺見所未見，聞所未聞，弄得姑爺也淚眼婆娑的。小安哭罷，一勾腰掀起自己的褲腿說，姑爺你看，我的兩個腿還是腫的。姑爺勾腰去按了按那腿，按下去就是一個窩，好半天不能平復。小安把長褲腿放下去，他怕姑媽回來看見了，他不想讓別人知道，除了姑爺。姑爺吃驚的說，這是怎麼搞的！小安說，就是那七十二小時立腫的。姑爺哭出聲來。

在後，也有不少人請小安吃飯，表示某種安慰。有一天水蓮對大安說也想請請小安，大安說行得。請小安的那天，當然是把玉琢也請了，把姑媽姑爺請了，把水香水生請了。公公婆婆灶上灶下的忙，一桌子菜擺出來了，水蓮就說，也沒什麼好吃的，也不過是——姑媽接她的話說，也不過是請你們吃鹹菜。大家就笑。

陽光燦爛

茅令祈起先是畫版畫的，後來覺得版畫太費，又是木板，又是刻刀，又不能免了畫草圖，就改畫國畫了。後來又覺得畫國畫難得打出去，一般的他不想畫，不一般的又畫不出，就又改畫宣傳畫了。宣傳畫好刊登些，配合某個中心，抓住某個苗頭，也還是容易的，時間長了，也覺得沒意思，老是跟著形勢跑，形勢一過就過了，自己都不想拿起來再看的。茅令祈就想，還是畫漫畫好。漫畫只是線條的構勒，一支筆一張紙的事，再簡單不過了。重要的是有銷路，報紙的輸送量也大，漫畫專門刊物也多起來了，就連純雅嚴肅的《上海文學》，也在每期的最後一面發一幅漫畫作品。關於漫畫的大獎賽也多，不說是國內，國外一些國家每年也都有國際性的漫畫大賽。那獎金也是高得嚇人的，折合人民幣就是十幾萬，或幾十萬，碰上了，乖乖窿的窿，不就發了？

茅令祈是縣文化館副館長，館長是楊光。他對楊光談他的決策，楊光說行啊，你發了，你就設立個「茅令祈漫畫基金會」，專門獎勵我們縣裡有成就的漫畫作者吧。茅令祈笑說，要設我就設個「茅令祈文學藝術基金會」，也獎勵你的那個行當：文學。楊光笑說，有氣魄。茅令祈說，我的夢要是沒做醒，你可要把我搖醒啊。楊光說，我就怕我也掉進了夢裡啊。

兩個人說是說笑是笑，搞起業務來，也還真像那麼回事。一個是規定自己每天要畫一幅漫畫，一個是規定自己每天至少要動筆寫三百字。白天上班，有公務，晚上他們倆個就約定到辦公室裡來，雷打不動的。辦公室樓下就是舞廳，那迪斯可的音樂直朝屋裡灌。辦公室樓上的幾層是文化館宿舍，差不多每家都擺了一桌麻將，殺家麻雀和殺野麻雀的麻將聲，也在音樂的間隙裡插進來。他們兩個不為這些所動，一個在那裡畫，一個在那裡寫，連他們自己也感動的。

茅令祈笑說，我們這樣堅持下去，一定會走向全國，走向世界。

楊光說，自己收穫的，從來就是自己播種的。

接著就聽到有人敲門。

茅令祈說，不理。

楊光也說，不理。

倆個人就還是做自己的事。敲門的人還在敲。楊光放下筆說，怕是有什麼事吧？說著就起身了。辦公室是一通間隔成的兩個套間，外間辦公的是會計出納及各業務行當，裡間就是館長室。楊光開了門，見是一位少婦，不認識，就問，你找誰？

少婦一笑說，請問茅令祈在嗎？

楊光說，在。接著就朝套間裡喊，茅令祈，有人找。

茅令祈在裡間說，誰呀？進來進來，有事進來說。

少婦進了裡間，茅令祈就愣住了，說，是你？

少婦笑說，我是誰啊？

茅令祈想都沒想，說，貞！貞貞！魏貞貞！

少婦就奔過去抓住茅令祈的手，抓得有些過份，茅令祈就趁勢拉她在沙發上坐下，自己就回到坐位上坐了，對楊光說，這是我十五年前的同學，也是十五年沒見啦！又問魏貞貞，你是從武漢來的？

魏貞貞笑著點頭。

茅令祈說，出差？

魏貞貞就說，一定要是出差呀？專門來看看老同學不行嗎？

茅令祈說，領當不起，領當不起。

楊光是搞文學創作的，自然敏銳，感覺到他們之間有某種內在的東西。十五年沒見，讓他們在一起說些話也是正理。楊光就收起東西要走，茅令祈連說，沒關係的，沒關係的。又記起還沒介紹楊光，就對魏貞貞說，我們的楊館長，作家。茅令祈還沒來得及往下說，魏貞貞就把手伸過來了，楊光握了握，就說，你們談吧。茅令祈只是笑，也沒再說「沒關係沒關係」的話，楊光就趕緊撤退了。

一連有兩個晚上茅令祈沒有到辦公室裡來。楊光也還是來，白天也不問茅令祈那個話。到了第三天晚上，茅令祈才來了，一來就說，我曉得你要對我說什麼。

楊光說，說什麼？

茅令祈笑說，老同學來了，陪一陪，不正常麼？

楊光說，我說你不正常了？

茅令祈說，我也沒說你說了。

楊光說，那就交待一下你的「正常」吧。

茅令祈是什麼話也願意跟楊光講的，包括跟老婆的性生活。茅令祈就說，讀高三，我跟魏貞貞是同桌，平素形影不離，上課的時候，也還遞紙條子。條子的內容隨心所欲。有回倒了楣，被老師發現了，收繳了。老師要我們當堂念，我們不念，老師就代勞念了。我還記得是這樣一些：一張條說，你身上的氣味真好聞。另一張條說，你能用一句話描述嗎？一張條說，我只用兩個字說：人味。另一張條說，算你及格。一張條說，比老師還嚴格。另一張條說，我就想當老師，老師訓起人來，你只有兩個鼻孔出氣。一張條說，怪不得我在你面前只有兩個鼻孔出氣的。老師念條子念得自己也忍不住笑，同學們也是哄堂大笑的。我們倆個羞愧死了。這事傳得很開，魏貞貞的父母知道了，讓她轉了學。我們兩個想幽會，可是在魏貞貞父母的嚴格管制之下，不能得逞。以後就各分東西，沒來沒往的，想不到十五年之後魏貞貞還來找我，我問她是怎麼想到來找我的，而且是在十五年之後。她說是看到我的一些漫畫作品，就常常想起那些個紙條，就想著來找我。要是你，你說你作何感想？

楊光說，你就不怕你老婆知道了。

茅令祈說，我也沒做什麼出格的事。

楊光說，到底？

茅令祈就笑。楊光說，一笑就假了。茅令祈就坦白說，只擁抱了一下，親了親嘴，如此而已。楊光想不到茅令祈也進入了「情人」世界。茅令祈素來的言語不多，塑造了茅令祈的本分形象，這事要是說出去，沒人信的。茅令祈講起魏貞貞的那個神情，真真是進入了角色。楊光也不好怎麼說他，只說要好自為止，別搞出麻煩來。茅令祈點頭。他們就談起了業務。也談起了楊光那本《楊光隨筆》走俏。

茅令祈說，發行十幾萬冊，真是嚇人。怎麼就這樣走俏呢？

楊光說，這還是由於社會生活的浮躁，功利，也是緊張，人們就嚮往安寧，嚮往淡泊，嚮往閒適。隨筆也是自然隨意的趨向了這些個特點。

茅令祈就笑說，我也真想寫隨筆，不畫漫畫。

楊光也笑說，喜新厭舊。

說了會兒話，就各自埋頭做事。茅令祈就總是先看報紙，文化館訂的報紙也多，茅令祈就從報紙上找點子，一個晚上能找好幾個點子。他原先是一個晚上畫一個點子，現在一個晚上起碼要畫五個點子。原先一個月只發表三五幅漫畫，現在一個月就發表十幾幅了，平均兩三天就有一幅見報。稿費雖然不高，但幾天就有一張稿費單，一個月到郵局去取一回，也讓郵局那些服務小姐羨慕不已的。只要是哪位小姐隨便說一句「請客呀，畫家」，他就當即兌現，到對面的商業大樓買點子水果糖之類，分發給那些小姐，他看著小姐們將剝開糖紙，將糖塞進櫻桃小嘴裡，就很是開心的。小姐們有時見楊光去領稿費，就笑楊光小氣，沒得茅令祈大方的。楊光就笑，不接話，不受那個誘惑。

茅令祈投稿的方式也有些特別的，將五幅各不相干的漫畫作為一組，統在一個信封裡寄出，報社選用了一幅兩幅，其餘的退回不退回，反正到一定的時候，他就再將那沒發表的，重新組合一組，朝另外的報紙寄去。大報不行就改寄小報，小報不行就寄專業報。專業報不行就寄內部發行的。實在沒人要的，就改頭換面，總是能夠把它們推銷出去的。統計起創作成果來，他總是寫滿好多頁的作品發表目錄，怪嚇人的。

有一天楊光說，我們成立個漫畫協會怎麼樣？

茅令祈說，好。

楊光說，你就著手抓。

茅令祈說，好。

楊光就笑說，莫只是答應得爽快的。

茅令祈也笑說，好。

楊光笑說，你呀。

正說著，電話鈴響起來了，楊光就近抓起了話筒，先喂了一聲，問是哪裡。那邊一聽聲音，就咯咯笑說，館長、作家同志嗎？楊光就知道是誰了，對茅令祈說，找你的。茅令祈接過話筒，剛一聲「喂」，就怔住了，臉也像潑了血似的，火紅火紅。楊光看到了做個沒看到的，趕緊埋頭寫自己的東西。當著楊光的面，茅令祈也不好在電話裡說些過於親密的話，但那個親密的神情，語氣，把個親密洩露無遺了。

楊光到省裡去開了幾天會，大黑才回家，洗了洗，扒了幾口飯，就要出門，妻子說，今天還要去呀？

楊光笑說，只要是不出差，雷打不動唄。

妻子說，在家裡就不能寫呀？

楊光說，兩個人在一起，有個氛圍，也是個激勵。

妻子笑說，你知道人家在背後說你們什麼嗎？

楊光說，說什麼？

妻子說，同性戀。

楊光轉身就抱住妻子說，我戀我老婆都戀不過來哩，還同性戀！

妻子被楊光抱得喘不過氣來，說，你要把我憋死呀？

楊光就啃了妻子一口說，電視連續劇，等會子再接著播放。

妻子嗔他說，莫想！

楊光去了辦公室，沒見茅令祈。第二天上班的時候，他就小聲問茅令祈，是不是那個魏貞貞又來了？

茅令祈笑說，是來了。

這叫楊光吃驚不小，他本來是個問得玩的話，倒是真的，他就不接話了，就正兒八經的跟茅令祈談省裡的會議精神。這個會是省文化廳召開的小型座談會，談文化館的深化改革。與會的也只是全省勇於改革的十個文化館長。有人說文化館的文化工作都是低層次的，許多思維也是低層次的，所以真正有價值的東西就不多，所以文化館的深化改革，也有個走向世界、跟世界文化接軌的問題。有人說文化館也應當像引進發達國家的科技一樣，引進世界文明的文化精粹，代表當今最高層次的文明文化在人家那裡，不在我們這裡，這就像住在北京的人，不大會關心某個縣文化館在做什麼事情一樣。楊光說他也談了自己的觀點。他說中國人口占世界人口的四分之一，就跟埃及希臘印度一樣，有著數千年的優秀文化傳統，在國際事務中也起著舉足輕重的作用，而中國文化就怎麼被排拆在世界文化之外了，才要跟世界文化接軌？我們的孔子接誰的軌？我們的《孫子兵法》接誰的軌？我們的《紅樓夢》接誰的軌？他說「百花齊放」才是對的，不僅在中國範圍裡對，在世界範圍裡也對，誰也不取消誰，誰也不代替誰，誰也不迎合誰，誰也不融化誰，但取長補短是中國文化需要的，也是別國文化需要的，世界文化的豐富性，也就會變得普遍的高級起來。文化廳的領導很是欣賞他的發言，說他到底是不愧為作家型的文化館長。他就對茅令祈說到文化館改革到了這一步，也確實要深化一下，這個深化就是工作的創造性。他說抓漫畫創作不是我們那天晚上的說說而已，是要真抓的。我們不搞齊頭並進，也沒有那個能力搞齊頭並進，就重點抓這個，抓出成果來。他就問茅令祈，按那天說的，在著手抓嗎？

茅令祈說「沒有」。楊光就一直不明白，茅令祈為什麼近幾個月來總是不把他的話放在心裡。楊光這回說，我們先開個全館人員大會，一是傳達精神，二是說說我們的打算。茅令祈還是說，好。他就是這樣，從來就是「好好好」，也不提個反對意見，做起來又不是那個事，楊光有些子惱火，說，夥計，你是不是對我有意見？

茅令祈說，看你說的，我能對你有什麼意見呢？你把我當親兄弟，我把你當好班長。

楊光說，我不喜歡聽你那些好話！

兩個人第一次交了火。茅令祈也還嘻嘻的笑。楊光討厭他那種笑。

全館人員大會開過之後，大家都說著重抓漫畫的這個點子好。美術組的三個人有兩個人是畫過漫畫的，平素見茅令祈那些稿費單，也早就想把漫畫揀起來的。另外一個也想轉向畫漫畫。加上茅令祈，文化館就有四個人畫漫畫了，這個中堅力量去滾雪球，去帶動一片，不愁縣裡的漫畫創作不成氣候。

文化局打電話要楊光到文化局去一下。楊局長見了他，很是客氣，把他請到接待室，又是倒茶，又是遞煙的。楊光說，今天怎麼這麼客氣？

楊局長坐下來笑說，這樣說就不好了，什麼時候對你不客氣呀？

楊光說，客氣是客氣，沒有今天的規格高，又是倒茶又是遞煙——你不曉得我不抽煙啦？有話你就直說吧。

楊局長就說，是好事，對於你來說，是好事，是大好事哩。

楊光喝著茶說，可別讓我血壓升高啊。

楊局長說，你要請客才是。

楊光說，看是什麼事。

楊局長說，是這麼回事，考慮到你的創作需要時間，館長的事務又多又雜，不能不牽扯你的精力，想讓你當書記。文化館有四五個黨員了，可以設立個支部了，不再跟圖書館是一個支部。相比較而言，書記的事務性少些，多是思想上的工作，這個也是看不見摸不著的東西，不過你也不要以為書記不重要，讓你當書記不是把你從館長的位置上拉下來，書記館長是一回事，黨是領導一切的——雖然現在不這樣提，但誰個能不要黨的領導？誰個敢削弱黨的領導？讓你當書記是慎重的，因為你是名人，是我們縣裡的專業技術拔尖人才，所以不僅是經過了宣傳部，也是經過了組織部的。這對於你，只有好處，沒有壞處。你知道，我從前是寫詩的，不是吹的話，我的詩還上過詩刊哩。你以為我現在就不想寫？我是沒有時間啊，你看我哪天不是忙得腳後跟打屁股？纏死人的些子事務，我都不想當這個局長，我想去寫詩，我要是有時間，我不相信我會寫不出好詩來你信不信？能當局長的人多得很，能當作家的有幾個？我們縣五十五萬人，也只有你一個作家，是不是的呢？我們是老同學，今後你若需要創作假什麼的，我會支持你的，你要相信。哈哈，不說是老同學，我們都姓楊不是？

楊光也笑了，不是哈哈笑，是微笑。也像是獨笑，不是附和楊局長的笑，不是配合楊局長的笑，不是回應楊局長的笑，是看清了一切的笑，是坐視了人間滄桑的笑，或者就應當叫做「欣然獨笑」。

回到文化館，楊光就先跟茅令祈通氣，而且說到茅令祈有可能當館長，茅令祈笑笑說，我早就知道的。

楊光說，早就知道的？

茅令祈說，我不好跟你說。

楊光就沒好氣的說，我知道了！

茅令祈說，你知道什麼了？

楊光說，你跟楊局長穿的是一條褲子！

茅令祈笑說，怎麼會呢？你從宣傳部一來，就提我當了副館長，我不親近你去親近他？沒這個道理吧？

茅令祈為了表明他對楊光的真心，就說出了一個背景材料。他說有天他隨宣傳部楊部長和文化局楊局長一起到三陂鎮文化站去解決新建站址問題，坐在車裡，楊部長就叫起他的名字說，茅令祈，我跟你說，不能把文化館辦成小文聯喲，創作要搞，文化館不光是搞創作的，文化館要搞群眾文化。茅令祈只是聽著，也不說什麼。楊局長就插嘴說，茅館長有時只是畫點漫畫，沒事，沒影響工作。楊部長就說，我也要說你呀楊局長，你是怎麼搞的呀？你怎麼就管不住個楊光呢？楊局長笑說，我怎麼管不住個楊光？楊部長說，不說別的，我只說文化館門前的那一排宣傳櫥窗，怎麼就砸得做了一個個的店鋪呢？文化館應當是搞商店還是搞文化？一切向錢看還行啦？不管到了什麼時候，「一切向錢看」都是資本主義的東西，都是資產階級的東西，把個好端端的無產階級宣傳陣地，拱手讓給資產階級，誰做得出來？他楊光做得出來！他楊光有幾大個狠氣在哪裡？他以為他楊光很有名不是？有名又怎麼樣？有名就可以無法無天？我說你楊局長怎麼就怕他呢？你是他的上級，下級不聽上級的，那才是跛子的屁眼，斜門！我告訴你，這個事還沒有下地，人大、政協會，有好多提案就是說這個事的，都說是要政府干預，把宣傳櫥窗恢復過來。這是個大事，我先把話說得這裡放著，有他好果子吃的！

茅令祈說楊部長一路這樣說下去，也不知道怎麼對你楊光有這麼大的意見的。我把這些話吐露給你，你要曉得招呼一點啊。

楊光就問，你怎麼看，這事？

茅令祈說，我想是有些被動。

楊光說，被動？

茅令祈說，不被動？

楊光說，這件事既然這麼嚴重，他們又是那樣子氣憤，為什麼就一直不下我的手呢，你說？

茅令祈說，因為你的名氣。

楊光說，名氣管屁用。

楊光就向茅令祈吐露了他在這個事情上的心計。文化館門前七個口面的宣傳櫥窗，他早就想弄得做商店門面。財政對文化館的撥款在減少，文化館各方面的費用在增加。文化館要以文養文，又要以文養人，做成商店門面出租，倒是一法，無奈這宣傳櫥窗很受宣傳部重視的。楊部長總是直接打電話給楊光，哪一期要換哪些內容，哪些內容要配合哪個中心，有時要抄錄縣委文件，要抄錄縣委書記的講話，要抄錄報紙的社論，恨不得兩三天就要更換一期才好的。楊部長有時還悄悄來檢查，看是不是照辦了。所以要砸宣傳櫥窗，那不是一般的風險。有天他知道文化局要辦文化服務公司，想在新大街租一兩間門面沒租到。楊光獻計說，何必花錢租人家的門面呢？我們不是有現成的？楊局長說，哪有現成的？楊光說，將我們文化館的宣傳櫥窗拿出兩間改成兩個門面不就是了？楊局長說，你開玩笑！楊光說，我不開玩笑！楊局長說，你不開玩笑你想垮臺！楊光說，你先聽我說好不好？楊局長說，我先聽你放屁！當時因楊局長臨時接到個開會通知，沒說成。第二天楊局長又找楊光說，你昨天要放的屁，今天再放放。楊光就笑說，這樣逼人放屁呀？看在你局長的份上，好吧，你聞聞是香還是臭。楊光就說如今又是電視，又是廣播，又是報紙，還有其他的資訊管道，不是從先的宣傳單一。再說城關凡是面臨大街的那些院牆，不都是拆得做了商店門面？連縣政府機關臨街的那棟房子，不也變成了商店？獨獨我們文化館就不能改變一下？退一步，饒說不該的，也只改了兩個口面，還有五個口面哩，要錯也錯不到哪裡去。你楊局長要是怕出岔子，你就跟楊部長通通氣，憑你跟楊部長的關係，憑你在楊部長心裡的地位，還能不買你的帳？

楊光給楊局長灌了些洋米湯，楊局長已經是暈暈糊糊的了。楊局長就說，不能通氣不能通氣，要是通了氣就肯定搞不成的。楊光說，那就先斬後奏。楊局長就笑說，你說的倒是一法。楊光說，你們拿錢，你們做，產權歸我們所有。兩年之內，我也不要你的租金什麼的，到第三年，那就要表示啦，不然我們館裡人會說我巴結你，賣館求榮。楊局長說，我也是被逼得沒辦法，上頭一再強調要創收。

文化局就選擇了一個時間：星期六的一個晚上，星期天的一天，再加上星期天的一個晚上，連拆帶做，到星期一的早上，那個店面就成功了。文化局開業，還請楊部長喝了酒的，楊部長也並沒說什麼，在酒席上還跟楊局長碰杯，說文化局的創收行動快。過了幾個月，楊光也就開始行動了：也突擊性的把那幾個宣傳櫥窗砸得做了五個門店，出租給人家。這事成了嚴重事件之後，有調查組幾次到文化局來調查，文化局感到自己砸櫥窗在先，「你做了初一人家才做初二」，不好怎麼怪罪楊光，楊光也就看著文化局是怎樣將「大事化小，小事化了」。這就是楊光的「未曾下水，先按落水之計」。

茅令祈說，真是佩服。

楊光笑說，我也有惡毒的方面。

文化館的人一時也接受不了楊光不而是館長的事實。楊光自己也覺著彆扭。他在文化館工作五年建立起來的權威，是絕對不會因為他當了書記而有所削弱的。楊光當館長做了一個天大的好事，就是把文化館那幾棟破破爛爛的平房拆了，臨街豎起七間跨度的七層樓房。資金的來源也是改革的一個創舉：將文化館十年的財政撥款，一次性的撥給文化館，再找銀行貸一點，文化館籌一點，大幫小湊的，就把個文化館變了樣。十年的飯錢，就歸文化館自己弄了，這是不留退路的意味，是破釜沉舟的意味。儘管自己弄飯吃艱難，也有怨言，但畢竟是豎起了那棟文化樓。這樓也算是楊光的大手筆。這在全國文化系統當中，尚屬首例，再加上楊光是個作家，又經常有作品問世，就更發讓人不能小視了。文化館的人分析，楊光之所以當了書記，大概就是因為砸了宣傳櫥窗。宣傳櫥窗是楊光自己建起來的，自己又將它砸了，也實在是出於要吃飯。影片放映也只能保個本。卡拉ＯＫ舞廳也不是很景氣。辦文學的美術的音樂的舞蹈的培訓班倒是可以賺些子錢，但落到公家上頭就不是很多的。楊光也放了些人出去做生意，還試圖開工廠，到頭來是他自己總結的：文人經商，九個賠光，還剩一個，年底泡湯。有人只曉得說文化館要如何如何，就沒想到文化館的人還是不是人，還吃不吃飯。也有為楊光打抱不平的，說楊光在全省有名的館長，怎麼就把他拉下來了呢？這個抱不平打到組織部，組織部的人說，我們也過問了的，他們說這是照顧他，有利於他的創作。打抱不平的人也覺著好笑，在骨子裡都是把書記看輕了哩。

說有利於楊光的創作也不假。文化館許多事務性的工作，就找不到楊光頭上了。上頭找來的許多麻煩事，也都找到茅令祈頭上了。楊光每天也還是到辦公室來，來了也還是坐他那個座位上，有事就處理事，沒事就看看書，或是攤開稿子寫寫東西，也沒人干涉他的。好在他的事也不是太多，要是不找事做，也就沒事。思想政治工作，提起來千斤，放下來四兩，無論是出於應付，還是當真，都難不倒他的。譬如說兩個人吵架，讓茅令祈出面調停，兩個人會越吵越厲害的，楊光出面就不一樣了，他只要去將兩個人的肩膀一拍，說，吵什麼呀吵？文化人不文化，怕不怕人家笑話？聽人勸，落一半，看在我的面子上行不行？兩個人就不吵了。把這叫水準吧，也談不上。不叫水準吧，就達到了水準，沒人不服的。

有天楊局長撇開楊光，把茅令祈叫到局裡去，說宣傳部楊部長的弟媳想到文化館來，要他接受。

茅令祈說，我回去跟楊館長商量一下。

楊局長糾正說，他還是什麼館長？你怎麼糊塗了！

茅令祈笑說，我還一時改不過口來。又說，我也還是要跟書記商量呀？

楊局長說，商什麼量呀？你是館長，你說了算！

茅令祈說，文化館進人是大事，不能不跟書記商量，你也是知道他這個人的，不然說我一上來就把他撇在一邊，不好。

楊局長說，你也不用怕他，有什麼事，我擔待就是！

茅令祈回到文化館，把梅會計叫到一邊說，把章子拿我用一下。

以前用章子很隨便的，覺得文化館的個章子沒什麼大用，哪個要蓋就給哪個蓋，文化館有人用章子去給姑娘墮胎，去行騙，她才覺得章子是不能隨便蓋的。那時楊光也沒怎麼批評她，只說以後蓋章子要經過我，你的責任只是保管，記住了嗎？梅會計點頭，把眼淚都點出來了。楊光對人很是寬容的。

此時梅會計就說，你跟楊館長說過嗎？

茅令祈說，什麼？要跟楊館長說？

梅會計一時還沒有會過意思來，就說，這是規距，你忘啦？

茅令祈說，我看是你忘啦！

梅會計說，我忘什麼啦？

茅令祈說，我是館長，用個章子的權也沒有嗎？

梅會計就知道茅令祈的意思了，就故意笑說，哎呀，那是以前的規距，真是我忘了，是我忘了！

茅令祈也笑說，我就在想，平素我跟梅會計的關係不錯呀，怎麼我當了館長就這樣下我的菜呢？

梅會計說，對不起呀，茅館長。

茅令祈說，沒什麼，沒什麼。

梅會計笑說，要是有什麼，我可就是吃不了兜著走呀。

茅令祈也笑說，你把我看成什麼人了？

梅會計說，好人好人。

茅令祈說，那就快把章子給我吧，等著用哩。

梅會計就說，東西呢？

茅令祈說，什麼東西？

梅會計說，要蓋章的東西？拿來我好給你蓋呀。

茅令祈支吾著說，我，我放在家裡了。你把章子給我，我拿回家蓋吧。

梅會計就不好再說什麼，她打開了抽屜，又突然拍著自己的腦門說，哎呀，我也是把章子放在家裡了！

茅令祈說，你怎麼放在家裡了？

梅會計說，辦公室被人撬了幾回的，我怕再撬，把我的章子也偷起走了哩。

茅令祈說了句「你真是小心」，要她回家去把章子拿來，她也就依言回去了。

梅會計並沒有真正回到家裡，出了辦公室，裝作朝家裡走，結果是拐得去找楊光。楊光不在家，她下了樓，要路過辦公室門口，就提著腳走路，躲過了茅令祈的眼睛，到文化局去找，也不在。她一時找不到楊光，也不能回到辦公室，就只有在大街上走一走。她想她服從楊光，不僅是楊光正確，還有埋在她心裡一份感情。她喜歡讀楊光的作品，也喜歡楊光的為人。楊光的爽朗和才氣，讓所有接近他的人也能一時的爽朗和才氣起來。所有願意上進的人，願意有作為的人，都願意接近他。

她就這樣邊走邊想，差點撞在一個人身上。這人就是楊光。楊光也是只顧走路，沒看見她，直到兩個人都抬起頭來，兩個人也都笑了。笑過之後，梅會計就把楊光拉到樓房的背陰處，說了茅令祈要用章子的事。

楊光說，你做得對，讓他把章子蓋了，就壞了。

梅會計不知道內幕，問怎麼是「壞了」。楊光說，茅令祈表態，要把宣傳部楊部長的弟媳調到我們文化館來，想繞過我哩。

梅會計說，你是怎麼知道的？

楊光說，也真是無巧不成書。他說他剛才是去了棉紡廠工會，他們在辦文學培訓班，他跟工會主席汪化閒談，就談起了住汪化家對門住的，就是楊部長弟弟一家。楊部長的弟媳滿處說她就要調到文化館了，說文化館同意接收，馬上就辦手續的。楊光一聽這話，就想到梅會計是不是蓋了章子，所以就跑回來找梅會計，想不到梅會計也正為這事找他。楊光說，你說這是不是巧呢？

梅會計說，這不叫巧，叫緣份，要不，怎麼會跟你撞得一團呢。

楊光看到梅會計眼裡有某種動人的東西，他就避開她的眼光說，你去告訴茅令祈，就說我曉得這事，是我不讓蓋的，回頭我再找他，我現在還要回轉去參加他們的培訓班活動。

梅會計就望著他走去了幾步，又喊住他說，你等等。楊光就站住了。她走攏去，欲說又止，只朝楊光眨了三下眼睛，又揚起手擺了三下，不說了。

很是奇怪，楊光卡住了文化館進人這事，茅令祈也不哼一聲，好像沒這事一般。楊局長見了他，也不提及，不過那臉色不怎麼好看。楊光也問過梅會計，茅令祈說過什麼？梅會計說沒說什麼。楊光說，表情呢？梅會計說，也沒表情。楊光想，這就是茅令祈，刻骨的東西都藏起來了。

自楊光當了書記之後，也就是說自茅令祈當了館長之後，他們晚上寫寫畫畫的約定，就嘎然散夥了。茅令祈也不大畫漫畫了。但楊光晚上還是來辦公室，他是念真經，拜真佛的。不過他常常接到那個魏貞貞打給茅令祈的長途電話，幾乎是隔一個晚上就要打一個的，楊光去茅令祈家裡要他接電話，之後，茅令祈對楊光說，你再叫我接電話的時候，不要說打電話來的是女的，也不要說是有我的電話，只說你找我到辦公室有事就行。

哪知那邊發展到白天也來電話了，別人對魏貞貞的聲音也聽熟了，一聽到那個聲音，就把話筒朝茅令祈一遞說，找你。時間長了，電話鈴一響，別人也不去接，茅令祈也就直奔電話機不誤。是那邊來的電話更好，不是那邊來的電話也不壞。文化館的人差不多都曉得他們的茅館長有個情人，都在議論，但都不點穿的。楊局長也聽說了，來文化館問楊光。

楊光說，打個電話又怎麼樣呢？人家又沒犯法。

楊局長說，你不曉得人家在背後怎麼議論！

楊光說，我也不曉得人家在背後怎麼議論我哩，要是憑議論，你我都不是個好人！

楊局長就笑說，好，我說不過你。又說，說正經的，你也要把支部工作抓一抓，寫個支部工作計劃，交到局總支，局總支也要跟你簽定目標責任制的。

楊光說，慢著慢著，我上任的第三天就交去了的，你還沒看到嗎？

楊局長說，交了？交給誰了？

楊光就說交給了誰誰誰，楊局長說，我回去追責任！還說了幾句類似於缺席審判的狠話，就把話題轉到那個「櫥窗事件」上來了。

他說櫥窗的事還沒有下地，是他一直頂著的。一批批的調查組到文化局來，他都沒讓他們到文化館來的，為這事文化局還賠了不少的飯錢，他說要不是他擋了架，你楊光還能有這樣平靜？他說你現在是書記了，你也正該想些子辦法彌補這個事，把這個事平復，不留下麻煩。上頭總歸是看著一份，所以才遲遲沒有下手的，如果還沒有些行動的話，要吃虧的。他說何必吃那個虧呢，又不是為自己，為公家，自己吃虧不划算的。說個不好聽的話，你不要以為你楊光是多麼的有名，要真正搞起你的人來，你再有能耐又怎麼呢？有能耐的人多得很，不用你，你去抓起石頭打破天不成？縣官不如現管，是不是的呢？

楊光說，怎麼彌補呢？

楊局長說，在門店上方架鐵框，鐵框裡嵌木板或是三合板，能取下來又能上上去的，搞五塊這樣的活動板就夠了，也不要搞多，這法不就是既保留了門店，又有了櫥窗宣傳陣地嗎？

楊光說了聲「可以」，就把楊局長送走了。也是到了下班時間，梅會計進到裡間說，你說做鐵框哪來的錢？

楊光說，你都是聽到了要？又問，帳上還有多少？

梅會計說，發這個月的工資還差。

楊光笑說，差一個人的工資就不發我的，差兩個人的工資就不發你的，差三個人的工資就不發茅令新的，好嗎？

梅會計說，我還排在茅令新的前頭呀？

楊光笑而不答。梅會計就不接這個話說了。她只說有個情況我要彙報一下。

楊光笑說，彙報？用彙報這個詞！

只要是感到事情嚴重，她就愛用這個詞。

梅會計說，你可能是忽視了。

楊光說，你說。

梅會計說，茅令祈當副館長的時候管財務，十塊錢以上的開支，都是要經過你的。現在他是館長，也管著財務，我就不知道他在開支的時候是不是經過你的，拿幾張條子你看。說著就去外間打開她的抽屜，拿了條子。怕的有人撞進來，說話不便，她隨手關了辦公室的大門。

她說，你看。就把條子給了楊光，又說，一共一千八百多塊，都是吃了喝了的，你知不知道？

楊光說不知道，也感到吃驚。

梅會計說，他隨時隨地就可以邀幾個人到賓館裡去吃，一搞就是一桌，一桌就是一兩百，你說這是怎麼回事呀？

楊光看著那些發票出神。

梅會計說，你說這樣開支還得了？工資都發不出來，他還這樣瀟灑，一點都不顧忌的，是不是存心要把文化館搞垮啊？你倒是說話呀？是不是你也去吃了的？

楊光說，你別激我，這會子，我恨不得扒他的皮！又說，錢付了沒有？

梅會計說，還沒有。

楊光說，那就好。

梅會計說，好什麼呀好！我打了欠條，人家還不是會找我要哇？

楊光說，這事由我來處理，不叫你為難好不好？

梅會計說，還好不好！哪回不是我替你打頭陣，當你的炮灰？

楊光說，我知道。

梅會計說，知不知道倒無所謂的，我說個想法，不知你聽不聽。

楊光說，聽。

梅會計說，你不能指望他，他不是個辦事的，你比我還清楚，你只是不說出來，他是你提起來的，說出來也掉你的底子！

楊光笑說，呵，這麼嚴重。
梅會計說，還有，你覺得你現在是書記，只幹書記的事，別的就不管了，或是睜隻眼閉隻眼，你別笑，我是住在你心裡了。
梅會計說了這末後一句，不覺紅了臉，停了停，又說，不過那個進人的事，你還是頂住了的。
楊光笑說，又表揚我，是怕傷了我的自尊心？
梅會計說，我是怕我傷了我的心。
她說這話的的聲音不大，楊光沒聽清，就問，什麼？你說什麼心？
梅會計就不再說了，她看了看手錶，笑說，我們該走啦，也沒人給我們加班費的。說著，又是朝他眨了三下眼，顯出那種調皮的味道。
梅會計去開門，發現門開不開，她驚叫著，怎麼回事？
楊光來開，也開不開。他儘量拉開一點縫，看到門上已經用明鎖鎖了，楊光看到梅會計的臉脹得通紅。
楊光說，冷靜。
他嘴裡說出這兩個字，心裡卻也憋著一肚子無名火。他想，有人在有意使壞！他媽的不是東西！但他又不能把這個判斷告訴她，只解說「是有人不知道裡頭還有人」。
梅會計簡直要哭了，說不是，不是，你說的不是！從來沒人鎖過明鎖的，自安了暗鎖之後！是故意的，是故意的，是有人故意做帳的！
楊光說，你越是不冷靜，不就越是中了別個的計呀？
梅會計平靜了些。楊光心裡的火還沒有熄滅，他想著他對工作的盡心，想著有些人的這般可惡，也顧不得自己是何人了，就抬起一腳，把門板踢穿了。踢下了兩塊板子，梅會計望著他一怔。
有天晚上，美術組的小徐把棉紡廠的工會主席汪化領到楊光家裡來了。

楊光說，稀客稀客，是不是你們文學小組又要活動啊？

汪化笑說，我聽說了的。

楊光說，你聽說什麼了的？

汪化說，鎖門的那個事。

楊光笑說，怪呀，很快傳到你們那裡去了？至今沒人對那個事負責。

小徐說，不知道是哪個缺德的傢伙！

楊光說，算了，不去說它——你們大概不是為這個事來安慰我的吧？

汪化說，這回是我們的漫畫小組要活動。

楊光不解，小徐就說，你還不知道吧？他也是喜歡漫畫的，也畫了好些，多半是水墨漫畫，自己欣賞，還沒有投過稿的。那些水墨漫畫也真好，既是漫畫，有又有觀賞價值，你看了也會吃驚的。

汪化把那些畫都帶來了。那是一個大相冊，汪化把他的作品都拍成了照片，照片都夾在相冊裡。那些作品有水墨漫畫，有國畫，也有書法作品。小徐說國畫作品有些是手指畫的，問楊光看不看得出來。楊光細看了看，說手指畫粗曠些，混沌些，更接近自然。楊光一一指出，哪是手指畫，哪不是手指畫。小徐說你個書記對畫畫一點也不外行嘛。楊光說，你以為當書記的只會賣嘴皮呀？

小徐笑說，我以為你只會寫文章。

正說說，美術組的大徐也來了。大徐接過小徐的話說，那是你來文化館的時間不長。接著又對汪化說，我去你家找你，說是到這裡來了。

汪化笑說，找我有什麼事嗎？

大徐說，有什麼事，還問有什麼事！不是說好了一起來找我們楊書記的？你倒先不先的來了，是不是有了小徐就撇下大徐？得虧小徐不是個女的，要是個女的，還不知道你會怎麼樣哩！

汪化哦了一聲，就對楊光說，是這樣的，我聽他們兩個說，你打算成立個漫畫學會，我真是很高興，不僅我想加入，我們廠裡也有那幾個畫漫畫的想加入。有個組織，就有活動。有活動，必有成果的。我聽他們兩個說了好長時間的，怎麼就沒有動靜？

楊光笑說，他們兩個沒說我別的吧？

汪化笑說，說了。

楊光笑說，從實招來。

汪化說，說你跟梅會計那次是從窗子裡跳出來的。

楊光笑罵，你們也胡扯蛋！

汪化笑說，說正經的——我們也曉得你的難處，我說你還是承個頭吧，你不要以為這事歸館長管，書記就不管。你以為你這是黨政分開是不是？怎麼分得開呢？分開的說法就是黨不管事，黨不管事還有個什麼黨？黨只管思想不管事情，空對空。黨也好，政也好，說到底，就是看你有沒有權威，有沒有力量，有沒有實績。沒有就沒人聽你的，你就不是中心，不是旗幟。文化館搞得好，人家要上在你的帳上，文化館搞不好，人家也要上在你的帳上。你的名聲在外，你想分清哪是你的責任，哪不是你的責任，不能的。你得承認我這番話說得不錯——你承不承認？楊光連說對對對，就當即議定了成立漫畫協會的事。

楊光說，大徐，你是美術組組長，具體的工作就由你來做。

大徐說，行。

汪化說，需要我做什麼的，也儘管分咐。

楊光說，有你這句話也就夠了的。

汪化說，莫見外。

楊光笑說，還見外哩，你已經打入內部了。

漫畫協會成立的那天，楊光把省裡的美協主席等名家也請得來了。楊光在成立會上有一番講話。他說，我們今天成立的漫畫協會，是我省的第一個縣級漫畫協會。作為一個人，我總是想，在你那個單位，在你那個系統，在你那個地區，做出的事，就要與眾不同。我們漫畫協會的成立，就是基於這個思考，尋找自己的位置，尋找自己的出發點，尋自己生命能量的爆發力。至於它對於活躍群眾文化生活、對於加強精神文明建設等等方面的偉大現實意義和深遠歷史意義，還有什麼附帶的這意義那意義，大家都會說，我就不說了。我只是要說一點體會，在如今物慾橫流的情況下，在如今拜金日盛的現實中，我們的漫畫作者們還願意走到這裡來，還有積極性進行我們的精神加盟，我很感動。真的，我很感動。在我們的這個協會裡，每個人都是面對著藍天，面對著朱建華面對的那根橫桿，你就起跳吧，你起跳的高度，都是你自己對自己的把握。我說這番話，不是在以書記身份扮演諄諄教導的角色，我也是在說自己，說自己的心境，說自己在文學領域的體會。我要說的，也就這些，在今後的工作中，還想請大家多提寶貴優點。

大徐說，什麼？多提寶貴優點？

楊光說，是啊，要是老提寶貴缺點，我就怕我要灰心喪氣啊。

大家這才哄然大笑，熱烈鼓掌。省美協主席在發言中說，我還從來沒有聽到一位書記的這樣一番講話，楊書記讓我開了眼界，讓我真正認識了黨的書記。照道理茅令祈應當講話，他沒有講，其實他也講不出打動人家耳朵的話，尤其是在楊光講了之後，他想講也不敢講了。他不講倒是他的一種藏拙，這也是他的聰明。他只說，楊書記講了，我完全贊同，完全擁護，完全照辦。大家聽了，覺得不是個滋味。

漫畫協會從籌備到成立，都是大徐小徐和楊光做的工作，茅令祈不聞不問的。這麼個重要事，作為館長一點也沒插手，楊光也不曾點穿，且還要包容著說「我們我們」，還要說是「我們一致認為」，讓茅令祈不至於太難堪。楊光還說服大家定茅令祈當會長，茅令祈既沒推委，也沒謙虛，好像他當會長是理所當然。

汪化是副會長，大徐是祕書長，小徐是副祕書長，再加上楊光這個顧問，就把協會工作做起來了。茅令祈這個會長也只是聾子的耳朵，擺式。真正讓茅令祈又動手畫漫畫，是看到汪化大徐小徐他們幾個人的漫畫已經顯示出的實力，有些子不服，有些子坐不住。尤其是汪化，在《諷刺與幽默》上連連得手，在《中國漫畫》上常常是以封面畫或是封底畫推出，封二上也專版作過介紹。他畫的一組漫畫《棉紡廠集趣》，其中有幅叫「喊悄悄話」，畫的是布機車間，兩個女工正咬著耳朵說悄悄話。布機車間的機器成天轟鳴，活人能震死，死人能震活，說話都是要喊的。一句「喊悄悄話」，就把那特定環境中特定人物的特定人情表達絕了，反響極大。茅令祈不相信自己就畫不出好的漫畫來，但老是退稿，上不了檔次。有幾回，大徐小徐汪化他們在一起講點子，茅令祈就說他也想到這個點子，而且已經畫出來了。其實他是用了個心：覺得那點子好，就悄悄記下來，回到家裡，趕緊畫，畫了趕緊投出去，也居然在《諷刺與幽默》上發過兩三回。剛開始他們幾個不經心，讓他偷走了點子，偷走了構思，偷走了作品。後來他們就發現，只要是他們講到了好點子，茅令祈就要說他也想到了的，後來就在意了，後來就不對他講了。要講，就是講畫好了的，投出去了的，而故意說自己還沒有畫。當茅令祈按經驗行事的時候，他們的畫已經發出來了，他的就石沉大海，或是退回來了。退回就退回，他還要面子，說是編輯要他修改一下，修改之後再寄去，人家等著用。剛開始他們也信，沒有理由不信。有一次小徐就做了個壞事，把他退回來的信偷偷拆開看了，再封好交給他。他不當面拆看，到了第二天，小徐就故意問他，昨天那封信是不是好消息？

茅令祈說，還不是要我改一改再寄去。

小徐想，東西退回來，編輯一個字角都沒寫，還談叫你改！

接著茅令祈又說，我哪有時間改喲，當個鬼館長的，雜事又多，還是你們灑脫。我也真懷念我原先在美術組的日子，完了我的工作任務，就是畫我的畫，幾好！

小徐就冷笑。

茅令祈被省群藝館的館辦刊物借去畫了一段插圖。這個「借」，也是他自己活動的。他感到處境不佳，想跳出文化館，調到省館去。應當說是可以去的，人家也想要他，他當個刊物的美編是綽綽有餘的，結果也還是自己壞了自己的菜。省城的那個魏貞貞就經常到他那裡去，纏著不放，那個不一般的熱呼勁，群藝館的人就覺得不對頭。魏貞貞在他那裡過夜也是常事，大白天就把門關得死死的，不出來。有人從門縫裡看到他們脫光了下身絞在一起。雜七雜八的話也傳到縣裡來了，他也回來了。省群藝館不要他。

茅令祈去省館的那幾個月，館裡的事就都落在楊光的身上了。楊光也常常感到好笑，按局裡的意思，就是架空他，因為他不像其他二級單位的頭，三不五時的給文化局進貢，巴著局長。可是文化館的事也還是他撐著，出個什麼事，也還是找到他頭上。說起來叫他當書記是為了他的寫作，事實上比先前還難些。先前他說了就說了，沒有不成事的。現在雖然也是他說了能算，但總還得轉個彎，這個彎轉到茅令祈那裡，再轉回來，脫了褲子放屁，還多了一道手腳。所以茅令祈回之後，楊光就說，我是當了王八名，沒享王八福。你回來了好，我也要解脫一下了。

茅令祈笑說，怎麼解脫？

楊光說，我想上午就不到辦公室來，有什麼事我就下午來辦理，非得上午辦理不可的，我還是來。你看怎麼樣？

茅令祈說，可以。

茅令祈很乾脆。一開始，楊光在家裡也靜不下心來，人坐在家裡，心在辦公室裡。他總擔心有什麼事，擔心茅令祈瞎表些態，也擔心眾人會議論他上午不上班，他就有時到辦公室轉轉。梅會計說，你放心，有事我會找你的。梅會計就真正成了他的支持者。有時他一想到「當了王八名沒享王八福」，就咬牙坐住了。一個人的積極性是怎麼受到挫傷的，他也有了真真的體會。再一狠心，他就乾脆在大門上貼了個條子：上午請勿打擾。真真的利用書記之便寫起作來。有天他聽到有人敲門，敲三下，輕輕的。他沒理，接著又聽到敲三下，還是輕輕的。他記起這是梅會計的敲法。開了門，果然是梅會計站在門口。

梅會計笑說，對不起。

楊光笑說，請進請進。

梅會計說，沒按你說的，還是打擾了。

楊光說，看你說的，這條子哪是擋你的！

梅會計想著她跟他被人鎖在辦公室裡的事，心雖正，也不覺臉紅了。又細想，鎖就鎖，怕什麼？橫了心，也就坦然了。她巴不得跟他在一起哩。想不到他的那一腳，把門下頭的板子都踢下來了，是她後來釘上去的，也看不出多大的破損。館裡的人也沒議論那個事，好像不曾發生一樣。她想，不是因為楊光為人的正氣，肯定會傳得沸沸揚揚的。做那惡事的人，大概也覺得跟楊光過不去也沒意思，就煙消了。

梅會計進屋坐下來之後，本來是要說個正事的，卻突然說，你讀過瓊瑤的作品嗎？

楊光說讀過，讀得不多。梅會計說，我就曉得你讀得不多。

楊光說，你怎麼曉得？

梅會計說，瓊瑤有篇文章，叫作「敲三下，我愛你」，知道嗎？

楊光笑說，不知道。

梅會計說，她說「我愛你」這三個字不能時時親口說出，於是就有了一種默契，敲三下桌子，表示在說這三個字。扳你三下肩膀，也是在說這三個字。打電話給你，鈴響三下掛斷，彈三次手指，噴三口煙，都是在說，我愛你。楊光也記起她平素的手勢，擠弄眉眼，都有「三下」的意思。他忽然明白了，梅會計在學以致用。

楊光默了一會兒，梅會計就說她剛才接了宣傳部的一個電話，是點著名要找楊光的。梅會計就說楊光有事出去了，有事可以跟她說，她再轉達。電話裡說，你告訴楊光，不要把文化館搞成個漫畫館！文化館就是文化館，是搞群眾文化的！你們的個宣傳櫥窗，怎麼老是用漫畫去宣傳？還搞一期期的專版！告訴楊光，今後的宣傳櫥窗不准出現漫畫！電話裡還說，你聽清楚了嗎？梅會計說，聽清楚了。

第二天上午，文化局把楊光和茅令祈叫去，由楊局長把楊部長的意思再說了一遍。楊局長還說，那個砸了櫥窗的事，採取了個補救措施之後，已經平靜了的，要再弄出個事來不好。也許你們想不通，話又說回來，我們想不通的事還少了？想不通就不去想，你要我通我就通，不惹那個麻煩，這就是我的態度，我們不是外人，我說實心話。楊光想，聽起來也真夠實心的。楊局長說完了，問楊光，怎麼樣？你以為？

楊光說，還問我「你以為」？想不通就不去想，你要我通我就通！

楊局長大笑說，就是這話。又問茅令祈「怎麼樣」，茅令祈就說按領導的意見辦。楊光就起身走了。茅令祈起身走的時候，還問楊局長一句，再沒別的事吧？楊局長說「沒有沒有」，茅令祈就跟在楊光的後面回到了文化館。楊光要往家裡走，茅令祈笑說，到辦公室去坐坐吧，今天上午總不是報廢了的？

楊光說，你有什麼事要說？

茅令祈笑說，要說沒有也沒有，要說有也有——到辦公室去坐坐嘛，耽誤了的時間我以後補給你不行嗎？

見他這樣說，楊光就進了辦公室，梅會計見了楊光，反而低了頭。楊光的心境也平和起來。到裡間坐下了，茅令祈就抽開抽屜，拿出他畫的幾幅漫畫草圖說，請你多提寶貴優點。

他學著楊光的幽默。

楊光說，你還想把文化館辦成漫畫館哪？

茅令祈陪笑說，說是說做是做，說的說做的做，管他呢。

楊光說，你還敢不敢在宣傳櫥窗裡搞漫畫？

茅令祈說，現在不說那事，現在不說那事——你看看我這幾幅吧。茅令祈已經把畫稿推到楊光面前，又說，比利時有個國際性的漫畫大賽，我想拿這幾幅去參賽，你看怎麼樣？

楊光說了些令茅令祈信服的意見，就走到外間，向梅會計交待了幾句工作上的事，就離開了辦公室，去了棉紡廠。近來他總想往那裡跑，那是個有生氣的集合地。大徐小徐都在汪化那裡。楊光一進門，汪化就說，你來得正好。我們廠裡也有上十個人來了神，想畫漫畫，我們已經成立了個漫畫小組，叫「喊悄悄話」漫畫小組，這名字還是小徐大徐幫忙策劃的哩。

楊光說，好哇，「喊悄悄話」！

汪化說，想請你講一課。

楊光笑說，我又不是畫畫的。

汪化說，書畫同源嘛，你就講文學，講體驗，講感悟，講觸發，講捕捉，講審美。

楊光說，你也能講。

汪化說，我哪有書記能講呀？人家省美協主席都說，聽了書記的一番講話，就認識了真正的書記哩。

楊光哈哈大笑，說，剛才茅令祈要我看了他的幾幅畫，他說是要參加比利時國際漫畫大賽的，我看你們也不防一試。

汪化說，我不看重那。

楊光說，不看重？

汪化說，不看重。

楊光說，是不是吃不到葡萄說葡萄酸啊？

汪化說，不是那個話。外國有錢的闊佬，就那麼幾個人一邀，就可以組成個什麼評獎，就可以給你頒獎，你得了證書，還有獎金，你就喜得不得了的：國際獎哩。你以為達到了國際水準，你可以在國內炫耀。其實一般得很，我也見過一些得了所謂國際獎的畫，依我看，那樣的畫，國內多的是，可以批量生產，在國內報刊上發表都難的。我不是有意貶低，我的意思是，那是人家出於種種需要的正常和非正常的文化活動，我們看得那麼重幹嘛？我們中國有人為得到日本那個《讀賣新聞》的漫畫大賽獎，一次就寄一百多幅去了，結果還是落空，我不知道這叫創作還是叫碰運氣。我說有一天，我們國家要是有那麼個經濟實力的話，我們也可以設個世界性的什麼大獎，獎金一千萬美元，我看諾貝爾獎也會暗然失色的。

正說著，進來兩個姑娘，她們一見楊光，就喊「楊老師」，汪化說她倆也是「喊悄悄話」漫畫組的成員。她們一人帶來一幅漫畫。一幅畫的是：一個年輕人留著鬍子，一個老人刮光了鬍子。漫畫的題目是《韻味》。另一幅畫的是：一個盤子裡有一條弄熟了的魚，被一隻碗扣著，只看得見魚頭和魚尾，待拿席上，把碗一揭，才發現那條魚已經只剩下掏空了的魚刺。漫畫的題目叫《剩餘》。楊光看了說，絕了絕了！大徐小徐也說絕了。兩個姑娘說是多虧了汪化老師指教。

汪化笑說，你們扯我幹嘛？

大徐小徐說，我們的汪化是不圖名利的哩。

汪化說，誰說的？又對兩個姑娘說，我不是你們私下講好了的嗎？

兩個姑娘不明白，笑說講好了什麼呀？

汪化說，稿費提成呀？

大家就哄笑。

省文化廳要編一本叫作《文化潮》的書，是寫群眾文化戰線的改革者。楊光也是被採寫的對象。來採寫楊光的，是在省廳工作的楊光的同學。同學跟楊光通電話，楊光說，不寫我。同學說，不是我要寫你，是領導定下來的。楊光說，你來了，我陪你吃喝玩樂都可得的，就是不要寫我。同學說，什麼狗屁作家，只允許你寫人家，不允許人家寫你！

楊光沒磨過他的同學，就只有配合了。同學也差不多跟文化館的人談過了，也跟文化局長談過了，對楊光沒有異議。同學就說，老實告訴你，你是我們《文化潮》的支柱，沒有你，我這本書就暗然失色。又說，我還老實告訴你，這本書是我出任主編，寫你也是我主動承接的，你還差點擋了駕，要不是我這四寸不爛之舌，就被你廢了的。

楊光笑說，你怎麼長了一寸？

同學說，不長一寸能說得服你呀？

過了些時，楊光就收到那同學的一封信。信裡驚呼：這是怎麼搞的？這是怎麼回事？怎麼是這樣？而且連罵「他媽的他媽的」。楊光不感到意外，只是沒想到楊局長的那個手法。文化局去函說，經請示縣委宣傳部，不同意楊光同志的事上書。不同意就不同意，一開始就說白，當面說白，把人家糊著，讓人家勞神費力的，近乎惡毒。同學在信裡說，看是不是宣傳部不同意，你去摸一下底，我可以再來你們縣，跟宣傳部面談的。楊光想，你也真是，我怎麼會去摸這個底。我也只當沒有那個事的，該怎麼樣還是怎麼樣。我不在那本書裡，我也不消失，也不會倒了的。一個人要倒，是自己先倒了，別個是打不倒的。

楊光給同學寫了一封長信，表明態度，這就苦了那同學。那同學說，你倒是灑脫，我呢？我這本書撐不起來，這本書也沒意思。楊光不是需要虛名的那種角色。當作家用作品說話，為人以人格說話，一切就不在話下了。但他還是有種衝動，是想表達什麼的衝動。他就熬了一個夜，寫了一篇題為《自己報告自己》的報告文學，寫他在文化館五年的奮鬥：怎麼樣率先辦舞廳，怎麼樣率先搞影片放映，怎麼樣集資做樓房……一氣寫成五千言。

快天亮的時候，妻子也醒了，說，我剛剛做了個夢，夢見你我一起去旅遊，走到一個風景點，你見到一個姑娘，就跟她搭話，不理我，我好氣，你說你是在收集素材，但你趁我不注意，就把我一推，下面是懸岩……就把我嚇醒了。

楊光笑說，我在我老婆夢裡扮演的角色，總免不了是個大壞蛋。

妻子說，你不敢壞，就總是跑到我夢去壞。又說，又是一夜沒睡？

楊光說，你不知道我寫出一篇多麼好的文章，你聽聽開頭：我叫楊光，就是題目下的署名。我是在自己報告自己，雖有不謙之嫌，然世間有自傳體小說，為什麼不能有自傳報告文學？我忽然覺得我不是我了。我是誰？我是你，我是他，我是一個有象徵意義的形象。

妻子說，好啦好啦，文章總是自己的好。

楊光笑說，還有一句呢？

妻子說，我不說。

楊光說，說呀？怎麼不說呢？我還等著下一句哩。

妻子笑說，我說了怕你難過。

楊光笑說，我難過什麼呀？

妻子說，老婆是人家的好，自己又想不到手，不難過呀？

楊光就脫光了衣服，一下子鑽到妻子的被子裡，也把妻子的衣服退了，妻子任他駕馭，只說，輕點，輕點，輕點。說了三下，楊光突然想起了梅會計，就說，我妻子管著我的吃喝拉撒，為我付出了一切，如果哪個女人一句話，一個秋波，就把我勾起跑了，那我就太沒有價值了。

妻子說，是不是有哪個女人在勾你喲？

楊光說，胡說。

妻子就把他抱得更緊了。他沒有像茅令新那樣，他很是自豪。讓妻子放心，也是自豪。他很是投入，很是全心，也很是清醒地體驗著性與愛合到一塊的要死要活。完事了，楊光也還沒有睡意，竟然跟妻子討論起現代男女一觸動就上床的直奔主題，在愛情上的急功近利，和性生活上的一次性消費。他差點要談論茅令新，還是忍住沒說，倒是妻子說，看樣子你不會學茅令新。

楊光說，你知道他的事？

妻子說，要想人不知，除非己莫為。

第二天汪化給楊光打來電話，要他到綿紡廠去一下。楊光問什麼事，汪化說，你把大徐小徐也一起邀得來。又說，不是吃了晚飯來，是到我這裡來吃晚飯，到我家裡，務必。

楊光說，是什麼喜事啊？

汪化說，來了再說。

他們三個就去了。被邀去的，還有廠裡漫畫組的幾個骨幹，也包括那兩個姑娘。汪化的老婆也是喜孜孜的給大家泡茶。楊光接過茶說，不是年不是節的，這是幹嘛呀？

汪化的老婆說，一定要是過年節才請你們呀？平素汪化一搞就在你們家裡吃，他也沒有個禮性的，麻煩了一圈人的。我也總是跟汪化說，要把你們幾個接得來玩玩的，你們激起了他畫漫畫的興趣，對他的鼓勵不小。他也正好有個喜事，這個喜事也是與你們分不開的，你們算還是買臉，一說就來了，我就高興了。

楊光說，什麼喜事快說啊？

汪化說，我先聲明，是我老吃你們的，不好意思，我不能不還席。

大家就笑。笑過之後楊光說，你是不是還請一個人，只是多一雙筷子的事。

汪化知說，我知道你說請誰。

楊光笑說，誰？

汪化說，茅令祈。

楊光就點點頭。汪化說，不請，我就不請他，雖然他請過我！

汪化的老婆還是忍不住說了汪化的那個喜事：是《諷刺與幽默》給他來了個通知，說他「喊悄悄話」的那一組漫畫獲了年度優秀作品獎。

酒席間，他們也一直是談漫畫。楊光指著桌上的一盤魚，對那兩個姑娘說，你們吃魚呀？這可不是《剩餘》啊。

汪化說，嗯，楊書記這話也是夠有《韻味》的。

一說一笑。小徐說，我突然想到一幅漫畫點子，你們看怎麼樣。大家就叫他說。他說，也是你們說魚引起的聯想，我們傳統文化裡的太極圖，不是有一白一黑兩條陰陽魚麼？我想讓其中一條白魚跳出來說，沒有我哪有你？哪知它這一跳的時候，它自己也就沒有了！

楊光把桌子一拍說，很好！

他這一拍，把桌上的酒杯也拍得跳起來了。

汪化說，好，這個點子書記拍了板，成了！

大家就放下筷子拍巴掌。

大徐說，我也講個點子。在田徑場上，百米衝刺，結果爆出個冷門。

大徐故意不說，引得那兩個姑娘發問，什麼冷門？

大徐說，你們猜，猜中了有獎。

汪化先挾了塊雞肉放在他面前的盤子裡，說，別只顧說話，先獎給你這塊雞肉再說。看你能爆出什麼冷門。

大家都說猜不出來，大徐就要說下去，楊光突然攔住說，我想到了。

大徐說，你想到了？

楊光說，這樣，你我都寫下來，看是不是一樣的。

汪化的老婆就去拿來紙和筆。兩個人分頭寫，寫完了，一起出示，那「冷門」是：那個衝刺人的影子衝在那人前面，先行獨占了終點線。這幅畫擬題為《爆冷門》。席間，他們說出很多爆冷門的話話，很是開心。

汪化到北京領獎回來之後，楊光就把書漫協會的人找到一起，聽汪化講講從北京帶回來的漫畫資訊。楊光也通知了茅令祈，茅令祈說局裡找他有事，不能參加。楊光也就不勉強。過後楊光聽梅會計說，茅令祈那天根本就沒事，文化局根本就沒找他。他還對梅會計說，《諷刺與幽默》的獎算什麼，我還得了個比利時國際漫畫大獎哩。

梅會計說，真的？

茅令祈笑說，哪個說假的不成？

梅會計就看到茅令祈從抽屜裡拿出一本印刷漂亮的大十六開本的書，茅令祈翻到一頁，指著其中的一幅漫畫說，這不是？

那還真是。那幅畫的下面，印著茅令祈的名字，名字後面的括弧裡還括著「中國」兩個字。茅令祈接著就拿出一張英文證書說，這是證書。

梅會計說，我不懂英文。

茅令祈說，我也不懂。我請學校的英語老師看了的，說是銅獎。這本漫畫冊是入選作品集。你看，中國入選的只有五名。

茅令祈就把另外的四名一一指給她看。

當梅會計把這些說給楊光聽的時候，楊光說，他們幾個都不願意參加這樣的賽。其實參加一下有什麼不可以呢？我想汪化要是參加了，說不定金獎是他的哩。楊光也還是對茅令祈表示了祝賀。

茅令祈笑說，這與你的幫助分不開的。

楊光笑說，你要真是認這個帳的話，就請我喝酒。

茅令祈說，絕對的。又說，銅牌的獎金是五百美元，按官價兌換，五八四十，差不多就是四千塊，還不夠你喝呀？

楊光又說，那就還是設立個「茅令祈文學藝術基金」吧，我的酒就免了。他倆哈哈笑。

那天茅令祈到文化局去開了一個會，那個會是傳達楊部長傳達的全省宣傳工作會議精神，全省宣傳工作會議精神也是傳達的全國宣傳工作會議精神。傳達傳達的傳達，一層一層的傳達，茅令祈也在文化館開會傳達。那個精神就是，加強精神文明建設，抓好「五個一」工程。茅令祈要大家在筆記本上記上那「五個一」：一本好書，一篇好文章，一部好電影，一部好電視專題片，一台好戲。茅令祈說楊局長已經把我們縣裡的漫畫創作向上面作了彙報，上面很重視，宣傳部楊局長認為，我們的漫畫創作雖然不屬於「五個一」，但也可以說是「五個一」工程的基礎部分，有那麼一天，我們拍出一部漫畫專題片也未可知的。茅令祈接著就說到他的漫畫獲比利時國際漫畫大賽的銅獎，大家就起哄，說「請客請客」，找他要糖吃。他也慷慨，立即拿出一張大團結，叫梅會計去買，梅會計故意說「我的腳痛」，不去。茅令祈就讓別人去了。大家吃著茅令祈出錢買的東西，茅令祈很是得意，情緒自然高潮，但他始終沒有把汪化獲獎的事帶一帶，大徐小徐相互望著撇嘴。

省裡和地區有關方面的領導來縣裡，促使縣裡成立文聯。周圍的縣市都成立了，縣裡領導說不成立也說不過去，再加上那省裡和地區的領導是在這個縣裡工作過的老人，縣裡領導也不能不買這個面子，所以就把成立文聯列入議事日程。傳說出任文聯主席的是楊光。

組織部通知楊光到組織部去一下。他去了，組織部長笑說，你曉不曉得為什麼找你來？

楊光笑笑，不置可否。

組織部長說，當初你把你們那些宣傳櫥窗改為門店的時候，別人都說你如何如何，我說你是有經濟頭腦，不只是個搞寫作的。有人說要找你嚴肅談話，我說，得了吧，跟他嚴肅談話！他老望著你笑，不把你笑軟了才怪的！後來是不是就沒人找你嚴肅談話呀？楊光說，要是真找我嚴肅談話，我也會裝得嚴肅的。組織部長哈哈笑說，你會裝個屁。不過你也真是有那個膽量，我不光是說你砸櫥窗的那個膽量，我是說你敢於把文化館十年的財政撥款弄得做了一棟樓房，自己斷自己的路，一般人是做不到的！有人說你後來不行了，說你只抓漫畫，把文化館說得一踏糊塗，我說不管怎麼說，文化館做了一棟大樓，文化館的人也沒有餓死，文化館的人也還在工作，這就是成果，還要看什麼？所以這次成立文聯的時候，我說非你莫屬。

消息也傳得好快，好多人都曉得了，晚上就到楊光家裡來表示祝賀。大徐小徐汪化他們也來了。大家說話，梅會計也只是望著說話的人，或望著楊光，自己不插嘴。

大徐說，楊書記，不，楊主席，你再可以放心大膽的抓漫畫了。

楊光說，我怎麼聽著彆扭：楊主席！又說，哎，你說我再可以放心大膽抓漫畫了，ＯＫ，我什麼時候不放心大膽呀？

大徐說，文聯是正兒八經的要抓協會哩，再不會有人說你把文化館辦成漫畫館了嘛。

楊光笑說，嘿，還提那。

汪化講了些新的漫畫資訊。他說河北有個青蛙漫畫組，也是以縣文化館為依託的，上上下下都重視，他們搞出了名氣，省長都去看他們，而且還撥錢給他們建了一座文化館大樓，就叫漫畫樓，我跟他們有聯繫，他們給我寄來了那漫畫樓的照片。說個你楊書記不見怪的話，那樓比你文化館的大樓漂亮多了，楊光笑說，我不見怪。

汪化說，我給楊書記提個建議怎麼樣？

楊光說，你說。

汪化說，我建議你寫篇以漫畫為題材的小說。我給你提供素材。上海的鄭辛遙曉得吧？

楊光說，曉得。

汪化說，好，你曉得。是他親自跟我講的。那是去年，他在歐洲獲了個漫畫大獎，人家來了通知，要他去歐洲領獎。他又不懂外語，但他還是去了，連路費也沒湊足他就去了，你們說他的膽子大不大？他到東北那邊坐火車，進入俄羅斯的時候，邊防要檢查，查他的箱子。人家看到他箱子裡的東西大惑不解，什麼都沒有，只是一箱子裁成了十六開的白紙，俄羅斯人朝他喔喔哇哇的，要把他帶走。他趁機拿起一張白紙，幾筆幾筆的，就把那個俄羅斯人的肖像畫出來了，送給俄羅斯人，俄羅斯人很是高興，知道他是個畫家，就沒麻煩他了。一路上，他就給人畫像，人家給錢，給多給少不計較，他一路上的生活費也有了。到了目的地，他就畫漫畫問路，比方說他要找中國大使館，就畫一座中國式的房子，插面五星紅旗，他把他畫成問路的神態，別人就給他指路。他領了獎，就靠他用漫畫做語言，在歐洲遊了一圈，一邊遊，一邊給人畫肖像。他畫的是漫畫肖像，不光是畫在紙上，還畫在人家的白襯衣上，白背心上，極誇張的，也極傳神的，人家也極喜歡的。他也遇到許多的華人，有當了餐館老闆的華人，請他在餐館一角畫，把老闆的生意也弄得湧起來了。漫畫就是一種世界語，他就用這世界語交了許多的朋友，得到了比獎金有價值得多的東西。

大徐插嘴說，還可以加一些子豔遇：一個外國女人要嫁給他，於是就有了一個動人的、流行的、具有國際口味的愛情故事。

大家就哄笑。他們談得很晚。楊光送他們出門的時候，已經是深十二點多鐘了。汪化家住綿紡廠，要遠些，楊光就一直把他送到了棉紡廠的大門口，汪化又要回轉頭送楊光，楊光就不讓他送。他一個人往回走的時候，見一個人迎面朝他走來，他不禁叫道，你！你要到哪裡去？這麼晚了？

走攏來的是梅會計。梅會計並沒有回答他的話，只是笑笑說，我們走一走，好嗎？

楊光就明白了，梅會計是在等他。楊光還是有些膽怯，他怕遇到熟人，深更半夜的還跟她一起逛路，怎麼說呢。他就朝僻街走去，梅會計隨他。他們有好半天沒說話。

最終還是梅會計笑著先開口說，你別害怕。

楊光也笑說，我怕什麼呢，你說？

梅會計笑說，莫問我，問你自己。

楊光承認說，你算是把我看透了。

梅會計說，你應當問問我有什麼話要說。

楊光說，我想過要問，但又覺得那樣很蠢。
梅會計說，怎麼是蠢？
楊光說，盡在不言中，不是嗎？
梅會計笑說，什麼盡在不言中？你以為你不蠢。
楊光笑說，我還是蠢？
梅會計說，我確實有話想說。
楊光說，那你就說吧。
梅會計說，你猜我要說什麼？
楊光說，不知道。
梅會計說，不知為什麼，我總感覺你這人很新鮮。我們在一起工作幾年了，我總是這種感覺，也總讓我感動。我不知道這是不是很危險，我說我們是經受了一個巨大的考驗，沒有當第三者，也沒有反目成仇，我慶幸我們的理智清醒著：比朋友親些，比愛人疏些。你是楷模，我也是楷模，只不過我這楷模比你差些就是。我想說的就是這，總結，因為你要走了，一個總結。
梅會計在拭淚，又還是笑說，祝賀你。便向楊光伸出了自己的手。
楊光說，祝賀我什麼？
梅會計說，不是你升官，懂嗎？
楊光說，懂，也祝賀你。
楊光就一下子握住了她的手。他感到她用了三下勁，然後她就說，你的手好冰涼的，有露氣，冷，我們回走吧。

楊光到文聯上班了。在縣委大院裡有一間辦公室。他在近段時間裡要物色兩個人。組織部長說，那兩個人，你說行就行，以你為準，物色好了，報來，我們下通知就是。對別人，我們是不這樣的，對於你，我們這樣，你們是屬於特殊人才。楊光有些感動。人家說組織部是「門難進，人難見，臉難看」，並不是。

楊光還住著文化館的房子，文化館的人出進也還是跟他打招呼，還是叫他楊書記。茅令祈表面上也還是對楊光客客氣氣，有個什麼事，也來找他說，聽聽他的意見。他也真誠投入，好像他還是文化館書記似的。有一天大徐來對他說，我說你這個人，真是太善了！

楊光笑說，什麼意思嘛。

大徐說，什麼意思！你還在被窩面上睡喲！

楊光說，我怎麼在被窩面上呀？

大徐說，他還找你說些事對不對？

楊光說，對。

大徐說，照說你是好意吧？

楊光笑說，你還懷疑這個？

大徐說，你猜他背後怎麼說？他說你還想干預文化館的事！他就跟我說過！你說是不是東西？

楊光笑說，你比我還激動。

大徐說，你大度，你瀟灑，人家把你賣了你還要幫人家數錢的！我還問你，你是不是跟他說過關於那個櫥窗是你「未曾下水，先按落水之計」的事？你把心都交給他了是不是？他都告訴楊局長了！你的真誠遭到踐踏，你還寫文章說「永遠真誠」不？

楊光笑說，真誠還是要永遠的。

大徐說，你的境界高，你做得到，我做不到！我只能向你致敬，不能向你學習！我聽說了，你離開文化館的時候，主薦我當副館長，我表示感謝，但我堅決不幹，楊局長找我談過，說穿了，我是不想跟他這樣的人擱班子！

楊光說，你不對。中國人當初為什麼要進入聯合國？就是要爭個能在世界上說話的地位，你沒有那個位置，就沒有那個說話的地位，沒有那個地位，你說了也沒人聽，這不是很簡單的道理？你進入了文化館的班子，也是一種位置，也是一個說話的地位，你對邪氣就是一種抵擋，對正直也就是一種張揚你說你不跟他擱班子你對在哪裡？

這番話把大徐說得不作聲，過了好半天他才說，好，這事暫且不提。正要說別的，茅令祈的老婆烏青著臉來了，大徐就告辭了。楊光就請茅令祈的老婆坐，也還要到茶，茅令祈的老婆忙攔住說，不用不用。楊光問她有什麼事，她勉強一笑，說有點事。楊光就請她講。她在講之前還問一句，嫂子不在屋裡呀？楊光說有事出去了，她哦了一聲，就說，你們家真好，我總是說的，你們家真好。你為人好，嫂子又賢慧，你們的兒子又聰明，十幾歲就上了北京少年科大。真是個好家。我們家是越來越不好了，越來越不成個樣子了！我現在來，就是想來跟你楊書記說說的，我的那個茅令祈……叫我怎麼說呢？我真是想不到哇，怕是你楊書記也想不到哇！說著，她就哭起來了。楊光本來想說，我不再是文化館書記，你找我沒用。但他被她的哭感染著，這話說不出。

楊光說，別哭，別哭，慢慢說。他像哄著孩子。他還是倒了一杯水擱在她面前的茶几上。她還是邊哭邊說，他做了見不得人的事呀，他做了對不起我的事呀，他跟他原先的個同學好上了呀，他一直瞞著我呀。你楊書記曉得我是怎麼對他好的呀，談戀愛是他追的我呀，他說了他這一生要對我好的呀。從先他也是對我好，我也不瞞心味己的說，他是這兩年就慢慢變了的呀。他一搞就在家裡發火呀，是我忍著呀。孩子也怕他呀，他一搞就打孩子呀，有時是百麼事不為，無緣無故的呀，打得孩子叫饒也不鬆手，好狠的心呀，我也只是抱著孩子流淚呀。他發火我就還是忍著，我想夫妻夥裡的吵吵鬧鬧也總是有的呀，我也不計較，可他是越來越上旺呀。有回他嫌菜淡了，我說我去重炒，我話音還沒落，他就端起碗朝地上甩呀，我忍不住說了他兩句，他就撲上來打我，扯我的頭髮，撕我的衣服，我也不好脫了衣服給你楊書記看，是把我打得青一塊紫一塊呀。我的兒子就跪在他面前叫著爸爸別打別打，別打媽媽，他才住手的呀。楊書記呀，我是把你當大哥看待呀，我說個我不要臉的話，他這年把一直不跟我睡，我想著這個家的安寧，我想著我們的孩子，我也想著我們夫妻一場，我就厚著臉皮到他的床上去呀，他就能狠心的一腳把我蹬下了床，我撞在板凳上了，臉撞腫了，我幾天都不敢出門見人的呀。叫我是怎麼好想呀，我真想去死我又捨不得我的兒呀。後來我就發現他光跟一個女的打電話，我就偷看了他的信，我抓到一些把柄，我又人託人去打聽到確實，我就跟他攤牌，我想只要他回心轉意，我就算了的呀。哪知道他是黑了良心，真正真的黑了良心呀，他凶著我說，是的是的就是的，就是想跟我離婚呀！直到這樣，我還把這事包著呀，我也還沒有出去唱他呀，我到你楊書記這裡來，我也是想了又想的呀。我想著你楊書記總是對他那樣好，你楊書記說的話他會聽的呀，所以我就來找你楊書記呀。

她說完哭完，把楊光的心也哭動了。正勸她，妻子就回來了。茅令祈的老婆揩著眼淚，也還是站起來跟妻子打招呼。妻子也安慰她，當她一再說著要楊光給她做主的時候，妻子就說，你可能還不曉得，楊光已經調了，不再是文化館的書記了。

茅令祈的老婆一驚說，調了？調那裡去了？

妻子說，調到文聯去了。

她又傷心的哭著說，我怎麼是瞎了眼呀，我怎麼就遇著這種人呀，我好命苦呀。

哭得妻子也陪著流淚。

茅令祈已經拉大架式抓漫畫了，他不知道他在漫畫作者當中失了威信，他召集漫畫作者開會，漫畫作者推說有事，不是這個不來，就是那個不來，開不起來。他也只有一個個的去說，人怕當面，樹怕剝皮，別人也就答應到會。但別人還要問一聲，有沒有楊書記參加？他們叫楊書記叫慣了口，不叫楊主席。

本來沒想到要楊書記參加的茅令祈，也只有說，有他參加，當然有他參加。說得好勉強。他跟已經當了副館長的大徐說到抓漫畫的時候，就說過：我們文化館抓。那意思讓大徐一聽就明白，是想獨樹一幟，獨霸一方，獨攬大權，排開楊光。但他又不能把話說得那麼明顯，露骨，就躲躲藏藏的。他知道大徐是服楊光的，怕大徐過話。但又不能不點一點，怕大徐還讓楊光左右。

茅令祈就讓大徐去請楊光開會。

大徐說，我不去，你去。

茅令祈說，我去你去不是一樣嗎？

大徐說，對，一樣，你去。

茅令祈有點不好下臺，也只有笑著說，夥計，你個副館長，我正館長叫你叫不動呀？

大徐說，你是這樣說，那我就去。不過我還是把話說清楚，你去，是你的誠意，我去，不一定能代表你的誠意，雖然是你叫我去的。

茅令祈想了想說，也是。就親自去了。

楊光正在辦公室跟人談話，是想調文聯工作的人。見茅令祈來了，楊光就對那人說，就這樣吧，你把發表過的東西，選其有代表性的，複印給我看看再說。

那人就告退了。楊光回頭就請茅令祈坐，笑說，對不起，沒有茶喝，連開水瓶都沒有，草創時期，過些時候就好了的。

茅令祈笑說，那時我就可以來喝酒了。

楊光說，那五百美元來了嗎？

茅令祈說，來了來了。

楊光說，什麼時候讓我見識見識，我還沒見過美元是個什麼樣呢。

茅令祈就說，楊局長，楊部長，還有組織部、人事局的人，也都敲了我的，看樣子這一頓是跑不脫的，請就請吧，咬緊牙。

楊光說，你還咬緊牙哩，拿出五十美元就會把我們打發得酒醉飯飽的。

說了會子閒話，茅令祈就說起了縣裡領導重視了抓漫畫創作的正題，要開個漫畫作者會云云，議題是「怎樣讓我們縣裡的漫畫上一個新臺階」。楊光也知道縣裡領導現在重視抓漫畫創作的背景。中央一位重要領導人到省裡來視察，接見了正在省裡開會的各縣縣委書記，剛好我們縣的縣委書記坐在那位中央領導人的旁邊，領導人就問「你是哪個縣」，縣委書記回答了之後，中央領導人就說，我看你們縣裡的漫畫創作不錯啊。縣委書記很是高興，就問「您是怎麼知道的」，中央領導人說我剛看過《中國漫畫》，有你們縣裡漫畫創作的專版介紹哩。縣委書記過後也聽說，那位中央領導人在延安時期就是個青年漫畫家。縣委書記開會回來，專門找宣傳部楊部長問過這事，指示要抓住這個特色不放。

茅令祈不敢對楊光講這些，那《中國漫畫》上的專版是楊光策劃的，其中的介紹文字也是楊光寫的。那個時候茅令祈，正在笑看楊光被宣傳部長批評「不要把文化館搞成個漫畫館」哩。情況變得好了起來，楊光自然高興，茅令祈說要他參加會，他也就答應。作者們聽說楊書記到會，也就都來了。開頭茅令祈只講了幾句，就要楊光講，他知道大家都喜歡聽楊光講，一講就能把大家抓住，就能把大家的情緒調動起來，是大家說的，楊光的煽動性很強。

楊光說，我建議大家多讀點書，我這個建議好像不大能夠引起人的興趣，也還會引起人的反感。多讀點書誰不知道？多讀點書，這也是個老話，老生常談的話，理論上都能說出個一二三，我楊光也談不出個新鮮來。我只覺得，說是要多讀點書，其實是沒多少人讀書。不信調查一下，看他家裡有沒有書架，看書架上有多少書，看是些什麼樣的書，就清楚了的。一個人學到什麼樣的東西，就決定了他有什麼樣的品位，包括作品的品位。我們知道汪化這個人的的品位，你們看汪化的畫，我說的不光是漫畫，還有他的書法，也是有品位的。這品位就是功夫，這功夫就得益於他多讀了點書。據我所知，他每天晚上都是拿出兩個小時來讀書的，讀文學，讀哲學，讀美學，讀歷史，反正他總是想多讀點書。古人說「三日不讀書，其言無味，面目可憎」，我就覺得這話很真理。你人長得漂亮，你一開口就是些蠢話，你的漂亮就會被削減大半。你蠢到地頭，那面目就是可憎了。你們看汪化，他那個長相，叫他自己說——汪化，你自己說，你那個長相不能說是很漂亮吧？

大家就發笑。汪化也笑說，不漂亮不漂亮。

楊光說，你也別太謙虛，相當的不醜就是了，但是，我們就覺得你好漂亮好漂亮的，為什麼？就是因為你天天在讀書哩。

大家又哄笑。楊光說，有一首歌不是唱「男人愛漂亮，女人愛瀟灑」麼？瀟灑是什麼？是人類文明造就了你大智大慧的氣韻，這氣韻會通過你全身八萬四千個毛細孔吱吱的往外冒，你往那裡一站，別人就感覺得到。氣韻是長存的，臉蛋會衰老的，所以男人愛漂亮愛得膚淺，女人愛瀟灑愛得有水準，愛得有見地，愛得高瞻遠矚，你們說是不是呢？

大家笑過之後，楊光接著就談生活，生活對作家重要，對漫畫家也重要。藝術的多樣性豐富性，來自生活的多樣性豐富性。一部《紅樓夢》有解不完的奧祕，就因為《紅樓夢》是寫了生活。生活才有無窮的奧祕。他也用汪化「喊悄悄話」那組獲獎漫畫做例子。會後汪化對楊光說，你老是提我，我都不好意思的。你怎麼不提提茅令祈在比利時獲獎的那幅漫畫呢？他會說你拿我壓他的，我說你這是個失誤。

楊光說不是失誤。他覺得茅令祈的那幅畫不夠檔次，沒什麼品質，獲了個銅獎也不過是外國人眼裡的標準。楊光也看得出來，茅令祈在會上已經顯出不高興的樣法，好多次出出進進的。人坐在那裡也沒聽到楊光講什麼，拿著筆在報紙上信手亂畫，還不時跟挨他坐著的女士笑著說幾句好笑不好笑的話。

楊光晚上想到文化館辦公室去看看報紙，他手裡還有鑰匙，茅令祈說過的，你還是拿著那鑰匙用吧。可是他拿鑰匙掏鎖掏了好半天也沒有掏開，他以為是拿錯了鑰匙，一看沒錯，就突然感覺到了：換了鎖。果然是把新鎖。楊光怔了一會，要轉身走開，大徐來了。楊光還是要走，大徐攔他說，進去。大徐就開了門，倆人進去了。

大徐說，這鑰匙也是他下午交給我的，我就知道他沒給你，也不會給你。

楊光說，我們說點別的好不好？

大徐說，我正是想來跟你說點別的，這別的也還關於他。

楊光說，我不想談他。

大徐說，還非談不可。

說著大徐就從衣袋裡掏出一張揉皺了的報紙。那是一張中國青年報。大徐就指著一篇消息說，你看看！

楊光說，什麼呀，是不是又發了你的漫畫？

大徐說，叫你看你就看，囉嗦！

楊光就看。那消息說，這次比利時國際漫畫大賽，一名金獎由韓國人奪得。兩名銀獎分別由日本和義大利人奪得。銅獎五名，其中有中國的兩名，他們是山東的某某某和山西的某某某。入選者，中國有十五名。入選者的名字沒有列出。

大徐說，有什麼感想？

楊光說，怎麼是這樣？銅獎不是有茅令祈嗎？

大徐說，地報和縣報都登了他獲銅獎的消息，聽他本人說，省報也還要登的。一個讀者告訴我，說中國青年報登的沒有茅令祈獲銅獎啊。我問是哪天的中國青年報，他說了日期，我就回文化館找我們的這張報紙，獨獨沒有這張，你說巧不巧？這是我剛才到別的地方去弄的一張。

楊光好吃驚，說，怎麼回事啊？

大徐說，這還用問？

楊光說，照說不會到這一步吧？

大徐說，唉，你呀！

過了幾天，大徐又看到《諷刺與幽默》上的漫畫資訊，說的跟中國青年報一致。因為是漫畫專業報，不妨細一點，把入選者的名單也列出來了，其中就寫明了「湖北的茅令祈」。大徐到郵局報刊門市部去買這一期，門市部的小姐說，你們茅館長把這一期的都買走了。大徐就去圖書館閱覽室看，也沒看到。閱覽室的丫頭說，不知被誰偷走了。

省報也真是登出來了。也許是省地縣三級的報紙都登了給人的衝擊，茅令祈收到許多的祝賀。他就真的在家裡準備了一桌。茅令祈通知大徐按時赴宴的時候，大徐就去對楊光說，請了你沒有？

楊光說，請了。

大徐說，去不去？

楊光說，不想去湊那個熱鬧。

大徐說，我本來也不想去，在一起共事，也是沒法。

到了茅令祈請客的那天，茅令祈一大早就到楊光的家裡對楊光說，別忘了啊，下午五點。

楊光說，我不是說了麼，我不去，我有事。

茅令祈說，你不去還有什麼意思？說實在話，為的就是請你，別個是陪你。你說你有事，別人就沒有事？有事就不吃飯？我說天大的事你也得去，到時候我再來請，就這話。

他走了之後，楊光的老婆說，你還是去，看他說得那個樣。

楊光說，你不知道。

老婆說，人家是請你吃飯，不是叫你去做別的事。

楊光只說，我們還是討論我們的早餐吧。

老婆說，你想吃什麼？

楊光說，隨便。

老婆說，隨便是什麼東西，你說？倆個人就笑了。

快到下午五點，茅令祈真的又來找楊光，楊光躲在辦公室不回來，茅令祈就找到辦公室。楊光也料到他會找到辦公室，想再找個地方躲躲，正出辦公室，就被他攔劫了。去了茅令祈家，楊光見被請的有組織部的副部長，有人事局長的人事科長，有縣委辦公室的主任，有楊部長及報導科的科長，有楊局長及業務股股長，再就是大徐和他，十個人。楊光恨不得轉身就走，也只有陪著姑娘曬日頭。吃過這頓飯，楊部長在大會小會都講本縣的漫畫成績，講中央領導也知道本縣漫畫創作的名氣，也講茅令祈在比利時獲得的銅獎。楊光曾經對楊部長點過一句，最好不要再說那個銅獎的事。

楊局長說，怎麼啦？

楊光就把大徐說的那個情況說了。

楊局長說，說是也好，說不是也好，都是你們在說，我聽誰的？我是聽茅令祈親口跟我說的，還說那五百美元都寄來了的，這能有假？

楊光就不再說什麼了。他明白楊部長張揚那個銅獎，也是一種需要，所以還指示文化局就文化館抓全縣漫畫創作寫個專題材料，材料的主旨是：抓特色抓特點抓突破，把群眾文化活動引向高層次。材料裡仍把茅令祈獲銅牌獎作為漫畫走向世界的例子，汪化獲《諷刺與幽默》年度優秀獎作為走向全國的例子。這個材料很快就被上級有關部門的內刊加編者按發表。有關報紙也公開轉載了。

在一次縣委常委會上，楊部長在講到本縣漫畫成績的時候，突然來了靈感，說，我提議我們縣裡的漫畫可以進京搞個展覽。有人說，那得花錢。楊部長說，我以為這錢花得值。我們不是大會小會講要辦企業嗎？要引進外資嗎？不突出地宣傳自己，能引進得來嗎？大家曉得的，我們的鄰縣，前不久花了十幾萬塊錢，專門進京去召開了一個在京的縣籍人士懇談會，據說收穫不小。我們的漫畫進京展覽，就是個機遇：把我們縣裡在京的有一定影響的人物，都請來參加我們的展覽開幕式，縣長縣委書記去主持，一方面對我們縣是個宣傳，一方面跟他們聯絡了感情，這是不是比單純進京開個懇談會要好得多呢？

常委們對這個話題有興趣，就議論起來，說這是個事，做得。有人對文化館抓漫畫創作有所聞，問還是不是那個小楊——楊光在那裡當館長呀？

楊部長就說，楊光早就調了的，調到文聯當主席，現在的館長是茅令祈。

有人說不熟，有人說不認識，楊部長說，就是那個獲了比利時國際漫畫大賽銅獎的茅令祈。

於是就聽到有人哦哦哦，哦過之後，就記起似的說，是不是聽說跟他老婆在鬧離婚的那個茅令祈？

楊部長說，倆口子吵架是有的，我曉得，不是鬧離婚。

那個常委說，畫畫得好，品德也要好，要把這個關。現在的青年人，見一個愛一個的。世界上的好女人多得很，愛得夠呢？

縣委書記笑說，你這個愛得夠愛不夠的問題以後再說吧，現在我們還是討論楊部長說的事。常委們就笑。

散了會，楊部長就趕緊叫人把茅令祈叫到宣傳部來，一是直接跟他傳達常委議定漫畫進京展覽的事，二是告訴他不能跟老婆鬧離婚。他說我跟你們的楊局長都是很信任你的，不要辜負了我們的希望。你要把漫畫作者好生組織起來，拿出高水準的作品來。茅令祈保證說沒問題。

楊部長說，要不要把他們請來開個會，吃餐把飯，造個氣氛，聯絡一下感情？

茅令祈說，那你就放心好啦，他們都是我的老朋友，也是我們培養起來的作者，他們聽我的。

楊部長說，那就好。

茅令祈臨走的時候，楊部長又把他叫住說，我還告訴你，你老婆把什麼都跟我講了，講得三把眼淚四把流的，是我勸住你老婆不要再四處說的，我也答應做你的工作的，你也要給我個凳子坐，你是聰明人。你在漫畫裡是做出了成績，我們為你高興，不要為女人的事我們來處分你就是。

茅令祈連連點頭，說自己有過離婚的想法，現在想通了。

楊部長說，想通了就好。進京展覽的事，我還要跟你們楊局長具體研究的，你先拿個意見出來。

茅令祈很是得意。晚上他主動鑽進老婆的被子裡，很像回事的跟老婆做了那個事，把老婆的心穩住了。

漫畫作者們還是習慣於來找楊光，這是沒有辦法的事。那些個漫畫作者，也都是他的朋友，再加上他的權威性，服他。他們不是跟他講漫畫點子，就是拿畫他看，要他提意見。他說哪幅畫行，就行。他說了哪幅能上大雅之堂，哪幅只能上小報，沒走移的。不服不行。他一連也寫了好幾篇文章，評論他們幾個人的漫畫，並且提出一個「漫畫文學」的觀點，即漫畫要向文學學習，要引進文學的品位，不能總只是邁著常態的步子，悠閒自得的在諷刺與幽默的庭院裡散步。漫畫作者心中有文學的意識，就能得益於文學，就能讓漫畫成為藝術品。他說汪化的水墨漫畫，就達到了藝術的境界。把汪化的漫畫裝裱起來，掛在客廳裡，也是很好的審美享受。無論什麼題材，到了汪化手裡，那個味就上來了。楊光說「漫畫文學」是中國漫畫出路與未來。他的關於漫畫的評論，如果不知道他是作家，還以為他是漫畫專家哩。看了他的評論，茅令祈總是很氣的。他很想從楊光的評論裡尋出關於他的一點點文字，哪怕是一點點，總是尋不到。他的失望也總是變成　種氣喘，變成一種仇恨。他想拉攏大徐，也三不時的跟大徐說些子心裡話，可是大徐從來不被他所左右。

茅令祈說，進京展覽的事要是成了，我可以睡著吃十年。

大徐說，要是楊書記像你那樣想，他現在就可以睡著吃一輩子了。

茅令祈說，你總拿他打比。

大徐說，你還總想跟他攀高低哩。

茅令祈就來氣了說，你說，我一向對你怎麼樣？

大徐說，我一向對你怎麼樣？

茅令祈說，你敬一尺，我是敬你一丈的。我不像楊書記——不是我說他的壞話，我對他好得很，他對我就不怎麼樣！

大徐說，什麼不怎麼樣？

茅令祈說，你以為我冤枉他？

說著就從抽屜裡拿出他見到的楊光評漫畫的幾篇文章，手指點著文章，也把桌子點得咚咚響，說，你看看！

大徐說，我都看過，挺好的。

茅令祈說，挺好的！算了，我不說，也無所謂的！他現在還住在我們文化館。馬上要房改，他是外單位，我們可以不賣房子給他，看他住得起高價房的！他也不想想，抬頭不見低頭見，人總有求人的時候，哪個也不是生活在真空裡！

大徐說，你說這話，也太不盡情理了！

茅令祈說，不是我不盡情理，是他太惡毒！

大徐冷笑說，有人說他惡毒的嗎？只有你！

大徐不跟他說了，他氣不過，到文聯去找到楊光，就把那些子話說了，末後說，我也成小人了。

楊光說，怎麼成小人了？

大徐說，來說是非者，便是是非人不是？

楊光笑說，那些話，他也不是只對你一個人說的，別人也跟我說了。

大徐說，難怪你一點都不氣的！

楊光說，一個人只能生活在自己的境界裡，這也是沒辦法的。

大徐說，我還是那句話，你是太善了！

楊光笑說，我也不是太善了，我是想，別人生氣我不氣，氣出病來沒人替，哈哈，是不是的呢？

大徐說，還笑。不過呢，也是的，跟那種人計較不划算的。

楊光說，告訴你，我還真想搬哩，不住文化館。

大徐說，搬？搬哪裡？

楊光說，搬到大院裡頭來，我也找行管科要過房子，他們說沒好房子，只有幾間要拆還沒拆的平房，沒人願意去住的。我倒真想搬進去住的。

大徐說，你簡直是胡說！我曉得那房，我的個同學原先就是住了那房子的，一下雨就漏，漏得沒辦法的。

楊光說，先整一整，搬進去住著再說嘛，站著個步踏，以後好調些不是？

大徐說，我看嫂子是不會搬的。

楊光說，我也想了的，文化館的住房也緊張的，我騰出來，好讓人家搬進去，我也要為人家著想，只要這裡頭有個住處，我何必還占著文化館的房子呢，將心比心。

楊光就真的搬了。大徐小徐梅會計以及文化館其他人幫他搬了。搬的那天，茅令祈有意避開了。搬到平房裡的東西還沒有擺順，夜裡下起一場大暴雨，把東西泡了湯。陰溝裡的水倒灌。天上的水拍打著屋頂，瓦縫裡的水就順著牆角直流。第二天行管科的人來說，我們說了的，不能住人，偏要趕天趕地的搬進來，以為是我們不讓你搬，連修整一下的時間也等不得。楊光怪不得別人，也只有笑說，誰曉得是這樣不能住呢。妻子只說了一句，沒人強得過他的。

過了兩天，茅令祈跑來說，也真是的，住著好好的，搬什麼呢搬？文化館只要我不說，哪個還能攆你走哇？你搬的那天我也不在家，要在家，我是絕對不叫你搬的，真是！又說，我給你找幾個人來修一下怎麼樣？也要不了幾個錢，我們文化館照報就是，我不會讓別人曉得的，即便是別人曉得了，也沒事的，你為我們文化館做了那麼多事，立了那麼大的功，該用幾個的，用不得呀？何況你走的時候，連請你吃一餐你都不的，文化館哪個不是說你行得正坐得穩，走也走得乾淨呢？共產黨的幹部要都像你呀，那真是沒說的！

茅令祈說他的，楊光只是欣然獨笑。楊光也不接他的話，他說完了，只把他送出門，也沒說「有空再來玩」，轉身進屋，妻子說，假模假式的，沒有半點真話！

行管科當天就請來了幾個泥工瓦匠，把平房翻修了一下，屋裡也粉刷一新，還用蘆蓆隔成了天花板，貼上了白紙，弄得還像個樣子。之後，汪化和棉紡廠的幾個漫畫作者也來了。他們都覺得茅令祈不像話，也都覺得楊光不應該搬，硬那個氣，不是燒貓子氣老鼠麼？楊光堅持說是自己要搬的，與茅令祈要不要他搬無關。

汪化說，你別說了，我們都曉得的。又說，我們已經拿定主意，要報復他一下的。

楊光笑說，你莫說得嚇我。

汪化說，是真的。

楊光說，什麼真的假的，別亂來啊。

汪化說，我們不是亂來。他昨天到我那裡去，給了我一份文件，我帶來了。

汪化就從衣袋裡掏出那份文件。這是宣傳部下發的文件。文件內容就是關於漫畫進京展覽的事。

楊光說，我知道。

汪化說，知道？過細看了沒有？文件署的是宣傳部和文化局聯合發文——怎麼不署上文聯？先前是你在抓，現在也是你在抓，怎麼就把個文聯撇開了呢？你當初抓的時候，他們那樣反對，現在一下子接過去，變成了他們的功勞，怎麼回事嘛？

楊光說，這有什麼，饒反對也只是個認識上的，現在認識過來了，也抓起漫畫來，不是我們的願望呀？

汪化說，那個搞法不對。

楊光說，計較搞法幹嘛？能夠進京展覽，不是個好事呀？這是我想不到的，即便想到了，一大筆開支哪裡來？文化局宣傳部弄得縣委縣政府那麼重視，那就是說，資金是有保障的。政府出錢，你們出名，這好的事，不喊萬歲，也要喊千歲的，你還有意見，蠢不蠢？

大家就笑，汪化不笑。他說，我蠢，你讓我去蠢。反正我是不畫的。別人蠢不蠢我就不知道了。我昨天晚上就拒絕了他的，當然，我還是顧了他面子，我說我有事，沒時間畫，說得很婉轉的。

楊光笑說，你不畫，那就沒多少戲好看了，不是我抬舉你而打擊一大片的話。

汪化說，沒有我地球照樣轉！

楊光說，有你就是不一樣！

汪化說，我說不你贏，不提文聯。肯定又是他搞的鬼！你不氣是你的大度，我們不氣是我們沒有正義感！

過了幾天，茅令祈提著一網兜必是、高樂高、花旗參茶之類的東西到家裡來，進門就說，我上回說過的，說是到時候來看你的，這點子東西，算是個意思。我曉得你又愛熬個夜，沖得喝喝，也還是蠻好的。我也是常沖得喝的。不瞞你說，這也不是我買的，是人家送我的，是那些子找我學畫的學生們送的，我也喝不完的，我就想著給你送點子過來了，莫嫌棄。

楊光也是伸手不打笑臉人，只說，我想你是找我有事吧？

茅令祈也不否認，說，要說有事，也是有事，我也就順便跟楊書記說說，像從先一樣，還是跟楊書記彙報。

楊光說，有話直說。

茅令祈說，他們都說很忙，沒時間畫，這就不好搞了，是不是楊書記還要出個面，跟他們說說，他們聽你的。

楊光這才知道汪化他們不是在開玩笑，心裡說，傢伙們的！

文聯物色人也不是太容易，想要的人進不來，不想要的人又要塞得來。總共連楊光只三個編制，要塞來的，就有七八人之多，都是縣裡頭頭的子女。楊光笑說，如果是這樣的話，我只要一個人，那就是財政局長的兒子，因為財政局長可以給文聯多撥點錢。說得好多人不敢當面跟他對話。有一天楊部長來找他，楊部長一坐下來，楊光就笑說，你不是為推薦哪個人的兒子或姑娘啊？

楊部長笑說，不是不是。又說，我聽說了的，要來的人都不大適合，一直定不下來是不是？不管是誰的孩子，要是能夠搞文學藝術工作的，要有特長。你嚴格把關是對的夥計，就要你這樣的人，有事業心，又有幹勁，我是很欣賞的，不然我也不會在常委會上提議你當文聯主席的。

楊光只是笑。

楊部長說，你一直抓漫畫是對的夥計，什麼事都不平鋪直敘，也難做到齊頭並進，你就抓了個特點，很好。

楊光在心裡說，你現在肯承認這點，很好，也是很好。

楊部長說，我們今年的宣傳工作重點，也就是想抓住這個事。你大概也看到了文件，具體工作由茅令祈他們去做，我想你也還是要配合配合，你說呢？

楊光說，讓我配合什麼呢？

楊部長說，幫忙組織一下畫稿，也嚴格把個關，要搞出精品來。

楊光點一句，不是茅令祈遇到什麼難題吧？

楊部長支吾著說，沒，沒，還算順利。

楊光笑說，請原諒我愛說直話，楊部長，是他讓你來找我的的對吧？你部長肯來，我已經很感動了，別的話不說，該怎麼做我就怎麼做，不叫你楊部長為難，這個組織原則我還是有的。

楊部長說，爽快爽快，這就是楊光，楊光就是這個樣子，夥計。

氣氛還是不錯，楊光突然想到，那回省文化廳派人來寫他的事，不知出於一種什麼情緒，使得他問道，那回人家來寫我，宣傳部怎麼去信說不同意？

楊部長說，誰說的？

楊光說，楊局長。

楊部長說，個楊局長扯雞巴蛋！那是他範圍內的事，他扯宣傳部幹什麼？

楊光也就不再說什麼，也還是選擇了個欣然獨笑。

楊光去找汪化，大徐小徐也在汪化那裡，還有「喊悄悄話」漫畫組的幾個人。他們在討論一幅漫畫草圖的深意。畫面上是兩個人擁抱在一起，有說是重逢，有說是分別，有說是痛苦，有說是喜悅，有說是傾訴，有說是傾聽，有說是忍受，有說抗爭，有說是平靜，有說風暴。正討論得激烈，汪化見楊光來，就說，你是不是來做我們的工作的吧？

楊光說，我臉上寫著呀？

汪化說，算了，我們畫就是，聽你的。政府出錢，我們出名，蠢東西才不幹哩。於是就哈哈大笑。

進京的漫畫展覽搞成了，而且還是在中國美術館。隨畫展去京的，有縣長，縣委書記，宣傳部長，文化局長，茅令祈，大徐，小徐，縣劇團兩個漂亮演員，還有梅會計。大徐小徐是布展的，梅會計是管錢的，兩個漂亮演員是搞接待的，茅令祈是圍著官員們轉的。對於這個組成人員，大徐提出過異議，說應當有楊光，茅令祈只是朝大徐擺擺手，不說話。

大徐說，什麼意思？

茅令祈說，你別管。又說，這不是由我定的。

大徐說，你應當提出來！

茅令祈說，我提了，我還提了汪化，不同意，我有什麼辦法。

大徐想，鬼知道你提沒提。

楊光背後跟大徐說，倒是汪化應當去，人家找他要個字畫什麼的，也只有他才拿得出手，當場即興畫畫寫字，那個氣氛也不一樣的。

首都的報紙都發了消息。讓楊光驚異的是，那些消息都說成是某縣「農民漫畫展」。十餘位參展的作者當中，沒有一位是農民，反映農民生活的漫畫倒是有些，這也不等於是農民漫畫展呀？不是錯了，是有意為之。從先有個戶縣農民畫展，曾是轟動一時的。取「農民漫畫展」之意，也就是為了現在的轟動。為了某種轟動，造起假來，往往不顧臉也不顧屁股的。中國也有個特色，什麼事，只要一涉及到農民，就是個有意義的大事。冠上「農民漫畫展」，乖乖，也真是夠引人注目的。這是夠聰明的一著。

汪化也看到了報紙。他拿著報紙來找楊光說，肯定又是茅令祈的創造，騙人！人家又不是不知道我，尤其是一些報刊的美編，他們會怎麼想呢？他們會笑話我，會說，這個汪化，怎麼變成農民了？人家會認為我們是為了某種政治需要，不惜造假，造個「農民漫畫展」，假到這個地步！

楊光說，先別激動，等他們回來，問清楚了再說。

汪化說，要是有意這樣搞的話，我就要把他的那些個虛假全部捅出去，看他有臉見人的！

一個星期之後他們回來了。大徐立即來找楊光，第一句話是說，你真是沒去好，沒去好！說個醜話的話，把人的雞巴都急彎了！

楊光笑說，什麼呀，到北京去就是這麼個體會呀？

大徐說了農民漫畫展是茅令祈的歪點子。楊光說，你怎麼就依了他呢？

大徐說，他先不先就把牌子打出去了，叫我怎麼依他不依他？先做就的粑粑，到時候只出籠，我還能說什麼呢？在那個時候，在那個地方，我只有保留我的意見。縣長縣委書記也都覺得打那個牌子好——也不怪他們，他們不摸底，曉得哪個是農民哪個不是農民！

楊光氣急，想找茅令祈談談，但茅令祈一直不見他的面。再一想，自己也管不著他，不是從先在文化館。就是管得著，看他那個自我膨脹的樣法，也不會聽的。漫畫作者們也都沸騰起來了，楊光還是先穩住了他們。一連過了上十天，也不見茅令祈跟漫畫作者們通通氣，連資訊也沒有，這麼大的事好像煙消了的。

事實上茅令祈躲著別人。有天茅令祈對大徐說，你跟我出一趟差吧。

大徐說，去哪裡？

茅令祈說，武漢。

大徐就問什麼事呢，茅令祈很是機密的說，有個特殊使命。

大徐說，什麼特殊使命？

茅令祈說，暫不能外傳。

大徐說，你不說我就不去。

茅令祈也只好說，縣裡想申報「全國農民漫畫之鄉」，是我一手策劃的，申報材料都報上去了。餘下的工作，也還要靠省裡的有關方面努力。楊部長讓我出面，搞些土特產，去打點一下。錢，由縣裡出，實報實銷。說著，他拍了拍衣袋，說，這裡，已經拿到一千，怎麼樣？我們也可以在武漢瀟灑一回的。

這樣的事，大徐原本不願意去，想到在一起共事，也不能不將就點，就跟茅令祈一起去買了些子東西，顧了一輛小車，送到了武漢，像做小偷似的，把那些子東西分發給人，好在茅令祈跟那些人很熟，大徐才少了些尷尬。辦完所謂的正事，茅令祈提議到省美協主席家裡去一下，問問我們縣裡幾個人加入美協的事。省美協主席那次來縣裡之後，對縣裡的漫畫也很是關注的，漫畫能夠進京，也是主席牽線搭橋的。茅令祈臨時買了些東西提去了。

主席見了他們，也很是高興，還沒坐下來就問，你們那個楊書記呢？楊書記好吧？

茅令祈答好。主席又問，汪化好吧？

茅令祈又答好。主席接著說那個楊書記真是個人物，又接著讚揚汪化，說汪化那回到北京去領獎，正好他也在北京。北京的一個單位邀了好多知名的書畫家聚會，他們那幾個獲獎作者也被邀去了。許多名家都表演了字畫，眾人自然是都捧名家。汪化只看名家表演，不動聲色。後來是《諷刺與幽默》的一個編輯慫恿他也來一手，他用手指抓墨，潑潑灑灑，一幅幅水墨漫畫就成了。畫的是生活情趣，也有哲理意味，搞得這個要一幅，那個要一幅，同樣的，不同樣的，一氣畫了二三十幅，那個聚會他竟然成了中心人物。

茅令祈想把話題轉到自己身上來，就搶著說了幾句感謝主席的話，大徐生怕主席問到「農民漫畫展」的事，好在沒問，或者說是準備問還沒來得及問，茅令祈就忍不住問了加入美協的事。

主席就說，你們縣是報了三位吧？

茅令祈說，對，三位。

主席說，作為漫畫作者加入美協，還是首次。我記得是批准了兩位吧？

茅令祈馬上就問，哪兩位？

主席說，記不得。你們回去就可能接到通知的。

茅令祈說，主席，我們報了三位只批了兩位，叫我們不好辦哪。

主席好像沒聽清，說，什麼？不好辦？怎麼不好辦？

茅令祈說，沒批的那一位，叫我們不好做工作呀？

主席就笑著哦了一聲，說，這個，以後再爭取嘛。

茅令祈說，主席是不是現在就跟我們爭取一下。接著他就說了好多話，在大徐聽來，都是不該說的，主席也還是耐著性子聽完，說，這樣吧，你留個電話號碼給我，以後再聯繫。

茅令祈就說，我給你留個名片，上面有電話號碼。

說著就從口袋裡掏出一張遞過去。大徐一眼就看到名片上赫然印著「省美術家協會會員」的字樣，大徐就一驚，還不是會員，怎麼就印在名片上了？而且又是把這名片遞給主席！大徐已經無法替茅令祈挽救，茅令祈也全無意識。主席接過名片一看，看到了那幾個字，念出來了：省美術家協會會員。接著就說，你都印上了？

這時的茅令祈臉通紅，沒有話說。大徐也恨不得地下有個洞好鑽進去。

從主席家裡出來，大徐說，你這是怎麼回事嘛。

茅令祈說，我本來印了兩樣名片，一樣是印了會員的，一樣是沒印會員的，我怎麼就忘了把那個沒印會員的給他呢？我太蠢了，太蠢了，真是太蠢了！

大徐見他如此，也是善心大發，就趁機會把他的一些事都講出來了，諸如虛榮心，名利心，沒誠心，少善心，都是用事實說明的，也自然說出那假銅牌獎假五百美元等等，想說的都說了，把個茅令祈的衣服扒光了似的，無地自容，震憾得虛汗直冒。他低了好半天頭，末後就怏怏的說了一句，這些個你怎麼不早說呢？

這話問得大徐心裡一酸。心想，早說你聽得進嗎？

從武漢回來，茅令祈一直沒有言語，也是幾天沒出屋。他老婆說他頭痛，痛起來翻跟頭，喊爺叫娘的。在醫院裡住了三個月，才漸漸好脫體。剛要出院的那天，楊部長和楊局長去看他，告訴他，「全國農民漫畫之鄉」已經批下來了，你茅館長是立了大功的。縣長縣委書記非常高興，打算選擇一個適當的時間搞個命名大會，形成「文化搭台，經濟唱戲」的局面，這對於提高我們縣的知名度，對於促進兩個文明建設，大有好處的。

聽了這番話，楊楊二位領導原以為茅令祈也很高興的，哪知茅令祈是冷汗直冒，突然就雙手抱著頭，連連叫著「哎喲哎喲」。趕快叫來了醫生，醫生說，已經是好了的，怎麼又復發了？打了止痛針，就躺在床上，睡著了。看他的人都走了，只有他老婆在他身邊。老婆一直是捏著他的手，眼睛也一直是紅紅的。他醒了之後，老婆就把他的手鬆了，他反而抓住老婆的手不放，眼淚也流出來了。

他想坐起來，動了動，沒成功，老婆抱住他，把他扶起來。他仍是捏住老婆的手，說，我苦了你！

老婆說，還說這些。

茅令祈說，你都原諒了我。

老婆哽咽著說，我叫你不說。

茅令祈也哽咽著說，我不原諒我自己。

老婆將他的手捂著自己的嘴巴，不讓自己哭出聲來。他也流了一會兒眼淚，就說，你想怎麼樣懲罰我都是行。

老婆鬆了他的手，揩著眼淚說，人不能沒有錯，毛主席也自己說自己有錯的。我們還是跟從先一樣，只當有些子事沒發生的，好不好？

茅令祈沒說好，也沒說不好，只是把老婆的手捏緊了。過了一會兒，茅令祈說，你去給我拿些材料紙來，拿支筆來，我要寫個東西。

老婆說，寫什麼呢？好些子再寫不行嗎？

茅令祈說，我現在就是好些子了，我要寫。

她去給他拿來了。他靠在床上寫：我的檢討。老婆看到了，說，寫這個？茅令祈說，寫這個。我要自己揭露自己。那個命名大會不能開。我也還要跟上頭寫信，請求撤銷那個命名。

老婆說，你這不是搬起石頭砸自己的腳？

茅令祈說，是的，這比搬起石頭砸別人的腳讓我好過些。

他正寫著，縣長縣委書記在楊部長的陪同下，也來看他了。他趕緊把寫的東西收了起來，楊部長見他在往枕頭底下塞，笑說，還在用功呀？

他支吾著說，用功，用功。

待他們一走，他就又寫起來。哪知楊部長又一個人轉頭來了，差點讓楊部長看到了。

楊部長說，我是來跟你說個事的。「全國農民漫畫之鄉」的消息已經見了中央的報紙了。

茅令祈急問，哪個寫的？

楊部長說，沒署名，只是「本報訊」。又說，就是這個「本報訊」，宣傳部就接到好多長途電話，說是要來參觀。當初也沒想到，搞成這麼個事的後果。人家真來了怎麼辦？你想想？那就得有地方給人家看哪？是不是？我想你們要派人下去一下，組織一下農民漫畫。重點到三陂鎮去，跟文化站聯合起來搞，有必要你們幫他們畫，畫出農民的那種味，署上他們的名字，不就行了？

茅令祈又頭痛起來，又是雙手抱著自己的頭，直叫「哎喲」，楊部長講不下去了，待醫生又打了針，茅令祈才又安靜的睡著了。

在後的日子裡，只要有人一提到「農民漫畫之鄉」的事，他就頭痛，這是他老婆發現的，以後就沒人敢當他的面提了。只要不提，他的情緒也就好了起來。一好起來，他就接著寫他要寫的東西。有一天他對老婆說，寫完了。他要老婆複印成三份，按三個地址替他寄出去。老婆看了那三個位址，一是給地區的，一是給省裡的，一是給北京的。老婆就覺得男人這回的誠實驚心動魄。她不敢去發。已經成了那麼大的事，再自己戳自己的漏子，以後還在不在這個縣裡活的？她想到楊部長曾經對她個人的關心，要不是楊部長，她這個家不就拆了？她把茅令祈寫的給楊部長看了。

楊部長說，你做得對，你放心，這事由我來處理。又說，你只告訴他，東西發走了，別的話不提。

有一天楊光到醫院裡去看茅令祈，見茅令祈老是問他老婆，那信是不是發走了？他老婆說，發走了。茅令祈說，怎麼還沒回信呢？怎麼還不見撤銷呢？老婆就安慰他，說會回信的，會撤銷的。楊光漸漸知道了底細，無奈茅令祈的神經已出了毛病，不太明白外面的事了。楊光每次從醫院裡出來，看的天還是那樣藍，陽光還是那樣燦爛，他就要為茅令祈難過一回。自己不是完全沒有責任的，至少是沒有堅持一慣的跟茅令祈推心置腹，疏遠了他。他想，我也不知道是怎麼了。楊光的眼淚也就流出來了。想起有回在家裡逗孩子玩，孩子一下跳到他的書桌上，他要孩子下來，孩子只是笑嘻嘻的，不肯，他說好話也不聽。他拿起一把尺子嚇孩子說，我喊一二三，喊到三，你還不下來，我就打你的屁股的。孩子也還是笑嘻嘻的。他喊，一！孩子無動於衷。他接著喊，二！孩子反而緊緊的靠著那面牆。妻子在一旁笑說，看你再喊三的！他就喊，二點五！妻子笑彎了腰，說，你還有二點六、二點七……以至小數點後面的無窮無盡啊。他覺得這是一幅好漫畫，「二點五」是個很好的漫畫點子……

朝朝暮暮

韓雨亭從師範學校出來，就調到縣委宣傳部搞通訊報導，一搞就是八年。不是記者，幹的是記者工作。是記者，也不從屬哪一家。上下都熟，左右都通。寫報導，也寫報告寫彙報寫簡報，在省裡，韓雨亭這個名字是很響的。他的名氣，是創造了「工作後進並非宣傳報導不能先進」的榜樣。有個什麼事，他一下子就捅到縣委書記那裡了。縣委書記有個什麼事，也就直接找到他，沒有中間環節的。有時是縣委書記的小車開到雨亭家門口，喊聲「雨亭，走」，就把雨亭帶走了，或是去開個什麼會，或是去搞個什麼調查。雨亭坐在縣委書記的小車裡，挺得意的，他就咀嚼著什麼叫「無冕之王」。

得意是得意，宣傳部長對雨亭的要求也高，不要他寫那些子「蘿蔔絲」、「豆腐乾」、「火柴盒」之類的小塊東西。部長說那不是他寫的，那是業餘通訊員寫的。部長要他拿出「拳頭產品」，上省報頭條，或是上頭版。部長還找財政要了三萬塊錢，作為新聞報導基金，重獎上省報頭條、上人民日報、上中央人民廣播電臺新聞聯播的稿子。雨亭當然是頻頻得獎。他表面是歡歡喜喜，心裡頭卻是苦不堪言。工作上不去，報導怎麼好上去呢？他是硬支撐著，也不好對人明說，只有一法，那就是「想點子找例子」。妻子曲穎笑他是「背靴找腳」。也是虧了他的，譬如一般人說「新官上任三把火」，他就說「新官上任三瓢水」，寫某新官對某些過熱的事情潑冷水，保持頭腦清醒。又譬如一般人說「胳膊彎朝裡拐」，他就說「胳膊要朝『理』拐」，寫某人堅持真理，不搞不正之風。再譬如他寫縣委書記張波轉變作風，就先想了個題：〈從張書記到張同志到老張〉。一看題，就知道張書記逐漸跟群眾打成一片的過程。只要點子好，不愁找不到例子，哪個人一生不做幾件事情呢。他在業餘通訊員培訓班上講課，就不這麼說，就說是在事實的基礎上，尋找一種合適的角度。雨亭命名為「角度思維」。他舉例說，客廳裡放著一個痰盂，一般人就想到痰盂是吐痰用的，假如想一想，那痰盂好漂亮好漂亮，把它當成客廳裡一種雅致的擺設行不行？再進一步想，痰盂為什麼一定要當痰盂用呢？那痰盂是單位發的，裝豬油，或香麻油，有什麼不行呢？他以此說明尋找一個新鮮的別致的角度，是為了深入反映事物的本質。有通訊員就說，我懂了，比如「雙眼皮」，大家都說好看，我就說是皮膚折皺。比如臉上的「酒窩」，大家也說很美，我就說是肌肉下陷。大家就哄笑。笑歸笑，照雨亭說的去做，上稿率也確實高些。

雨亭也是挺自由的，沒人管他，他也不管別人。想寫就寫，想休息就休息，時間都是他的。麻將是不打的，撲克牌也是不摸的，他就讀了些子書。有天他讀到一部小說，小說裡的一個小故事，就把他震撼了。那故事說，從前有個國王，他的一隻眼是瞎的，一條腿是跛的。有一天他下令召來三個畫師，要他們給他畫像，對他們說，不准美化，畫得真實有獎，否則，格殺勿論。第一個畫師想，說「不准美化」，說說而已，怎麼喜歡看到自己那醜八怪的樣法呢？就把國王畫得很美，國王把他殺了。第二個畫師吸取同伴的教訓，就照國王真實的樣子畫了，國王也把他殺了，沒有說明理由。第三個畫師就動了點子腦筋，他畫國王正在打獵，面對一隻大老虎，國王依著一塊石頭，那條跛腿就跪在石頭上，那隻瞎眼就閉著，那隻好眼就瞄準老虎作射擊狀。畫面既生動，也真實，於是這個滑頭畫師就得了大獎。雨亭覺得自己就像那個滑頭畫師，太傷心了。他的所謂「角度思維」理論，不過就是那個畫師的滑頭。後來的解脫，是他看到他的師範學校的同桌同學寫了一部小說，他就想，我何不寫寫小說呢？做作文，那傢伙還不如我，他能寫小說，我就不能？就試著寫了一篇，寫的就是他搞通訊報導的體驗，題目叫〈筆筆筆〉。運氣也還是不錯的，一寫就成了。發表在一個邊遠的文學刊物上，縣裡的人不容易見到的，寄來的樣刊，他也不示人，因為寫得很真實，很容易讓縣裡的人對號入坐和坐著對號，麻煩。

雨亭估量了一下自己的前途。搞報導的人，大約有三條路可走，一是從政，二是當作家，三是當名記者。當名記者也不太可能。中國能出其他名人，中國就出不了名記者。從政也不想。他熟悉那些當官的，忙開會，忙講話，忙表態，忙接待，忙扯皮，忙調解。無事忙，有事也忙。忙得有益也忙，忙得無益也忙。自己不能是自己，沒意思。當作家倒是他想走的一條路。作家想怎麼寫就怎麼寫，只要自己有感受，不像搞報導，寫誰不寫誰，都讓人家有意見。作家怕什麼？寫的是小說，這裡的鼻子，那裡的眼睛，是惡人，就寫他被槍斃。是好人，就寫走好運。好人雖然遭磨難，好運離好人總不會是很遠的。晚上雨亭跟曲穎躺在一個被子裡，雨亭把他的想法講給曲穎聽了。

曲穎說，想得美。

雨亭說，不行嗎？

曲穎又說，想得美。

雨亭說，什麼意思嘛？

曲穎還是說，想得美。

雨亭覺著曲穎像個禪師，也像個哲學家。

雨亭沒想到，縣裡領導人並不需要小說，只需要宣傳報導。縣長縣委書記碰到雨亭就說，這些時怎麼沒看到東西呀夥計？他們巴不得省報天天有縣裡的頭版頭條。還有那些分管著某個部門工作的副縣長副書記們，見了他的面，這個說，關於經濟的報導少了。那個說，關於黨建的報導少了。這個說，關於法制的報導少了。那個說，關於計劃生育的報導少了。這個這樣說，那個那樣說，他們還能說出哪個方面的報導只有哪些篇數。分管農業的書記也能說出關於農業的報導跟去年同期相比，少報導了多少篇，減少了多少個百分比。常委會上，還專門議到這個事，縣委張書記就直接了當的問宣傳部長，雨亭是不是轉移了目標？宣傳部長一時還沒聽懂，問「什麼轉移了目標」？張書記說，聽說在寫小說，沒有像原先那樣把心思用在宣傳報導上，是不是？宣傳部長不好說是，也不好說不是，只是含含糊糊的說「不太清楚」。張書記要部長好生找雨亭談談。宣傳部長回到部裡，就跟雨亭談了。

部長說，其實，我也還是想給你打掩護的，但有沒有我們縣裡的稿子見報，這是個硬東西，我也瞞不過的，不是我想要說你，是縣委書記發話了，我也不能不說。你看，雨亭同志，我還作得有記錄的。說著，部長就要把自己的筆記本翻給雨亭看。雨亭忙說「不必不必」，部長還是翻給他看了，他裝作看，也不在意。

部長說，寫小說也不是個什麼壞事，只是要正確處理好兩者的關係。

雨亭說，怎麼處理呢？

部長說，你是個聰明人，你自己知道。

雨亭說，我只知道我想寫小說的時候就寫小說，想寫報導的時候就寫報導！

部長有些火了，說，你怎麼能這樣說？

雨亭說，我怎麼不能這樣說？

部長有些吃驚，說，你怎麼變了？變成這樣？

雨亭冷笑說，我真是慶幸自己變了！

部長的臉上有些掛不住，還是忍了，也談不下去。部長說，你自己看著辦吧！就離開了辦公室，出門碰到宣傳部副部長呂新要進門，就把呂新拉到大會議室，隨手把門一關，說了他找雨亭談話的事，建議開個組織生活會，就這個事開展批評與自我批評。呂新說，他也沒犯個什麼錯誤，就是頂了你兩句，慢後再找他談談，不就是了？部長望著呂新，有些不解的說，怎麼就是為頂了我兩句呢？縣委對報導的重視，也是對我們宣傳工作的重視，我們怎麼能無動於衷？呂新說，要開也不能在這個時候開。呂新說出種種理由，組織生活會才沒開成。

雨亭回到家裡，跟曲穎說，我今天把宣傳部長給得罪了。曲穎說，你怎麼要去得罪他？人家對你挺好的。雨亭說，好什麼呀好！曲穎說，那你就是不憑良心了，在你入黨的問題上，人家哪樣對待你！雨亭就說，別提別提！提起來就好笑的！那個過程我還沒講給你聽的，算了，不說了，我不想敗壞我黨的聲譽！曲穎就笑說，你口裡的話！雨亭說，我說給你聽可得，莫外傳。曲穎就說，什麼祕密，我不聽！雨亭還是說了。

當初他寫了好幾次入黨申請書，也沒人理他，他就問呂新，呂新也不好多說什麼，只是笑說，你接受考驗就是了。有一天，部長突然召集黨員會，誰也不知道是為什麼，部長說，這個會突然得一點，其實也不突然。部長指著雨亭說，我們也讓雨亭同志參加了，我們今天就是解決他的問題。雨亭開始也糊塗，他想，解決我的什麼問題呢？部長接著說，雨亭同志寫過好多次入黨申請的，是不是？雨亭心裡就猛在一跳，心想，就是解決我這個問題呀。部長說，我們今天就在這個支部大會上定下來好了，我事先也沒來得及跟一些同志商量，但這個事是明擺著的：雨亭同志一直是很不錯的，在報導工作上有重大貢獻，積極向上，又有股子鑽勁，這是現在三十幾歲的人當中很難得的，我們不吸收這樣的同志入黨吸收誰？大家表個態，看行不行，同時也給我們的雨亭同志提提意見，對他嚴格要求，讓他有則改之無則加免。雨亭同志也要把這作為新起點，雨亭同志也要表個態，你們說呢？

大家你望我，我望你。這事太突然了，大家沉默了好半天，部長催著大家發言，大家還是沉默。末後是部長點著呂新的名，要呂新先說。呂新是支部副書記，曾幾次提請部長討論雨亭的事，部長不是推說忙，就是推說再考驗考驗，呂新也只有乾著急。這回要解決雨亭的事又這麼突然，呂新也實在弄不明白這前因後果。呂新對雨亭的看重，也不想讓雨亭失去這個機會，但也不能不把一些子話挑明，於是說，部長說到雨亭同志的情況，我很贊同。至於說到就這次會解決他的問題，我也理解這良好願望，我只是想，是不是要把程序搞對。部長剛才說了，我們今天是支部大會，我們表決同意了雨亭同志入黨，他的黨齡就應當從今天算起，那麼在這以前的手續呢？調查材料呢？填寫的表格呢？入黨介紹人呢？支部意見呢？呂新還沒說完，部長就接過話說，我懂了，那就這樣吧，明天就派人出去調查，明天讓雨亭同志填表，不不不，不等明天，等會散會了，就給他填，填了就按程序辦就是。呂新說，這樣可是可得，也還有一個問題。部長說，又是什麼問題？呂新說，填表的時間應是在調查材料之前，調查材料應是在支部大會之前，而我們什麼都還沒有做，就開這個舉手表決的支部大會，這個事就不經講了，多少年之後查起來，雨亭同志就是個假黨員了。我們要對他本人負責，也要對組織負責。部長說，這好辦，把今天開會的時間挪後，把填表、調查材料的時間挪前，不就行了？

曲穎忍不住說，這不成了兒戲呀？

雨亭說，還談呢！你看，我就是那樣入的黨，就那樣成了黨員！

曲穎說，別人都沒說什麼呀？

雨亭說，別人怎麼好說呢？部長已經說了，哪個還敢當面說他不是？背後還不是說得哄哄的！不過也不是針對我，都覺得我是該入黨，不該是這個搞法。他們在會上當著我的面，也只有那樣算了。

曲穎笑雨亭是個突擊入黨的假黨員，還說雨亭拿話頂部長是愚蠢的行為。雨亭不服，說，我怎麼愚蠢？曲穎說，你去頂他做麼事呢？他說你就聽著，只管不作聲，別人也不會把你當豬賣了。腳手長在你身上，你覺著怎麼好就是怎麼好，你想寫小說，就悶著寫你的小說，你硬是要對他有個宣言呀？有話裝在心裡，說了沒用不說，說了反而壞事，弄得你招架都招架不過來的，你還能有心思坐下來做你的事呀？再說你有多少小說在哪裡呢？發了那麼一篇，就在那裡張牙舞爪的起來，就好像你是個多麼了不得的作家，何況不是，即便是，也要含著點子哩。你還不覺得你愚蠢，還不愚蠢到地頭！

幾句話把雨亭說得有些臉紅。曲穎笑說，莫紅臉。雨亭就遮掩說，我紅什麼臉哩，你說得對我就照你的辦。曲穎笑說，不過總歸是個紅臉漢子就是。雨亭笑說，又打又摸呀？曲穎說，我是在打你呀？雨亭說，你是在摸我好吧？他把這個「摸」字說得特別重。曲穎就說，還摸你哩，想不想！

無論做什麼事，只要是能夠成事的，都是自己頂翻了壓在頭上的許多石頭。剛搞報導的時候，雨亭一個月能在省報上發十多條消息。有人就說，那都是些子小玩意，能代表個什麼水準？他就朝「大塊頭」進軍，寫長篇通訊，寫調查報告，一發就是幾千字。有人就說，不能光寫大的，也還是要寫小的，不恥於小，統計上稿率，也還是要篇數去頂的。他後來就去試寫些議論之類的東西。有人就說，通訊報導組又不是什麼理論研究所，報導組正規的還是要搞報導，要配合縣委的工作，那些理論文章能看出是寫的什麼地方？是寫的誰？現在雨亭想寫小說，又是這這那那的說他，他才不管那些子混帳話呢，他走他的路。不過他還是聽從了曲穎說的，改變了一下策略，悄悄的寫小說。絕口不在人面前談小說。在辦公室裡，寧可跟大家一起神聊胡吹，不把自己暴露在光天化日之下。有時他就借機溜走，溜回家寫個幾頁，哪怕是寫個幾行也好，爬格子就得這樣爬的。不天天爬，心裡不踏實。

每個月的十五號是宣傳部的例會，全體人員都是要參加的。那天雨亭是凌晨三點鐘起來的，起來就寫，寫得興奮了，吃了早飯還接著寫。宣傳部那邊在等人開會，有兩三個人還沒來，部長偏問起雨亭說，韓雨亭同志呢？辦公室的小伍說，還沒來。部長說，又是在家裡寫小說。他是自言自語說的，對雨亭的不滿大家都感覺到了，沒人接話了。小伍也失悔，不該接話，所以又說，還有幾個人沒來哩。部長左右一望，對坐在他旁邊的小伍說，時海也怎麼沒來？是不是昨晚打麻將打晚了，今早起不來？小伍說，他才不打麻將哩。理論科長張興接話說，時海麻將是不打的，可能是跟老婆媚多了早上起不來。大家就笑。因為時海的老婆是小伍。部長說，小伍同志你也是的，你不喊喊他。小伍臉紅紅的說，你們都瞎說，他一早就出來了的，連早飯都不是在家裡吃的。大家就又笑。

呂新趁大家說笑，起身走出會議室，到走廊裡，打開自行車的鎖，蹬車出了縣委大院，去了雨亭的家裡。雨亭住在曲穎的單位宿舍，有好大一截路。呂新猛蹬車，熟人跟他打招呼也顧不得應聲。到了雨亭家門口，他還沒下自行車，就「雨亭雨亭」的喊。雨亭聽見是他的喊聲，開門說，你怎麼來了？呂新說，今天開會你忘了？雨亭一拍頭說，哎呀，我還以為今天是星期天哩。呂新就說，快去吧，我先走，你隨後就來。呂新轉身就蹬車走了。他回到會議室的時候，大家還在說笑。不一會雨亭來了，呂新就故意說，韓雨亭，我以為你忘了今天的會呢。雨亭會意，便說，怎麼會忘呢，我是有意遲點來的，宣傳部的會什麼時候按時開了的？雨亭明顯的刺了一下部長，部長沒作聲。等人到齊了，部長就說，現在開會了，同志們。先說會風。剛才韓雨亭同志也說了，宣傳部開會，總不能按時，這倒是個事，我也不知道這是個什麼原因。我在家裡的時間不多，我的時間不能由我作主，都是由縣委那邊按排，機關的事由呂新同志全面負責，這個早就明確了的。部長一箭射到呂新身上，又面對呂新說，我說呂新同志，你不可以放任這個事情的。他又掃視著大家說，每個同志也要自覺，這是個機關作風問題，人的素質問題。這個事我等會子還要講的，因為縣委最近開了一個會，就是專門強調機關作風的，就是說，機關作風要好生整頓。有的同志在位不在崗，賣肉不守案，和尚不撞鐘。上班時間過了好半天，有的同志姍姍來遲。下來了之後，又是三兩個人一邀，出去過早，到了上十點鐘，有的同志還慢慢啃著油餅，才進辦公室。下班時間還沒到，好多人就溜了，像什麼話呢？每個同志都要從我做起，當你說別人的時候，你就要想：我呢？我做得怎麼樣呢？說到這裡，部長快速望了雨亭一眼，接著說，這點，我等會子傳達常委會精神的時候，還要詳細講的，同志們不能不認真對待。

部長有一個習慣，喜歡以「同志」相稱，以顯其正規，嚴肅。會開了三個多小時，一直是他一個人在「正規、嚴肅」的講，有人統計他用了一千三百一十五個「同志」和「同志們」。中午下班的時間也過了，他還在「同志」、「同志們」。好不容易講完了，就問呂新同志有什麼要講的，呂新說沒有。部長又點著問宣傳科長時海同志、理論科長張興同志、祕書科長蘇濤同志有不有要說的，他們也說「沒有」。部長又掃視著全體同志問，同志們呢？同志們也都說「沒有」。大家齊刷刷的聲音又叫大家發笑。部長就說了句「同志們就按說的辦」，才散會了。一陣起身推凳子的聲音，沒人言語。雨亭笑說，部長，你弄得我中午不能按時回家，我老婆也要批評我的家風不正呀。部長也就笑笑說，你就那麼怕老婆呀？那我給你寫個證明，是我們散會晚了。大家才有說有笑的走出了會議室。

在走廊裡，宣傳科長時海突然記起說，雨亭，我還差點忘了。說著，從自己的口袋裡掏出一張稿費單說，是我經手簽的字，要提成。雨亭說，提成提成。雨亭還沒接過來，就被祕書科長蘇濤拿過去看了看。理論科長張興說，多少？蘇濤說，八十八塊！張興說，好吉利的數字，請客請客。又問，這是哪篇稿子？雨亭只一笑，不想說。時海代答，是前些時在省報上發的個頭版頭條，關於「小魚鼓大泡」的。又故意大聲說，這不能不服氣呀！他是衝著部長說的，部長聽到了，也不能不接話，就說，什麼不能不服氣呀？時海就說，雨亭又上了個頭版頭條，來了八十八塊錢的稿費。部長說，什麼時候上的？時海說，前些天。部長說，我還以為是今天的報紙哩。雨亭就忍不住說，部長倒是沒以為省報是我們宣傳辦的哩！

時海原想為雨亭張揚一下，證明雨亭仍是在用心搞宣傳報導，哪知引出雨亭一句這麼衝的話，怕雨亭又跟部長對峙起來，就把雨亭邀出了辦公大樓。雨亭看到有人回家了，就說，走哇，不是說了麼？我請客！張興說，說得好玩的。雨亭就說，我是來真的。有些人還是走了，蘇濤張興時海幾個人跟雨亭一樣，也都是住在大院外面，出了大院，還要跟雨亭同一段路。雨亭說，那就我們這幾個人吧。幾個人都說「不必」，雨亭說，這又不是吃公家的，是吃私人的。張興笑說，那你恰恰說錯了，現在要吃，哪個不是吃公家的？雨亭說，我這也不是從我自己的口袋裡掏出來的。我請吃，你們還不，我求你們什麼不成？時海就說，好吧，我們成全他。小伍說，只有你！時海說，只有我什麼啦？多有幾個像我這樣的人，這個世界怕是多些祥雲瑞氣哩。小伍說，不跟你說，我要回去。雨亭說，你也不能走，一起去。小伍說，我們家有一個人作代表不就行了？雨亭說，不行不行，沒有個女的不熱鬧。小伍就笑說，我們兒子還在家等我做飯哩。雨亭說，把兒子也叫來，人情做上頭，請就請你們全家。又說，一定去把你兒子叫來，我們等著。小伍還在說「不不不」，時海說，依他依他。小伍也知道雨亭這個人，挺乾脆的，也不好再推辭，就去把兒子叫了來。路上又碰到在省委黨校學習的宣傳科幹事明守先，也被雨亭叫上了，就一起去了太白酒樓。點菜的時候，小伍對雨亭說，怎麼不把曲穎叫來？就有幾個人附和說，去叫來去叫來。雨亭說，算了吧，說不定她已經吃了。小伍說，吃了不吃了，去叫來就是。時海說，你去叫。小伍起身去了，不一會曲穎也跟小伍一起來了。曲穎一來就笑說，得虧我也是回去晚了。時海說，那就正好，來坐，坐。曲穎跟小伍坐在一起。酒菜上桌了，雨亭拿著筷子說，請，諸位。時海說，你剪綵。雨亭說，你宣傳科長剪綵。時海對張興說，那你理論科長剪綵，理論作指導麼。張興說，我看就由蘇濤剪綵吧，在部裡，祕書科最有權，給我們個福利什麼的，還不是由蘇科長在部長面前一句言語？你剪綵！蘇科長說，我看還是由雨亭剪綵，宣傳報導是我們宣傳部最能顯示宣傳成果的工作，給我們的宣傳工作帶來很大知名度！小伍小聲對曲穎說，我們吃菜，我們不跟他們去扯。小伍和曲穎就同時朝菜碗裡伸了筷子。幾個男人就笑說，啊哈，我們還讓來讓去，結果是讓她們兩個剪了。明守先講笑話說，從前，有個孕婦懷身大肚三年了，還沒有生下來，就到醫院去開刀，是一對雙胞胎。醫生就問，你們兩個怎麼三年了也還不出來呢？雙胞胎說他們在講禮性，一個說「你先出去」，另一個也說「你先出去」，一講禮就講了三年。幾個人聽了就笑，笑著喝酒吃菜，吃菜喝酒。明守先對雨亭舉杯說，韓老師，敬你一杯。雨亭說，我不會喝酒你不知道？明守先說，你表示一下，我喝乾。說著，他就一口乾了。

明守先原是跟雨亭一起搞宣傳報導的，跟雨亭差不多年紀，對雨亭也還是很尊敬的，老師前老師後的叫。韓老師也不愧韓老師，幫他出點子，幫他改稿，一年才能上個幾篇。嘴巴上還行，筆頭子不行，後來就不叫他搞報導。他當了宣傳幹事倒是能發揮他嘴巴功能的。明守先又在叫著雨亭說，韓老師，你看，我是杯底乾了的，你還沒有表示。雨亭就舉杯表示了一下。小伍看著雨亭說，你挨都沒挨下嘛。雨亭說，我不能挨。小伍就舉杯說，我敬你一杯，你挨不挨呢？曲穎說，他是不能挨。明守先就說，韓老師，就挨一挨，挨了不算犯錯誤的。幾個人又是一笑。小伍說，你呀，個亂嘴巴！明守先說，你怎麼知道我是個亂嘴巴？你挨了我的個嘴巴的呀？又是引得人發笑。他在笑聲中敬時海的酒。時海說，我不跟你喝。明守先說，為什麼？時海說，你的杯沒斟滿，你不是全心全意。明守先說，你要這樣說，好，我們連喝三杯。他把另外兩個人的杯子拿到自己跟前，把三杯都斟滿了。時海說，喝就喝。說著也把他身邊兩個人的杯子拿到自己跟前斟滿，小伍攔時海說，怎麼這樣搞？雨亭說，讓他們這樣搞，鬧得玩，熱鬧。時海說，你先喝。明守先說，什麼是我先喝？時海說，是你說敬我，你不先喝？明守先說，好，我先喝。就喝了。時海也喝了。雨亭說，吃菜吃菜。又對明守先說，你也是不喝酒的，跟我一樣，怎麼這麼出息了？明守先說，這也是在黨校學的。那些人都是當官的，起碼是局長以上的，只有我，老百姓一個。他們說，你不學會喝酒，你回去就當不成官。他們說，當官也沒什麼特別的本事，不就是「稿子念得清，坐車不發暈，喝酒滿杯吞」？經過艱苦努力，我就學會了。時海說，好，你就有了當官的資本了，祝賀你，我再敬你兩杯。時海的酒興來了，他跟每個人都喝，包括小伍。小伍說，你這人才巧，跟我喝什麼呢。時海說，我一視同仁。其他人就叫好。時海還舉杯跟他兒子喝。兒子只六歲多點，剛上小學一年級。兒子按他媽媽的意思說，不喝。時海就說，兒子，你不學會喝酒，將來長大了，怎麼當幹部呀？大家就笑。小伍說，兒子，別聽你爸的，也別讓你爸喝。兒子就去奪時海的杯子，時海說，小心你的屁股，調皮！兒子說，你才調皮哩。時海說，我怎麼調皮？兒子說，你這麼大了，你昨天還吃媽媽的奶哩。大家笑得前俯後仰。

過了些天，雨亭發現部長並沒有記他的仇。部長見了他的面，老遠就跟他打招呼，走攏來還要跟他握個手，天天見面，其實是大可不必的。雨亭有了個經驗，凡是部長這樣的時候，就是部長有求於他。一個當領導的，到了這個份上，也真是怪可憐的。

果然，部長把他叫到部長辦公室隨手把門一關，問他要不要喝水，他連說不喝不喝。剛好桌上放得有幾個蘋果，也不知是哪裡來的。桌上也有現成的小刀，部長不徵求他的意見，就親自削了一個給他。他接過蘋果也沒吃，就隨手放在桌上，部長的注意力也不在蘋果上，開口就說，聽說了吧，有件事？雨亭說，什麼事？部長說，明守先當副科長的事。雨亭搖著頭說，沒聽說。部長說，時海調到縣委辦公室去了，他和他老婆都在宣傳部，也不好，我們就報了明守先的宣傳科副科長。雨亭說，這跟我有什麼相干？部長反而笑說，主要是想徵求徵求你的意見。我也還想對你說明一下，這次沒有提到你頭上，你也不要有什麼想法。說實良心話，你也是不錯的，在通訊報導工作上有重大貢獻，有股子積極向上的精神，我還是那回在你入黨的那個會上說的話。我們會考慮的，你是很有條件的，希望你能夠安心，繼續把全縣的通訊報導工作搞好，再立新功，到時候說起話來，就更發是有力了。雨亭笑說，哦，是我現在還沒有說服力。部長也笑說，不不不，我是說更有說服力，我說的是「更」字。部長也咬起文嚼起字來。

雨亭知道，部長是在穩住他，像讓他突擊入黨一樣。他真想拿出幾句帶刺的話來，一想曲穎說過的話，也就學乖了，由部長說去。部長說了很多，餘下的話也沒聽得清楚，他發現他在用一根大頭針在柱著那隻蘋果，柱得大窟窿小眼的，不再能吃。

雨亭一直望著天花板，睡不著。心裡總好像有些子那個，他也說不清。他發現那個「官」字還是在誘惑著他。他不敢對曲穎說，怕曲穎笑他。他也不能流露出他的不快活。他只有退一步想，當官是由別人挑選的，帽子在人家手裡，人家喜歡給哪個戴，就給哪個戴，由不得你的，這個你還不明白？又一想，部長要提拔別人當官，還要跟他說說，可見也是不能忽視他的。如果不是他有些子實力，還跟他說個什麼！全縣隨便找一個人當官，是很容易的。找他雨亭這樣的，就找不出第二個。這樣一想，也就輕鬆多了。他覺得要更加發憤。晚上好晚了，他也還爬起來，伏在寫字臺上寫呀寫的。搖曳的樹枝在窗前探頭探腦。月亮帶著星星們看著他，不知是在嘲笑他還是在向他致敬。他也知道，文學隊伍也在分化，在解體。把文學當資本的，資本到手之後飛黃騰達去了。把文學當出路的，出路難出之後另擇他路去了。玩文學的，玩膩之後玩別的去了。把文學當神聖的，神聖不起來之後就偃旗息鼓了。十足的呆子傻子才往文學的大森林裡跋涉。他相信這個世界上的呆子傻子不止他一個。他回頭看看曲穎，曲穎的黑髮傾瀉在枕頭上，也傾瀉著寧靜，溫馨。他想他也應當去睡在曲穎身邊，他也累了，可他還是坐在寫字臺跟前。對面大樓的所有窗子閉上了眼睛，守護著所有眼睛背後心靈的安寧。他是讓自己不得安寧。他在摧毀他建造起來的輝煌。他也還不知道明天。他相信自己有一個新的明天。為了這個明天，沒有人指令，沒有人指示，自己審視著自己，自己追趕著自己。他是他的獨裁者。他對他飛揚跋扈，一點也不寬容的。他自己被自己感動了，眼圈也濕了。

曲穎翻了個身，在呢喃著，睡呀……

這是清醒中的夢囈，還是夢囈中的清醒？雨亭起身，輕輕走近床沿，也輕輕叫了一聲，曲穎……

回答的是均勻起伏的鼾聲。

他又回到了寫字臺跟前。

機關上下班制度嚴了。對雨亭也不例外。雨亭不再像先前那樣自由了。坐班制。有事外出，要跟領導打招呼。不外出，就在機關待著，有案頭工作的就做案頭工作，沒案頭工作的就端著茶杯看書看報，胡吹神聊。聊社會風氣，聊官場祕聞，聊下海經商，聊幹部分流，聊縣裡借錢發工資，聊日後的公務員制度。雨亭有時是陪聊，有時也要出去採寫報導。出去時，事先要跟明守先說一說，明守先點頭了，他才能走。有回明守先不在辦辦公室，雨亭就在黑板上寫著：我採訪去了。明守先回來看到黑板上的字，心裡也老大不高興，在黑板上寫幾個字，是瞧不起他或是嫉妒。第二天見了雨亭的面，就說，韓老師，你在黑板上寫字不好。雨亭說，怎麼不好？明守先說，別個看了說你是瞧不起我，懶得直接跟我說。雨亭說，誰說的？明守先說，那並不重要，我想韓老師今後注意點就是。雨亭不往心裡去，以後該怎麼樣還是怎麼樣。

你明守先把自己看得很大，我就依你的大，也沒什麼，我可不想在些子沒有意義的事情上跟你比高低。一個人內心的份量重了，對外在的東西就看得輕了。以後他要出去採訪，雨亭就等明守先分配，顯得相當的尊重他。他不在辦公室，雨亭就不出門。雨亭顯然的不再主動，明守先也不覺得，反而覺得雨亭有自審意識。其實是雨亭開始有了自已的心計，比如要寫篇稿子，只要三天時間，他就說要五天時間，純賺了二天時間寫小說。你明守先又能怎麼說呢？原先寫稿，雨亭是沒日沒夜的幹，哪講了八小時？哪講了節假日？有時是落雨落雪也往鄉下跑，為搶時效。大雪封了山，也往回趕，自行車不能騎，就只有讓自行車騎人，五十里路，走了十二個小時。別人並不知道他吃的苦，他也不說，他不想別個的表揚，他是喜歡他的工作，他自己欣賞自己。天黑到了縣城，他流著眼淚對自己說，韓雨亭哪韓雨亭，只要你有這種精神，你會有出息的！可以說他現在是出息了，出息之後想逃離，逃離他的喜歡，也是逃離他的出息，這是他沒想到的。

雨亭寫小說，總是偷偷的進行。他也不再用報導組的方格稿子寫，那樣太打眼了，用採訪本——在採訪本的後面朝前寫，有空就能寫，等人等車等船，開會，坐辦公室，隨時都能寫，也不容易被發覺。要是有個什麼不測，他也就翻到採訪本的前面。前面是他的採訪筆記，能夠掩護筆記後面的小動作的。他絕對不讓人知道他還在寫小說，是曲穎說的，不要「張牙舞爪」。

有一回他跟明守先出差，住在旅社裡，大熱天，那個地方的蚊蟲又大又肥，那個破紗窗也不管用，待明守先睡了，他把自己關在帳子裡寫。後半夜，明守先起來解小手，看到他帳子裡的燈光，不知怎麼回事，把他的帳子一掀，那盞檯燈牽到了帳子裡頭，見他只穿條褲衩，盤腿在本子上寫得入神。明守先就一把奪他手裡的本子，說，寫什麼呀！

雨亭一驚，還沒回過神來，本子就到了明守先的手裡。雨亭要奪過來，一伸手，明守先就把手一縮，沒成功。雨亭下床奪，明守先笑著逃，雨亭追。明守先出了門，雨亭也就追出了門。明守先逃到室外月光下的樹叢裡，雨亭也追到樹叢裡。兩個人都喘著氣，追的人停一停，逃的人也停一停，兩個人保持著一段距離。

明守先喘氣說，你只說，你寫的什麼，我就給你。

雨亭也喘氣說，這是我的隱私，是不能說的。

明守先就說，你給情人寫信，還打草稿哇？

雨亭就說，胡扯。

明守先說，你坦白交待出來便罷，不然我就告訴曲穎。

雨亭說，你給我，我就跟你說。

明守先說，你說了我就給你。

雨亭覺得這樣很是無聊，要惱火，也不便惱火。兩個人就那樣僵持一會兒，明守先執意不給他，他想，告訴你就告訴你吧，你還能怎麼樣呢？於是說，好好好，我坦白，我是在寫小說。

明守先說，早這樣說不就沒事了？你以為我不知道？

雨亭笑說，你怎麼說是給情人寫信呢？

明守先說，還虧你寫小說呢，這也不明白？我說的情人，就是說你把寫小說當作你的情人，不然你怎麼那麼執著，那麼迷戀，那麼傾心呢。

明守先說得很對。雨亭就是覺得文學這個情人很怪的，又愛人、又磨人、又纏人、又惱人。明守先還是很理解他的。

宣傳部的例會，主題是整頓講機關作風。部長講成績，講不足，還講機關大院不准養雞，不准養狗，不准放鞭炮。大講各部辦委負責的衛生區要排除臭水溝，要清理雜草，要消滅蒼蠅，蚊子，老鼠，把這些子事提高到這意義那意義上來說。小伍出進了三次，到第四次出去的時候，部長就說，小伍，你怎麼像個得螺屁股，坐不住？大家就笑。小伍說，我上廁所也不行嗎？大家又笑。部長說，那就去吧。小伍說，是。大家就哄笑。部長說，不笑不笑，這有什麼好笑的，我還是接著講。

雨亭是不能在本子上寫什麼的，因為部長的一雙眼睛老是朝他這邊望。宣傳部只十幾個人，在會議室坐成一圈，部長是絕對不允許諸如看報看書交頭接耳或出出進進的。用筆在筆記本上寫寫畫畫，在別人是可以的，部長常常以為別人是在認真記錄他的所謂重要講話哩。但雨亭不能，他剛在筆記本上隨便畫了畫，部長就點著他的名說，雨亭同志，你是在記筆記，還是在寫小說啊。這話說得雨亭一震。他朝明守先望望，明守先低著頭，臉脹紅了，顯得好不自在。雨亭就在心裡罵，想不到是這麼個東西，真他媽的猶大！

雨亭人坐在那裡，心跑了。他在想別的。也想他的小說。這是沒人管得住的。散了會，他還呆坐在那裡。別人都走光了，小伍還在收拾著場子。小伍就走到他身邊說，怎麼啦？在慪氣呀？雨亭才回過神來說，你說什麼？小伍說，我說你在慪氣呀？雨亭說，我慪什麼氣？小伍說，部長說你在筆記本上寫小說呀。雨亭就哦了一聲說，我只曉得部長批准你出去解手的事。兩個人就又笑了一回。

雨亭有時就真的在上班時間裡寫起小說來。他覺得自己是「背了王八名，沒有享著王八福」，他也乾脆不避人。也不參與閒聊。別人看到了也只當沒看到的，也不點破，也希望他成功。他沒有被提起來，大家有些子不平，在道義上支持他，也似乎是對他的某種補償。明守先也是感到有愧，確實是他向部長打了小報告，他也不是有意有加害雨亭，他嘴巴一溜就溜出來了。在雨亭面前，他又想裝作不是他，想作出編造好了的解釋，剛開口說，部長不知是怎麼知道的……雨亭攔住說，別說了！雨亭起身就走，弄得他好難堪。他也不敢分配雨亭什麼事了，也不敢再說雨亭什麼了，一切還是由雨亭去。雨亭有時也懶得理他，他不免要無話找話說，非找雨亭不可的話，也就變得非常謙恭。

明守先說，韓老師。

雨亭說，有什麼事，說吧。

明守先說，我想看看你發在省報頭版頭條的那篇報導。

雨亭說，你指哪篇？

明守先說，就是「小魚鼓大泡」那篇。

雨亭說，我手頭沒有。

明守先說，你怎麼會沒有呢？

雨亭說，我把那張報紙撕了！

明守先說，撕了？為什麼？

雨亭說，沒意思。

明守先說，怎麼是沒意思呢？縣委張書記碰到我，說那篇報導寫得挺好的。他說他去省裡開會，省委領導就講：我們的鄉鎮企業怎麼搞，就要像前些時我們省報上說的，「小魚可以鼓大泡」嘛，鼓嘛，攢勁鼓嘛！我還沒有看到這篇，我想看看，學習學習，嗨，為什麼要撕呢。

雨亭說，我也不瞞你說，幾年前寫過一篇稿子，也是寫「魚鼓泡」的，別人也許忘了，我當然沒忘。那篇的題目叫「有多大個魚鼓多大個泡」，是說發展多種經營要實事求是。兩篇都是說的「魚鼓泡」，一個這樣說，一個那樣說，自己都感到臉紅，我不撕，還留著它！我想想我過去寫的那些稿子，沒有多少是經得起檢驗的，我現在算是猛醒了！人們總是說我有頭腦，我算什麼頭腦？其實我是個最沒頭腦的，我的頭腦交給別人了！

明守先說，不能這麼說，不能這麼說。搞報導就是要講究角度，誰不是這樣？

明守先也當然是這樣的。有個鄉幹部的腿上長了個大膿皰，那時上頭強調艱苦奮鬥，明守先以那個大膿皰為例，寫那個鄉幹部帶病堅持工作。這是篇小消息，發表在地區報紙上。過了些時，上頭強調轉變作風，明守先就寫了個小通訊，寫那個鄉幹部不顧大膿皰在身，到村裡去蹲點，省報發出來了。後來是軍報向地方上約稿，要民兵工作的稿件，明守先就還是以那個大膿皰為例，用第一人稱，替那個鄉幹部代筆，寫了篇小文章，講他作為民兵幹部，不顧大膿皰在身，以身作則，堅持民兵訓練。後來就傳出笑話說，搞報導，沒有巧，只要角度變得好。若是不相信，且看萬能大膿皰！雨亭現在才感到是多麼羞恥，而明守先還沒有這個自知之明，常常是暗自得意他的萬能大膿皰，美其名是「深度開發」。

明守先說，我們寫的東西都還是要留著，弄個剪貼本，一年一年的保存著，也是個歷史，也是個紀念。作為縣委報導組，應當作資料保存的，這也是我們的工作。你是知道的，宣傳部實際上是靠通訊報導支撐，提高知名度也好，顯示工作成績也好，沒有比通訊報導更直接，更顯眼的了，這就是縣裡領導為什麼重視的緣故。理論科那邊，是理論教育，是默默無聞的，伸縮性是很大的，很難看出什麼特別的成效。宣傳科的工作，就這多年看到的，也沒什麼新名堂，我這科長也不會有什麼新名堂，也主要還是唱節日歌——配合一些子節日搞活動，別看有時是有聲有色，有氣有勢，說不上有用，也說不上無用，反正就那個樣，吃了飯要找事做，說來說去，只有通訊報導才是重頭戲。這個戲唱好了，也等於是宣傳部的戲唱好了，縣裡的頭頭就高興。我上任的時候，部長也交待了，不能放鬆了這個。部長說他要常常看看報導剪貼本的。而且還要我們訂出報導計畫，和全年上稿篇數，其中省報的頭版頭條多少，中央級篇數多少，都要有個目標，這也叫作報導工作的量化目標管理。超額有獎，完不成任務要罰。所以我們那個見報剪貼本不能不搞，那是個依據哩。前些年這個工作做得還可以，這年把兩年就沒怎麼做了是不是？還是要做，你說呢？

雨亭說，還有別的事嗎？

明守先一時被噎住了。

到縣委辦公室當了副主任的時海，晚上也常到雨亭家裡坐坐，一坐下來，也總是給他提供許多官場資訊，誰誰誰不該上的上了，誰誰誰不該下的下了，誰誰誰該下一直沒下。他說官場要像足球場那樣就好，球打得好的，就上，打得不好的，就下，教練把牌子一舉：三號上，五號下，乾乾脆脆！末了就要談到他雨亭該上云云。聽多了雨亭心煩，也不好表露出來，只有不接話，讓他說去。曲穎有時覺得雨亭也是太過逾了，怕的冷了朋友，就陪著應聲。待時海走了之後，曲穎也就打著呵欠，笑說，我也是沒有辦法。雨亭說，其實他也是在說自己，他當了五年的副科長，調到那邊也還是個副局級，用他自己的話說，尿脬不打人脹人。曲穎說，我看他也是吃了正直的虧。雨亭說，那也是。別人總說他不容人，究其實，是人家不容他，不容他的正直。我舉個例子，有回下鄉防汛，他是組長，一天一夜沒睡覺，也沒吃什麼東西，渾身的衣服都是泥水，像個泥巴狗子。他回住地換衣服，看到他的組員坐在樹蔭底下吃西瓜，他八肚子的氣。組員見了組長，老遠就跟他打招呼，連說「來吃西瓜來吃西瓜」，而且把一大塊西瓜往他手裡送。他不接，而是只抱起一個還沒有切開的大西瓜，高高舉過頭頂，猛力朝地是一砸，說，吃！吃個雞巴！嘣的一聲，瓜碎了，瓜瓤塗地，把他的幾個組員搞得狼狽不堪。如今的人，睜隻眼閉隻眼的多，哪個像他這樣的？

曲穎就笑說，大哥莫說二哥，你們都是差不多的人！雨亭笑說，我差遠了，我差遠了。曲穎笑說，我看你比起明守先也差遠了。雨亭說，你要我學他的「拍」呀？曲穎笑說，「拍」也是一種本事，我聽說過他的「拍」術哩。雨亭故意說，你說我聽聽。曲穎說，你還不知道？雨亭說，不知道。

原來曲穎知道的比雨亭還詳盡些。她說明守先寫大膿皰，寫的就是部長，那是部長在當鄉鎮黨委書記的時候。部長調到縣裡來當了部長，也就把在鄉鎮當通訊幹事的明守先調到縣裡來當了通訊幹事。提明守先當科長，有些常委不舉手，說他只是嘴巴上的功夫，滑頭滑腦的，筆頭子不行，通不過。明守先就有本事知道是哪些常委不舉手，他就一一下功夫。他知道趙常委的老婆病了，趙常委又去香港考察去了，家裡只有一個老婆婆和一個讀書的孩子。他打聽到趙常委的老婆想吃雞子，就一下賣了五隻送去，是老婆婆接的，他也不說自己的姓名，也不見趙常委老婆的面，只對老婆婆說雞子是趙常委託他買的，老婆婆要給錢，他不接，說等趙常委回來再說。趙常委回來了，他也不對趙常委說起這事，過了好長時間，他就有意到趙常委家裡去串門，老婆婆一見到他就說，就是他就是他，就是他送來的雞子。又連說「真是個好人真是個好人」。趙常委要給錢，他自然是不要的。他說，如今幾隻雞子算什麼？你再提給錢就好醜的！他說得好誠懇，好大度，好隨意，趙常委也就心領了，覺得他這個人還真不錯。錢常委的兒子讀初中，作文很差勁，有天他就借機到錢常委家裡去找錢常委談報導思想，有意要看那小子的作文。小子不肯拿出來，錢常委說，快拿出來給明叔叔看看，明叔叔就是寫文章的，可以教你。小子就拿了，他一看，不及格的在多數，他就教那小子如何寫作文，而且每天晚上去教，一連個把月，那小子的作文也真是進步了，錢常委的感激自是不必說啦。還有孫常委，他對孫常委的著眼更高——孫常委掛著一個鄉的工作，他也就常到那個鄉去，也常常在鄉裡碰到孫常委，孫常委免不了說，明守先，你還經常下基層哩，不錯不錯。於是就很熟了。他就以孫常委的名義寫了一篇在新時期領導幹部如何蹲點的文章，有些理論色彩，也有些實踐經驗。他把文章給孫常委看，孫常委自然高興。孫常委只提了一條意見，說不以他個人的名義寫為好。他就說，你錯了。孫常委笑說，我怎麼是錯了？他說，用第一人稱，就顯得親近些，有說服力些，我是寫文章的，別的聽你的，這個要聽我的。孫常委笑說，是你寫的，署我的名不好。他說，這個有什麼不好？領導人作的報告，有幾個不是祕書寫的？不都還是領導人的報告？孫常委說，那不同。他就說，沒什麼不同的，都是工作需要。孫常委就說，好，隨你吧。他說，還有個條件。孫常委說，什麼條件？他說，不管在什麼情況下，都不能說是我寫的，你要是那樣說了，就沒意思。究其實，思想是你的，材料是你的，我也只是作了個記錄而已。孫常委很受用，讚揚他的謙虛。後來這文章在省委辦的《農村工作》上發了，中央的一個內部刊物也轉發了，給孫常委贏得不少的名聲，而他始終做了無名英雄，孫常委過意不去，所以常對人說，明守先原是個非常好的同志，我們以前不瞭解他。

曲穎說，他就是這樣各個擊破上去了的。

雨亭聽得驚心動魄。不就是一個副科長麼？安得上付出那麼大的精力！曲穎笑說，你有不有他這個狠氣？雨亭也笑說，你是不是要我有這個狠氣啊？又說，我真是不想有那個狠氣。現在當了副省長的那位你知道吧？他在縣裡當縣長的時候，很是欣賞我的，他下鄉也總要把我帶上的。有好多次他的車子不是開到門口來接我？有回正月初三他就要我跟他下去走訪，你記得吧？我跟他去了也只是陪他吃吃喝喝了幾天。我謊說我有事，要回來。他說好，放你一天假。我就坐著他的車子回來了。他要我第二天一早就趕去，也是跟他的車一起去。他提了個要求，要我到他家裡去把他的一雙球鞋帶去。我們在鄉下走訪。他也真是不錯就是，一個村子一個村子的去，他的球鞋就在我的提包裡。我一去就說過，縣長，你的球鞋我給你帶來了。縣長說，好好好。就不理這個事了。我已經把鞋拿出來，放在他的腳旁邊。他起身走的時候，也不管他的鞋。我只得把他的鞋再統在我的提包裡。又到了一個村子，我又說，縣長，你的球鞋我給你帶來了。他又是說，好好好。我又把球鞋拿出來放在他的腳旁邊，他起身走又是沒管他的鞋。我這樣提醒了他三次，他都是那樣說好好好，不管他的鞋。到第四次，我就乾脆把他的提包拿過來，將鞋塞在他的提包裡，再把提包遞給他。曲穎笑說，你真是做得出。雨亭說，我就是做得出，我就是不想給他提鞋。我知道我給他提鞋對我日後當官有好處，我不想當官，所以我就不想巴結哪個，所以我就沒有心理負擔，我就敢那樣作。曲穎笑說，縣長當時肯定不高興。雨亭也笑說，我管他高不高興。曲穎說，難怪你當不了官的。雨亭說，你是不是想我當官啊我的老婆？我的老婆要是想我當官就早說，我就把我的狠氣使出來，我要是「拍」起人來，也會把人拍得溜溜轉的，信不信，我的老婆？曲穎笑說，我信，我怎麼不信呢？「我的老婆我的老婆」，叫得多好聽，你已經把你的老婆拍得溜溜轉了：怕你凍著，怕你餓著，恨不得八個手把你捧著！

雨亭縮著頭，把頭依偎在曲穎的胸前，讓自己的臉面埋在她的兩乳中間。曲穎說，快把頭伸出來，不怕悶死了！雨亭動都不動。典穎又說，悶得不難受呀？這樣就蠻舒服呀？她就把被子口敞開些，自己的肩頭有點子冷，也忍著，也不再作聲了，過了一會兒，她就聽到他的抽泣聲。曲穎一驚說，這是為什麼？雨亭還在抽泣著。曲穎也往被子裡一縮，團著身子，縮得跟雨亭臉對臉。她就撫著雨亭問，你說呀？別搞得我也要哭呀？她等著他回答，他說沒什麼。曲穎說，怎麼是沒什麼？雨亭說，真的沒什麼。說著把臉挨著她的臉說，我說出來你要笑我的。曲穎說，我怎麼笑你？雨亭說，我是覺得你是我的母親。曲穎說，你這樣覺得？雨亭說，我從小就沒有母親，我是我叔叔把我帶大的。跟你結了婚，你待我，你敢說不是像母親待兒子？曲穎也抽泣著說，你知道。

雨亭早上還沒起來，就有人敲門叫他。晚上跟曲穎說話說晚了，又摟摟抱抱的鬧了一氣，有點起不來，於是懶洋洋的問，誰呀？敲門的說，是我，時海。雨亭就不得不起來了，他開了門說，別個還想睡一會兒，就鬼叫鬼叫的，你以為我還是你的部下呀？時海也笑著進門說，是不是打攪了你的好事？對不起，對不起。雨亭說，你這早來，有什麼好事？時海說，不是什麼好事，也不是什麼壞事，我來求你哩。雨亭說，主任還求我？時海說，當然，我現在又不是你的領導，有事還不求你呀？兩個人就笑了。曲穎也起來了，跟時海打過招呼，就洗漱去了。時海說，我到那邊去了之後，寫了個材料，縣委作為文件發了，縣委書記想讓這個材料在省報上見一見，我就只有來找你了。時海把那個文件給雨亭看。雨亭從中抽出一句話，寫了篇縣委如何抓經濟工作的報導。

第二天，時海給雨亭派了一輛吉普車，把他送到了省報編輯部。他跟那些編輯很熟，一看到他的稿子就說，只要是出自雨亭的手筆，那有什麼話說呢。既然沒問題了，他想馬上返回縣裡，司機說，你這人，這麼趕緊幹嘛？不能在這裡瀟灑瀟灑一天哪？雨亭想了想說，那我就去看個朋友，好不好？司機說，那有什麼好不好的，主任說了的，聽你的。又說，我也有個私事，想辦一辦，我把你送到你朋友那裡，我就去辦，我再回頭接你，好不好？雨亭笑說，也沒什麼好不好的，你去辦就是。司機把雨亭送到了地點，約好了司機去接雨亭的時間，司機就開車走了。

朋友是武漢駐軍機關的，也是搞宣傳的。駐軍機關也正好要開展一個進入「九十年代農民在幹什麼」的農村形勢教育。朋友一見他的面就說，真是瞌睡來了枕頭，太好啦！你雨亭來自基層，又寫了那麼多關於農村關於農民的文章，我們就請你作個報告！朋友就這樣拉夫似的拉上了他。

部隊就是部隊，男兵女兵唱著歌，列隊進入禮堂。禮堂坐滿了人。雨亭一走進去，嘩的一聲，全場起立，於是就聽到暴響的掌聲。雨亭渾身一熱，眼淚也要流出來了。這種齊刷刷的，集中起來的敬意，挺感動人的。雨亭被請到主席臺上，掌聲還沒息。部隊首長做了一個手勢，台下立即安靜下來，首長對著麥克風說話了。首長的第一句話，就叫雨亭大吃一驚。首長說，雨亭同志，是吉陽縣年輕有為的宣傳部長……雨亭有些目瞪口呆，他成了宣傳部長？他想說，我不是宣傳部長！但他沒有說，這種莊嚴的場合，這種神聖的氣氛，是不便說的。朋友已經坐在台下當聽眾了。雨亭用刀子一樣的目光刺著朋友，朋友的目光不肯跟他對峙，把頭低下了。首長在他的講話裡，口口聲聲是「雨亭部長」。他對他的朋友極為不滿。他想你怎麼可以這樣介紹呢！當他進入了角色，也就把這事拋開了。他確實是不愧「年輕有為」，一個政治性的報告，講得生生動動的，男兵女兵不斷發出掌聲和笑聲。他特別注意到了女兵的笑——那用手臂捂著嘴的樣子，很好玩的。兩個多小時的報告完畢，首長又對這位「宣傳部長」的年輕有為作了高度讚揚，全場一次又一次的鼓掌，一次又一次對雨亭部長表示衷心的感謝。他的朋友也走上台來，跟他握手，他不給朋友手，狠狠的說，你是怎麼搞的？朋友扯著他的衣角，小聲說，你先別管這些！雨亭不敢在朋友那裡多待了，他堅定不移的謝絕了已經擺上了桌的宴請，跳上了一輛公共汽車，逃跑了。他又突然想到司機要在下午三點鐘來接他的，又趕快下了車。找了個小餐館，隨便吃了點東西，就慢慢往回走，他也不再搭車，邊走邊想著心思，想著出穎這會子吃了飯嗎？想著自己還要讀哪幾個作家的作品，想著自己正在寫的東西，也想著這次當了兩個小時「宣傳部長」的好笑。他走到部隊機關附近，離司機來接他的時間也差不多了。他站在離那個站崗不遠的地方等著，車來了，他也能看得清清楚楚的。

雨亭手裡總帶得有一本書，他也不能集中精力看，怕的車來了他還不知道，害得司機滿處找他。也想想心思，思考一些子問題，他利用了這一段時間，看了看手錶，已經過四點了，車還沒來。他有些心慌，是不是出事了？他朝來車的那個方向張望。望不來，他也不能走開，只有繼續在那個地方等。等到五點多了，車還沒來，他就到馬路對面的小餐館裡去吃點東西，手裡端著碗，筷子把碗裡的東往嘴裡送，眼睛就一直盯著吉普車的方向，看是不是他那個縣裡的「5」字頭，吃也沒吃好的。吃過了，他又等，一直等到路燈都亮了。他確信等不來的時候，也還等到了八點多鐘，便去火車站搭夜車回到了縣裡。回家睡了兩個小時就天亮了，他還是早早起床了，去時海家敲門，時海也還沒起來，把時海敲起來了，他把情況一說，時海說，照說不會出事吧？是不是有什麼事暫住了呢？雨亭說，有事暫住了也應當跟我打個招呼呀？讓我死等？他們兩個也得不出結論，時海說，你平安回來就好。這時才問，稿件的情況怎麼樣呢？雨亭說，我沒有把握。時海笑說，你還能沒有把握！廚師摸了做肉香哩。說著話，小伍也起來了。小伍還穿著內褲和背心，雨亭看到了那雪白的大腿，飽滿的胸部，連忙要走出屋外迴避，小伍說，沒關係的，沒關係的。你坐，你坐。小伍也不避諱，就那樣站在穿衣櫃的大鏡子面前梳頭。雨亭還是要走，小伍就在鏡子裡看著他說，就在這裡過早。雨亭連說不不不，就離開了。

雨亭一走到大街上，就看到那個司機提著菜籃子，完好無損地走在大街上。他頓時一陣氣喘，混蛋！他感覺著自己要發怒了，走上前去攔住司機，想揍司機的念頭油然而生。這時，司機也看到了他，笑著迎過來說，真是對不起，對不起，我去接你沒看到你，我就回來了。

雨亭忍住火氣說，你去接了的？

司機說，去了的，去了的！

雨亭說，你還居然撒謊！

司機說，沒去是小人，撒謊是小人！

雨亭說，你以為你不是小人嗎？

司機臉紅了，仍是堅持撒謊說，你要不相信，那我就沒有辦法了！

雨亭脹紅了臉說，你！你是沒把我放在眼裡！我要是個什麼科長或是什麼局長，你敢這樣對待我嗎？

雨亭說出這幾句話之後，反而平靜下來。揍他也是揍不出對他的看重的，自己的份量自己清楚就是了。看清了一些子人，看清了一些子事，比什麼都重要。司機還在解釋著什麼，他已經拂袖而去了。

雨亭晚上做夢，也常常夢見他想揍那個司機。醒來前後一想，也常常是想得淚流滿面的。那句「男兒有淚不輕彈」的話是不對的，是對男兒眼淚的扼殺。有淚的男人，一想起「男兒有淚不輕彈」，就像要聽媽媽的話要做乖孩子一樣，就把眼淚往肚裡吞了。男兒多是愛吞眼淚的傢伙。別看一個男兒在人前顯得多麼瀟灑自如，風度翩翩，背了人，說不定就是個甩盆子砸碗的傢伙。其實這也是一種流淚的方式。男兒有相當水準能夠把眼淚化為某種動作發洩的技巧。當真誠遭遇踐踏，當友誼遭遇反叛，當智慧遭遇無奈，男兒的眼淚就從甩盆砸碗發展到大笑狂笑。這些巨大功率的發洩，得多麼巨大的淚力推動。那些自稱有個能撐船的「宰相肚子」裡，也是十足的眼淚浩蕩。

雨亭的心情顯然的不怎麼好，曲穎問他，他也不說。要說也說不清楚。有好多事情只是一種空氣，分明感覺得到，就是抓不住，誰能抓得住空氣呢？曲穎又問是不是小說寫得不順，是不是工作上不順，雨亭就說，沒什麼沒什麼，跟你說了沒什麼，你怎麼還老問問的，你沒見我在看書嗎？曲穎就不作聲了。她一不作聲，他就曉得他的語氣重了些，而且還顯得煩不過。他見她在一邊流眼淚，他又回過頭來賠不是。晚上陪她散步，星期天陪她逛商店。他有時發呆，她跟他說話他像沒聽見似的。曲穎說，你人跟著我，你的心跑了，是不是又在想你的小說？雨亭一笑說，你知道的，我要是不每天寫幾行，我就不舒服的——我有兩天沒寫了！曲穎說，是我叫你不寫的？算了算了，回去回去，不要你陪我逛了，要是寫不出東西，日後你還要怪我了，我擔當不起！雨亭還是陪著她逛，他覺得讓自己放鬆放鬆也不壞的。那天的天氣暴熱，突然遇到一陣暴雨，他倆就站在商店的廊沿下躲雨，也看著大街上淋著雨的人怎樣抱頭鼠竄。不一會雨下小了，小得只是麻噴雨，天氣也驟然涼了。他倆就踏著水汪汪的地面往家走。雨亭突然說，你看。曲穎說，什麼？雨亭伸手朝前面指了指，見一位少婦退下了自己的紅裙子，將紅裙子套在一個不滿周歲的孩子頭上，孩子被丈夫抱著，紅裙子也蓋住了丈夫的大半個身子，孩子就整個的被庇護在少婦的紅裙子裡，少婦就那樣穿著紅衩褲走在丈夫身邊，走在大街上。這一天雨亭也不能忘記這一幕。晚上睡在床上，雨亭說，你想不想抱個孩子？曲穎說，想。雨亭說，你想做母親。曲穎說，你想做父親。他倆感動著思想的一致，分外的親熱著。一邊親熱，還一邊笑時海的兒子說時海「吃媽媽的奶」那句話。雨亭說，老天怎麼不給我們個兒子呢。曲穎說，那還不容易。雨亭說，怎麼容易？曲穎說，我們離婚，你再去找一個能為你生兒子的。雨亭就笑說，胡扯，我以為你真有什麼錦囊妙計哩。雨亭抱緊她說有沒有孩子沒關係的。曲穎說，我說真的哩。雨亭把她抱得太緊了，她就叫起哎喲來，說，你還讓不讓我喘氣的呀？你真的想把我悶死，你好去找一個呀？

有一天呂新對雨亭說，這一段時間大家對你的反映不錯。雨亭說，什麼不錯？呂新說，說你能夠按時上下班，也坐得住，真是好現象。雨亭鼻子一哼說，好現象？呂新笑說，好現象。說著就拿出宣傳部編印的《宣傳工作》，那是宣傳部關於機關作風整頓的總結。呂新指著一段文字說，你看。雨亭看了那段文字，說的是宣傳部在開展批評與自我批評的基礎上，許多同志散漫的作風都有了改正，其中舉的例子雖說沒點雨亭的名，但誰都知道說的是雨亭。雨亭拉長著臉說，這是誰寫的？呂新說，你先要沉得住氣。雨亭說，我什麼時候對這個問題有「深刻的認識」？這樣強加於我，也是敗葬我，還要我沉得住氣？呂新笑說，這不也是你寫報導常用的手法？有觀點不就要有例子？雨亭默了默神，說，是你炮製的？呂新說，看你說到哪裡去了。雨亭說，你怎麼不阻止？呂新說，那我就不便細說了，你也不要多問，我只說，你還是堅持你的，我知道你，我支持你，你不予理睬就是了，而且我還告訴你一個資訊，縣委張書記要調地區了，再像他那樣把通訊報導重視得不恰當的程度，怕是沒有的。雨亭說，那才好，那就正常了。呂新笑說，你的《從張書記到張同志到老張》，是抬了他，也是害了他。雨亭說，也是我自己害了我自己，不然他怎麼會通過部長把我抓得那麼緊？他一直還想我寫他我沒寫的。又問，他是升了還是降了？呂新說，升了半格。雨亭就冷笑說，還升了！呂新說，只要不犯錯誤，就有許多糊裡糊塗的平白有故的官運。雨亭說，中國特色。呂新說，我要到地區去開一星期的宣傳工作會議，我想拉你的夫。雨亭笑說，你說了，我還能不從？呂新笑說，不是那個話。我聲明，我不是為我。雨亭說，我知道，你是為革命。呂新笑說，對。

呂新就去對部長說，他想讓雨亭跟他一起去開會，會議期間要整理一個材料上送，部長當然就答應了。雨亭作為會議人員跟呂新一樣報到，會議也給雨亭發了一個星期的餐票。雨亭就說，什麼任務，你快說吧，讓我早有準備，免得讓我措手不及。呂新就說，你的任務就是寫小說。雨亭說，什麼？寫小說？呂新笑說，是的，寫小說。雨亭搖頭說，我不懂。呂新就說，白天，我就去開會，你就在賓館寫小說，到吃飯的時候我就叫你。晚上，發票看電影或者是去舞廳，我就陪你。這一個星期的時間，就是你寫小說的時間，寫不出來，我就要你交飯錢的，懂不懂？雨亭楞住了。

這件事，雨亭以後一想起來，就眼窩熱熱的。老天也還是不負有心人，雨亭終究寫出一批優秀小說，而且加入了中國作家協會。有個星期天，雨亭就提著幾瓶人家送給他的酒去呂新家裡，呂新說，你這是幹什麼？你也學會了搞這個呀？雨亭笑說，我這個，跟別人的那個不一樣的。呂新說，那是怎麼個不一樣？雨亭說，我是因我不喝酒。呂新就笑他，你是不是又在運用你的「角度思維」啊。兩個人就大笑。呂新說，我不要你拿酒來，我要你拿出作品來。我覺得現在是一個浮躁的世界，你不浮躁，你還能坐得下來，很不容易的。我們常常掛在嘴巴邊上的話：中國五千年的文明……這留下來的五千年文明標誌，不就是有那麼些個人走進書齋的結果麼？要是沒有一代一代的人接著走進書齋，我們還能留下什麼，也真是很難說的。

雨亭想不到呂新有這樣的見地。他只是覺得自己是找到了一種宣洩的方式，一種生存的方式，一種心態平衡的方式，一種自我陶醉的方式。

呂新留他吃飯，他也沒客氣，就留下了。呂新也去把時海找來當陪客。時海一進門就到廚房裡去跟呂新的老婆打招呼說，真不好意思啦，老來白吃啦！呂新的老婆笑說，你還有不好意思的時候？新鮮新鮮。三個男人坐在客廳裡說話。時海突然對呂新說，我又變動了知不知道？呂新說知道。雨亭說，又變動了？時海說，你個書呆子，你還不知道？雨亭就搖頭。時海說，我已經調到縣報去了，明天就要去報到了。雨亭驚喜，說，是不是去當了社長？時海就說，說起來好聽，不好搞哩。又說，你的科長明守先也變動了。雨亭說，也變動了？時海說，呂部長沒告訴你呀？雨亭就說，你難道不曉得他的原則性多強哩。呂新只是笑。雨亭這才知道了，明守先要到報社去當主編。宣傳部已經申報雨亭任宣傳科副科長。呂新吐露出這點。雨亭就說，我堅決不幹！呂新就說，有些子科技人員，有些子文化人，總愛說對當官不感興趣，總愛把自己的業務跟當官對立起來，他們不知道一個有業務能力的人，要是當了某個方面的官，他就有權發展業務，有權保護業務。西方國家的一些老闆早就意識到這點，寧願拿出一筆資金，讓某個有業務專長的人去辦個什麼公司，當個什麼有職有權的「官」，這就把專長也帶活了，美國有名的蘋果電腦公司就是這樣發展起來的。雨亭就說，他們那個官，跟我們這裡的官不一樣的。呂新說，道理是一樣的。雨亭還想說什麼，呂新的老婆就在廚房裡喊起來說，拿飯吃，拿飯吃！我也沒見過你這種人，動員人家做官！你沒聽見一些家長教育孩子：你不好生讀書，長大了只有去當幹部！大家就笑。有人送來一封信，呂新的老婆先接到手裡，一看信封，就喜滋滋的說，兒子來的！她拆開看，一看就笑。時海說，還是不是那樣混沌啊？呂新的老婆笑說，可不還是？你看他寫信的稱呼：親愛的爸爸、美麗的媽媽。接著就講起了兒子。兒子只有十三歲，在省體操隊，比其他孩子的個子都高，也有他爸的個子高。她去看望兒子，兒子像小時候一樣，抱住媽媽，在媽媽的臉上親一個。媽媽說，不怕人家看見了笑話。兒子就說，我是背著人哩。媽媽就說，以後不許這樣。兒子就說，好想媽媽哩，適當的來一個不行嗎？兒子回家來，晚上睡覺的時候，兒子就對爸爸說，爸爸，你天天跟媽媽睡在一起，讓我跟媽媽在一起睡兩天好不好？有一回兒子沒脫鞋就坐在上床玩，媽媽說，不講衛生。兒子下床跪著道歉，接著又說，嗯，不能跪，要是讓人家看到了，以為是呂新怕老婆哩。她一連說了好多細節，說得時海雨亭笑得直拍巴掌。呂新接話說，混沌，混沌，確實是混沌。雨亭問，其他方面怎麼樣呢？呂新說，什麼都好，他第一次到北京去參加比賽，得了個第一名，他媽媽去看他，他也曉得說，媽媽，媽媽，你在同學面前千萬不要談我得第一的事，連比賽也不要談。他的老師、他的教練，也都說他什麼都好，就是還沒有社會知識。

雨亭說，我也真希望我們這個世界混沌些好。

後來發生的事情太意外：宣傳科長是從一個工廠調來的。報雨亭的副科長，也是部長極積推舉的。部長也是受到周圍輿論的壓力，不提提雨亭也實在說不過去。部長也總好像欠著雨亭點什麼，所以也總還是順著雨亭，部長對雨亭的態度，就像俗話說的，細伢子放炮竹，又愛又怕的。調來個科長，部長事先一點也不知道，他跟宣傳部的許多人一樣，人來了才知道，他也窩著一肚子火，也不知道找誰發去。再說生米已經煮成熟飯，他也不好說什麼。他是個膽小怕事的人，也是個只想保住自己的人，所以腳癢只在鞋子裡拱。他也知道，這個世界不明不白的事多得很，再加一個不明不白也無妨。部長想是想得通，只是對雨亭更發是有愧。新任科長已經上任好幾天，部長也沒有像通常做的那樣，開個歡迎會什麼的。觀察雨亭的行為，部長也沒發現有什麼異樣，心也悄安。部長覺著雨亭這個人確實超越了某些東西，是個能成大器的樣法，他對雨亭突然有些起敬。

呂新曾經對雨亭吐露過申報的事，也感到不好面對雨亭了。他有幾次到雨亭家裡去，想對雨亭說說這事，又幾次因為曲穎在場，也就不好啟齒了。兩個人抵了面，呂新就直朝雨亭笑，雨亭也回笑。兩個人都曉得那笑的意思，兩個人都不說穿。末後是呂新實在是忍不住，也顧不得人多的場合，就把雨亭叫到一邊，小聲說，我真是有些子想不通。雨亭故意說，什麼想不通？呂新就說，得了吧雨亭，通過這事，我也覺著官場沒意思。雨亭說，你也這樣認為呀？呂新說，有些子細話我就不說，我只說，朝內無人莫做官，這話多少有些道理。雨亭笑說，我還指望著你哩，你這樣說，我就徹底沒指望了。呂新說，別笑我了。雨亭說，我哪敢笑領導呢。呂新說，說正經的，你還是堅持寫你的小說好。這個世界上，要有人做官，也要有人寫小說。全縣五十五萬人，就你一個寫小說的，說不準這是我們縣裡的有幸還是不幸。我們這些人死了就死了，你有東西留下來，等於是你還活著！雨亭笑說，我也不是想不朽啊。呂新說，不是說你想不朽，我是強調一種精神。我說我們現在還是要有偶像，這偶像就是精神的歷史，精神的發展史。雨亭伸出手，和呂新緊緊一握，代表了許多意義。

雨亭對曲穎，心裡不存話，兩個人結婚上十年，朝朝暮暮，總有說不完的話。所以他還是把報他副科長沒批的話跟曲穎說了。曲穎只裝作莫不關心，好像連聽他講完的耐心也沒有，她這態度也實屬反常。她去洗碗，雨亭跟到廚房裡去說。然後她去洗衣，雨亭也就跟到洗衣機跟前去說。弄得雨亭說，你是不是不想聽啊？曲穎說，你想說就說，不想說就不說，什麼好聽的故事！雨亭就還是說完了自己的故事。曲穎聽完了也不表態，還是做自己的事，只當沒聽到一般。雨亭說，你說這事有不有意思？曲穎說，你去平臺上牽根繩子，我好晾衣服！雨亭就去找繩子，找了一會沒找到，就問，繩子在哪兒？曲穎說，你不曉得繩子在哪裡，你不是這個屋裡的人？雨亭就不作聲，繼續找，還是沒找到，曲穎看著他那著急的樣子，就自己去廚房門後面把繩子拿出來，並且朝他懷裡一塞說，你不曉得，我是怎麼曉得的呢？你上班，我也不是在上班？你下班回來就往你的書房裡一坐，百麼事都不管！我呢，下班回來就把圍腰一抹，家裡百麼事都是我的！從今後我們來個分工好不好？你把我一個人累死了，你也有好日子過的！我說你以後別再在家裡寫呀寫的了，要寫你就在你的辦公室去寫！下班就是下班，工作就是工作，下了班就回來做家務！如今有幾個男人像你這樣的？你看看你周圍，你想想你周圍，誰個把你當了回事的？你還搞得那麼大的勁，莫再把我的精力也賠進去了！我不要你當什麼官，不要你發什麼財，也不稀罕你當個什麼作家，只要你當個普通的老百姓，當個好丈夫，安安靜靜，平平和和！

雨亭有些吃驚，對她這番話很是生氣！他也就說了一句氣話，告訴你，我活在這個世界上，可以什麼都不要，就是不能不要文學！

曲穎就一對大眼睛盯著雨亭，彷彿不認識似的，說，這是你說的話？

雨亭又趕了一句，是我說的！

曲穎說，這就是說，連我也可以不要了？

雨亭說，我沒有這樣說！

曲穎不再作聲，一天不理雨亭。雨亭也覺得自己的話來得太猛了些，也後悔了一天，他有意跟她搭話，她還是不理他。晚上她早早就睡了，晚飯也沒吃多少。他也還是坐在寫字臺跟前寫了一會兒，到他上床睡的時候，他看到她在被子裡動了動，就想鑽到她的被子裡，跟她睡在一頭，和平就會到來。哪知他往她被子裡一鑽，她猛然一掀被子，坐了起來，也不管自己冷不冷，衣服也不披。他就趕快用被子將她捂著，要她躺下。她不動，他就求她躺下，並且保證不動她。她仍然是讓自己凍了一會兒，他百般的請求，她才躺下了。他就睡在另一個被子裡，想著不該衝動。她對他寫作上的支持，也是人所皆知的。他有篇上了《紅旗》雜誌的調查報告，寫的是全縣農田基本建設的，其中寫到「把死黃土翻活」一句，她就說那個「翻」字應當改成個「盤」字，她說「盤」字有泥土氣息，跟「活」字一連，又口語化，又生動，而「翻」跟「活」的搭配，是學生腔，也顯得生硬。雨亭沒聽她的，後來發表出來，編輯竟然就是將「翻」字改為「盤」字了。雨亭被人請去講寫作體會的時候，講到表達的準確與生動，就講了這個例子。這是一段佳話，後來隨著他的名氣大了，這佳話就演變成佳裡帶笑的話：說他和他老婆睡在床上，還在為文章的用語爭論，一個說要「翻」，一個說要「盤」，不知道到底是「翻」好，還是「盤」好，反正是「翻」呀「盤」呀的，一夜都沒睡……他就怎麼忘了那些子朝朝暮暮的恩愛呢？她說的也不過是氣話，他過細一想，那也不是氣他，她是在為他鳴不平，他怎麼連這個也意識不到呢？他想得眼淚流，也不敢再去動她，漸漸的他就睡著了，做了一個跟曲穎擁抱著的和和美美的夢。當他醒來，他的手就自然的伸到了她那邊的被窩裡，他感到那邊被子裡的冰冷，再一摸，那邊被子裡是空的。他立即起身，扯亮燈，看到被子裡沒人，房裡也沒人。雨亭以為她是睡不著，還在生他的氣，到客廳裡坐著去了。他趕緊去開了房門，客廳裡沒有燈。扯亮燈，客廳裡不見人影。他到另外的一間房裡去看，沒有人。他去衛生間看，也沒有人。他一下子慌了神，趕緊把衣服穿好。看看鐘，已經是深夜兩點了。他到樓房的平臺上去看，也不見她。他又趕緊去了大街上，從大街這頭找到那頭。他猛然朝河邊跑去，站在大橋上，看著月光之下翻捲著的河水，心驚肉跳了。他已經是在淚流滿面地呼叫著「曲穎，曲穎」。他不能不去驚動她娘家人了。她是城關人，娘家就在城關。他叫起了他的老岳母，也叫起了曲穎的哥嫂。老岳母一聽情況，就老淚縱橫，抖著雙手，也一步一搖地到大街上去找，嫂子一直扶著她。他也半夜三更的去敲了幾個朋友的家門，請朋友幫著找，快天亮也沒有結果。大家陸續回到雨亭的家來，想進一步商量個尋找方案，待雨亭開了門，發現曲穎就坐在客廳裡。她也看到進門來的哥嫂和被攙扶著進來的老母親，就撲上去，抱著抽泣起來。

哥嫂說，你也是的，也沒為個什麼，你就半夜三更的跑到哪裡去了呢？你看你驚動得這麼多人不能睡覺！

曲穎又一下子衝到雨亭面前，雙拳擂著雨亭的胸，流著眼淚說，你呀你呀！都怪你都怪你！我出去散散步也不行嗎？

雨亭想努力做點子家務事，譬如說早上買菜，替替曲穎，好讓曲穎多睡會兒。起先曲穎不同意，說他不會看貨，說他不會講價。他就說，你就讓我熟悉熟悉生活吧。曲穎就批准了。他每天起得早，先跑步，然後去買菜，時間一長，也就成了內行。不過他總是不大好討價還價，為個幾分幾角錢，跟人家講來講去，費了他的時間還不說，碰到熟人他也臉紅。回到家裡曲穎問今天的白菜多少錢一斤，魚肉多少錢一斤，他就趕低的說就是，怕的曲穎嫌他不會買了菜，好在曲穎從來不查他的帳。

有一天他買了菜，看到一個老太婆坐在菜場裡哭哭啼啼，圍觀的也不少。他走攏去聽明白了：那個老太婆被小偷偷走了她買菜的十塊錢。為十塊錢就那樣哭，他有些心酸，他就掏了十塊錢給老太婆，老太婆不接，說她不是要飯的。雨亭說，這十塊錢是我剛才撿的。老太婆不哭了，人也散了，老太婆朝雨亭作揖，說雨亭是個大好人。雨亭問老太婆的情況。這一問又把老太婆問得哭起來。她說她不是為十塊錢哭，是為她的命苦。她有一個十歲的孫女，她爸四五年前就死了的，是為廠裡事死的。廠也垮了，她黑天無路。兒媳婦也跟人跑了，她就跟孫女相依為命。為孫女的戶口，她也跑了三年，一直拖到現時也沒解決，孫女讀書就要多出錢，哪裡出得起呢？

老太婆看了看自己手裡的那十塊錢，感到不對頭：她的錢是一個五塊兩個兩塊和一個一塊的票面，而雨亭給她的，是一個十塊的票面。她說一面生人，要人家的錢不好，要退給他。雨亭好說歹說，她才接了。雨亭問明老太婆和她孫女的情況，雨亭上班的時候，跟在公安局的一個實權派朋友通了電話，核對了事實，不出三天，他那個朋友回話說，辦妥了。又過了幾天，那個老太婆就找上雨亭的門來。老太婆提了好多雞蛋來，還帶著她孫女。一見雨亭的面，老太婆就讓孫女跪下給雨亭磕頭。老太婆淚眼婆娑的說，真想不到就這麼的辦好了呀！你真是恩人呀！我也不知道恩人的名和姓呀！也不知道恩人的門朝哪裡開樹朝那裡栽呀！我還是想著恩人要去買菜我就在菜場門口盯著恩人呀！我就曉得恩人住在這裡呀！曲穎在一邊聽了這些子話，也沒聽出箇中原委。待老太婆走了，雨亭才詳細告訴了她。

他倆將這事議論了一番，曲穎在收拾茶杯的時候，發現茶盤子底下壓著一個紅紙包，紙包裡包著三張一百元的票子，是老太婆偷偷放下的無疑。曲穎叫雨亭趕緊攆出門去，雨亭去了一會兒回來說，哪見著老太婆的影子！雨亭失悔沒問問老人婆住的地方。曲穎說，你去公安局問問戶警不就是了？雨亭按戶警說的地址找到了老太婆的家。雨亭笑說，老婆婆，你昨天除了送雞蛋給我，還送了什麼嗎？老太婆連忙說「沒有沒有」。雨亭笑說，沒送錢嗎？老太婆矢口否認。雨亭用計策說，那是三百塊錢，我想分一半給公安局的朋友，你老的事，是我託他辦的，應當感謝他，你老不說清楚，叫我怎麼去感謝他呢？老太婆要說話，又忍著沒說，還是她孫女在一邊說了，我奶奶說，不能說。雨亭就笑說，怎麼不能說呢？孫女說，說了怕叔叔不接受。雨亭就哈哈大笑了。終於是弄得老太婆承認了，就把錢退給了老太婆。

雨亭出得門來，正碰上一個人進門，差點跟雨亭撞了個滿懷。他還沒看清那個人，那個人就認出了他，大聲叫道，韓雨亭！雨亭！雨亭定眼一看，也驚喜起來，說，是你？兩個人就又是握手，又是擁抱，把個老太婆也搞糊塗了。

來人是老太婆娘家多年沒走動的一個親戚，也是雨亭在師範學校同班同桌的那位寫書的同學。雨亭又進屋跟同學談敘。同學說，我知道你一直在這個縣裡，我打算明天就去看你的，想不到在我老姨媽這裡見到你了。你還是那個樣，簡直一點也沒變的。雨亭笑說，哪能不變的？同學說，你看我，變得嚇不嚇人？看上去是不是像四五十歲的人？我的頭髮差不多白了一半！雨亭看著同學的頭髮說，不怎麼樣嘛。同學說，還不怎麼樣！染了的——這頭髮是真的，顏色是假的！雨亭就說，你還不知道哩，你曉得我是怎麼走上文學道路的麼？我就是看了你那本小說，覺得你能寫我也能寫，就開始寫起來的。同學說，你還是那個精神，不服輸。又自歎說，唉，我輸了。雨亭說，你怎麼輸了？同學說，你還不知道哩！那本書是我自費出版的，雖然我認為寫得還是不錯的，不錯又有什麼用呢？新華書店訂數上不去，沒法開機，我只有自己出錢買自己的書，你想說我買了多少？雨亭說，多少？同學說，一萬冊。堆滿一屋子，也扯了一屁債，老婆也跟我離了婚。老太婆在一邊驚道，你離了婚？同學說，離了。老太婆說，那孩子呢？同學指著老太婆的孫女說，跟她小點子，也是女孩子，判給她媽了。老太婆眼圈紅了，說，真是，真是！同學說，我還要付撫養費，還要還債，也還要顧自己的嘴巴身子，我就做起了生意。雨亭說，什麼生意呢？同學一笑說，二道販，把城裡的東西往鄉下拉，把鄉下的東西往城裡拉。他說他這回來這裡，就是想看看這裡的行情，想從武漢運些東西過來賣。他說他想去找雨亭，一是看望老同學，二是看老同學能不能幫點忙。雨亭連忙笑說，你找我就是碰到一堵牆。真碰到牆，還會揚塵一灑，我這堵牆連揚塵都不灑的！同學笑說，你是不是不想幫忙啊？好處費我還是照付的呀。雨亭說，看你說的。他就說了他的生存狀態，同學默默點頭。

過了好多時，雨亭也一直在為他的同學惋惜。

曲穎說，各有各的活法，誰像你？一條道走到黑！

雨亭寫小說的影響，省《文學》雜誌社要調雨亭去當小說編輯。這是個走出去的機會，也是個逃離政界的機會，他徵求曲穎的意見，曲穎說，隨你。這天，他打算找部長，要求部長放他走。他還沒來得及找，部長就找他了。部長說，省《文學》雜誌社已經來函了，要調你。雨亭暗喜，想不到這麼快，那邊說來函就來函了。部長說，我曉得你心裡是有些不舒服的。雨亭說，什麼不舒服？沒有哇。部長說，我也是想著要找你談談的，我也一直忙，這個會那個會的。我想跟你說，我真是很抱歉，我也想不到會是那個結果。部長也這樣說，雨亭有一點點感動，於是說，那沒什麼。部長說，我心裡也真是有些不好受。我想我要是及時跟你談了也好了，你也就不會想著要走。不過我還是把話說開，我還是在為你的事努力，目前也有一個機會：上頭要求各縣成立新聞科。有好多縣也成立了，我們也不能拖得最後。我這是徵求你的意見，你看怎麼樣，你不走行不行。

雨亭說，我想走。

他一句話就把部長堵住了。

部長說，雨亭同志，我對你也還是不薄的呀。

雨亭說，我記在心裡哩。

部長說，你不是心裡話吧？要是心裡話，你就不會想走的。你遲不說走，早不說走，偏偏在這個時候說走，這證明你還是沉不住氣，這個不好，雨亭同志！再說你起碼的組織原則也沒有做到，你想走也要先跟我打個招呼，而你先不先就跟人家聯繫好了，你以為人家一要我們就可以放人？雨亭同志，那個是個商調函，總還得要我們這邊同意，總還得要我簽字，你以為說走就走，那麼容易，菜園門呀？雨亭聽著就來了氣，表示堅決要離開宣傳部。部長要他用一個共產黨的標準來要求自己，個人服從組織。他就惱惱的說，部長不要用帽子壓我！什麼組織不組織的？不都是你說了算？你就是組織！卡我入黨是你！讓我突擊入黨也是你！你以為我不知道？上頭要一個非黨的年輕幹部進入縣政協領導班子，有物色我的可能，你就先下手為強，好讓我不離開宣傳部，不離開宣傳報導，好繼續為你領導之下的宣傳工作增光添彩，所以你就把我抓住不放！你抓可以，我也是做這個事的人，你不該把人不當人，不該玩我！我醜話說在前頭，你這回不放我，我可就要求重新入黨！我不做那個不明不白的突擊入黨的黨員！

雨亭說了這番話之後，自己也覺得莫明其妙。部長想不到雨亭也會這麼厲害，這麼撕破臉，顯然軟了下來，臉上掛著笑說，有話好說，有話好說。又連問，說完了嗎？說完了嗎？

雨亭說，說完了！

吃不住，雨亭起身走出了部長辦公室，把部長楞在那裡了。部長又突然一想，他會到哪裡去呢？

部長也就跟著走出了大樓，悄悄掉在雨亭後面。部長不是怕他會出什麼意外，是怕他一氣之下去找組織部，或是去找縣委哪位領導，把個事捅出去，影響不好。部長看到雨亭哪裡也沒有去，而是直接回了家，才鬆了一口氣。也不知道自己哪句話說錯了，弄得雨亭發那麼大的脾氣，說出那樣一番話。他想他這個部長也當得殘破了，回到辦公室裡，好一陣難過。

雨亭回到家，大約是傷了神，也或許是感冒，晚上怯冷怯寒，發起燒來。曲穎給了他幾粒感冒藥吃，一時也不能見效。他燒得說著胡話。一時說著「不不不」，一時說著「要要要」，曲穎急得眼淚直流，一直握住他的手不放，也一夜沒闔眼。到天亮的時候，燒才退了，也出了一身大汗，連被子都汗濕了。他渾身鬆綁了似的，舒服多了。曲穎側身躺在他身邊，笑說，你是什麼意思啊？說胡話怎麼老說「不不不」「要要要」啊？雨亭就說，我做了個夢，夢見你又走了，不要我，我就喊著「不不不」，「要要要」，就是叫你不要離開我。曲穎說，編小說，騙我！曲穎親著他的面額說，誰曉得你心裡想著要誰！雨亭說，文章是自己的好，老婆也是自己的好。我的老婆為了我，為了我的文章，承包了我的吃喝拉撒，世界上再也找不出既是妻子又是母親的愛！我無論在外面遇到什麼不順心的事，只要一回到家，只要一看到你，只要這樣一摟抱，就化解了。曲穎說，又在「拍」我了，是不是？

曲穎起床之後，開了熱水器，放足了熱水，讓雨亭坐在澡盆裡，給他洗澡。洗過之後，又讓他上床睡。他感到全身無力，也不怎麼想吃。曲穎還是給他弄了早點，又是強迫，又是呵哄，軟硬兼施，才讓他吃了點。曲穎要去上班，走到他身邊說，你就好生睡一覺，我去宣傳部給你請假。雨亭點點頭。曲穎就要離去，雨亭說，你還忘了一件事。曲穎說，什麼事？雨亭不說話，只指指自己的臉。曲穎就笑說，還記著這個！說著就走近他，俯下身子，讓他在她臉上親了一下，才放她走了。

曲穎走後，雨亭也沒有睡意。他穿好上衣，坐起身子，背靠在床靠上，拿起他的筆和筆記本，就寫起他的小說來。他躬著兩腿，筆記本擱在隔著被子的腿上，一寫就寫入了神。突然聽到有人敲門，接著是喊，雨亭，雨亭，部長來看你啦。是小伍在喊。雨亭把本子和筆一放，穿好下身的衣服，把門開了。

門口站著小伍，部長，蘇濤，和新調來的宣傳科長。小伍見了他就說，喲，還真是病了呀，一夜就瘦了好多，你看嘴角還燒起了泡泡，我還以為是假病呢。大家笑。

進了屋，部長一直笑著，走到雨亭跟前說，曲穎到部裡去替你請病假，我們就來看你了。蘇濤說，是不是昨晚跟曲穎在床上「翻」呀「盤」的搞涼了啊？幾個人又笑。小伍把手裡提著的香蕉等東西往桌上一放說，小意思。雨亭說，還這個意思呀？蘇濤說，你這是個甚麼意思？雨亭笑說，我的意思是……沒待他說完，蘇濤說，我們來看看你的意思也不懂嗎？你真沒意思。這樣意思來意思去，大家更發笑了。提來的香蕉，雨亭讓他們就地消滅掉。他們不，他們說要喝他的酒。雨亭說那個為何，小伍這法庭遞給雨亭一個郵件，雨亭看了看，把郵件放到一邊，雨亭就讓他們坐，要泡茶，他們不讓，說坐坐就走的，好讓他休息。小伍卻望著那郵件說，打開看看，看是什麼好消息，也好讓我們高興高興。

那是《中國文學》雜誌寄來的。雨亭撕開一看，書是外文版的，封面是中國畫。翻到內頁，有一封簡信。信裡說，《中國文學》法文版第四期（季刊），選用了你的大作《筆筆筆》，現寄上樣刊兩冊，望查收，稿費另寄。謝謝你的支持，望今後能繼續與你合作。他再翻了翻，就看到刊物後面附有本期的中文目錄，確認了哪篇是他的小說。那些個洋文字，將他思想的載體轉換成他不知所云東西，卻能走進隔著國界、隔著肚皮的人心，這也是人類的神意通感使然。這小小一冊刊物，一下子就讓他的胸懷博大起來。他們幾個拿著傳看。他特別注意到部長的神態。部長連說「不簡單不簡單」，一點也看不出部長在這個問題上跟他有過的對抗。臨走的時候部長說，雨亭，你能不能借一本給我，我好向常委們宣傳宣傳：這也是我們縣裡的榮譽哩。雨亭汼意到部長叫他的時候，第一次沒有在他的名字後面加「同志」，他反而感到親切，就說，送部長一本，留個紀念吧。部長聽他說到「留個紀念」幾個字，就是提醒他的要走，部長明亮起來的眼睛又一陣灰暗，接著也還是明亮起來，揚起書說，你是代表中國，你是代表中國！那個新來的科長沒有多少話，顯得很老實，很謙恭，一直是望著雨亭微笑。

他們走了之後，雨亭還是上床躺下了。他就想，部長還是屬於那種本份人，雖然部長常常是說些子大而無當笨話，做些子出格的笨事，也還是不失為本份人。這樣的人不壞，有時還是相當的不壞，但有時又恰恰是他們壞了事，不知道要怎麼樣才能讓他們明白過來。部長今天來，讓他一下子又對部長恨不起來了。他也覺著他昨天的過份。他想走，也無非是感覺著宣傳部彆扭，部長彆扭，報導工作也彆扭。他寫小說不是得益於他搞宣傳報導？不是得益於他在宣傳部？不是得益於他跟部長的彆彆扭扭？作家的生活沒有多餘，作家的生活不必選擇，作家生活著的朝朝暮暮就是財富，作家的特別榮耀，特別自豪，也在此。如果想當個像回事的作家，生活還能在別處嗎？

又有人敲門。雨亭又起來開門，是小伍。小伍說他們一出門就碰到新調來的縣委書記，部長把他上《中國文學》的事跟書記說了，書記很是高興，說要看看原文，部長就叫她轉頭來拿原文。雨亭不太想給，小伍說，你寫的是小說，怕什麼？我看部長對你是一百八十度的大轉彎了，我看他也是真心真意在推舉你的。雨亭就給她拿走了。晚上時海來了，一是來看望雨亭病得怎麼樣，二是為雨亭的小說出國表示祝賀，三是來給雨亭提供一個資訊：縣委決定以文件的形式向全縣轉發這篇小說，說這篇小說對於共產黨人要實事求是的作風作了形象生動的說明。時海說，我覺得這是很好的新聞，我的題目都想好了的：〈小說上文件，這事真新鮮〉。雨亭笑說，你到報社去了幾天，怎麼就變得這麼內行了？時海也笑說，沒吃豬肉，還能沒看到豬走哇？曲穎要將時海提來的水果削給時海吃，時海說，不啦不啦，我馬上就走的，我不能多坐。凡是遇到喜事，你們兩個就要早些上床的，我知道我不能多打攪。曲穎就笑說，你的個嘴！時海笑說，我也是有體驗的！說著就真的起身走了。他倆洗過之後，擁護被靠在床上，讓壁燈開著，興興奮奮的說話，也興興奮奮的親熱著。雨亭笑說，還真是被時海說對了。曲穎說，你記著你是感冒了的人！雨亭說，我適而可止哩。曲穎說，不要命！雨亭說，這也是發汗哩。接著就只有動作聲音了。

時海寫出的那篇新聞，《文學報》、《文藝報》登了，全國好多的報紙也轉載了，引起不小的反響。省《文學》雜誌社要調雨亭，除了來函，也來了人，也不知是不是受了那篇報導的影響。他們一來，就通過關係直接找到人事局，要把雨亭的檔案拿走。雨亭在人事局的熟人就跟雨亭通了個氣。雨亭說，不能給。人事局就沒給。省《文學》雜誌社的人來找雨亭。雨亭想推脫說縣裡不放，但聽他們的口氣，他們跟新來的縣委書記有很好的關係，他們能夠說服縣裡放他，他也就說是曲穎不讓他去。他們說，你去了之後，我們會很快就把她調過去。我們保證給你們安排兩室一廳的住房。你老婆的工作，我們負責安排得她滿意。雨亭找到一個由頭說，我老婆想，要調就一起調過去，怕的日後不好辦。他是想用這一著來卡他們，他們顯然的是面有難色，但他們還是說「回去想辦法」，儘量做到他滿意。剛好曲穎下班回來了，他趕緊把她堵在門外，如此這般的跟她打著擦耳。她說，我真不知道你是怎麼想的，一會兒想走，一會兒想不走！她的聲氣說得有點子大，雨亭就說，小點聲，我的姑奶奶。曲穎說，你的聲氣比我還大，我的姑爺。他捂自己的嘴，兩個人笑了。曲穎就燒火做飯，熱熱情情的招待了人家一餐，人家也覺得他倆口子確實不錯，不斷表態「回去想辦法一起調」。

部長現在對雨亭好多了，也是真心的好。雨亭對部長說了他不想走的話，部長很是高興，說，我也想對你的工作作個調整，你還是要好好寫小說，而且要不斷寫出好小說。至於報導工作，縣委還想調兩個人來，你只負責培養培養，帶一帶，指導指導或者是，你半天寫小說，半天搞工作。再或者，你想寫小說就在家裡寫，需要補充補允生活，體驗體驗生活，你就出來工作工作，這也是個調劑，隨你的意。雨亭聽得眼裡熱熱的，他不知道部長怎麼變得這麼開明了。部長說，前些時我到上海那邊去開了一個會，有人聽說我是湖北吉陽來的，就說，哦，湖北吉陽，我知道的，那裡有個作家叫韓雨亭。我就感到你的知名度。新來的縣委書記就幾次對我說，大森林裡長些參天大樹不為奇，曠野裡要是能長出一棵參天大樹就不容易了，孤憐憐的，風吹雨打，天寒地凍，人踏牲畜拱，稍長大點，就有人砍伐。我一想，也真是這樣的。雨亭想，那新來的縣委書記是個高人。他們正說著，新來的縣委書記就到宣傳部來了。部長起身指著雨亭說，這就是韓雨亭。縣委書記握著雨亭的手說，總聽到有人說起你，你算得是我們吉陽的個傳奇人物，現在才對上號。他說他就是想來見見雨亭的。於是坐下來說話，雨亭得出的結論就是，重智者智，重才者才。

附記：

我寫作的壞習慣，就是我的人物都要有個模特兒，這就註定了我的作品飛不高，走不遠。寫完這個中篇，我竟然想交待一下幾個模特兒的現時情況：「呂新」當了組織部長。「部長」調到縣政協去任了相應職務。「明守先」因得意而玩起了情人，把人家姑娘的肚子玩大了，被就地免職。「韓雨亭」還是調走了，不過不是調到省《文學》雜誌社，是調到省作家協會，人不離開吉陽，是兼職作家——兼任了吉陽縣副縣長。人們說，有心栽花花不發，無心插柳柳成蔭，「韓雨亭」到底還是當了官。

一種經歷

萬水清頭頂著一九六八年三月三的太陽，結束了他的的探親假，要回部隊。爸爸媽媽，還有大妹，到三陂鎮上送他搭汽車。車還沒有來，水清說，你們回去吧。媽說，你要記著打信回來。爸不作聲，只是朝遠處望。

大妹笑說，哥，你再回來給我帶個嫂子回來好不好？水清說，你想哥帶個嫂子回來幫你做事呀？你好生照護爸媽，照顧弟妹，不然哥對你不客氣。大妹說，你敢。還怕你像小時候那樣打我呀？媽說，你哥哪裡打過你呀？胡說。大妹說，媽就為著哥。媽說，我就為著你哥。你哥一小就聽話，不像你。大妹說，我怎麼啦？媽說，你是你爸在河邊哈揀回來的。哥就笑。

說著話，車來了。搭車的人往車上擁。水清提著個大提包，只能站在車門口。車開動了，門還沒有關攏。大妹朝他喊，哥，小心！媽也喊「小心」。大妹和媽都在揩眼淚。爸還是一直望著遠處，望著那輛汽車鑽到一片樹林背後了。

水清到了漢口，又坐火車到鄭州。他的部隊在蘭州。他在鄭州轉車。鄭州車站亂糟糟的。滿處是人。橫七豎八躺著。東倒西歪坐著。你呼我應叫著。還有人打著橫幅走過來。橫幅上寫的是「實現祖國山河一片紅」、「抓革命促生產」之類。進站口有「軍人優先」的條文，水清「優」上了去蘭州的火車。他一直是從漢口站到鄭州的。人太多，太擁擠。他上了這趟車，找到了空坐位，也就鬆了一口氣。

水清坐了一會，接著就水急魚跳似的，跳上來好多人。車廂裡也擁擠了。有人要扒車窗進來，因為身子太胖，扒了幾下扒不上來，坐在靠窗的水清想幫他一把，水清旁邊的人說「去去去」，便把窗門關了。胖子不知罵了句什麼，走了。

車裡悶得很。一些人身上的氣味比牛欄糞豬欄糞還難聞。水清想開窗門。有位姑娘提著皮箱，朝窗子跟前跑來。箱子一晃一晃，她上身的兩個乳房也一抖一抖的。車廂裡的幾個人望著她發笑。她在水清旁邊的窗子底下停住，拍拍窗子，意思是要翻窗進來。水清旁邊的人說，別開別開！

隔著一層玻璃的太陽灰灰的。風吹著姑娘的額髮。姑娘望著水清，是那種乞求的眼神。他心軟，就把窗門開了。那姑娘的動作也果斷：把皮箱舉起來，朝窗裡一塞，就要跳進來。水清旁邊的人說，幹嘛？幹嘛？幾個人要阻攔。水清說，讓她上來吧。他們幾個哄笑，說，好好好，讓她上來，讓她上來！他們幾個的表情裡藏著詭計。

水清接過皮箱，貨架上已經放滿了東西，他就放在自己的坐位底下。待他起身，姑娘的大半個身子已經進了車廂。有人說，好哇，你這進來往哪裡站呢？只有人踩人了！又是一陣哄笑。水清說，坐我的位子。姑娘說了聲「謝謝」，並不坐。水清旁邊的幾個人擠眉弄眼。一個說，搭上啦。一個說，有戲啦。他們就講起了笑話。說是有個當兵的，是個鄉巴佬，自以為見過世面，就神氣起來。有次回家探親，一見父親的面，就南腔北調地說，爸爸，你好。你愛人好嗎？周圍的人哄笑。水清不理他們。姑娘也不理他們。

車開動了，匡且匡且地向蘭州方向進發。列車像喝醉了酒似的，老是搖搖晃晃的。那姑娘幾次站不穩。水清看她臉色有些發白，便強迫她坐了自己的坐位。他站著。列車每到一個小站，要停一停。停也好，開也好，列車就像發神經似的，都要猛然抖動一下。車內站著坐著的人，也要跟著一下傾倒。水清面對車窗，兩手支撐在車壁上，能用厚厚的背頂住傾倒，使他的胸前形成一個小小的安全區。姑娘就在安全區內，被保護著。姑娘想說幾句感激的話。水清的兩眼一直望著窗外的山水田，好像沒有她的存在，她也就不好說什麼了。

列車停停開開，旅客上上下下，車廂裡也漸漸鬆動些了。姑娘旁邊空出一個位子，水清也就坐了。旅客都能在自己的坐位上打盹。姑娘瞇了眼睛。水清也瞇了眼睛。姑娘的頭靠了他的肩。他也慢慢瞇著了。他隱隱約約聽到一位口頭文學家在講著叫人捧腹大笑的故事。他有時就被那些笑聲驚醒。醒了他也不想睜開眼睛。身子有些僵，他也不動一動。他不想將那個姑娘動醒。

那個口頭文學家還在講。水清也靜靜聽。口頭文學家說，也是在這火車上，也是像這麼坐著，也是相互靠著打盹。那個男的一靠就靠在女的肩上了。女的也睡著了。男的打起了呼嚕，那口水也流在女的嘴裡了。女的一驚醒，就狠狠地打了那男的幾個耳光。男的被打矇了，說，你為什麼打人？女的說，你為什麼吻我？男的說，我沒有！女的就指著自己的嘴說，我裡面還有你的東西！

哄笑把姑娘驚醒了，睜開眼，發現自己的頭是靠在水清的肩上，便坐直身子，不好意思地望望水清。水清早睜開眼，這才動動身子說，睡好了麼？姑娘笑著點頭，說睡得好香。有謝謝他的意思。水清說，你很疲勞。姑娘嗯了一聲，又是笑著點頭。他倆交談起來。水清弄清了姑娘叫秦舜英，九江人。父母是老幹部。她是安徽機械學院的學生，「復課鬧革命」之後，到蘭州一個飛機機械廠實習。她對水清的籍貫，家庭，以及在部隊的情況，也有個瞭解。他們談得很投機。口頭文學家那一幫子臨下車的時候，還不斷回頭望他們兩個。

車到蘭州，已經是萬家燈火。水清和舜英隨著下車的人流流出了車站。路燈昏昏暗暗的，也不齊全。舜英糊裡糊塗地跟著水清走了一段，她的箱子也是水清替她提著。水清問她，去哪？她這才站住了，說，我去蘭州飛機機械廠呀？水清說，你知道怎麼走嗎？她說我是第一次來，不知道。水清就去問人，人家告訴他，那地方還有好遠，那段路的車也收班了。

水清只有陪她去找旅社。找了幾處，都是客滿。他們走過一個小巷，半天看不到一個人走動。突然串出一個人來，站在路當中，攔住他們的去路。舜英不覺倒退一步。水清卻是上前一步說，你要幹什麼？那人說，對不起，我是問路的。那人問了一個地名，水清也不熟悉，那人便走了。他們也好笑了一氣。最後找到市革委會招待所，登記處說還有一間空房。水清這才鬆了一口氣。一位年紀大些的女服務員笑道，你們小倆口算是有運氣。水清連忙聲明說，別，別誤會。服務員沒理會他的聲明，說，證明信？舜英說，我只有學生證。服務員說，學生證？還在讀書就結了婚？

舜英也不理會那服務員，掏學生證。掏了半天沒掏出來。她打開箱子翻了一氣，恨不得把皮箱抖散，也沒有找到。舜英只好求服務員說，我的學生證丟了，我確實是學生，能不能讓我住一夜？服務員說，不能不能！沒有證明是不能的！我們這是市革委會招待所，住這裡的，都是清理階級隊伍的外調人員，出了問題，我負不起那個責！水清說，我可以證明。他拿出軍人身分證，朝服務員遞過去，服務員一推說，虧你還是解放軍同志！階級鬥爭這根弦鬆得的？你只能證明你，不能證明她！服務員望了望她的可憐相，又說，帶了結婚證嗎？有結婚證也行。

他們只有走出招待所，離午夜還只半個小時。午夜一過，水清就算是超假了。他不得不把這話說出來。她說，對不起。水清說，那你怎麼辦呢？她說，你們部隊沒有招待所嗎？他猶豫著。她說，去你們招待所不就得了？水清無可奈何。

到了部隊，那個熟悉的營房，水清感到親切。一排排列隊整齊的白楊樹，黑深深的。路燈的光線透過枝葉，在水清和舜英的身上滾動著花紋。

水清指望能夠悄悄地把舜英送到軍人招待所，路過他那個連隊住地，碰到查哨回來的連長。連長起先沒有看到他，只看到一男一女要從前面的那條路上岔過去，連長說，誰？

水清說，我。

連長說，你是誰？

水清說，萬水清歸隊。

連長湊著路燈一看表，說，你真是準時：剛好踏著午夜十二點。

水清和舜英走到了路燈底下。連長說，這是……連長等著水清介紹。水清一時不知所措。他不能說這姑娘是在路上認識的。他撒謊不好，不撒謊也不好。舜英連忙接話說，我是他的女朋友。

水清暗暗吃驚，她這樣說。這話倒是救了水清。連長聽了，說「歡迎歡迎」。他陪同水清和舜英去了軍人招待所。招待所的門關閉著。連長敲開了門，安排舜英休息了。第二天早上，水清所在排的排長，加上連長，又一起去招待所看舜英。連長沒見水清，問排長，萬水清呢？排長說他出操去了。連長說，我不是說讓他陪女朋友玩一天的嗎？你沒跟他說？排長說，說了。連長說，說了怎麼不執行？排長說，這傢伙。就派人去把水清找來了。連長指示說，今天好好去逛逛蘭州城吧。水清只是點頭微笑。走出軍營的時候，舜英提著她的那個大皮箱子，說，不幫我提提嗎？水清就接過她的皮箱了。舜英說，我知道我是麻煩了你，對不起。水清說，誰要你說對不起呀？舜英說，那我說什麼呢？水清說，說再見吧。

他把她送上了去目的地的汽車。開車的時間還沒有到，她又從車上下來說，我真想跟你逛一天蘭州城，你肯定不願意。水清說，不是我不願意。舜英說，那是什麼呢？水清說，備戰任務緊。舜英說，連長不是給了你假嗎？水清說，那是對你的照顧。舜英把手伸給他說，好吧，握個手吧。水清就握了握她的手。他在汽車要啟動還沒啟動的時候就離開了。舜英覺得他真好，淚眼汪汪地望著他遠去的背影。

水清回到營地，連長排長見了說，怎麼，沒有陪女朋友？水清說「女朋友有事走了」，就把這事含糊過去了。過了幾天，水清收到舜英的信。那信也簡單，無非是幾句感謝的話。他沒有回信。接著她來了第二封信，問前一封信收到沒有？是不是她給他製造了麻煩他不再理她？她說他說過再見的，那就是說她還可以來見他。水清還是忍著沒回信，她就寫來第三封信。她在信裡稱他為大哥。她說她就是想有一個大哥。她找出種種理由單方面宣佈他就是她的大哥。他這才給她回信了。這封信他打了好幾次草稿。寫了又撕，撕了又寫。他想話要說得得體，字要寫得工整，要不愧為大哥才是。他發出這封信，就很奇妙地盼她來信。盼了好些天沒盼來。水清心裡有點不是滋味。在他下狠心不再去想這事的時候，舜英的信就來了。他把信塞在衣袋裡，故意不急於看，那信就像舜英本人那樣跟隨著他。也像舜英把手伸給他，讓他就一直握著。

她的這封信是一個表白。表白她想嫁給他。嫁給一個兵。她在信裡提到報紙上大力宣傳過的白啟嫺的婚事：一個大學生嫁給農民的生動事蹟。她說她要學英雄見行動，要嫁給一個兵，一個農民兵。

水清的心轟然跳動。他似乎有所期望，不敢表態。他這個兵是「哪裡來哪裡去」的。家裡很窮。住的還是草棚子，又窄又暗又潮。父母年老多病，小弟小妹多。在生產隊裡幹一天的活，還不夠買一盒大公雞的香煙。她跟著他回到鄉下，那不是害了她？

她這封信也一直在折磨著水清。他咬著牙，不給她回信。結果是她來部隊找他，不是女朋友也是女朋友了。這回，他們一起去逛了蘭州城。對於她的表白，他也把話說開了。她用了毛主席的一句話說，越是艱苦的地方越是要去，這才是好同志。他們的關係也就這樣維持著。差不多過了半年，水清的父母相繼去世。家裡困難。部隊本來是想留他當志願兵的，考慮到他的實際，批准了他申請復員的報告。離隊前，他想給舜英寫封信，也想到她那裡去告個別，末後也還是悄悄地狠心走了。他越是愛她，他越是不忍心害她。他一走就是好幾個月了，跟舜英的聯繫斷了。

俗話說，長兄長嫂當爺娘。水清就擔當起爺娘的使命，打發著「瓜菜代」的日子。二十來歲的大妹倒是個幫手。屋裡屋外水清也少不得她。但他不想大妹再在這個家裡受苦。大妹只有以出嫁的方式才能逃脫。他已經為大妹物色到縣城裡的好婆家。

一天晚上，小弟妹們睡了，大妹還在煤油燈底下為弟妹們縫縫補補。水清面前是一堆稻草。他在打稻草蔞子。他抬起頭，看到大妹用牙咬針線的那種姿勢，心裡就一動，鼻子也一酸。那是他以前看慣了的母親的姿勢。水清說，大妹。大妹說，嗯。水清說，你不是喜歡城裡嗎？大妹說，是呀。水清說，哥給你介紹一個城裡的婆家好不好？大妹說，哥莫開玩笑。水清說，哥不開玩笑。大妹說，哥要攆我走呀？水清說，哥歎息你在家裡挑一擔挽一砣的，不想你再這樣受苦。大妹說，哥受得我也受得的。

水清停住了手裡的活，說，哥就是哥！他的聲音好大，大得把大妹怔住了。大妹也停下了手裡的活，抽泣起來。接著就說，我不嫁！我不嫁！水清說，你犯什麼傻？你看人家月娥，還小你的，不是嫁到城裡去了？孩子都歲把了。你就比她差些呀？大妹說，你看人家芙蓉，大我好多，也還沒嫁哩。水清就說，她家是富農！大妹說，富農不是人？水清說，跟你說不清！大妹說，要攆我可得，除非哥給我娶個嫂子進來！水清就想起了舜英。其實他也是常常想的。一想起來就是一種苦味，心裡也痛。他忍不住把他跟舜英的事告訴了大妹，大妹很感動，說，她既然是真心誠意的，哥就應當答應。水清說，不能，真正是不能，不能讓她從飯鍋裡往粥鍋裡跳。

村裡有人替水清做媒，恰恰是想將村裡的芙蓉介紹給水清。水清前想後想，也就同意了。芙蓉不嫌他家窮，他也不嫌芙蓉家「富」（富農成分），大妹就悄悄哭，不知道該為哥高興還是不高興。她想到那個叫秦舜英的大學生。

水清跟芙蓉去三陂公社革委會領結婚證的那天，兩個人都穿戴整齊。在公社大院裡，水清看到寫有「辦公室」的牌子，兩個人就一起進了辦公室。裡面坐著一個人，問他們有什麼事，水清說拿結婚證。那人打開抽屜，拿出一張待填寫的結婚證。鋼筆拿在手裡，鋼筆帽也擰開了，問他倆叫什麼名字，多大年紀，哪個村的，是自由戀愛還是父母包辦的，一切都是由水清回答的。那人末後笑道，這姑娘是不是你拐騙的呀？水清說，哪能呢。那人說，她是不是啞巴？芙蓉噗哧一笑，臉紅紅的，很好看的。那人說，是個好姑娘嘛。

那人正要動筆填寫，有人在外面喊「劉幹事」，劉幹事把筆一放說，對不起，你們稍等。劉幹事去了一會兒回來，對水清說，你跟我出來一下。水清說，什麼事？劉幹事說，有人找你。水清說，誰呀？劉幹事說，在接待室裡，你去了就知道的。

走廊那頭拐彎處就是接待室。水清看到秦舜英端端正正地坐在接待室裡。他驚呆了。過了好半天才說，是你？

舜英看到水清瘦多了。那桴炭似的臉色，那毛草窩似的頭髮，那挺不直的腰，那老套的鄉裡裁縫做的衣服……不是先前的那個樣法。她簡直不敢認。她一陣心酸，喉嚨發哽，說不出話來。水清說，你怎麼來了？舜英幾乎要哭出聲來。她強忍著，裝出笑臉說，你好嗎？水清終於找到了說出某種話的突破口。他說，好，好，來得正好的。我要結婚了，我今天就是來拿結婚證的！水清一下子拉住舜英的手說，走，去看看，她也來了。水清轉身一看，芙蓉就站在背後。水清指著芙蓉說，就是她。她叫萬芙蓉。芙蓉，我給你介紹一下，這是秦……他這才發現他還一直拉著舜英的手，他終究說不下去了，這場面他不知怎麼收拾。哪知舜英突然對芙蓉說，我是來給你們賀喜的！恭喜你們！說著她就打開她的大旅行包，拿出裡面大包小包的香煙，糖果，順著走廊，見人就發，並且說，這是水清領結婚證的喜糖，喜煙！人家問她是水清什麼人，她說是水清的親戚。她很坦然，很大樣，內心的痛苦被自己包裝得滴水不漏。

公社人武部長悄悄對公社革委會主任說，這事有點怪，水清哪來這麼個天仙女般的親戚呀？我一直在觀察，這裡面好像有點什麼名堂。主任就叫人去把水清叫來說清楚。水清起先不願多說，人武部長把這事上升到政治的高度，說「這個姑娘不尋常」，因此「凡事要問一個為什麼」。水清把他在部隊跟秦舜英的那一段事情說了。主任又叫人去把那個「天仙女」叫來，「天仙女」說的跟水清說的差不多。

主任追問，你是怎麼跟水清失掉聯繫的呢？

她說有一段時間她在蘭州飛機機械廠實習很緊張，她有好長時間沒有收到水清的信，想著是水清戰備忙。她想在她緊張過後再去部隊找水清。到她去找的時候，水清復員了。她耐著性子，先回九江老家等分工。分到安徽的一個機械廠當技術員。工作定下來了，她就告訴父母，說她已經找到一個對象，是個復員軍人，農民。她說她要去那裡看看。父母一聽，火星直冒，百般不同意。她說，要結婚的是我，不是你們！

她到廠裡請了三個月的結婚假。這個假也好請，因為廠裡鬧革命還沒有鬧完，生產還沒怎麼抓。她給水清買了一套衣服，外帶香煙糖果等，還有幾百塊錢。她就把個大包一提，一輪船坐到武漢，又一火車坐到縣裡。在縣裡一問，這三陂還有這麼遠，班車也不通，她就走到這裡來了。四十多里路，走了五六個小時。她的腳都打起了泡，走不動。她走得要哭。她說這些話的時候，也說得哭起來了。

主任說，你來的打算？

她揩著眼淚說她就是來結婚的，現在見水清打算跟別人結婚，她只有恭喜了。主任馬上去對劉幹事說，水清的結婚證發了嗎？劉幹事說，還沒有。主任連說「好好好」，又說，我們差點犯了一個大錯誤，你知道不知道？劉幹事說，什麼大錯誤？主任說，一個城市姑娘，一個大學畢業生，要嫁給我們鄉下的一個農民，這是什麼精神？這是什麼行動？他又自己回答說，這是共產主義精神，是革命行動。她響應毛主席的偉大號召，走與工農相結合的道路，我們堅決支持。於是指示劉幹事，當即給舜英和水清發了結婚證。至於涉及到芙蓉姑娘，主任說，由婦女主任去做工作好了。

舜英水清領到結婚證，那個複雜的心情自不必說。只說人武部長——他還保持著清醒的頭腦。他想這麼個天仙女從城市來到農村，找萬水清這個窮對象，到底是為什麼呢？他的腦子這麼一動，一下子就觸動了階級鬥爭這根弦。他想她莫不是到內地搞特務活動？她有什麼不可告人的勾當？他就對革委會主任說了他的想法。主任說，嗯，階級鬥爭是複雜的。密切注意新動向吧。

且說水清把舜英帶回家裡，大妹還在田畈裡做事。小弟妹們去把她喊回來，她簡直不相信這是真的。她趕緊進灶屋裡燒火做飯。還分咐小弟妹們把地掃掃，把鋤頭鐵鍬順在一邊，把不順眼的東西收拾起來。舜英和水清的事也一下子轟動了全村。村裡人都說，天仙女下凡了。田裡做活的，屋裡燒火的，來村裡做客的，伢大伢小的，老天拔地的，男的女的，都來看舜英，把水清的那幾間小茅屋擠得轉不開身子。進不了屋的便站在水清門口的場子裡，踮起腳望。有的還站在石滾上望，爬在稻草堆上望，騎在樹枝上望，大人肩上扛著小孩望。舜英沒有拘束。她走出來跟村裡人點頭，笑笑，問好。她想，我從此就是這個村裡的人了，第一步就是要跟你們打成一片哩。

水清和舜英就在這個晚上睡一起了，算是結了婚。第二天，跟水清平輩的青年人拿水清開玩笑。他們說，水清，你昨晚是怎麼睡的呀？水清就說，就那樣睡。他們說，那樣到底是怎麼樣呀？水清說，脫了衣服睡呀。他們說，是睡在你的那個床上還是睡在她的那個身上呀？水清說，又是床上又是身上。他們哈哈大笑，說好你個賴蛤蟆吃到天鵝肉！

水清的姑媽來對水清說，你們還是要熱鬧一下，有個儀式。你把自己不算個事倒也罷了，你不能不把人家舜英不算個事。水清把這話說給舜英聽，她說好吧，趁這個機會，把支持我們關心我們的人請來坐坐也好。

舉行結婚儀式的那天，水清用舜英帶來幾百塊錢做了準備。要請的人都請到了。自然還有公社革委會主任、副主任，還有婦女主任，劉幹事，人武部長。人武部長到底是人武部長，他並沒有鬆懈他的階級鬥爭那根弦。他以關心復員軍人的名義，成為舜英和水清的主婚人。村裡的民兵是他的耳目。一旦有什麼風吹草動，也都是「召之即來，來之能戰」的漢子。在那個儀式的熱鬧之後，人武部長和幾個民兵就睡在水清隔壁的民兵家裡，沒讓水清和舜英知道。大約是太疲勞，也或許是在席上多喝了幾杯，他們都睡得很沉的。半夜突然下起了暴雨。一個民兵驚醒了，他突然推著人武部長說，電報！電報！人武部長被推醒了，說，什麼電報？民兵說，隔壁在發電報！人武部長側耳細聽，果然聽到隔壁有滴滴答答聲。他趕緊把幾個民兵叫醒，衝出這家門，再衝進那家門，大叫一聲，不准動！待他們把手電筒的光亮照進了水清的茅草屋裡，滿處是漏。屋漏水滴在臉盆裡，腳盆裡，水桶裡，瓦缽裡，那聲響叮叮咚咚，滴滴答答，他們當成了舜英和水清是在向特務機關發電報。

大風把屋頂的茅草揭了幾處，水清舜英正在屋頂上壓稻草，蓋塑膠布。倆個人都穿著單衣服，渾身透濕。人武部長不覺心裡一酸，對舜英嫁給水清有了幾分感動，說，見鬼！她怎麼會是特務！他對幾個民兵說，去！去幫他們一把！他們便搬來隔壁屋裡的梯子，也扛來新稻草，爬上屋頂忙乎了一陣，蓋好了。淚水和雨水洗了舜英的臉面。

結了婚，舜英就是萬家的人了。但大妹還是把她當客待侍。她掃地，大妹就要接過她手裡的掃帚。她抹桌子，大妹就要接過她手裡的抹布。她燒火做飯，大妹說，我來。她就說，大妹，我不是這個屋裡的人啦？大妹就哭起來了，說，嫂，有我在這個屋裡，我就不想讓嫂做事。她說，這是什麼話？大妹說，嫂到我們家來，就是委屈嫂了。舜英也哭了，她說，大妹，我現在是你嫂，不是客呀。幾個小弟妹也圍攏來說，不要嫂做事，不要嫂做事。

舜英跟村裡人一起出工。開田溝。扯秧棵草。車水。挑乾糞。挑塘泥。都學著做，強著做。打不慣赤腳她試著打赤腳，走幾步路就不行，她還是走。那些硬土坷，那些碎瓦片，那些小石子，那些枯刺樹枝上的刺，那些棉花殼，那些麥樁樁穀樁樁，都是她的對頭。她的腳一落地，就要提起來。一提起來，又馬上要落地，所以她有時就像跳舞似的連跳直跳，引得村裡人哈哈大笑。那個時候，動不動就興「割資本主義尾巴」，割得什麼都沒有，除了種糧食，連菜園子也不能擺弄，平素吃菜都成問題。水清家成天下飯的酸白菜幫子，爛醃菜蘿蔔，黑糊糊的臭醬豆，也都是大妹的算計。水清照樣吃得下飯。不管是蘿蔔拌的飯，還是南瓜拌的飯。也不管是乾的，還是稀的。有菜無菜，有鹽無油，也是一餐幾大碗。一碗飯也是三扒兩扒就扒光了，吃得那樣有滋有味。舜英看著他吃，有時候就看呆了。她總是把碗一端就飽了。有時又不能不吃，飯含在嘴裡，就是吞不進。小弟妹們看著她吞得眼淚流。小傢伙們也很懂事，他們到河裡或是塘裡去撈魚摸蝦，弄得舜英下飯。家裡人發現她喜歡吃魚，就都宣佈說，他們都不喜歡吃魚。

夜裡睡覺，水清就把她抱得緊緊的。他說我來世要做你的牛，做你的馬。她就說，我來世還做你的老婆。水清鼻子酸酸的。他覺得他只有在隊裡拼命做事，多爭點工分，讓日子過得好點。大隊有個鋸木加工廠，要力氣大的人去鋸木板。可以日夜鋸，日夜賺工分。他去了。他成天打著赤膊，穿著短褲頭，身上纏著一塊腰布。大熱天，汗爬細雨的。腰布總是擰得下水來。額定的任務，一天一人要鋸六塊板子。他常常是一天鋸了二十四塊。累病了，倒床七天，他感覺著越發是拖累了舜英，不禁嚎啕大哭。

舜英三個月的假期也快到了。要走了。大妹擔心嫂子走了之後再來不來。大妹跟哥說，哥，你最好送嫂子。一起到嫂子那邊去。水清搖搖頭。那是不能的，那麼遠的路，去來的盤纏錢就不得了，還不說要丟工分。但他還是咬著牙說要送舜英，要去拜見岳父母大人。舜英這才不得不說，她父母根本就不贊成他們的婚姻。他像炸雷炸呆了似的，好半天沒言語。舜英就說，你怎麼這麼蠢呀？我婚都跟你結了，你還怕什麼呀？他才一笑。舜英說，到一定的時候我再叫你去見我父母，現在是不行的。

舜英回到了九江的娘家，母親一見她的面就哭了。她又瘦又黑，變了個人形。她也抱著母親哭。父親說，你說你真心想跟那個小夥子結婚，我們也不是死要反對。我們只不過是說了說做父母的意見，你怎麼就那樣走了呢？舜英揩著眼淚說對不起。父親說，你看你，你自己去照照鏡子，你看你成個什麼樣了？舜英說，我不照鏡子也曉得自己的。父親說，看著你這個樣，你想我和你媽是心疼還是不心疼？舜英走到父親身邊說，爸爸，女兒的皮膚是黑的，思想是紅的。父親說，還紅哩。父親的眼睛就紅了。

母親要她說說那邊的情況。她什麼都沒說，只說，我已經結婚了。這不再震撼父母。父親說，叫他來一趟九江吧。我們也想看看他，也想跟他談談。這個不干擾你的革命行動吧？舜英就笑了。

舜英給水清拍了一個電報，寄了一百塊錢，水清也很快就來了。見了面，水清給父母親的印象不壞。父親笑說，水清，我們一家都是臭知識份子，你倒是摻沙子來了，也好也好。說得全家一樂。水清住了幾天，就要回去。他惦記著小弟妹們，也怕耽誤了工夫，岳父岳母也不好再留他。舜英理解，眼淚汪汪地送走了他。

水清回到家裡第十天的那個清早，喜鵲一直在門口叫。大妹說，哥，好像有什麼喜事要來哩。水清說，我們還能有什麼喜事呀？大妹說，真的，我相信有喜事。你復員回來的那一天，這喜鵲也就是在頭頂上叫呀叫的。你那天果然不就回來了？水清說，哦，對了，是不是我的妹夫今天要上門啊？大妹說，哥瞎說。水清說，哥不瞎說。哥帶信到城裡去了，說是這幾天要來的。大妹就沒作聲了。

水清就說，你等會到鎮上去看看，看大哥給你定做的那套衣服做起來了沒有。說是前幾天就要交貨的，再不會拖的，你去拿。

大妹說，我不去拿！水清說，你還強！大妹說，我不穿！水清說，還強還強！大妹說，你瞞著我去花那個冤枉錢，我不穿！水清說，人家來了，你沒有一點好衣服，哥心裡好過呀？你怎麼不為哥想想？她的眼淚一漫。

聽哥的勸說，她還是去了三陂鎮。她到裁縫鋪拿了衣服，想轉身就回家。走在街上碰到人武部長。人武部長把她叫到街沿有蔭的地方，問她哥和她嫂的情況。她就說很好。人武部長說，真是不簡單，我真是相信世上有白啟嫻那樣的人。人武部長又接著說，有個事，你順便跟你哥說說，想叫他當你們大隊的民兵連長。你們現在的那個民兵連長不管事，只曉得打洞。大妹不懂，說，打洞？人武部長說，就是，就是……他意識到在他面前的是個姑娘，便一笑，不說了。大妹還在說，他是在隊裡出工呀？沒見他到哪裡去打洞呀？人武部長說，這洞，這洞是，是比方。接著他就乾脆說，你別管這事啦。你只跟你哥說我說的這事，跟他通個氣。人妹說聲好的就走了。人武部長又叫住她說，不到公社去坐坐喝口茶呀？她說不啦。人武部長說，那回去吃了你哥的喜酒，我們空手大巴掌的，也沒送點麼東西去祝賀。其實他心裡想說的是他曾把她嫂當特務，怪不好意思的。大妹說，還說那個話。要是平素，接都接不到的哩。只要有空，還來家裡玩。人武部長就說，來的來的。

回家路上，大妹找了個避人的地方，把新衣服穿在身上。她是好多年沒做新衣服啦。這新衣服穿在身上，城裡那個人來了，面子上也好看點。穿上了新衣服也不急於朝家裡走，閒逛似的。有個人走到了她的身邊。那人說，請問，萬家嶺嘲哪個方向走？大妹抬頭一看，大叫一聲，天哪，是嫂子？

舜英站在她面前。舜英提著兩個大提包，一手提一個，壓得舜英的兩肩直往下瀉。大妹慌忙去接包，說，累死了，累死了！看你汗直冒的。舜英鬆了雙手，直揩汗。她說，我走錯了路，問了好多人才問到這裡來的。大妹笑說，從三陂過來，筆直的大路。嫂真笨。舜英也笑說，真笨，真笨。大妹說，走到我身邊也不認得我。舜英說，你穿了一身新衣服，我就沒認出來嘛。

大妹很不好意思，說是才從裁縫鋪裡拿回來的，在身上試了試就沒有脫下來。她兩手提起大提包便往村裡走。她說早上喜鵲叫，跟哥說今天有喜事的，哥還不信哩。在田畈裡做活的一些人，懶懶散散地坐在田埂上誇家常。見了舜英，他們也都站起來打招乎。水清在給秧棵田裡挑水糞。老遠就看到舜英，他還是挑著擔子，只是換了個肩，在那邊朝她笑。大妹就說，你看哥那個人，他擔子都不歇一歇，只是傻笑算得一個。

舜英也望著那邊笑。她要朝那邊走過去，水清說，還有幾擔，挑完了我就回的。舜英默默朝他點頭，轉身隨大妹回家，不讓大妹看到她濕潤了的眼睛。大妹問她，怎麼只走了上十天就回來了呢？她只說，想你們唄。大妹說，嫂，這樣兩頭跑，總不是個事。她就說，我再不兩頭跑了。大妹說，不兩頭跑？她說，不兩頭跑。大妹就放下兩個大提包，停了腳步，不解地望著舜英。舜英一笑說，你真笨。大妹說，我怎麼笨啊？舜英說，我不上班了。大妹更是糊塗了，說，不上班了？舜英說，不上班就是不上班。她看著大妹那個吃驚的樣子，又笑說，快走，回家再說吧。

其實她是放棄了那邊的工作，到農村扎根來了。村裡人曉得了舜英不再走的消息，也很興奮。三三兩兩的在一起做活，就談這事。耕田的人老愛唱：牛哇牛哇慢些走，走到日頭落了土，我的工分混到手。一想起舜英也來跟他們一起打土坷，滾泥巴，也就來了精神，揚起牛鞭罵說，日死你的媽呀，人家天仙女都看得起農民，你再不快些走你是自己看不起自己呀？

舜英跟村裡人一起做活也不再生疏了。他們讓她做些輕鬆的活，做些旱地裡的活。不要她下水田，不用她打赤腳。她的肩膀沒承過擔子的，也不要她挑一擔挽一砣的。讓她做事還是可以穿著鞋襪。她總是想跟大家一樣，學割穀，學栽秧，學車水，也學耕田。她不再怕螞蝗，不再怕毛毛蟲，不再怕塘裡的水蛇。村裡的人也不怕她是城裡人，不怕跟她開玩笑，不怕她發惱。在樹蔭底下休息的時候，有人就講笑話。有個笑話說，剛結婚的倆個人還不曉得搞那個事，總是搞不到路子上。後來就請師傅教。師傅把自己的那個東西放進女的那個裡面。師傅問，舒服不舒服？女的就說，舒服是舒服，就是有點脹。聽的人就哈哈大笑。舜英也笑。集體種了些香瓜，隊長發給大家解暑。舜英吃著香瓜的時候，有人問她，舒服不舒服？她說，舒服是舒服，就是有點脹。大家就哄笑。她還不知道人家笑什麼，因為她忘人家先前講的那個笑話。大妹回到家裡就說她是個苕嫂子。她說，我怎麼苕？大妹也只是笑，就不好複說那個事了。大妹雖沒結婚，大妹是很懂得那些玩笑的。

水清當上了民兵連長。當民兵連長的一個好處是常有會開。開會也照樣記工分。開會也總有飯吃。吃的也好些。水清就總是想，舜英要是能吃到這樣的飯菜多好。有時他自己的一份就捨不得吃。譬如兩毛錢一碗的粉蒸肉，他不吃就留著，散了會他就趕緊帶回去。舜英就把這肉切細，炒在菜裡，讓弟妹們都吃。他有回到縣裡去開會，吃飯是發餐票，沒有吃的餐票可以退錢。農村幹部開會是不交伙食費的，餐票退的錢是自得。他不吃三餐，只吃兩餐，一天省下一張餐票。有餐吃飯他跟省報記者坐在一起了。記者跟他多聊了幾句，聊得那記者對他感了興趣。再到吃飯的時候，記者主動又跟他坐在一起。飯吃完了，記者還想跟他聊。服務員來收餐票，說，還差兩張，你們哪兩個沒交？記者說，哦，我還忘了。水清也說，是我也忘了。記者拿出兩張給服務員，對水清說，我替你給了。水清把自己應當給的那張飯票給記者。記者說，不要，我有多的。記者拿出自己的一些票說，你看，我還多這些。我在這個縣裡的朋友請我吃了好多餐多下的。我這都給你吧。水清說，不行，你還要吃。記者說，我要提前走了。我很可能要到你家裡去的。我對你老婆很感興趣。他接著又笑說，不不不，更正一下，我是說，我對你老婆嫁給你的故事很感興趣。

水清回到家裡，跟舜英說起這事。舜英就說，誰叫你在外面瞎講呀？水清說，我也是說我當兵的事說起來的。舜英說，以後再不准提我的事。水清說，我覺得是埋沒了你。舜英就說，什麼埋沒不埋沒？我不失悔。跟你在一起我就不失悔。水清說，我值得你作那麼大的犧牲？舜英就有些惱了，說，你怎麼現在還說這樣的話？你說這話就叫我傷心你知道不知道？舜英就哭了。水清說，我再不說這些話了。再說這話你就打我幾下。他抓起她的手，做打自己臉的樣法。她順勢將他的臉輕輕一擰，才破啼為笑。

一天，村裡人都在門口塘裡擔塘泥。門口塘很大，也很淺，存不了多少水，存了水也很容易乾。把烏黑黑的塘泥挖起來肥田，塘也挖深了。中途休息，婦女們把扁擔一倒，有的就坐在扁擔上納鞋底，或做其他針線活。有人就又說起了舒服不舒服的典故。大家笑開了，那些永遠講不完的葷故事也總有人講。這時，從大路那邊，走來一個人。是個工作同志的樣法。沒人認得他，也都打量著他。他走在塘埂上，說，請問你老們，這是萬馬嶺吧？好多人都答是的是的。還有人接著說，有什麼事？他也就笑說，我看看我要找的人在不在這裡面。他就望塘埂子上、塘坡子上、塘下面或坐或躺著的人。別人都扭過頭朝他笑。他就說，看不出來，看不出來。有人問，你要找哪個啊？他就笑，不說。接著他跟大家一樣，坐在地上。一些人的話題就落在他身上了。

婦女們說他這個人挺和氣的。有婦人說，這人也挺有味的。有男人就問，是什麼味呀？你認都不認得人家，怎麼就知道人家有味呢？那味是不是舒服就是有點脹啊？大家就笑。舜英也笑，不過笑得很文靜。她就坐在那人的旁邊。她問那人，要不要喝點水？那人說，謝謝，不要。她說，我猜你這工作同志大概也是農村人。那人說，你說得對。那人又反問，你怎麼知道的？她一笑說，感受，再加分析。那人就說，我要找的人大概就是你。她笑說，瞎說。那人說，你叫秦舜英，是不是？她說，你怎麼知道的？那人說，感受，再加分析。

他就是省報記者。記者在舜英家裡住了五天。寫了一篇長文章，登在省報的頭版頭條位置上，還加了編者按，題為〈永遠的試金石〉。就是說，走與工農兵相結合的道路，是看一人革命與否的永遠試金石。縣革委會的領導看了，指示縣政工組拿出主要精力抓這個事。要利用各種文藝形式宣傳秦舜英這個人。接著省報組織了連續報導。舜英在縣裡在省裡家喻戶曉。接著她入了黨，接著進入了公社革委會領導班子，接著又進入了縣革委會領導班子，再接著就增補為省革委會委員。一九六九年四月，她作為特邀代表，出席了中國共產黨的第九次代表大會。她見到了毛主席，跟毛主席握過手。回來之後，她的手也被許多人握過。她應邀到全省各地作報告，講「九大」的盛況，講她的體會。她揚起她的右手，淚流滿面地說她這手握過毛主席的手，台下就有人擁到主席臺，搶著跟她握手。握著她的手，就是握著毛主席的手。一場報告下來，她的手都被人握腫了。她說毛主席坐在主席臺上，代表們也搶著跟毛主席握手。工作人員攔也攔不住。有的人就靈機一動，去拿毛主席用過的紙、用過的筆、用過的毛巾、用過的煙缸。她也搶到了毛主席丟在煙灰缸裡的一截煙頭。她把那截煙頭放在裝感冒片的透明小瓶子裡。她只要講了她跟毛主席握過手之後，接著就要高高舉起這個小瓶子說，這裡面就是毛主席吸過的煙！台下的人就嘩地站起來，翻板椅一片聲響。她還要走到台邊，好讓就近的聽眾看個清楚。台下就有人高呼「毛主席萬歲，萬歲，萬萬歲」。

不久，舜英就到省裡去當了省革委會的副主任。水清不能跟著她去。省裡說，等適當的時候再把水清調到省城去幹點什麼。省裡還問水清能幹點什麼呢？舜英說，種田。她的意思是就讓他種田。她到省裡來了，再接著讓水清離開農村，人家會怎麼說呢？省裡覺著她說的有道理，也就沒有這個打算。她的工作也常常是要往下面跑。她有時就有機會到縣裡。到了縣裡，她就要回村裡去看看。她到省裡去了一年多，水清沒有去過，去了也難得見到她的人。後來是她替他生了個胖小子，她回村裡休息產假，他們才有一個多月的時間相聚。有回省裡要開一個重要會議，孩子還只幾個月，又不能斷奶，她又不能不參加。他就成了住會的保姆。會場有解放軍把守，開會的紀律也嚴。他待在賓館帶孩子。孩子餓得直叫喚，哄也哄不住，只有抱著孩子去會場找舜英。

衛兵把水清攔在門口問，幹什麼？

水清說，我找秦舜英。

衛兵說，什麼事？

水清說，這孩子要吃奶，請她出來一下。

衛兵說，孩子要吃奶？請她出來一下？你開什麼玩笑？

水清說，這不是玩笑。

衛兵說，你是什麼人？

水清說，我是她男人！

衛兵說，你是她男人？

孩子還在哇哇地哭。裡面有人走出來連連說，怎麼搞的？怎麼搞的？水清把自己的要求複述了一遍，那人把他上下打量了一番說，你跟我來。便把他領到會場旁邊的一間屋子裡，請他坐下。經過一番驗證，那人才說，請你等一等。就出去了。

不一會，舜英就來了。她連忙從水清懷裡接過孩子。孩子已經哭得有氣無力，睡著了，還在一抽一抽的。眼窩裡還盛得有眼淚。孩子一到舜英懷裡，驚醒了。醒了又閉著眼睛哭。那張小嘴一撮一撮的，在尋找著奶頭。舜英把上衣一撩，趕緊把乳頭塞進孩子的嘴裡。孩子拼命吸允著，吸得舜英生疼。孩子不哭了，舜英卻是淚流滿面地說，我兒餓壞了！我兒餓壞了！

坐在一旁的水清，也不好有怨言，不快的情緒還是寫在臉上。舜英說，我也是沒有辦法。水清不作聲。舜英說，也把你拖累了。水清還是不作聲。舜英也不作聲了。水清就說，也不能怪你。舜英奶完孩子，把孩子塞給他，又趕緊去了會場。

開完會，舜英回到賓館，對水清說，我有個話想跟你說。這是我想了好多次的，不知道你覺得怎麼樣。水清說，你說。舜英說，我想回三陂，沒有必要在省裡這樣浮著。我想回三陂做點實事，對你也好有個照顧，免得這樣兩頭不落地。水清說，也好。舜英打了申請報告，中心意思是說她想回到基層，到基層去鍛練。想不到她的報告被省革委會以文件的形式批轉到全省。文件上還轉發了幾位領導人的批語。批語有說是「這體現了秦舜英同志在無產階級專政下繼續革命的精神」。有說是「共產黨的幹部就是要這樣能上能下」。有說是「基層是造就幹部的大熔爐」。她的申請報告接著又在省報頭版頭條上刊登出來，還配發了評論員文章：〈到基層去好〉。結果並沒有讓她回到三陂，而是讓她回縣裡當了縣革委會的二把手。

舜英坐在她的辦公室，農業局有個叫萬芙蓉的女同志找她談工作，她起先是一驚。接著就看到這個萬芙蓉不是萬馬嶺的那個萬芙蓉，只不過是同名同姓。過後她仍然是不安神。她想起了她是怎樣提著兩個大提包走進了三陂那個院子，她是怎樣見到了萬芙蓉的。萬芙蓉後來嫁到山裡頭去了。聽說萬芙蓉上山砍柴的時候，掉到崖下甩死了。一想起來，舜英心裡總還有個陰影。

縣革委會機關暫時還沒有舜英的住房。她住在縣招待所的一間客房裡。房裡有兩張床鋪。一張床上的鋪蓋拿了，上面放了兩個紙箱子、臉盆、嗽口缸子之類。另一張床鋪就是她睡的了。從房門到門對面的窗子，牽了一根鐵絲。鐵絲上晾著她的衣服。乾了的和沒乾的，都搭在上面。她分管農業，常常下鄉，對她自己，對她這個房間，她都無法料理。有時來個人，連開水也沒得人家喝的。既然不是客房，自然沒有服務員給她送開水。開水房的供應也是定時的。有時她很早出去，很晚回來，開水房的門就上鎖了。

吃飯也是問題。在鄉下當然是不愁飯吃的。有時要趕回縣城，鄉下的飯來不及吃，機關食堂的飯也沒趕上吃，她就只有到餐館裡去吃碗麵條。老吃麵條。吃別的也吃不起。

農業局那個萬芙蓉後來跟她的關係不錯，常到她的住處來跟她聊天。萬芙蓉總是說，需要什麼，就到我家裡去拿，別講客氣。她有時實在不想吃麵條，就到萬芙蓉家裡去，對萬芙蓉說，炒碗雞蛋油鹽飯我吃吧，我最喜歡吃雞蛋油鹽飯的，也好久沒吃了。雞蛋油鹽飯炒出來了，舜英說，你怎麼這樣捨得油啊？把我吃油了看你怎麼辦。萬芙蓉看著她大口大口地吃著，又心喜又心酸。舜英說，農村裡能吃雞蛋油鹽飯，認為是最好的。有回我病了，水清就炒雞蛋油鹽飯我吃，我們村裡的一位大爺就說，舜英，毛主席他老人家，怕是也天天吃的雞蛋油鹽飯吧？萬芙蓉說，那你就經常來吧，我專門炒雞蛋油鹽飯你吃，炒得好好的，讓你享受毛主席一樣的待遇怎麼樣？她們開心大笑。

萬芙蓉成了舜英的祕書似的，只要舜英下鄉，就把萬芙蓉叫到一起。萬芙蓉搞的是農村科技，跟舜英也搭配得上。她倆下鄉，也總是騎自行車。萬芙蓉有回聽到有人說，秦舜英這個人不行。那人不知道她跟舜英的關係，便有意問怎麼個不行。那人說，她總是騎自行車下鄉，不敢要小車。即便要，派車的人也不買她的帳。萬芙蓉說，為什麼？那人說，你還不知道嗎？萬芙蓉說不知道。那人就說，她是吹起來的你不知道哇？她有什麼資本？不就是靠了跟農民結婚嗎？

後來萬芙蓉聽到的都是這話：吹起來的。「吹起來的」，成了流傳的典故，也成了舜英的渾名。不過誰也不當著她的面叫她。有回是縣幼稚園新園落成典禮，舜英也被請去了。她走到孩子中間，撫摸著孩子。她想起了她的孩子。她的孩子在萬馬嶺，跟孩子的爸爸在一起。她有好長時間沒有看到自己的孩子了。一個小女孩朝她跑過來，喊著她阿姨。那小女孩的臉面有些像她的孩子，她就把小女孩抱起來了。

小女孩說，阿姨，我認識你。

舜英說，哦，是嗎？

小女孩說，你到我家裡去過。

舜英說，你是誰家的孩子呀？

小女孩說，我是我家的孩子。

舜英笑了。

小女孩說，我真的是我家的孩子。

舜英笑說，是的是的，你是你家的孩子。

小女孩又說，我認識你。

舜英說，是嗎？

小女孩說，您叫「吹起來的」，是吧阿姨？

舜英楞住了，眼淚在眼裡打轉。

以後的情形總是不妙。縣革委會開過一個常委會，作了一些新的分工。說是為了加強力量，又有一個人來主管農業，也沒說舜英再管不管農業，顯然地把她擱置起來了。上頭有個什麼會，無關緊要或有關緊要，就由舜英去全權代表了。她覺得自己成了會議幹部。有回她去北京參加了個林業會議，回來之後，幾次找縣革委會主任彙報，主任幾次都是說，別慌別慌。她也就不好再說什麼了。她也學會了自制。過了好多時，遇到縣革委會開常委會，到快散會的時候，主任突然說，秦舜英，你就說說吧。她還摸不著頭腦，說，說什麼呀？主任說，彙報一下呀，你到北京去開的會？你心裡還沒有數呀？她哦了一聲，她剛要說。主任又攔她說，只給你三分鐘。她說，三分鐘？我是半個月的會呀？主任說，三分鐘，你簡潔點。她幾乎是楞了半分鐘，接著作了幾句解說，揉進了她的不滿，已經用去了一分鐘。還有一分半鐘，她剛剛開了個頭，由於情緒的激憤，有些結結巴巴的。主任就說，算了算了，你連準備都還沒做好回什麼報呀？以後再說吧。她楞住了，主任沒有給她更多的楞住的時間，便宣佈散會了。

一晃過去了許多年。沒人再提起那個秦舜英了，也不再是提秦舜英的時代。偶爾提到她的時候，也只是當作笑話，當作一個時代的笑話。後來連這笑話也懶得說了。社會經歷了許多變化。俗話說，後頸窩的毛，摸得到看不到，誰能說準後來的事呢？那個曾經把秦舜英當成特務的人武部長當了地委書記，他記起了秦舜英，問那個當了縣委書記的曾經是給秦舜英發過結婚證的劉幹事，那個秦舜英在哪裡。當年的劉幹事拍著自己的腦袋說，喲，我也不太清楚。他就查了查，弄清了舜英還在萬馬嶺，已經是個家庭婦女了。生了三個兒子。水清也還是個農民。縣裡很同情她，打算給她落實個政策，把她轉成幹部待遇，弄到城裡吃商品糧，以便解決她家裡的一些困難。縣裡派人去跟她談話的時候，她說她還是當她的農民吧。她謝謝領導的好意。後來地委書記和縣委書記一起去看她，跟她談，她也還是那個話：當她的農民。兩位書記看到她那粗糙起來的手，蒼老起來的臉，有些心酸。祕書悄悄問她失不失悔，她說不失悔。祕書說你是咬著牙齒說的吧？你的同學當中有許多人成了專家學者哩。她說她真的是不失悔，她有三個孩子，是三個大學生，都很成器，這也是做父母的成功。又說，究其實呢，人沒什麼是自己的，只有那些經歷是自己的，經歷中的那些個滋味也是自己的。我倒是想把這些個經歷寫出來，給我的兒子們看看，怕是有些意思的。

祕書咀嚼著她的話，同意她說的：有些意思。後來是一個叫趙金禾的作家，得到那些個素材，才有這個《一種經歷》的作品問世，很難說是有幸還是不幸。

釀小說37　PG0992

陽光燦爛
——趙金禾中篇小說集

作　　者　趙金禾
主　　編　蔡登山
責任編輯　劉　璞
圖文排版　陳姿廷
封面設計　秦禎翊

出版策劃　釀出版
製作發行　秀威資訊科技股份有限公司
114 台北市內湖區瑞光路76巷65號1樓
電話：+886-2-2796-3638　傳真：+886-2-2796-1377
服務信箱：service@showwe.com.tw
http://www.showwe.com.tw
郵政劃撥　19563868　戶名：秀威資訊科技股份有限公司
展售門市　國家書店【松江門市】
104 台北市中山區松江路209號1樓
電話：+886-2-2518-0207　傳真：+886-2-2518-0778
網路訂購　秀威網路書店：http://www.bodbooks.com.tw
國家網路書店：http://www.govbooks.com.tw
法律顧問　毛國樑　律師
總 經 銷　聯合發行股份有限公司
231新北市新店區寶橋路235巷6弄6號4F
電話：+886-2-2917-8022　傳真：+886-2-2915-6275

出版日期　2013年7月　BOD一版
定　　價　390元

Printed in Taiwan

國家圖書館出版品預行編目

陽光燦爛：趙金禾中篇小說集 / 趙金禾著. -- 一版. -- 臺北市：釀出版, 2013.07
面； 公分. -- (釀小說；PG0992)
BOD版
ISBN 978-986-5871-63-5 (平裝)

857.63 102011531

讀者回函卡

感謝您購買本書，為提升服務品質，請填妥以下資料，將讀者回函卡直接寄回或傳真本公司，收到您的寶貴意見後，我們會收藏記錄及檢討，謝謝！如您需要了解本公司最新出版書目、購書優惠或企劃活動，歡迎您上網查詢或下載相關資料：http:// www.showwe.com.tw

您購買的書名：________________________________

出生日期：________年________月________日

學歷：□高中（含）以下　□大專　□研究所（含）以上

職業：□製造業　□金融業　□資訊業　□軍警　□傳播業　□自由業
　　　□服務業　□公務員　□教職　□學生　□家管　□其它______

購書地點：□網路書店　□實體書店　□書展　□郵購　□贈閱　□其他

您從何得知本書的消息？

□網路書店　□實體書店　□網路搜尋　□電子報　□書訊　□雜誌
□傳播媒體　□親友推薦　□網站推薦　□部落格　□其他__________

您對本書的評價：（請填代號　1.非常滿意　2.滿意　3.尚可　4.再改進）

封面設計____　版面編排____　內容____　文／譯筆____　價格____

讀完書後您覺得：

□很有收穫　□有收穫　□收穫不多　□沒收穫

對我們的建議：________________________________

____

____

____

請貼
郵票

11466
台北市內湖區瑞光路 76 巷 65 號 1 樓

秀威資訊科技股份有限公司 收

BOD 數位出版事業部

(請沿線對折寄回,謝謝!)

姓　　名:__________　年齡:______　性別:□女　□男

郵遞區號:□□□□□

地　　址:____________________

聯絡電話:(日)__________ (夜)__________

E-mail:____________________